PENNY HANCOCK

Ich beschütze dich

GOLDMANN
Lesen erleben

Buch

Sonia liebt das alte Haus an der Themse, in dem sie schon ihre Kindheit verbracht hat und in dem sie jetzt mit ihrem Mann Greg lebt. Doch eines Tages geschieht etwas, das ihren geordneten Alltag in den Grundfesten erschüttert – es steht ein junger Mann vor ihrer Tür, der sich eine seltene Schallplatte von Greg ausleihen möchte. Vom ersten Moment an übt Jez eine verstörende Wirkung auf Sonia aus, und sie spürt, dass sie von einem dunklen Sog erfasst wird, der stärker ist als sie selbst. Noch kann sie nicht ahnen, dass sich ihr Leben von diesem Moment an unaufhaltsam auf einen Abgrund zubewegt. Denn Jez rührt an die tiefsten Obsessionen ihrer Seele – und Sonia ist bereit, zum Äußersten zu gehen, damit sie endlich ihren Frieden findet …

Autorin

Penny Hancock wuchs in Südost-London auf und unternahm ausgedehnte Reisen als Sprachlehrerin. Heute lebt sie mit ihrem Mann und drei Kindern in Cambridge.

Penny Hancock

Ich beschütze dich

Psychothriller

Aus dem Englischen
von Eva Kemper

GOLDMANN

Die Originalausgabe erschien 2012
unter dem Titel »Tideline«
bei Simon & Schuster UK Ltd., London.

Dieses Buch ist auch als E-Book erhältlich.

MIX
Papier aus verantwortungsvollen Quellen
FSC® C014496
FSC
www.fsc.org

Verlagsgruppe Random House FSC® N001967
Das FSC®-zertifizierte Papier *Pamo House* für dieses Buch
liefert Arctic Paper Mochenwangen GmbH.

1. Auflage
Taschenbuchausgabe September 2014

Umschlaggestaltung: UNO Werbeagentur München
Umschlagmotiv: Getty Images/Brian Hagiwara;
plainpicture/Hanka Steidle
AG · Herstellung: Str.
Druck und Bindung: GGP Media GmbH, Pößneck
Printed in Germany
ISBN 978-3-442-47835-4
www.goldmann-verlag.de

Für Pauline und Peter

Kapitel Eins

Freitag

Sonia

Er kommt zu mir, als das Geplapper der Schulkinder auf dem Fußweg verklungen ist. Später werden Leute auf dem Weg in den Pub in die entgegengesetzte Richtung strömen. Der Wasserbus wird zum letzten Mal an diesem Abend Richtung Westen in die Stadt fahren, die Ketten rasseln und den Schiffsanleger ächzen lassen. Aber im Moment ist es still, beinahe, als würden der Fluss und ich warten.

Er kommt zu der Tür in der Hofmauer.

»Ich will nicht stören«, sagt er und windet sich verlegen. Er hat so einen anmutigen Körper, weiß jedoch noch nicht, was er damit anstellen soll. »Aber auf der Party hat Ihr Mann was von einer Platte erzählt.«

Ich starre an ihm vorbei. Anfang Februar, das Licht am Himmel schwindet. Ich rieche Bierhefe in der Brise, die den Fluss heraufweht. Den bitteren Duft der Pomeranzen, die in der Küche zu Marmelade zerkochen. Neben dem Blubbern aus dem Kochtopf hinter mir höre ich Cat Stevens im Radio »Wild World« singen. Die Zeit überschlägt und verheddert sich in meinem Kopf.

Ich richte den Blick auf sein Gesicht.

»Komm rein«, sage ich. »Kein Problem. Um welche ging es noch mal?«

»Um eine von Tim Buckley. Sie ist nicht mehr zu bekommen, nicht mal übers Internet. Er hat gesagt, er hätte das Album. Wissen Sie noch? Ich nehme die Platte schnell auf und bringe sie dann wieder zurück.«

»Kein Thema.« Ich rede, als wäre ich so alt wie er. »Cool!« Innerlich zucke ich zusammen. Ich kann Kits Kommentar dazu fast hören. »Mein Gott, Mum, tu nicht so, als wärst du sechzehn. Das ist arm.«

Er betritt den Hof durch die Tür in der Mauer. Der Blauregen zeichnet sich als schwarzes Stahlgekritzel ab, wie Stacheldraht, der sich über Gefängnismauern schlingt. Er folgt mir durch den Hof und über die Schwelle in den Flur. Unter den Duft der Pomeranzen mischt sich der Geruch des Bohnerwachses, den Judy benutzt. Er kommt in die Küche. Geht zum Fenster, blickt auf den Fluss. Dann dreht er sich um und sieht mich an. Zugegeben, mir huscht der Gedanke durch den Kopf, er könnte hergekommen sein, weil er mich attraktiv findet. Junge Männer und ältere Frauen, so was hört man immer wieder. Aber ich reiße mich zusammen.

»Ich wollte mir gerade ein Gläschen einschenken«, sage ich und drehe die Flamme unter der Marmelade kleiner, die heftig brodelt und sicher schon gelieren würde. »Trink doch was mit.«

Eigentlich trinke ich vor sechs nie etwas, trotzdem halte ich leichthin Flaschen hoch, Wodka – ich weiß ja, dass Teenager Wodka lieben –, Gregs Bier, sogar eine Flasche Rotwein, die wir vor Jahren zurückgelegt haben, damit der Wein reift und wir ihn an Kits einundzwanzigstem Geburtstag öffnen können.

Er zuckt mit den Schultern. »Warum nicht«, sagt er. »Wenn Sie sowieso was aufmachen.«

»Was würdest du denn gerne trinken?«, hake ich nach. »Komm, sag schon.«

»Dann Rotwein.«

Jungen in seinem Alter reden durchaus mit einem, sie müssen nur etwas auftauen. Das weiß ich von Kits Freunden, die jahrelang bei uns rein- und rausspaziert sind, bevor Kit ausgezogen ist. Diese Jungs bestanden nur aus Pickeln und Haaren vor den Augen und großen Füßen. Abgesehen von dem Bitte und Danke, das ihre Eltern ihnen eingetrichtert hatten, blieben sie stumm. Man musste sie etwas aufziehen und über Bands reden, damit sie den Mund aufmachten. Jez ist anders. Bei Jez muss ich mich nicht anstrengen. Er ist unkompliziert. Für einen Teenager gibt er sich ziemlich unbefangen. Bestimmt, weil er in Frankreich lebt. Oder weil wir das Gefühl haben, wir würden uns kennen, obwohl wir vorher kaum ein paar Worte gewechselt haben.

Er wendet sich vom Fenster ab, setzt sich an den Küchentisch und stützt einen Fuß auf das andere lange Bein, so dass mir die riesige Sohle seines Turnschuhs beinahe ins Gesicht starrt. Diese Jungen heutzutage, diese Kindmänner, gab es so noch nicht, als ich jung war. Seit damals haben sie sich entwickelt. Mit ihren gut durchmischten Genen haben sie sich der modernen Welt besser angepasst. Sie sind größer und kräftiger. Weicher. Sanfter.

»Das Haus ist echt krass. Direkt am Fluss. Ich würde es nicht verkaufen.«

Er trinkt das halbe Glas mit einem Schluck aus. »Aber es ist bestimmt eine Menge wert.«

»Ach, ich weiß gar nicht, was das Haus wert ist«, sage ich. »Es gehörte meinen Eltern. Sie haben hier viele Jahre gewohnt, beinahe ihre ganze Ehe über. Ich habe es geerbt, als mein Vater gestorben ist.«

»Cool.« Nach einem weiteren Schluck ist sein Glas leer. Ich schenke ihm nach.

»So würde ich auch gern wohnen«, sagt er. »An der Themse, rechts ein Pub, um die Ecke der Markt. Sie haben hier alles. Musikläden. Clubs. Warum wollen Sie umziehen?«

»Ich gehe nirgendwohin«, versichere ich ihm.

»Aber Ihr Mann hat auf der Party …«

»Ich werde das Flusshaus nie verlassen!«

Das kommt schroffer, als ich wollte. Doch diese Dinge höre ich nicht gerne. Greg findet, dass wir umziehen sollten, das stimmt, aber wir sind uns nicht einig. »Niemals. Das könnte ich gar nicht«, sage ich sanfter.

Er nickt.

»Ich wollte aus dieser Gegend auch nicht weg. Aber Mum meinte, London wäre schlecht für mein Asthma, Greenwich besonders. Das war mit ein Grund, warum wir nach Paris gezogen sind.«

Dunkle Haarsträhnen fallen ihm über ein Auge. Er wirft sie zurück und sieht mich unter langen, perfekt geformten schwarzen Augenbrauen her an. Mir fällt sein geschmeidiger Hals mit dem flachen Adamsapfel auf. Die dreieckige Vertiefung am Übergang von der Kehle zum Brustbein. Auf seiner Haut liegt ein Schimmer, den ich gerne berühren würde. Körperlich ist er erwachsen, aber alles an ihm ist strahlend und neu.

Ich möchte ihm erzählen, dass ich im Flusshaus bleiben muss, um Seb nahe zu sein. Irgendwo in den Wogen des Flusses, in den täglichen Gezeiten ist er immer noch da, ein Aufblitzen von buntem Öl auf der Oberfläche. Ein Kräuseln, eine Luftblase, ein Rauschen bringen ihn zurück. Das habe ich noch nie jemandem erzählt. Nur wenige Menschen würden es verstehen, und um das Klischee zu bemühen: Seit damals ist viel Wasser die Themse runtergeflossen. Ein ganzes

Leben. Ich bin sicher, dass Jez es verstehen würde. Aber ich lasse den Augenblick verstreichen. Etwas hält mich davon ab, es ihm zu erzählen. Es ist viel zu nah, als dass ich es scharf sehen könnte. Stattdessen sage ich: »In Paris zu wohnen ist bestimmt aufregend.«

»Es ist ganz nett. Aber mir fehlen meine Kumpel und die Band. Bald komme ich sowieso zurück. Hab mir Oberstufen-Colleges angesehen. Wo man Musik belegen kann.«

»Hat deine Tante schon erzählt.«

»Helen?«

»Ja.«

Ich bin etwas irritiert, dass er sie Helen nennt. Das klingt so vertraut. Wie albern. Niemand sagt mehr »Tante«. Was habe ich denn erwartet?

»Hast du schon eine Schule gefunden, an der du dich bewerben willst?«

Wie er das Gesicht verzieht, zeigt mir, dass er keine Lust hat auf diese Art von Gespräch, in dem Erwachsene fragen, was er mal werden will. Für solches Gerede ist er zu ungestüm. Trotzdem denke ich: Ich könnte dir helfen. Theater, Musik, das ist meine Welt.

»Alle sagen immer ›oh, Paris‹, aber eine Stadt ohne Freunde ist Mist. Ich mag London lieber. Irgendwie kann es keiner begreifen, wenn ich das sage.«

»Ich verstehe das«, sage ich.

Die Marmelade auf dem Herd geliert bereits. Ich sollte den Trichter holen und sie in Gläser füllen, aber ich muss auf meinem Stuhl bleiben, in seinem Blickfeld.

»Wenn du willst, kannst du rauflaufen und dir das Album holen«, sage ich. »Es ist im Musikzimmer, oben neben der Treppe.«

»In dem Zimmer mit dem Keyboard?«

Ach richtig. Mir fällt ein, dass er schon einmal hier war, vor ein oder zwei Jahren mit Helen und Barney. Das war im Sommer. Seine Stimme eine Oktave höher, die Wangen gerötet. Mit einem Mädchen, das ihm nicht von der Seite wich. Alicia. Damals habe ich ihn kaum wahrgenommen.

Er rührt sich nicht.

»Machen Sie immer noch was mit Schauspielern und so?«, fragt er. »Echt irre.«

»Was?«

Als er grinst, wird sein Mund breiter, als ich erwartet hätte. Ich muss mich an der Stuhlkante festklammern, um die Fassung zu wahren.

»Irre. Cool. Dass Sie so viele Schauspieler kennenlernen. Die ganzen Leute aus dem Fernsehen. Was machen Sie noch mal?«

Ich bilde Stimmen aus, antworte ich. Er will wissen, was das bedeutet, was man dabei macht. Ich versuche zu erklären, wie die Stimme eine Bedeutung unterstreichen kann, wenn Worte nicht ausreichen. Im Gegenzug kann sie dem widersprechen, was tatsächlich gesagt wird. Das ist natürlich für Schauspieler nützlich, aber auch im normalen Leben.

Während ich rede, hört er auf eine sonderbare Art zu, die mich verwirrt. Er hört so zu wie Seb früher, die Augen halb geschlossen, auf den Lippen ein leises Lächeln. Um sein Interesse nicht zu zeigen.

Die Weinflasche haben wir beinahe geleert. Die Marmelade ist im Topf sicher schon erstarrt.

»Sie kennen bestimmt ein paar berühmte Leute. Auch Rockstars? Gitarristen?«

»Rockstars eigentlich nicht. Aber ein paar Leute, die … nützlich sind. Die immer nach frischen Talenten suchen.«

Er beugt sich vor, die Augen weit aufgerissen und strahlend.

Das also treibt ihn an.

»Ich will später mal in einer richtigen Band Gitarre spielen«, sagt er. »Das ist das Größte für mich.«

»Wenn du die Platte holst, kannst du eine von Gregs Gitarren mit runterbringen. Da oben steht eine nette Sammlung.«

»Eigentlich muss ich los«, sagt er.

Natürlich muss er gehen. Er ist ein fünfzehnjähriger Junge. Auf dem Weg zu seiner Freundin, bevor er morgen Vormittag in St. Pancras den Zug nach Paris nimmt.

»Ich soll sie im Fußgängertunnel unter der Themse treffen, genau in der Mitte zwischen Nord- und Südlondon.«

»Du sollst? Sagt sie das?«

»Na ja.« Als er mich ansieht, ist er plötzlich doch nur ein verlegener Teenager.

»Wir haben die Gehwegplatten gezählt, um die Mitte zu finden«, sagt er. »Eigentlich wollten wir die weißen Kacheln zählen, aber es waren zu viele.«

»Wie alt ist sie?«, frage ich.

»Alicia? Sie ist fünfzehn.«

Fünfzehn. Also hat sie keine Ahnung, dass es nie wieder so sein wird wie jetzt.

»Ich gehe rauf und hole die Platte.« Er stolpert leicht. Der Wein ist ihm direkt zu Kopf gestiegen. Kit würde sagen, der kann wohl nichts vertragen.

»Trink noch ein Glas. Ich schenke dir nach, während du oben bist. Geh ruhig. Geh nach oben.«

Während ich ihn hinauflaufen höre, immer zwei Stufen auf einmal, öffne ich eine zweite Flasche. Eine billige dieses Mal, aber das wird Jez nicht auffallen. Ich fülle sein Glas und gebe einen Schuss Whisky dazu. Über dem Fluss weht eine Wolke weiter, und ein letzter Sonnenstrahl gleitet über den Tisch. Eine Sekunde lang sind die Gläser, die Flaschen und die Obstschale in ein warmes, bernsteinfarbenes Licht getaucht.

Wieder fällt mir die Marmelade ein, aber ich rühre mich nicht.

Als das Telefon klingelt, nehme ich ab, ohne nachzudenken. Es ist Greg. Er kommt sofort zur Sache.

»Ich habe mit Burnett Shaws geredet.«

»Mit wem?«

»Der Maklerfirma. Sie sollen das Haus schätzen. Das ist ganz unverbindlich. Aber ich will mal eine Zahl hören, was Ungefähres, dann weiß ich eher, was ich mir hier draußen ansehen kann.«

Ich bringe kein Wort heraus. Jez ist mit Gregs akustischer Gitarre zurück in die Küche gekommen. Beim Hinsetzen schlägt er sie gegen den Tisch, und sie hallt nach.

»Was war das?«, fragt Greg. »Ist jemand bei dir?«

»Nein, niemand. Hör zu, ich will darüber jetzt nicht reden. Du weißt, wie ich dazu stehe. Du kannst doch nicht über meinen Kopf hinweg Entscheidungen treffen.«

»Wenn wir mal vernünftig darüber reden könnten, müsste ich das auch nicht.«

Ich beiße mir auf die Lippe. Mir Unvernunft vorzuwerfen ist immer Gregs letzte Waffe.

Bevor ich widersprechen kann, hat er das Gespräch schon beendet.

»Die Platte konnte ich nicht finden«, sagt Jez. »Aber ich habe diese Gitarre entdeckt. Darf ich sie mal kurz ausprobieren?« Seine Stimme lockert die Anspannung, die Greg in mir ausgelöst hat.

»Natürlich. Natürlich darfst du das.« In dem Moment erscheint mir das einfach nur richtig.

Die nächste Stunde ist für mich die schönste an diesem Abend. Bevor der Alkohol ihn so weit gebracht hat, dass er nicht mehr gehen könnte – selbst wenn er wollte. Wir sitzen zusammen und reden, und er spielt. Er erzählt mir von Tim Buckley. Musik zu machen sei für ihn das Gleiche gewesen »wie zu reden«.

»Mir geht es genauso«, sagt Jez. »Sie bringen den Leuten bei, wie sie sich mit ihrer Stimme ausdrücken können. Aus dem gleichen Grund spiele ich Gitarre.«

Er ist gut. Ich wusste, dass er gut sein würde. Er spielt etwas Klassisches, vielleicht von John Williams, etwas, das sprudelt und perlt wie Wasser. Die Gitarre ist eine Verlängerung seines Körpers, die Musik strömt aus seiner Seele. Seine Finger scheinen sich kaum zu bewegen, wenn er die Saiten zupft. Das schwarze Haar hängt ihm ins Gesicht. Als der Alkohol Wirkung zeigt und er nicht mehr spielen kann, stellt er die Gitarre auf den Boden, mit dem Griffbrett an seinen Oberschenkel gelehnt.

Er sagt mir noch einmal, wie sehr ihm mein Haus gefällt. Der Fluss direkt da draußen. Die Gerüche! Das Licht. Die Geräusche. Hören Sie! Und wir sitzen da und erraten die Klänge, die für mich längst selbstverständlich sind. Das unregelmäßige Schlagen der Wellen gegen die Ufermauer, das Rasseln und dumpfe Pochen vom alten Kohlenanleger, das Wummern von Hubschraubern. Stadtmusik nennt Jez das.

»So ein Leben wünsche ich mir auch«, sagt er. »Musik, Wein, ein Haus an der Themse.«

Mittlerweile bin ich auch etwas betrunken. Dieser Abend soll nie zu Ende gehen.

»Es ist okay, Seb. Du musst nicht gehen.«

»Jez«, sagt er.

»Was?«

»Ich heiße Jez, nicht Seb.«

Es ist schon spät, als er schließlich aufsteht und beinahe hinfällt. Er hält sich am Stuhl fest.

»Soll ich bleiben und Ihnen Gesellschaft leisten?«, lallt er, und ich erröte beinahe.

»Ich glaube«, sage ich mit meiner Mutterstimme, »du brauchst eher etwas Schlaf.«

Er ist schon halb weggetreten, bevor ich ihn richtig in das alte Eisenbett im Musikzimmer verfrachtet habe. Als ich ihn hinlege, fallen mir seine Socken auf. Am rechten großen Zeh ist ein Loch, und ich muss an ein Nähutensil von meiner Mutter denken, ein pilzförmiges Ding, mit dem sie abends dasaß und unsere Socken stopfte, und ich frage mich, ob es irgendwo auf der Welt wohl noch einen Stopfpilz gibt. Was für ein seltsamer Gedanke, während ich ihm die Socken von den Füßen rolle und die Arme aus seinem Kapuzenpulli ziehe.

Ich überlege, ob ich ihm die Jeans ausziehen soll, die so locker auf seinem schmalen Becken sitzt, unter den Muskeln, die wie ein goldenes Dreieck auf die Knöpfe am Hosenschlitz zulaufen. Wenn er wach wird, hätte er es bequemer. Aber ich will ihn nicht in Verlegenheit bringen, also lasse ich ihm die Hose an. Im Badezimmer fülle ich ein Glas mit Wasser und stelle es auf den Nachttisch. Wenn er früher aufwacht als erwartet, weiß er so, dass ich für ihn sorge.

Bevor ich das Zimmer verlasse, beuge ich mich hinunter und fahre mit meiner Nase sanft an seinem Kopf entlang. Er riecht leicht nach Shampoo. Als ich an seinem Hals ankomme, nehme ich seinen eigenen männlichen Duft nach Zedern und Salz wahr. In einem Ohrläppchen trägt er ein kleines, schwarzes Horn. Seine Haare ergießen sich in Locken auf sein Schlüsselbein. Ich streiche sie sanft zurück, damit ich die Nase gegen die weiche, blasse Stelle hinter seinem Ohr drücken kann. Dort halte ich inne.

Auf dem Hals unter dem Haaransatz prangt unverkennbar ein kleiner Bluterguss. Ein Knutschfleck, würde Kit sagen. Von der dunklen Mitte breiten sich blutige Einsprengsel aus. Alicia? Sie hat sein Fleisch in ihren Mund gesogen, bis die Kapillaren platzten und bluteten. Eine rote Wunde unter seiner makellosen Haut. Und plötzlich starre ich auf eine rot verfärbte Kerbe von einem Seil, das seine Zähne in eine andere milchweiße Kehle gegraben hat. Minutenlang kann ich den Blick nicht abwenden.

Schließlich beuge ich mich tiefer und drücke einen sanften Kuss auf den blutunterlaufenen Fleck. »Alles ist gut«, flüstere ich. »Ich beschütze dich, das verspreche ich dir.«

Dann decke ich ihn zu, stecke das Oberbett an der Seite leicht fest und gehe leise hinaus.

Kapitel Zwei

Samstag

Sonia

Wenn man an der Themse wohnt, gewöhnt man sich an ihre Geräusche und Geheimnisse. An die Rettungsboote, die beim Herauf- und Herunterrasen Kielwasserspuren durch den Fluss ziehen. Man gewöhnt sich an die Leichen, die aus seiner Tiefe gezogen werden. Daran, dass er immer in eine Richtung fließt, ohne Wiederkehr, obwohl er sich an jedem Tag zweimal füllt und leert. Verlässt man den Fluss, ist man abgeschnitten vom Wesen der Dinge.

Mit Greg und Kit auf dem Land zu leben war verlorene Zeit. Ich habe mich nach der Stadt gesehnt, nach ihrem Schmutz und der Anonymität. Fern von London bin ich nachts oft wach geworden und war überzeugt davon, der Fluss wäre immer noch ganz nah. Selbst nach vielen Jahren dort hat es immer eine Weile gedauert, bis ich mich zurechtgefunden hatte. Bis mir klar wurde, dass ich eine erwachsene Frau mit Mann und Kind war und die Stadt weit weg war. Dann ruckte die Realität an ihren Platz, und unendliche Traurigkeit überkam mich.

Als wir vor fünf Jahren in das Flusshaus zurückgekehrt sind, waren die Möbel mit Staublaken abgedeckt. Meine Mutter legt Wert darauf, Dinge zu erhalten. Ihre Sommerkleidung bewahrt sie im Winter in Koffern auf, sauber zusammengelegt zwischen Schichten aus Seidenpapier. Von ihr habe ich auch die Tradition übernommen, Marmelade zu kochen und Früchte einzulegen. Aber ich hatte immer das Gefühl, dass die Laken weniger ihre Möbel vor dem Staub schützen sollten, als vielmehr ihren unterschwelligen Widerwillen zeigten, mir das Haus zu überlassen.

Es war wie ein Segen, dass ich nach dem Willen meines Vaters das Haus erbte. Doch jeder Segen hat seinen Preis. Meine Mutter braucht mich jetzt in ihrer Nähe, um ihr etwas zu holen und zu tragen, um zuzuhören und Geduld zu haben. Aber in ihrem Haus wollte sie mich nie haben, woran sie mich geflissentlich immer wieder erinnert.

Am nächsten Morgen wache ich auf, bevor es richtig hell geworden ist. Vom Fluss tönt das *Putt Putt Putt* einer Barkasse herüber. Ich würde gerne liegen bleiben und dieses Gefühl genießen. Eine Art Erfülltsein. Ein Vollständigsein. Wie in der Nacht, nachdem du ein Kind zur Welt gebracht hast, und du es einfach nur ansiehst. Wie der Augenblick, wenn ihr beide erkennt, dass ihr das Gleiche füreinander empfindet. Nur noch kostbarer dadurch, dass du jetzt weißt, wie selten solche Momente sind.

Auf dem Fußweg erklingen Schritte, als die ersten Standinhaber zum Markt eilen. Weiches, graues Licht sickert um die Ränder der Vorhänge. Ich gehe zum Fenster und ziehe sie zurück. In Canary Wharf ragen die Häuser blass in die Höhe, ihre Glasfassaden reflektieren den Perlmutthimmel, der über Blackwell mit der aufgehenden Sonne in einen pfirsichfarbenen Schimmer übergeht. Es ist eisig kalt draußen.

Der Fluss verströmt einen stechenden Geruch, den durchdringenden Gestank nach öligem Matsch, der bei Ebbe herrscht. Er wird seine Beute präsentieren. Seine neue Lieferung wird offen verstreut am Ufer liegen: Kisten, Autoreifen, Fahrradräder. Das übliche Treibgut kenne ich, aber es gibt auch immer etwas Unerwartetes. Heute früh habe ich allerdings keine Zeit, Strandgut zu sammeln. Ich ziehe meinen Kimono über und sehe nach ihm.

Sein Gesicht wirkt im Morgenlicht des Musikzimmers blasser, und für einen Sekundenbruchteil überfällt mich die Angst, ich könnte es übertrieben haben. Er hat etwas von Asthma gesagt. Ich habe mal gelesen, Alkohol könne einen Anfall auslösen. Als ich mich über ihn beuge, spüre ich erleichtert seinen Atem auf meiner Wange.

Er rührt sich nicht, und ich hebe eine seiner Hände hoch. Betrachte die schlanken Finger mit Nägeln, die lang genug sind, um die Gitarrensaiten zu zupfen. Mit einem ist er irgendwo hängen geblieben, er ist leicht eingerissen. Rosafarbene Haut überzieht seine Fingerkuppen, wie bei einem Kind. Auf dem Handrücken wachsen keine dicken, dunklen Haare, nur ein paar filigrane Goldhärchen, die das Licht einfangen. Eine kräftige, blaue Vene zieht sich über seinen Unterarm. Ich fahre mit einem Finger darüber und beobachte, wie das Blut sich durch den Druck staut und sich anschließend wieder verteilt. Seb hatte genau die gleiche Vene, die am deutlichsten hervortrat, wenn er sich anstrengte, wenn er etwa die Fangleine packte, die er um einen Anleger geworfen hatte. Wenn er sich auf den Pfahlsteg hievte. Oder wenn er mit eisernem Griff meine Handgelenke packte.

Ich lasse Jez' Arm sinken und betrachte sein Gesicht. Den etwas dunkleren Hautton muss er von seinem franco-algerischen Vater geerbt haben. Das Kinn kantig, leicht vorspringend, die Bartstoppeln ganz weich, ganz flaumig, eine zarte Schicht schwarzer Stippen unter der Haut. Als ich mit den Lippen darüberstreiche, kann ich sie kaum spüren. Ich bin wieder bei Seb. Die Nase an seinem Hals vergraben rieche ich zum ersten Mal die Mischung aus Rauch und Männerschweiß. Durch sein Hemd spüre ich die Kuppen und Täler seines Körpers.

Nachdem ich mich von ihm vollgesogen habe, muss ich weitermachen wie immer. Meine Mutter wartet wie jeden Samstagmorgen auf meinen Besuch und würde sich beschweren, wenn ich ihn ausließe. Wenn ich jetzt sofort gehe, bin ich zurück, bevor Jez aufwacht. Er schläft tief und fest, und wenn ich Teenager halbwegs kenne, wird sich daran den Großteil des Vormittags über nichts ändern. Ich sehe ihm noch kurz dabei zu, wie er sich umdreht. Dann schlüpfe ich widerwillig hinaus.

Draußen scheint die Morgensonne hell, obwohl die Luft so kalt ist, dass sie mir beim Atmen in der Kehle brennt. Auf den Wänden am Fußweg glitzert Frost, und unter meinen Füßen spüre ich knirschendes Eis. Überreste der Flut, die letzte Nacht offenbar so hoch gestiegen ist, dass sie den Fußweg erreicht hat.

Noch vor einer Woche lag Schnee. Durch den Zaun der Seniorenwohnanlage habe ich zufällig einen Tuff Schneeglöckchen gesehen, die in einem kleinen Kreis aus Gras wuchsen, von dem der Schnee geschmolzen war. Das strahlende Weiß ihrer gesenkten Köpfchen vor dem unverhofften Grün verschlug mir den Atem, und ich lief schnell nach Hause, um meinen Fotoapparat zu holen. Bis ich wieder draußen war, reichte das Licht nicht mehr, und am nächsten Tag war der Schnee zu Matsch geworden. Ich hatte Angst, der Verlust dieses Bildes würde an mir nagen. Vor so etwas muss ich mich in Acht nehmen. Vor Dingen, die ich bedauere, die sich in mich graben und mich auffressen.

Das Altersheim meiner Mutter liegt zehn Busminuten entfernt. Sie ist dort eingezogen, als das Flusshaus zu viel für sie wurde, als ihr Verstand Aussetzer bekam und ihr Körper sie langsam im Stich ließ. Während ich eilig über den weichen Teppich im Flur laufe, versuche ich, nicht die Küchendüfte aus den einzelnen Wohnungen einzuatmen. Max, der hier auch seine Mutter besucht und zu so etwas wie einem Freund geworden ist, kommt aus Nummer 10. Fröhlich winkend wünscht er mir einen guten Morgen, also winke ich zurück. Manchmal frage ich mich, ob Max mich für einen Single hält und mich gerne näher kennenlernen würde. Ein Flirt könnte schon Spaß machen, aber ich habe Greg. Meinen Ehemann. Was auch immer dieses Wort bedeutet.

»Ich habe dir deine Zeitung und Gin mitgebracht.« In der Tüte, die ich meiner Mutter gebe, liegen außerdem die Slipeinlagen, die ich für sie kaufe. Aus Taktgefühl erwähnen wir beide sie niemals.

Ich drücke kurz die Lippen auf ihr flaumweißes Haar. Es macht mich betroffen, dass ich mich hinunterbeugen muss, um meine eigene Mutter zu küssen, die früher so tatkräftig war und mich um einen halben Kopf überragt hat. Sie begrüßt mich nicht, als ich ihre Wohnung betrete, sondern wendet mir den Rücken zu und fragt mich, ob ich einen Kaffee trinken möchte. Dann fängt sie von den anderen Bewohnern an.

»Im Aufenthaltsraum gibt es jetzt einen Filmclub. Aber was die aussuchen. Nur Mist.«

»Schlag doch selbst mal was vor.«

»Darauf würden die nicht hören. Das merkt man schon beim Fernsehen. Die würden sich lieber Turniertanzen als einen anständigen Film ansehen.«

»Was ist mit Oliver? Er macht doch einen netten Eindruck.«

»Ach, dieser alte Langweiler ist viel zu weibisch.«

Ich glaube, mit einem neuen Mann in ihrem Leben könnte meine Mutter nachsichtiger werden. Wir würden vielleicht mehr miteinander reden, wie ich es mir bei anderen Müttern und Töchtern vorstelle.

Ich setze mich in einen ihrer Chintzsessel vor den Balkontüren und lasse mir von der Sonne den Schoß wärmen und die gefrorenen Lippen auftauen. Mutter müht sich bis zur Anrichte vor, wo sie Tassen, Untertassen und eine Kaffeemaschine bereitgestellt hat, eine verschrumpelte Hand auf der Rückenlehne des Sofas, mit der anderen stützt sie sich an der Wand ab.

»Es ist noch früh. Du hast bestimmt nicht gefrühstückt. Ich habe Kaffee, aber mehr kann ich dir nicht anbieten. Außer Grape Nuts, aber ich weiß ja, dass du das nicht leiden kannst.«

»Ich brauche nichts, danke. Ich hole mir was auf dem Heimweg.«

»Dein Vater hat mich ja auf Grape Nuts gebracht. Er meinte, man sollte es vor dem Essen mindestens eine halbe Stunde in Milch durchweichen lassen.«

»Ja, ich weiß.«

»Wenn ich einen anständigen Kühlschrank hätte, so wie im Flusshaus, könnte ich mich mit Kuchen eindecken. So kann ich dir nur ein Garibaldi anbieten. Mehr nicht.«

Zeit für ein anderes Thema.

»Neue Tabletten, Mutter?«

Auf dem Tablett mit ihren Medikamenten steht ein silbernes Tablettendöschen, das ich noch nie gesehen habe.

»Die hat mir der Doktor zum Schlafen gegeben«, sagt sie.

»Das Co-Codamol wirkt ganz gut gegen die Schmerzen, aber die Nächte sind schlimm.«

»Ja, hast du schon gesagt.«

»Du weißt ja nicht, wie es ist, so früh morgens aufzuwachen und nicht wieder einschlafen zu können.«

Natürlich weiß ich es. Die endlosen Nächte, wenn sich die Seele nicht beruhigen lässt. Sie sind zurückgekehrt, seit Kit ausgezogen ist und Greg so oft verreist. Ich liege wach und mache mir Sorgen. Um dich, Mutter, darum, wie ich mit deinem Verfall fertigwerden soll, wo unsere Beziehung von so wenig Liebe getragen wird. Ich mache mir Sorgen um Kit da draußen in der großen, weiten Welt. Und ich bekomme richtig Angst, wenn ich mir vorstelle, dass du Greg gewinnen lässt und er mir das Flusshaus wegnimmt.

Mit dem Rücken zu mir schenkt meine Mutter Kaffee ein. Ich spüre, wie sie die Schultern anspannt. Ihre weiße Dauerwelle wippt leicht. Ich zucke zusammen. Keine Frage, was jetzt kommt.

»Ich kann nicht schlafen, weil ich mir Sorgen um das Flusshaus mache. Die Fenster müssen erneuert werden. Das Dach. Und dann dein Stimmtraining.«

»Was meinst du damit?«

»Es kann Greg doch nicht recht sein, dass du im Haus Termine machst.«

»Natürlich ist es ihm recht. Er hat mir geholfen, alles einzurichten! Das weißt du doch.«

»Was hätte dein Vater nur gesagt? Dieses Kommen und Gehen Tag und Nacht. Das ist doch keine Art zu arbeiten, dass man die Leute bei sich zu Hause herumschnüffeln lässt.«

»Ich habe durch die schlechte Wirtschaftslage schon ein paar Schüler verloren. Vielleicht leidet das Geschäft noch mehr.«

Sie kommt zurück, mit einem Porzellanteller so unsicher in einer Hand, dass die Kekse beinahe herunterrutschen. Als ich aufstehe, um sie zu retten, weicht meine Mutter verärgert aus. Ich setze mich wieder.

»Warum willst du dann unbedingt bleiben? Obwohl alle anderen sich verändern wollen? Warum machst du immer Probleme, Sonia? Greg glaubt, das Haus wäre... was war es noch, ein paar Millionen? Nein. Unmöglich! Ach je. Ich komme mit den Nullen durcheinander. Auf jeden Fall ist es eine Goldgrube! Aber du willst ja unbedingt bleiben!«

»Du hast mit Greg gesprochen?« Ich merke selbst, wie scharf ich klinge.

»Ab und zu ruft er an. Wir unterhalten uns. Das weißt du doch. Das Flusshaus hängt mir wie ein Mühlstein um den Hals. Es ist an der Zeit, dass etwas geschieht. Er versteht das. Nur du stellst dich quer, Sonia.«

Mittlerweile bin ich kurz davor, die Beherrschung zu verlieren. Ich stehe auf und sage, ich müsste mal. In ihrem Badezimmer kralle ich mich am Rand des Waschbeckens fest, zähle bis zehn und versuche, meine Wut unter Kontrolle zu bekommen. Sie weiß, wie mich dieses Thema aufregt. Trotzdem fängt sie immer wieder davon an! Ich denke an die vielen Dinge, die ich für sie mache. Die kleinen Opfer, die ich ständig bringe, damit sie zufrieden ist, und trotzdem kann sie mich nicht da lassen, wo ich sein muss. Jetzt, da Jez friedlich im Musikzimmer liegt, verletzt mich das noch mehr. Ihretwegen habe ich darauf verzichtet, bei ihm zu sein. Was, wenn er geht, bevor ich zurückkomme? Wenn ich ihn verloren habe, weil ich sie mit Gin und ihrer Zeitung besänftigen wollte?

Wieder in ihrem Wohnzimmer entschuldige ich mich und sage, dass ich an diesem Morgen nur zwanzig Minuten bleiben kann. Zum Glück scheint meine Mutter das Thema Flusshaus vergessen zu haben. Sie reicht mir einen Kaffee und verbringt den Rest meines Besuchs mit Erinnerungen an die Gesangslehrerin, die sie als Mädchen einmal im Klassenzimmer mit einem Stück Kreide beworfen hat. Sie erinnert sich noch an die Farbe des Lippenstifts, den die Lehrerin getragen hat. Sogar an den Choral, den sie an diesem Morgen gesungen haben.

»Ich bitte nicht um Überfluss», stimmt sie mit brüchiger Stimme an. Ihre blassblauen Augen werden feucht, als sie in die Vergangenheit abdriftet. *»Und Schätze dieser Erden, lass mir, so viel ich haben muss, nach deiner Gnade werden …«*

Dieses Abgleiten in frühere Zeiten soll ja im Alter normal sein, denke ich, als ich endlich wieder den Flur hinuntereile. Komisch ist nur, dass es mir in letzter Zeit, seit Kit ausgezogen ist, auch schon passiert.

Erinnerungen schleichen sich an. Sie reiben sich an mir wie eine Katze, die einem um die Beine streicht und schnurrend keine Ruhe gibt. Aus heiterem Himmel heraus überkommt es mich. Manchmal ein Gefühl der Nostalgie, öfter eine bestürzende Welle aus Schuld, Scham und Bedauern. Ich wünschte, ich könnte mit meiner Mutter darüber reden, aber in ihren Reaktionen schwingen immer Kritik und Vorwürfe mit. Es gibt so viele Orte, an die ich mich mit ihr nicht wage.

Greg und sogar Kit, die jetzt so alt ist wie ich, als ich das Haus zum ersten Mal verlassen habe, sagen, die Vergangenheit sei vorbei. Man macht weiter. Lange habe ich es auch so gesehen. Immerhin habe ich studiert und als Schauspielerin gearbeitet. Ich habe Greg geheiratet, eine Tochter bekommen und mich selbstständig gemacht. Die Vergangenheit war ausgelöscht. Manchmal macht es mich richtig benommen, wie viele Jahre verstrichen sind.

Aber seit Kurzem weiß ich, dass Zeit nicht vergeht, sondern alles irgendwie zurückkehrt. So wie der Fluss in Greenwich eine Schleife beschreibt, erscheinen weit zurückliegende Jahre näher als andere, die gerade vergangen sind, und vergessene Augenblicke drängen sich in die Gegenwart. Zum Beispiel ist es ein Schock, ein wunderbarer Schock, dass ich mich heute Morgen beim Aufwachen genauso gefühlt habe wie mit dreizehn, als Seb und ich uns zum ersten Mal geküsst haben. Eine Offenbarung, dass ich die Sehnsucht von damals – seine Wimpern an meinen Fingern zu spüren, meine Zunge auf seinen Lippen – immer noch in mir trage. Die Zeit ist von mir abgefallen wie ein Staublaken, das zu Boden gleitet, und hat enthüllt, was sich schon immer darunter verbarg.

Kapitel Drei

Samstag

Sonia

Im Bus überkommt mich eine Erinnerung, als wir an dem Starbucks vorbeifahren, in dem früher unser Süßwarenladen war.

Ein Sommertag. Mitten in einer Hitzewelle. Ich war dreizehn. Wo war meine Mutter an diesem Tag? Sie muss schon als Lehrerin gearbeitet haben, denn ich fühlte mich freier, als wenn sie zu Hause war.

Ich spüre noch, wie mir der Baumwollstoff meines Sommerkleids leicht über die Oberschenkel strich, als ich vom Laden über den Fußweg nach Hause ging. Ich saugte an einem Orangeneis am Stiel. Mit meinen Flipflops blieb ich an den Pflastersteinen hängen, die von den Getränken und dem verkleckerten Eis der anderen Leute ganz klebrig waren. Vom Fluss stieg ein durchdringender, metallischer Geruch auf, gemischt mit Teer und Alkohol. In dieser Gegend hing immer der Geruch von Bier in der Luft, aus den Pubs und den leeren Flaschen von den Leuten, die auf der Ufermauer gesessen und getrunken hatten. Es herrschte Ebbe. Verträumt ging ich an der Anlegestelle in der Nähe unseres Hauses die steile Steintreppe hinunter und lutschte dabei an meinem Eis. Die Wasserpflanzen, die die Stufen oft rutschig machten, waren eingetrocknet. Unten angekommen schleuderte ich die Flipflops von den Füßen und stellte mich ans Ufer. Das Wasser schwappte kühl über meine Füße. Zwischen meinen Zehen quoll Matsch hervor. Ich krallte sie um die kleinen, runden, harten Dinger, die im Schlamm vergraben waren.

»Sonia! Soniiiaaa!«

Aufgeschreckt aus meiner Trance blickte ich auf. Auf dem Fluss balancierten Seb und sein Freund Mark auf dem Rand eines alten, verankerten Lastkahns, nackt bis auf ihre Unterhosen, die schwer vom Wasser schlabberten. Mark gab Seb einen ordentlichen Schubs.

»He, Sonia, Hiiilfe!«, schrie Seb. In gespielter Angst ruderte er mit den Armen, kippte seitlich ins Wasser und verschwand in der Tiefe. Mark brach vor Lachen fast zusammen. Als Seb nach einer Weile nicht nach oben gekommen war, sprang Mark hinterher. Jetzt waren beide in der braunen Brühe untergetaucht, die vor lauter Schmodder kaum die Sonne widerspiegelte. Sekunden verstrichen. Minuten. Nichts durchbrach die kompakte Oberfläche. Mein Herz hämmerte, mein Mund wurde trocken, das Eis klebte an meiner Zunge.

Endlich ein Platschen. Ein Kopf. Mark. Er kletterte auf den Lastkahn und verschwand im Bug.

Immer noch kein Seb.

Ich watete ins Wasser, starrte auf den unbewegten Fluss. Die Anlegestellen runter Richtung Blackwell flirrten vor Hitze. Alles wurde still.

Eine vorüberfahrende Motorbarkasse sandte mir Wellen entgegen, die vor meine Schienbeine schwappten, bevor wieder Stille eintrat. Mein Herz hörte auf zu schlagen. Ich bekam keine Luft. Die Welt war stehen geblieben.

Dann endlich ein *Wuuusch*!

Kurz vor mir tauchte Seb auf, tropfend vor Öl und Flussschmodder. Er wankte auf mich zu, packte mich am Arm und zog mich näher. Erst wehrte ich mich. Ließ den Rest von meinem Eis fallen, grub ihm meine Nägel in die Schultern. Er lachte. Ich wollte ihn treten, aber ich hatte keine Chance, er war viel stärker als ich. Bald reichte mir das Wasser bis an die Oberschenkel, mein Kleid klebte an der Haut. Er zog noch einmal, und ich verlor das Gleichgewicht. Nach der Hitze war das kühle Wasser eine Wohltat. Wild um mich spritzend verfolgte ich ihn, und er zog mich auf: »Oooh, du machst mir ja Angst.«

Mark kam herüber. Beide sprangen auf mich und drückten mir den Kopf unter Wasser. Seb packte meine Beine. Ich schlug um mich, versuchte vergeblich, sie an den Haaren zu reißen, und biss Mark fest in den Arm. Mit einem Schrei ließ er mich los, und ich sog tief die muffige Luft ein, als mein Gesicht wieder im Sonnenschein badete.

Das nasse Kleid, das im kalten, trüben Wasser gegen meine Haut klatschte. Sebs starke Hände an meinen Knöcheln. Über uns die pralle Sonne.

»Zeit für ein Bier!«, rief Seb und ließ mich los. Er und Mark kraulten los, aber zu den Lastkähnen statt zum Ufer. Ich folgte ihnen und versuchte, kein Flusswasser in den Mund zu bekommen. Angeblich enthielt es Gifte, die einen lähmen konnten. Das Wasser fühlte sich dickflüssig an und klebte auf meiner Haut. Unter der stinkenden Oberfläche war nichts zu erkennen. Da drin kann man Fotos entwickeln, sagten die Leute. Es war kaum noch Wasser, eher eine Chemiebrühe. Beim Schwimmen spürte ich, wie etwas meine Beine streifte. Die kribblige Berührung einer Plastiktüte, einen Knuff von etwas Großem, Schleimigem. Ich versuchte, gar nicht daran zu denken, was mich noch berühren, was an mir lecken könnte. Oder mich sogar fressen.

In der Mitte des Flusses fuhr ein Wasserbus vorbei, dessen Fahrgäste fröhlich winkten. Die Anlegestellen an der Isle of Dogs lagen unter einer dicken, grauen Dunstglocke. An den Lastkähnen versuchte ich mich nach oben zu ziehen, wie die Jungs es getan hatten, aber ich rutschte an der Algenschicht am Rand ab. Ich zog mir Splitter in die Hände und brach mir die Nägel ab, als ich mich an der Seitenwand festkrallen wollte.

»Schwächling!«, rief Mark. »Echt armselig, was, Seb?«

»Lass sie ihn Ruhe«, sagte Seb, und mir ging das Herz auf. Nahe beim Heck fand ich einen Reifen an der Schiffswand, in den ich den Fuß stemmen konnte, um an Bord zu klettern. Die Jungs hatten aus einem alten Fischernetz eine Tasche gebastelt, sie an ein Seil gebunden und darin Bierdosen und Chipstüten mitgebracht. Die Bierdosen hatten sie im Netz ins kühlende Wasser gehängt. Wir legten uns auf den heißen Holzboden, wo uns von draußen niemand sehen konnte, und ließen von der Sonne unsere nasse Kleidung trocknen. Es machte leise *Klopf Klopf Klopf,* wenn die Kähne zusammenstießen. Dann fuhr ein Polizeiboot vorbei und schlug solche Wellen, dass die Kähne schwankten, knarrten und erschreckend heftig aneinanderknallten und wir herumgeworfen wurden wie in einem Sturm.

Als sie wieder still lagen, gab es nichts außer der Sonne, dem brennend heißen Holz und uns. »Mach mal so«, sagte Seb zu mir und formte mit den Lippen ein O.

Ich tat, was er wollte. Er nahm einen Schluck Bier, beugte sich über mich, presste seine Lippen auf meine und ließ die Flüssigkeit langsam in meinen Mund sickern. Sie schmeckte nach Blech und fühlte sich im Vergleich zu ihm kühl an. Mir wurde komisch, als würden meine Beine in der Sonne schmelzen. Dann wandte sich Seb zu Mark um und tat mit ihm das Gleiche. Danach sollte ich es bei beiden machen. Er wollte sehen, wie sich das anfühlte, sagte er. Ständig war er neugierig darauf, wie sich etwas anfühlen würde. Es war wunderbar, wenn die kalte Flüssigkeit zwischen warmen Lippen herausfloss, und so machten wir weiter und tranken gegenseitig aus unseren Mündern, bis das Bier lauwarm wurde.

»Berühr meine Zunge mit deiner«, sagte Seb, also tat ich es. Mark sah zu. Seb schlang seine Zunge um meine und küsste mich lang und heftig. Er schmeckte nach Bier und Fluss.

»Das ist ja eklig«, meinte Mark, und Seb löste sich von mir und küsste stattdessen ihn. Danach hielt Mark die Klappe.

»Ich tauche jetzt unter den Booten durch«, sagte Seb.

»Nicht, Seb. Wieso willst du das machen?«

»Wieso will man irgendwas machen? Ich will sehen, ob ich es kann.«

»Und wenn dir auf halbem Weg die Luft ausgeht?«

»Stell dich nicht so an.«

Mark stand lachend auf und sagte: »Du spinnst«, als Seb ins Wasser sprang und unter den Kähnen verschwand.

»So ein gehirnamputierter Blödmann«, lästerte Mark, während wir auf der anderen Seite auf Seb warteten. Ich wollte, dass er ruhig war. Ich wollte selbst die Luft anhalten, bis Seb zurück war, um sicher zu sein, dass man das konnte. Um sicher zu sein, dass Seb leben würde.

Es dauerte eine Ewigkeit, bis er auftauchte und den Kopf schüttelte, um das Wasser aus den Ohren zu bekommen. Dann packte er die Reling und war blitzschnell auf das Boot geklettert.

»Na los, du bist dran«, sagte Seb, und Mark, der nicht so mutig war, redete sich damit heraus, er müsse nach Hause.

Wir sahen ihm nach, als er zum Ufer schwamm. Dann sollte ich mich auf Seb legen.

»Zieh das Kleid aus«, befahl er. Ich gab ihm eine Ohrfeige.

»Autsch!« Er drehte den Kopf zur Seite und sagte: »Mach schon.«

»Nur wenn du deine Unterhose ausziehst.«

»Abgemacht.«

Er streifte seine Hose ab, ich schälte mich aus meinem Kleid. Weil ich noch nicht so weit entwickelt war, um einen BH zu tragen, lag ich mit nacktem Oberkörper auf ihm, und wir schienen miteinander zu verschmelzen, unsere Körper fügten sich perfekt aneinander. Wir waren wie Teile eines 3D-Puzzles, die nur zusammen ein vollständiges, makelloses Ganzes ergaben. An dieses Gefühl erinnere ich mich am deutlichsten, als ich dem gleichen Weg folge, den ich damals über den Fußweg zu unserem Haus gelaufen bin. An unsere vereinten Körper, warm von der Sonne, leicht klebrig von den Abwässern im Fluss und nach Schlamm riechend.

Ich habe Seb geliebt, das muss ich wohl nicht erst sagen. Für mich war er das schönste Wesen, das es gab. An diesem Tag auf dem Lastkahn habe ich auf sein Gesicht hinabgeblickt und mich gefragt, wie jemand so vollkommen geschaffen sein konnte. Er hatte große, mandelförmige, blaue Augen und Lippen, die ständig so rot aussahen, als hätte er gerade Erdbeereis am Stiel gegessen. Seine Mundwinkel zeigten nach unten, als wären ihm alle Menschen zu dumm, als würde er darauf warten, dass die Welt endlich mit ihm gleichzog. Ich spürte seine kantigen Hüftknochen, die sich direkt unter meinen in mein Fleisch drückten, seine warme Haut über den Rippenbögen, die sich zwischen meine fügten, und meine noch kaum weiche Brust, die sich an seine schmiegte.

»Leg dich unter mich«, sagte er nach einiger Zeit, also drehten wir uns herum. Vage kam mir der Gedanke, dass ich ihn vielleicht aufhalten sollte. Ich wand mich unter ihm und versuchte, ihn von mir zu stoßen. Aber ich erinnere mich bis heute an das warme Holzdeck des Kahns unter meinem Rücken, während er mich in den Armen hielt, und an das Geräusch seines Atems in meinem Ohr.

Besorgt und angespannt erreiche ich das Flusshaus. Was, wenn Jez schon aufgewacht ist? Wenn er gegangen ist, bevor ich mich ordentlich verabschieden konnte? Ich hätte ihn nicht allein lassen dürfen.

In meiner Manteltasche umklammere ich Mutters Flurazepam und reibe mit dem Daumen darüber. Ich laufe die Stufen in den ersten Stock hinauf, dann die steile Treppe zu dem Absatz vor dem Musikzimmer. Durch die schmalen Oberlichter unter der Decke fällt Licht herein. Als ich die Klinke herunterdrücke und die Tür öffne, wage ich kaum zu hoffen.

Er ist da. Noch immer benommen, aber er hat die Augen geöffnet.

Ich gehe direkt zu ihm und setze mich auf das Bett.

»Du bist umgekippt.«

»Was?«

»Gestern Abend. Nach ein paar Gläsern Wein zu viel.«

Ich betrachte ihn. Ein Prinz, der aus einem hundertjährigen Schlaf erwacht. Er versucht, den Kopf zu heben, runzelt die Stirn und gibt es schließlich auf.

»Ist schon gut. Du bist im Flusshaus. Weißt du noch?«

»Ach du Scheiße!«

»Keine Sorge. Wir trinken alle mal zu viel, das kannst du mir glauben. Das kann jedem passieren.«

»Wie spät ist es? Mein Zug geht um halb elf.«

»Ach, halb elf ist längst vorbei! Aber es fahren noch genug andere Züge. Wir sagen allen Bescheid, aber eins nach dem anderen.«

»Mir ist schlecht.«

Das Licht ist ihm zu grell, er kneift die Augen zusammen und stützt sich auf einen Ellbogen.

»Du musst etwas trinken. Hier.«

Ich nehme das Glas vom Nachttisch, halte es ihm an die Lippen und beobachte, wie sie feucht werden, als er einen Schluck trinkt. Ein Wassertropfen verfängt sich in den knabenhaften Stoppeln auf seiner Oberlippe. Er funkelt silbrig, bevor Jez ihn ableckt.

»Verdammt. Was zum Teufel haben wir gestern Abend getrunken?«

Obwohl er den Stimmbruch längst hinter sich hat, hört er sich nicht wie ein Erwachsener an. Seine Stimme klingt noch kindlich. Er schließt die Augen und lässt den Kopf wieder auf das Kissen sinken.

»Du fängst dich schon wieder. In einer halben Stunde bringe ich dir Bagels und Kaffee. Da drin kannst du duschen.« Ich deute mit dem Kopf auf das angeschlossene Badezimmer. »Wie trinkst du deinen Kaffee?«

Er sieht wieder zu mir auf, das Gesicht zerknautscht, aber die Haut noch ganz fein, wie gewellte Seide. Volle Lippen. Mick-Jagger-Lippen. Sängerlippen. Irgendwann, das kann ich schon sehen, wird er diese Falten zwischen Nase und Lippen bekommen, die Rocksänger haben. Seb hätte sie auch bekommen.

»Stark. Nicht zu viel Milch. Zwei Löffel Zucker.«

Es ist schön dazustehen und ihn anzusehen, doch ich will ihn nicht beunruhigen.

»Ich gehe runter und mache Frühstück.«

»Ich habe Alicia gar keine SMS geschickt. Meine Mutter habe ich auch nicht angerufen«, sagt er, als ich an der Tür bin. Ein Glück, denn es erinnert mich an das Handy in seiner Lederjacke, die in der Küche über einer Stuhllehne hängt.

»Alles zu seiner Zeit«, sage ich ihm. »Erst mal musst du auf die Beine kommen.« Ich ziehe die Tür hinter mir zu und bleibe stehen, bis ich höre, wie er ins Badezimmer geht und das Wasser andreht.

In der Küche denke ich gar nicht erst nach. Ich angle das Handy aus seiner Tasche, gehe nach draußen und überquere den Weg zum Fluss. Zum Glück kommt die Flut, so dass der Uferstreifen nicht trocken ist, sondern rötlich braunes Wasser gegen die Mauer schwappt. Als hinter mir ein paar Touristen vorbeigehen, lehne ich mich an die Mauer und beobachte die Kähne, die sanft aneinanderstoßen. Ich warte, bis die Touristen außer Sichtweite sind, bevor ich das Handy in der Tiefe verschwinden lasse.

Als ich mit Kaffee und Bagels zu Jez zurückkehre, steht er mit Jeans, aber ohne Hemd im Zimmer und reibt sich mit einem Handtuch die Haare trocken. Es duftet nach der Zitronengrasseife, die ich ins Bad gelegt habe. Unter dem Handtuch hervor sieht sich Jez das Frühstückstablett an. Ich habe Kaffee in dem italienischen Espressoding gemacht, das ich immer für Kaffeeliebhaber benutze, Toast aus Biobrot, Bagels und ein Schälchen mit meiner Marmelade mitgebracht.

»Setz dich. Du musst was essen«, sage ich. Er lässt sich auf das Bett plumpsen. Er hat breite Schultern, aber die Knochen sind noch zart. Vor ihm liegt noch eine weite Entwicklung. Eine winzig schmale Linie zieht sich über seinen Bauch, weil er sich vornüberbeugt.

Er legt zwei Bagelhälften zusammen und beißt ein großes Stück ab. Lehnt sich gegen das Kissen und schlürft etwas Kaffee, dann verputzt er den restlichen Bagel mit wenigen weiteren Bissen. Die Sonne, die durch die Oberlichter über den Bücherwänden strömt, wärmt das Zimmer. Es ist angenehm. Mehr als angenehm. Luxuriös. Bei mir hat er es wirklich gut getroffen.

»Du musst nicht gehen, weißt du«, sage ich. »Ich habe heute nichts vor. Du kannst gerne bleiben. Spiel etwas Gitarre, entspann dich, und ich buche nachher eine Fahrkarte für den Eurostar für dich. Aber das musst du natürlich wissen.«

Abwägend sieht er mich an.

»Für die Fahrt bin ich wirklich etwas durch den Wind, aber störe ich Sie denn nicht?«

Ich lächle. »Überhaupt nicht.«

»Alicia ist bestimmt sauer, dass ich sie gestern versetzt habe. Und ich sollte meiner Mum sagen, wo ich bin. Ich wollte heute zurückkommen.«

»Das ist aber rücksichtsvoll!«, sage ich.

Und ich bin wirklich überrascht. Kit habe ich in diesem Alter angebettelt, mir zu sagen, wo sie war, und sie hat es trotzdem nie gemacht. Wenn ich sie anrufen wollte, hatte sie ihr Handy immer ausgestellt, oder der Akku war leer. Und wenn ich geschimpft habe, weil sie sich nicht gemeldet hat, hatte sie angeblich kein Guthaben auf ihrer Karte.

»Ich gehe runter und hole mein Handy«, sagt er.

Es ist zu spät, um ihn aufzuhalten, und ich will ihm keine Angst machen. Mir bleibt nichts anderes übrig als zuzusehen, wie er das Musikzimmer verlässt und die Treppe hinuntergeht. Ich gehe ein enormes Risiko ein, um sein Vertrauen zu gewinnen. Nichts würde ihn davon abhalten, mein Haus und mein Leben für immer zu verlassen. Ich rede mir ein, ich sollte es als Test sehen, damit ich weiß, woran ich bei ihm bin. Ich muss wissen, dass er genauso sehr hierbleiben will, wie ich ihn bei mir behalten möchte.

Diese wenigen Minuten sind eine Qual. Ich kann mich kaum rühren. Kein Geräusch entgeht mir, als er unten nach seinem Handy sucht. Falls er zur Küchentür gehen sollte, ohne sich zu verabschieden, werde ich es merken. Ich werde hinunterlaufen und ihn bitten, mit mir ein paar Möbel umzustellen, bevor er geht. Und als braver Junge, der er ist, wird er mir die Bitte nicht abschlagen können. Ich darf ihn nicht verlieren.

Reglos lehne ich mich gegen die Tür, als eine andere Erinnerung in mir wach wird. Ebenfalls ein Abschied. Wir waren in einer Garage. Es roch nach Benzin, Öl und Erwachsenenschweiß. Jemand warf einen Koffer in den Kofferraum. Ich sehe Sebs Gesicht so klar und deutlich vor mir, als wäre er jetzt hier. Das Grinsen auf seinen Lippen. Dieser Blick, den ich so gut kenne, die Verachtung für Autorität getarnt mit süffisantem Charme.

»Wir müssen los. Steig ein, Seb.«

Er lachte über meine Wut, als er auf dem Beifahrersitz Platz nahm. Dann sah er zu mir hoch und zeigte mir mit einem Schulterzucken, dass er nicht gehen würde, wenn er es nicht müsste.

»Dann tu es nicht, Seb«, sagte ich. »Geh nicht. Lass dich nicht dazu zwingen.«

Die Autotüren knallten zu. Ich zog an dem Griff, aber die Tür war schon verriegelt, und Seb schnallte sich an. Als er wieder aufblickte, konnte ich ihm ansehen, dass er sich schon veränderte, dass er sich schon damit abfand und sich sogar ein wenig darauf freute, was ihn erwartete.

»Nicht, Seb! Gib nicht nach!«

»Mein Gott, kannst du sie nicht beruhigen? Sonst tut sie sich oder jemand anderem noch weh. Halt sie fest. Wir müssen los.«

Mein Schreien und Treten würden mich nicht weiterbringen, das wusste ich, aber etwas anderes blieb mir nicht. Jemand packte meinen Arm und zog mich von dem Auto weg. Dann sprang der Motor an, und der Wagen schoss rückwärts aus der Garage. Seb sah mich nicht an. Er starrte geradeaus, seiner Zukunft entgegen, als hätte er mich in diesem Moment schon vergessen.

Nicht nur die Trennung von ihm war unerträglich, sondern auch das schreckliche Gefühl, dass es gar nicht so weit gekommen wäre, wenn ich mich anders verhalten hätte, wenn ich meine Verzweiflung nicht gezeigt und keinen Riesenfehler begangen hätte.

Als ich endlich Schritte auf den Holzstufen höre, rauscht eine warme Woge der Erleichterung und Dankbarkeit durch mich. Jez kommt freiwillig zurück. Mir fällt der Schlüssel auf, der von innen in der Tür steckt. Ich lasse ihn in meine Tasche gleiten.

Ich räume etwas auf und sehe nach, ob im Badezimmer ein frisches Handtuch liegt und Seife und Toilettenpapier reichen. Ein paar Einwegrasierer von Bic, die ein Gast vor ein paar Jahren vergessen hat, platziere ich auf der Ablage, damit Jez weiß, dass er sie gern benutzen kann. Als er hereinkommt und sich auf das Bett setzt, muss ich mich beherrschen, damit ich ihn nicht umarme und ihm danke, dass er mich nicht verlassen hat.

»Es ist nicht da«, sagt er. »Komisch, ich weiß genau, dass ich es gestern noch hatte. Hoffentlich hat es mir niemand geklaut.«

»Willst du meines benutzen?«

»Ich kenne Alicias Nummer nicht auswendig, sie war gespeichert.« Ich wusste, dass er das sagen würde. »Aber wenn Sie nichts dagegen haben, könnte ich meine Mutter anrufen.«

»Wer könnte denn sonst Alicias Nummer haben?«

»Vielleicht Barney.«

»Hör zu, ich rufe Helen an. Sie kann allen Bescheid sagen. Auch deiner Mutter.«

»Cool«, sagt er mit einem Lächeln. Seine Zähne blitzen weiß, seine Augen sind sanftbraun wie Kastanien.

»Das Angebot von gestern gilt noch, du kannst alles ausprobieren, wenn du möchtest. Da sind ein Aufnahmegerät und drei Gitarren, auf denen du spielen kannst. Probier doch mal die Zwölfsaiter aus.«

»Eine Zwölfsaiter! Damit habe ich gerade angefangen.«

»Da steht auch ein Verstärker für die E-Gitarre.«

Mit ausholender Geste deute ich auf die wunderbaren Instrumente und Geräte, die ihm zur Verfügung stehen. Greg hat jahrelang die Ausstattung des Musikzimmers aufgestockt und seinem alten Traum von einer Karriere als Gitarrist nachgehangen, während er in der Medizin so weit aufgestiegen ist, dass er reichlich Geld für den neuesten musikalischen Schnickschnack hatte, aber keine Zeit zum Spielen. Auf meine Bitte hin hat er das Zimmer sogar schallisoliert. Ein junger, talentierter Gitarrist wie Jez hätte sich keine bessere Bleibe wünschen können.

»Wenn du willst, rufe ich ein paar der Kontakte an, von denen ich erzählt habe. Vielleicht können sie dir einen Plattenvertrag oder so was beschaffen.«

»Ist ja irre. Wenn das Barney und Theo hören!«

Ich lächle. Jez braucht mich, genau wie Seb mich gebraucht hat, auch wenn er es nie zugeben wollte.

»Was glauben Sie, wann sie kommen?«

»Wer?«

»Ihre Kontakte. Was sind das für Leute? Manager?«

»Als Erster ist mir ein Opernsänger eingefallen. Aber er kennt jeden in der Branche. Auch ein paar Bandmanager. Überlass das ruhig mir.«

»Fett.« Er grinst. »Wo ist eigentlich Ihr Mann?«

»Greg? Er ist unterwegs. Die Arbeit.«

»Er ist bestimmt ein guter Musiker.«

»Ach, weißt du, das ist ein Kapitel für sich. Mittlerweile kommt er kaum noch zum Spielen.«

»Heißt das, die ganzen Sachen werden nicht benutzt? Sie stehen hier nur rum?«

»Es gibt ja noch Kit. Aber sie ist jetzt an der Uni.«

»Ja, richtig, Kit. Sie war mit Theo in einer Klasse, bevor wir nach Paris gezogen sind.«

»Stimmt.«

Einen Moment lang schweigen wir, während er aufsteht, zum Verstärker geht und an den Knöpfen herumdreht. Dann wendet er sich um.

»Dann sind Sie ja ganz allein hier.«

Ich zögere, bevor ich antworte.

»Nur im Moment. Ich gehe nicht gern aus dem Haus. Auch wenn Greg mich oft bittet, ihn zu begleiten.«

»Krass«, sagt er. »Ich würde hier auch nicht weggehen wollen. Dieses Zimmer ist der Hammer.« Er geht zu den Fenstern hinüber. »Von hier aus kann man alles sehen. Besser als vom London Eye! Canary Wharf, Docklands. Die O2-Arena. Das ist so cool.«

Er sagt das, als hätte ich vielleicht noch nie selbst hinausgesehen. Als müsste er mir diese Dinge erst zeigen. Ich finde das reizend. Ich staple das Frühstücksgeschirr auf dem Tablett, und als er Gregs Plattensammlung durchsieht, will ich gehen.

»Sonia.« Bei der Tür bleibe ich stehen und drehe mich um. »Danke.« Wir lächeln uns an.

Ich gehe hinaus. Draußen starre ich kurz die Tür an, bevor ich mich entscheide. Dann ziehe ich sie zu, drehe den Schlüssel herum und gehe nach unten.

Kapitel Vier

Samstagabend

Sonia

Das Flusshaus hat einen Nachteil, über den Kit sich nach unserem Umzug bitter beschwert hat. Es hat keinen Garten. Der Hof zwischen der Küchentür und der Mauer zum Fußweg ist gepflastert und zu schmal, um diesen Namen zu verdienen. Das eine oder andere habe ich draußen in Töpfen angepflanzt, aber gegen den schattigen Standort führe ich einen aussichtslosen Kampf. Meine Mutter hat in Beeten aus ausrangierten Ziegelsteinen Kletterpflanzen gezogen. Mittlerweile sind viele Ziegel durch den Frost in schartige Stücke zersprungen. Neben dem Blauregen wetteifern Wilder Wein und eine Kletterhortensie mit einem hartnäckigen dunkelgrünen Efeu um die Vormacht. Das ganze Haus leidet den Großteil des Tages unter Lichtmangel, nur das Musikzimmer wird von den Oberlichtern erhellt.

Die Haustür zur Straßenseite benutzen wir nie. Zurzeit wird sie ohnehin von Gregs Schreibtisch und seinem alten Computer verstellt. Stattdessen kommen und gehen wir durch die Tür in der Mauer, die auf den Uferweg führt.

Als wir in das Flusshaus zurückgekehrt sind, hat Kit das große Schlafzimmer nach vorne auf die Straße hinaus bekommen, während Greg und ich uns das etwas kleinere Zimmer auf der Rückseite geteilt haben, das wenigstens morgens vom Fluss her Licht bekommt. Früher war das mein Kinderzimmer.

Es gibt noch ein Schlafzimmer, aber das benutzen wir nicht. Eine weitere Treppe führt zum Musikzimmer hinauf. Meine Eltern hätten den Boden gern komplett ausgebaut, doch die flache Dachneigung ließ das nicht zu. Man kann den Dachboden, der durch mein Zimmer zu erreichen ist, nicht einmal betreten. Deshalb haben sie dieses seltsame, eckige Türmchen mit den Oberlichtern gebaut, die einen freien Blick auf den Fluss bieten, wenn man sich auf einen Stuhl stellt, hinüber zur Isle of Dogs und dem, was heute Canary Wharf ist. Das neue Zimmer wurde wie ein Keil auf eine Dachseite gepfropft, was von außen einen seltsamen Überhang ergibt. Durch eigens eingesetzte Fenster fällt Licht auf die Treppe, auf der es sonst stockdunkel wäre. So kann ich von deren Absatz aus in das Musikzimmer blicken und Jez sehen, ohne selbst gesehen zu werden.

Ich beobachte ihn, hingerissen davon, wie er sich bewegt. Dass die Tür abgeschlossen ist, hat er schon vor einer Weile bemerkt. Er hat dagegen gehämmert. An ihr gerüttelt. Nach mir gebrüllt. Ich war versucht, sofort zu ihm zu gehen und ihn zu beruhigen. Auf keinen Fall will ich ihm Angst machen.

Nach einiger Zeit gibt er das Rufen auf und durchsucht das Zimmer nach etwas, mit dem er das Schloss öffnen kann. Er findet eine Haarnadel und stochert damit ungeschickt im Schlüsselloch herum. Seine Bemühungen sind herzerweichend aussichtslos.

Nachdem er auch das aufgegeben hat, stellt er sich vor die Wand, packt einen der hohen Fenstersimse und zieht sich mit seinen kräftigen Armen hoch. Ein wunderbarer Anblick, wie sich dabei seine Bizepse anspannen. Wie sein T-Shirt hochrutscht und die goldenen Grübchen neben den untersten Wirbeln entblößt. Er sieht, dass er durch diese schmalen Schlitze nicht entkommen kann. Außerdem sind sie abgeschlossen.

Er kehrt zur Tür zurück, hämmert dagegen und ruft nach mir. Jetzt fällt es mir schwer zu widerstehen, aber ich habe Angst, dass er wegläuft, wenn ich ohne richtige Vorbereitung das Zimmer betrete. Dass ich ihn verliere.

Eine Zeitlang sitzt er auf dem Bett, den Kopf in die Hände gestützt. Dann nimmt er eine Gitarre – Gregs Akustikgitarre, die er in unserem Spanienurlaub gekauft hat. In dem Jahr des großes Schweigens, in dem wir uns beinahe getrennt hätten. Aber daran will ich jetzt nicht denken. Jez hat angefangen zu spielen, dieses Mal in einer Art wilder Besessenheit. Er schlägt hektisch die Saiten an und klopft auf den Korpus der Gitarre. Durch Gregs Schallisolierung kann ich die Musik natürlich nicht besonders gut hören, doch auch ohne jede Note mitzubekommen, genieße ich die Feinheiten der langsamen und der schnelleren Stellen, von laut und leise, rhythmischem Schlagen und Melodie. Im Grunde höre ich gar nicht richtig zu, ich achte nur auf den konzentrierten Ausdruck auf seinem Gesicht, diese Intensität, die Gefühle. Als befände er sich ganz und gar in einer anderen Dimension. Das ist mehr als Talent, das ist eine Verschmelzung. Mit etwas Größerem, etwas anderem. Es wird wunderbar sein, ihm beim Gitarrespielen zuzusehen, wenn er den Kopf über den polierten Korpus beugt und die Gefühle aus seiner Seele in seinen Körper und seine Finger steigen und in diesen Noten hervortreten. Er hält die Gitarre, wie er später Frauen halten wird, voll Zärtlichkeit und Rhythmus, mit dem richtigen Instinkt für Geben und Nehmen und dafür, wann er sich zurückhalten und wann er alles geben soll. Bis jetzt kannte ich nur einen Menschen mit diesem Instinkt – Seb.

Als ich mit einem Tablett mit frisch gekochtem Tee zu ihm gehe, schimmert der Fluss in dunklem Kupfer, die Gebäude am anderen Ufer sind in ein fahles Licht getaucht. Er blickt auf, als ich hereinkomme, und legt die Gitarre weg.

»Ich habe geklopft und nach Ihnen gerufen. Warum war die Tür abgeschlossen?« Er steht auf und macht einen Schritt auf die Tür zu, ohne mich aus den Augen zu lassen. Ich bleibe, wo ich bin, um ihm den Weg zu versperren. Sicher ist sicher.

»Entschuldige, Jez. Wie dumm von mir. Das ist reine Gewohnheit. Wegen der teuren Ausstattung hier oben besteht Greg darauf, dass ich abschließe.«

»Ich habe schon leichte Panik bekommen. Ich muss los. Es ist doch bestimmt schon spät.«

»Du hast noch genug Zeit, keine Sorge. Schau mal, ich habe dir …«

»Haben Sie mit Helen gesprochen? Damit sie Alicia sagt, sie soll sich melden?«

»Ach, das. Ja. Sie hätten anrufen können. Aber aus irgendeinem Grund«, ich zucke mit den Schultern und stelle das Tablett auf den Nachttisch, »haben sie das nicht.«

Er starrt mich an, sein Blick wirkt leicht verdutzt.

»Ich habe immer noch üble Kopfschmerzen«, sagt er.

»Das ist normal. Ich habe dir Tee gebracht. Du musst etwas trinken. Und nachher brauchst du was Ordentliches zu essen. Ich habe Arancini, von dem italienischen Stand auf dem Markt.«

»Was?«

»Arancini. Mit Bolognese oder Mozzarella gefüllte Reisbällchen. Köstlich. Und dazu weißen Rioja. Der wird dir schmecken.«

Den Wein zu erwähnen ist ein Fehler. Er verzieht das Gesicht.

»Jetzt ist dir vielleicht nicht danach, aber später wirst du das gegen den Kater brauchen.«

»Danke. Für alles. Aber ich muss wirklich los.« Er sammelt seine Sachen ein, die im Zimmer verstreut liegen: seinen Kapuzenpulli, einen abgefallenen Button, ein Päckchen Kaugummi. Mein Herz fühlt sich an, als würde es zerquetscht, ich bekomme keine Luft. Ich weiß, was er tut, und ich kann es nicht ertragen.

»Geh nicht.«

»Ich muss. Sie werden sich schon fragen, wo ich in den letzten vierundzwanzig Stunden war.«

»Lass sie doch denken, was sie wollen«, sage ich. »Bleib einfach.«

»Ich fühle mich mies. Und Alicia fragt sich bestimmt, was passiert ist. Warum ich den Zug nicht genommen habe. Meine Mutter wird sich Sorgen machen.«

»Jez«, rutscht es mir heraus, und ich merke selbst, dass es wie Betteln klingt. »Und was ist mit mir?«

Als er mich ansieht, wirkt er zum ersten Mal erschrocken.

Mit meiner Verzweiflung habe ich eine wichtige Regel gebrochen. Ich muss eine meiner Profitechniken einsetzen. Muss gelassen klingen. Das Meer der Trostlosigkeit verbergen, das mich zu verschlingen droht.

»Ich habe für heute Abend eine Verabredung abgesagt, weil ich dachte, dass du bleiben willst. Bleib doch, bitte. Wir können Pizza essen, wenn du das lieber magst, oder Burger, was immer du willst. Und ich suche dir die Nummer von meinem Opernfreund raus.«

»Danke, echt. Aber ich gehe jetzt wohl lieber. Ich muss zu Hause anrufen. Die Nummer von Ihrem Freund können Sie mir ja simsen. Ich besorge mir ein neues Handy.«

Ich sehe ihn an, starre ihm direkt in die Augen und denke, so laut ich kann: Tu das nicht. Ich will dich nicht zwingen müssen. Aber er überprüft weiter seine Taschen und schnürt sich die Schuhe zu.

»Mit so einem Kater kannst du nicht nach Hause gehen. Was soll denn Helen denken?«

»Ich trinke noch schnell eine Tasse Tee, dann bin ich weg.«

So weit wollte ich es nicht kommen lassen, aber mir bleibt keine andere Wahl. Ich gehe zu dem Teetablett und lasse mit dem Rücken zu ihm eine Tablette von meiner Mutter in seine Tasse fallen.

»Zucker?«

»Zwei, bitte.«

Zur Sicherheit werfe ich dabei noch eine zweite Tablette in den Tee. Ich rühre gut um, bevor ich Jez die Tasse gebe.

Wir sitzen nebeneinander auf dem Bett und nippen an unserem Tee. Es sollte eigentlich ein schöner Augenblick sein, so wie gestern Abend, aber Jez verpfuscht ihn, indem er immer wieder zur Tür blickt, als wäre er nervös, als könnte er es gar nicht abwarten auszutrinken und von hier wegzukommen.

Es dauert nicht lange, bis das Mittel anschlägt. Erstaunlich, wie gut es wirkt. Ich habe schon fast gedacht, es würde nichts passieren und ich müsste ihn gehen lassen. Aber recht bald werden seine Lider schwer. Er nuschelt, er sei zu müde, um seinen Tee auszutrinken, stellt die Tasse ab und lehnt sich wieder gegen die Kissen. Ich beobachte ihn. Mühsam versucht er, die Augen zu öffnen, seine Lider flackern. Mit den Lippen will er ein Wort formen. Er hebt den Arm, als wollte er nach etwas greifen, das ich ihm hinhalte, aber dann lässt er den Arm fallen, als wäre es zu anstrengend. Die Augen fallen ihm zu, sein Kopf sackt zur Seite. Ich bin selbst erschrocken über das, was ich gewagt habe. Und gleichzeitig überkommt mich eine unglaubliche Ruhe, weil ich ihn habe. Er gehört mir.

Ich stelle meine Tasse ab und beuge mich über ihn. Das Licht von draußen ist beinahe verblasst. Er sieht aus wie jemand aus einem Schwarz-Weiß-Film, die Dämmerung hebt die Schatten auf seinem Gesicht hervor. Er ist noch schöner, als ich zuerst dachte.

Ich lehne mich vor und küsse ihn. Ohne Zunge, nur meine Lippen ruhen sanft auf seinen und spüren ihre weiche Unverbrauchtheit. Beinahe ohne Druck berühre ich ihn, ich bewege mich nicht, bin ganz still und genieße den köstlich weichen Kontakt. Und bin wieder bei Seb, als die Welt sich noch vor uns erstreckte wie eine weite, ewige Spielwiese.

Ich hebe einen seiner Füße an. Er ist so groß, dass ich ihn mit beiden Händen fassen muss. Ich ziehe ihm Turnschuhe und Socken aus. Nicht einmal hier ist etwas unangenehm. Dieses natürliche Parfüm hätte ich nur bei Babys erwartet. Ich staune darüber, wie zart seine Haut ist. Am liebsten würde ich seine rosafarbenen, frisch duftenden Zehen in den Mund nehmen, einen nach dem anderen. Ich stelle mir vor, wie sich seine Haut anfühlen würde, wie die Nägel an meinem Gaumen kratzen. Der Geschmack wäre neu und zart.

Aber es hat seinen ganz eigenen Reiz, sich manches für später aufzuheben. Die Vorfreude zu genießen. Nachdem Jez hier im Musikzimmer ist, habe ich wieder alle Zeit der Welt.

Kapitel Fünf

Samstagabend

Helen

Schwangere Leiber ohne Köpfe und Beine thronten in der Galerie verstreut auf Sockeln. Helen stützte sich mit einem Weinglas in der Hand auf einer Säule ab. Sie stellte sich anders hin, um gelassener zu wirken, und trank einen großen Schluck. Ihre Handflächen waren feucht.

Neben den Torsos gab es als Herzstück der Ausstellung ein Wasserbecken, über das Ultraschallaufnahmen von Föten projiziert wurden, und eine Gemäldeserie in kräftigen Orangetönen mit dem Titel »Variationen über das Swadhisthana«.

»Es geht um das Sakralchakra. Den Sitz von Fruchtbarkeit und Schaffenskraft.« Nadias Stimme direkt neben ihrem Ohr ließ Helen zusammenzucken. »Ich glaube ja fest, dass mir orangefarbene Achate geholfen haben, schwanger zu werden. Deshalb habe ich die Farbe so viel benutzt.« Nadia war mit fünfundvierzig zum ersten Mal schwanger geworden und benahm sich, als hätte noch nie eine Frau ein Kind bekommen.

»Ach so«, sagte Helen. »Aber warum die Gipsabdrücke?«

»Ich weiß, das ist nicht besonders originell«, meinte Nadia. »Heutzutage macht die ja jeder. Aber ich wollte jede Phase einfangen. Ich habe Modroc benutzt, aus dem Internet. Ein unglaublich vielseitiges Material.«

»Sie sind wirklich realistisch«, sagte Helen. »Man kann jede winzige Falte und Unebenheit in der Haut erkennen.«

Ihr fiel der dunkle Abdruck auf, den ihre feuchte Hand auf ihrem Rock hinterlassen hatte. Sie veränderte ihre Haltung, um ihn zu verstecken, und blickte zu Pierre, Nadias Partner, hinüber, der mit einem Tablett voll Weingläser eine Runde drehte.

»Kennst du hier jemanden?«, fragte Nadia. »Soll ich dich ein paar Leuten vorstellen?«

Helen öffnete den Mund, schloss ihn wieder und holte Luft.

»Hast du Ben und Miranda nicht eingeladen?« Die Worte klangen gezwungen und zu laut.

»Nein, nein, die sind weg. Madagaskar oder so was. Winterurlaub.«

Diese Neuigkeit musste Helen erst verdauen. Sie war erleichtert, ihm nicht über den Weg zu laufen, und entsetzt, dass er noch mit seiner Frau zusammen war. Sie schluckte.

»Was ist mit Greg und Sonia? Ich dachte, sie wären vielleicht hier«, fragte sie in einem heiteren Ton.

»Ich habe ihnen bei der Feier zu Micks Fünfzigstem eine Einladung gegeben.« Nadia musterte über Helens Kopf hinweg ein paar Frauen, die gerade hereingekommen waren. »Sonia hat doch richtig gut ausgesehen nach allem, was Greg über sie erzählt hat.« Mit beiden Händen hob Nadia ihren Babybauch sanft an und ließ ihn wieder sinken. »Keine Ahnung, wie sie das schafft. Ich fühle mich im Moment auch unglaublich wohl in meinem Körper.« Sie schloss die Augen und lächelte selig. »Einer der Jungs hat sie als MIGF bezeichnet! Mutter, die ich gerne ficken würde«, fügte sie hinzu, als würde Helen eine Erklärung brauchen.

»Was meinst du, was hat Greg denn erzählt?«, fragte Helen.

»Er hat Pierre wieder gesagt, dass er sich ihretwegen Sorgen macht. Sie sei so – sonderbar, hat er wohl gesagt.«

»Ach?«

»Weil Kit ausgezogen ist und er öfter in Genf zu tun hat, sieht er keinen Grund mehr, in dem alten Haus von Sonias Eltern zu bleiben. Aber sie will nicht umziehen.«

»Sie liebt das Flusshaus«, sagte Helen. »Wer würde das nicht? Die Lage ist einmalig.«

»Es geht noch um mehr. Greg glaubt, sie hätte eine Depression. Du musst doch zugeben, dass sie auf der Party nicht gerade Heiterkeit versprüht hat.«

»Ehrlich gesagt höre ich kaum noch was von ihr, seit die Kinder groß sind. Seit Kit auf der Uni ist, interessiert sich Sonia nicht mehr für mich. Wahrscheinlich hält sie nicht mehr so viel von mir, nachdem meine Söhne die Schule geschmissen haben. Aber sie fehlt mir. Früher hätten wir zusammen draußen gestanden und eine geraucht.«

»Ich sage ja nur, was Pierre von Greg gehört hat«, sagte Nadia. »Wo ist sie denn heute Abend?«

»Vielleicht dürfte ich das gar nicht sagen, aber ich tue es trotzdem«, meinte Helen, während sie sich von Pierre ein neues Glas Wein geben ließ. »Es ist verdammt typisch für Greg, dass er Sonia irgendein Problem anhängt, weil sie eine andere Meinung hat. So hat er das schon immer gemacht. Er ist ein Kontrollfreak.«

»Und du konntest Greg noch nie leiden«, sagte Nadia lächelnd.

»Da du es schon sagst: nicht besonders«, stimmte Helen zu.

Als Nadia dem Grüppchen Frauen zulächelte, die gerade hereingekommen waren, schämte sich Helen entsetzlich, weil sie laut ausgesprochen hatte, was sie von Greg hielt. Er war mit Pierre befreundet. Sie hatte noch nie gewusst, wann sie besser den Mund halten sollte. Sonia war also eine MIGF. Und

Ben war mit Miranda in Madagaskar. Helens Anspannung ließ nach, ihre Laune verschlechterte sich. Von den Neuankömmlingen an der Tür kamen bewundernde Laute und Rufe. Nadia wurde von einer der Kunstliebhaberinnen entführt, und Helen sah, dass die letzten Weingläser vom Tablett verschwunden waren. Zeit zu gehen.

Draußen blieb sie kurz auf dem Gehweg stehen, wickelte ihre blaue Kapuzenjacke enger um sich und streifte ihre burgunderroten Autohandschuhe über, die in den Taschen gesteckt hatten. Sie stampfte mit den Wildlederstiefeln auf den Boden, auf dem schon der erste Frost glitzerte, bevor sie sich auf den Weg zu ihrem Auto an der nächsten Ecke machte. Auf der anderen Straßenseite drängelten ein paar Jungen aus einem Taxi und in ein viktorianisches Lagerhaus, das jetzt eine Art Club beherbergte. Ihr Atem stieg als weiße Wölkchen auf, als sie den Gehweg überquerten. Helen war die ganze Woche über von Jungs im Teenageralter umgeben gewesen. Von den hilfsbedürftigen bei der Arbeit und zu Hause von ihren eigenen beiden und ihrem Neffen Jez. Überall und ständig schien sie schlaksige Beine und hängende Schultern zu sehen. Sie wünschte sich, sie hätte mehr Kontakt zu Frauen. Zu Menschen, mit denen sie wirklich reden und über ihre Gefühle sprechen könnte. Bei Nadia drehte sich fast alles um ihre Schwangerschaft, Sonia blieb zur Zeit offenbar lieber allein, und Helens Schwester Maria war viel zu sehr auf Konkurrenz bedacht, wenn es um ihre Söhne ging. Ihr könnte sich Helen auf keinen Fall anvertrauen.

Auch einige Vernissagebesucher schlenderten hinüber zu dem Lagerhaus. Mittelalterliches Volk, das jung sein will, dachte Helen, bevor ihr aufging, dass diese Leute jünger waren als sie selbst. Mittleren Alters, aber jünger als sie. Wie konnte es plötzlich so weit gekommen sein? Sie seufzte tief. Sie wäre gerne mitgegangen und hätte noch etwas getrunken, aber sie war müde und musste noch Auto fahren. Und wahrscheinlich hatte Mick gekocht. Er würde auf sie warten.

Als sie sich anschnallte, wusste sie, dass sie ihr Limit wahrscheinlich überschritten hatte, aber sie fuhr schon seit so vielen Jahren Auto und hatte noch nie pusten müssen. *Ich sehe wohl nicht so aus, als würde ich zu viel trinken,* dachte sie. Die Polizei konzentrierte sich auf die jungen Fahrer. Barneys und Theos Freunde wurden ständig angehalten, obwohl sie nie etwas tranken, wenn sie noch fahren mussten.

Als sie gerade den Zündschlüssel herumdrehte, entdeckte sie auf der Straße vor der Galerie Jez' Freundin. Alicia war allein und wirkte ein wenig verloren. Helen fuhr das Fenster herunter und lehnte sich hinaus.

»Soll ich dich mitnehmen, Alicia?«

Das Mädchen blickte auf. »Ach, cool.«

Helen öffnete die Beifahrertür, und Alicia stieg rasch ein.

»Nach Hause?«

»Muss wohl. Ich dachte, ich würde Jez bei Nadia treffen. Ich war mit ein paar Leuten aus meinem Kunstkurs da. Wir hatten ihn auch eingeladen. Wissen Sie, wo er steckt? Ich habe ihn seit Donnerstag nicht mehr gesehen.«

»Eigentlich dachte ich, er wäre bei dir«, antwortete Helen. Wann hatte sie ihren Neffen zuletzt gesehen? Nicht gestern Abend. Es könnte gut Donnerstag gewesen sein, als Alicia vorbeigekommen war und die beiden am Computer diese Buttons gemacht hatten.

Beim Losfahren warf Helen dem Mädchen einen Blick zu. Alicia war immer wieder ins Haus geschwirrt, seit Jez am letzten Samstag angekommen war, aber Helen hatte sie kaum zur

Kenntnis genommen. Jetzt fiel ihr auf, wie hübsch das Mädchen war, ein fein geschnittenes Gesicht, elfengleich, blasse Haut. Im Grunde noch ein Kind. Mit einem leichten Stirnrunzeln blickte sie starr geradeaus.

»Alles in Ordnung?«, fragte Helen. Sie fuhr etwas zu schnell durch den Kreisverkehr an der Old Street und bremste, als sie Richtung Stadt abbog.

»Nein. Er geht nicht ans Handy und reagiert nicht auf meine SMS.«

»Er wollte an diesem Wochenende eigentlich zurück nach Paris fahren und sollte uns noch sagen, welchen Zug er nimmt, aber ich war kaum zu Hause. Die Jungs wissen es bestimmt.«

»Wir wollten uns gestern in dem Tunnel treffen. Er ist nicht gekommen, und jetzt mache ich mir Sorgen. Das passt nicht zu ihm.«

»In welchem Tunnel?«

»Dem Fußgängertunnel. Da treffen wir uns immer, wenn er bei Ihnen in Greenwich ist. Das ist, na ja, in der Mitte und so was wie unser Treffpunkt.«

Mein Gott, dachte Helen, wie kann denn irgendwer den Fußgängertunnel romantisch finden, selbst ein verknallter Teenager? Mit diesem feuchten Boden, als würde der Fluss durchsickern, den weißen Kacheln und den freiliegenden Stromkabeln. Dem Gestank nach altem Urin. Und weil die Fahrstühle nach sieben nicht mehr fuhren, musste man Hunderte Stufen hinauflaufen und dabei hoffen, dass niemand in den Ecken und Schatten lauerte.

»Sei in dem Tunnel lieber vorsichtig«, sagte Helen. »Wo soll ich dich rauslassen? Wenn es kein zu weiter Umweg ist, kann ich dich nach Hause bringen. Oder zur U-Bahn?«

»In die Docklands.«

Helen dachte wieder an Mick, der zu Hause irgendwas kochte. Zu seinen Spezialitäten gehörten Tunfischsteaks mit Udonnudeln, das machte er samstagabends oft. Ein kalter Weißwein und ein Essen vor dem Fernseher. Was wollte sie mehr? Sie hätte sich Nadias Vernissage sparen sollen.

»Das macht mich irre.« Alicia hörte sich an, als sei sie den Tränen nahe. »Er ist bestimmt sauer auf mich.«

»Jez? Bestimmt nicht«, sagte Helen. »Entweder ist er nach Paris gefahren, oder er ist bei seiner Band. Du weißt doch, wie die sind, wenn sie erst mal spielen. Sie vergessen alles um sich herum.«

Alicia zuckte mit den Schultern. »Er ist der beste Leadgitarrist von allen Bands, die ich kenne. Meine Freundinnen sind voll neidisch, weil ich mit ihm zusammen bin. Dabei weiß er nicht mal, wie toll er aussieht. Aber dass er mich so einfach hängen lässt, das ist noch nie passiert. Irgendwas stimmt da nicht.«

Als Helen die Commercial Street erreichte, wurde sie von einem Motorradkurier geschnitten und musste bremsen. Vor ihr wurde die Ampel rot. Sie spürte, wie ihr Blutdruck anstieg. Warum redeten alle ständig von Jez? Maria hatte die ganze Woche über jeden Abend angerufen, um zu hören, wie sich ihr Sohn bei seinen Bewerbungsgesprächen geschlagen und was er gegessen hatte und um Helen daran zu erinnern, wie talentiert er doch war. Maria behandelte Jez wie einen Pudel mit Stammbaum, aber nicht wie einen normalen Teenager. Jetzt zeigte sich seine Freundin ähnlich beweihräuchernd, und das war wirklich nervtötend. Allmählich ließ die Wirkung des Weins nach, und Kopfschmerzen kündigten sich an. Helen sehnte sich nach einem weiteren Drink. Statt Alicia anzubieten, sie nach Hause zu fahren, hätte sie sagen soll: »Sei nicht böse, aber raus mit dir, ich muss nach Hause.« Da reichte man ihnen den kleinen Finger …

»Ich sorge dafür, dass er dich anruft, versprochen«, sagte Helen.

Nachdem sie Alicia zu Hause abgesetzt hatte, wendete sie den Wagen und überlegte, ob sie nicht eigentlich erleichtert war, dass Ben nicht zu der Vernissage gekommen war. Sie musste nicht noch einmal so aufwühlende Gefühle durchmachen, wie Alicia sie beschrieben hatte. Musste nicht mehr auf eine Mail im Posteingang warten, auf den Signalton für eine neue Nachricht. Keine quälende Nervosität mehr bei dem bloßen Gedanken daran, jemanden wiederzusehen. Keine verrückten Verabredungen an unbequemen Orten. Ausgerechnet im Fußgängertunnel! Mit solchen Sachen war sie ein für alle Mal durch. Warum sollte sie eine gerade verheilte Wunde wieder aufreißen?

»Jetzt kannst du mit Mick mal wieder Kultur genießen, denk einfach daran«, redete sich Helen ein, während sie zwischen den hohen, braunen Wänden in den dunklen Schlund des Blackwall-Tunnels eintauchte. »Ihr werdet mehr zusammen unternehmen als früher: Theater, Städtereisen, gutes Essen. Ihr seid euch einig, dass ihr euch auf eure Beziehung konzentrieren wollt. Es war schon richtig, was du gemacht hast.«

Als sie zu Hause den Schlüssel in der Tür herumdrehte, erwartete sie den warmen Duft einer fertigen Mahlzeit auf dem Küchentisch. Mick stand mit ernstem Gesicht in der Tür zum Wohnzimmer, unter dem Arm eine Zeitung. Aus der Küche drang kein einladender Geruch. Es brannte kein Feuer, und im Flur war es kalt.

»Maria hat angerufen«, sagte er. »Jez sollte heute nach Paris zurückfahren. Er ist nicht angekommen.«

Kapitel Sechs

Samstagabend

Helen

Helen folgte Mick ins Wohnzimmer und schraubte den Deckel vom Pinot Grigio ab, den er für sie auf den Tisch gestellt hatte.

»War Maria sicher, dass er heute zurückkommen wollte?«, fragte Helen. »Er sollte uns sagen, welchen Zug er nimmt, aber das hat er nicht gemacht. Er muss wohl noch hier sein.«

»Wann hast du ihn zum letzten Mal gesehen? Ich glaube, bei mir war es am Donnerstag.«

Helen setzte sich. Das Zimmer wirkte freudlos, hier mussten Blumen her. Sie beugte sich zur Seite, um die Lampe über dem Kamin einzuschalten.

»Auch am Donnerstag, glaube ich. Nein, ich habe ihn gestern Mittag gesehen. Genau, er war hier, als ich … von der Arbeit gekommen bin. Kochst du etwas?«

»Helen, wir müssen das klären. Wo ist er jetzt?«

»Bei Alicia jedenfalls nicht. Ich habe sie gerade nach der Vernissage nach Hause gefahren. Sie hat erzählt, dass er sie gestern im Fußgängertunnel versetzt hat. Bestimmt ist er bei den Jungs.«

»Im Fußgängertunnel?«

»Offenbar treffen sie sich immer in der Mitte zwischen Nord und Süd. Irgendwie süß.«

Mick sprang auf und fuhr sich mit den Händen durch die Haare.

»Wir müssten doch wissen, wo der Junge ist! Was sollen wir Maria sagen, wenn sie noch mal anruft?«

Helen schenkte sich etwas ein.

Mick warf ihr einen vielsagenden Blick zu.

»Das ist dringend«, sagte er. »Maria ist völlig aufgelöst.«

»Meine Schwester und aufgelöst. Das ist ja mal was Neues.« Sie sah ihren Mann mit hochgezogenen Augenbrauen an und erwartete, dass er auf ihren alten Witz anspringen würde.

»Es geht doch nicht um Maria. Es geht um Jez. Ich mache mir Sorgen.«

»He, das sieht dir gar nicht ähnlich. Du machst mir ja Angst.«

Als ihre Söhne noch klein waren, war es immer Helen gewesen, die sich um ihre Sicherheit Sorgen gemacht hatte, die nach den Kindersitzen im Auto gesehen und dafür gesorgt hatte, dass die Jungs Fahrradhelme, Schienbeinschoner und Schwimmflügel trugen. Die nachgesehen hatte, ob sich ihre Brust nachts noch hob und senkte. Mick hatte sich nie diese Gedanken gemacht, soweit sie wusste. Jetzt konnte er nicht still sitzen bleiben, und sie fragte sich, ob hinter seiner Sorge noch mehr steckte.

»Hast du es auf seinem Handy probiert?«

»Natürlich.«

»Und hast du heute die Jungs gesehen?«

»Nein. Als ich gegangen bin, haben sie noch geschlafen, und als ich zurückgekommen bin, waren sie weg.«

»Dann ist Jez bestimmt bei ihnen. Beruhig dich doch, Mick. Hier, trink etwas Wein, und ich mache uns was zu essen. Die Jungs sind bestimmt bald zurück, dann geben wir Maria Bescheid.«

Ben und Miranda zusammen in Madagaskar. Daran wollte sie nicht mal denken. Aber sie konnte nicht damit aufhören.

»Wo sind die Handynummern von den Jungs?«

»Auf meinem Handy. In meiner Tasche.«

Helen beförderte ihre Tasche mit einem Tritt zu Mick. Er sah sie an, bevor er ihr Handy heraussuchte und einige Tasten drückte.

»Typisch. Haben beide ihr verdammtes Handy ausgestellt«, sagte er.

Erst nach Mitternacht hörten sie, wie sich die Haustür öffnete und gegen die Wand im Flur knallte. Mick sprang auf, als Barney hereinkam, leicht schwankend, mit hängenden Schultern und die Haare wie immer vor dem Gesicht. Ein Schwall kalter Nachtluft wehte mit ihm herein.

»Mach die Tür zu«, sagte Helen. »Es ist eiskalt. Ist Jez bei dir?«

»Hm?«

»Barney! Hör zu!«, befahl Mick. »Jez ist nicht nach Paris gefahren. Und Alicia hat nichts von ihm gehört. Hast du eine Ahnung, wo er steckt?«

»Vielleicht weiß Theo was.«

Theo tauchte in der Tür auf, mit glänzenden Augen und geröteten Wangen.

»Theo! Wo ist Jez?«

»Jez?«

Helen sah, wie Mick verärgert die Zähne zusammenbiss. Sie wusste, was er dachte: Er hätte seinen Sohn gerne an der ungewaschenen Kapuze seines müffelnden Sweatshirts gepackt und ihn durchgeschüttelt, bis er sich anständig benahm. Seit Jez' Ankunft war Micks Enttäuschung über seine eigenen Söhne mit Händen greifbar. Theo schaltete mit der Fernbedienung den Fernseher ein, aber Mick sagte, er solle ihn wieder ausmachen. Helen bat Barney, nach oben zu laufen und die Heizung auf Dauerbetrieb zu stellen. Den Gedanken ans Essen verwarf sie und schenkte sich stattdessen Wein nach.

»Ich dachte, er wäre nach Hause gefahren«, sagte Theo. »Er hat gesagt, er wollte am Samstag zurück.«

»Nach Paris?«

»Ja. Wohin denn sonst?«

»Da ist er nicht. War er gestern Abend bei dem Gig?«

Distanziert betrachtete Helen diese neue, angespannte Seite ihres Mannes. Sein Gesicht war verkniffen und rot. Auch seine Augenbrauen trieben seltsame Dinge, sie waren buschiger als vorher und irgendwie stärker in Bewegung. Sie überlegte, wann sie ihn eigentlich zum letzten Mal richtig angesehen hatte.

»Wir haben gedacht, er wäre bei Alicia«, sagte Barney.

»Alicia hat ihn nicht gesehen«, erzählte Helen. »Er wollte sich gestern Nachmittag mit ihr im Fußgängertunnel treffen und ist nicht aufgetaucht.«

Theo und Barney sahen sich an.

»Was hat dieser Blick zu bedeuten?«, fragte Helen.

»Nichts«, meinte Theo. »Es ist nur komisch, dass Alicia sich unbedingt da mit ihm treffen will, als wäre es romantisch. Er traut sich nicht, Nein zu sagen. Nicht mal, wenn er lieber was mit uns machen würde.«

»Voll der Knecht«, grummelte Barney, und Theo kicherte.

»Knecht?«

»Er macht, was sie ihm sagt«, erklärte Barney.

»Spielt den Sklaven für die kleine Alicia«, fügte Theo hinzu. »Ich rufe ihn an.«

Sie sind ja vielleicht träge, nichtsnutzige Faulenzer, dachte

Helen tröstlich benebelt vom Alkohol, aber nichts kann einen so gut aufbauen wie ein Sohn. Zwei Söhne.

»Zu seinem Vater kann er nicht gefahren sein, oder?«, fragte Mick. »Könnte er in Marseille sein? Hat er euch irgendwas davon erzählt? Dass er eben nicht nach Paris gefahren ist, meine ich?«

»Nein, von Marseille hat er nichts gesagt«, antwortete Barney.

»Ich komme nicht durch«, meldete Theo. »Hat wohl ausgemacht.«

»Und jetzt?«, fragte Mick. »Was, um Himmels willen, machen wir jetzt?«

Das Gespräch mit Maria wurde lang und schwierig. Helen bemühte sich, ruhig zu bleiben.

»Soweit wir wissen, sitzt er im Zug und fährt nach Hause. Wahrscheinlich ist er auf dem Weg nach St. Pancras in die Stadt gegangen. Vielleicht wollte er noch was einkaufen. Es gibt sicher eine Erklärung.«

»Seine Sachen hat er also mitgenommen?«, fragte Maria.

Helen war noch gar nicht auf den Gedanken gekommen, im Gästezimmer nach Jez' Sachen zu sehen. Mit einer Geste wollte sie Barney losschicken, der gegenüber im Wohnzimmer vor dem Fernseher hing.

»Was?«, fragte Barney, mit einem Auge noch bei dem Film, den er gerade sah. Helen bedeckte das Telefon mit einer Hand.

»Sind Jez' Sachen noch oben? Geh rauf und sieh nach!«, zischte sie.

»Soll ich mich sofort in den Zug setzen?« Marias Stimme hatte sich in hysterische Höhen geschraubt.

»Natürlich nicht«, sagte Helen. »Was ist, wenn er morgen früh in Paris eintrifft? Was er ganz bestimmt tun wird.«

»Wie konntest du eigentlich nicht mitbekommen, dass er heute fahren wollte? Hast du ihm nicht beim Packen geholfen?«

»Maria. Jez ist beinahe sechzehn. Er will doch nicht ständig von seiner Tante betüddelt werden. Ich habe ihn gefragt, welchen Zug er nimmt, aber für den Rest konnte er selbst sorgen.«

Es folgte ein langes Schweigen.

»Was?«, fragte Helen. »Was denkst du gerade?«

»Ich denke, ich hätte ihn gar nicht zu dir lassen sollen. Wir gehen Erziehung völlig unterschiedlich an. Bei dir grenzt sie an Vernachlässigung …«

»Maria! Wir können doch wohl höflich bleiben, auch wenn …«

»Na gut. Das hätte ich nicht sagen sollen. Heute nennt man das wohl wohlwollende Nichtbeachtung. Aber so etwas kennt Jez nicht. So viel Freiheiten hat er hier nicht. Er ist es gewohnt, sich an Termine zu halten und herumgefahren zu werden. Er kommt schon mit der Metro nicht klar. Da ist die Londoner U-Bahn für ihn ein Labyrinth. Mein Gott, was ist ihm nur passiert, Helen?«

»Es gibt bestimmt eine einfache Erklärung. Wir brauchen jetzt erst mal einen anständigen Drink und Schlaf.«

»Ein Drink ist ja dein Allheilmittel.«

Sie schwiegen angespannt, während Helen sich bemühte, nicht anzubeißen.

Maria fuhr fort: »Ich rufe Nadim an. Es geht nicht anders. Er muss wissen, dass sein Sohn vermisst wird.«

Helen wurde ungehalten.

»Jez war nur eine Nacht nicht hier. Das heißt doch nicht, dass er vermisst wird. Und wir tun hier alles, um ihn zu finden.« Sie beendete das Gespräch und wandte sich zu den anderen um. Ihr standen Tränen in den Augen, aus Wut über das schlechte Gewissen und das Gefühl der Unzulänglichkeit, das ihre Schwester ihr vermittelte, und weil sie sich langsam Sorgen machte, Jez könnte tatsächlich etwas zugestoßen sein.

»Sie hat Jez immer zu viel bemuttert. Wahrscheinlich ist es deshalb überhaupt zu dieser scheußlichen Situation gekommen«, sagte sie.

»Keine Sorge, Mum«, meinte Theo. »Es geht ihm bestimmt gut. Er ist ja nicht blöd.«

Barney kam zurück und pflanzte sich wieder vor den Fernseher.

»Und?«, fragte Helen.

»Was?«

»Jez' Sachen. Sind sie da?«

»Ach so, ja. Sind sie. Er hat nicht gepackt. Seine ganzen Klamotten liegen auf dem Boden.«

Helen schloss die Augen. Setzte sich. Stützte den Kopf in die Hände.

»Wann ruft man in solchen Fällen die Polizei an?«, fragte sie durch ihre Finger hindurch.

Kapitel Sieben

Sonntag

Sonia

Sebs Mundharmonika liegt in einem Schuhkarton mit besonderen Dingen, den ich im Gästezimmer aufbewahre. Nervös drücke ich die große, gläserne Türklinke herunter, so lange war ich schon nicht mehr in diesem Zimmer. Aus dem einen oder anderen Grund übernachten selten Gäste bei uns. Es riecht muffig, nach Staub und altem Papier. Graues Licht fällt durch ein kleines Fenster in der Seitenwand des Hauses, auf das die Dächer der Seniorenwohnanlage und die hohen, dunklen Kamine des Kraftwerks ihre Schatten werfen. Auf den meisten Möbeln liegen auch nach unserem Einzug noch Staublaken. Es wäre unsinnig gewesen, die Mahagonikommode aufzudecken, die wir nie benutzen, oder die Ottomane unter dem Fenster.

Der Schuhkarton steht auf einem Regalbrett im Kleiderschrank. Vorsichtig nehme ich ihn heraus, hebe Sebs Palästinensertuch hoch und enthülle damit Dinge, die ich mir jahrelang nicht angesehen habe.

Ich will die Mundharmonika holen, um Jez zu besänftigen. Als ich heute Morgen zu ihm gegangen bin, war er aufgebracht, aber immer noch leicht benebelt von den Tabletten, und ich musste ihn beruhigen. Er dachte, er hätte wieder zu viel getrunken, und schämte sich. Er ist viel zu behütet groß geworden, um sich auch nur vorzustellen, die Freundin seiner Tante könnte ihm etwas in den Tee gemischt haben, und das weckt noch zärtlichere Gefühle in mir. Ich habe ihm versichert, er hätte nichts falsch gemacht, und habe angeboten, ihm zu holen, was immer er will, solange er mein Gast ist. Am Ende bat er bescheiden um die Mundharmonika.

Als ich den Schuhkarton durchsuche, werde ich von einem Brief abgelenkt, der unter dem Palästinensertuch zum Vorschein gekommen ist. Wie alle Briefe von Seb an mich ist er über die Adresse von Mark in Vanburgh Hill gelaufen. Mark hat die Briefe hergebracht und in einer Mauernische am Uferweg versteckt, die wir uns als perfekten stummen Briefkasten ausgesucht hatten.

Auf dem Umschlag sind eine Briefmarke für neun Pence und ein Poststempel – 1. Februar. Das Jahr kann man nicht mehr lesen. Ich vergesse die Mundharmonika für den Moment, öffne den aufgerissenen Umschlag und ziehe den Brief heraus. Die Handschrift, klein, säuberlich und eng, verrät nichts von Sebs Statur. Seit damals habe ich mir den Brief nicht mehr angesehen.

Sonia!!!!!!!

Noch einen Monat in diesem Loch halte ich nicht aus. Keine Mädchen. Nicht mal so abgedrehte wie du, die mir gehorchen! Der ganze Laden hier macht mich langsam irre, und der Fluss ist so verdammt weit weg. Das merke ich jetzt erst richtig.

Du musst mir helfen. Ich habe einen Plan. Die Köchin lässt ihr Fahrrad draußen stehen, ohne abzuschließen. Das leihe ich mir. Es muss am 12. Februar sein. Ich habe die Gezeiten ausgerechnet und alles. Ich haue mit-

tags ab, dann sind alle mit Essen beschäftigt und merken nichts. Ich fahre zu der Isle of Dogs. Du musst auch da sein. Komm mit Tamasa! Auf dem Heimweg gönnen wir uns ein kleines Abenteuer mit dem Floß. Ich gebe dir Morsezeichen. Gegen vier Uhr. Trödel nicht rum. Wenn du das Licht siehst, musst du kommen. Rudere ein Stück den Fluss rauf, ich passe den Gezeitenwechsel ab. Komm zur Anlegestelle, ich warte da. Wenn ich wieder auf unserer Flussseite bin, verstecke ich mich. Komm auf jeden Fall!

Ich schließe die Augen. Krümme langsam die Finger, bis das dünne Papier in meiner Handfläche zerknittert. Ich knülle es fest zusammen.

Wie lange war Seb damals weg? Sicher nicht mehr als ein, zwei Monate. Aber es kam mir vor wie ein ganzes Leben. Hätten wir einen weiteren Monat gewartet, hätten die Ferien angefangen. Aber Zeit ist so dehnbar und wenig greifbar, dass sich damals schon ein einziger Tag wie eine Ewigkeit angefühlt hat. Ich wartete noch ungeduldiger darauf, ihn wieder bei mir zu haben, als er darauf wartete, aus dieser verhassten Schule zu kommen. Ich war ihm hörig. Für ihn hätte ich alles getan. Ich konnte gar nicht anders. Mit Jez ist es genauso. Ich werde alles für ihn tun.

Ich finde die Mundharmonika in ihrem schmalen, roten Kästchen. Lasse die Finger über die Löcher gleiten, durch die Sebs Atem gestrichen ist. Bei dem Gedanken, dass Jez' Atem das Gleiche tun wird, verspüre ich eine tiefe Befriedigung.

Ich bringe Jez die Mundharmonika auf einem Tablett zusammen mit warmer Suppe, einem Brötchen und einem großen Krug Eiswasser. Um aufzuschließen, stelle ich das Tablett im Flur auf den Boden. Als ich das Musikzimmer betrete, prallt etwas von rechts gegen mich, so dass ich vor das Bücherregal geworfen werde und die Tür aufschwingt. Ich greife in das Regal, um mich festzuhalten, aber die Bücher rutschen zur Seite. Ich stolpere, falle und lande auf dem Boden, neben der weit offenen Tür.

»Jez, bitte nicht.«

Er verschwindet durch die Tür, bevor ich mich auch nur aufsetzen kann.

»Ich habe dir die Mundharmonika mitgebracht! Warte auf mich!«

Ich merke selbst, wie armselig ich mich anhöre, während ich zwischen den heruntergefallenen Büchern strample, alle Farben verblassen und mich tiefe Verzweiflung überkommt.

»Bitte, bitte, ich mache, was du willst. Geh nicht.«

Dann höre ich, wie es scheppert, Glas zerbricht und etwas die Treppe hinunterfällt, gefolgt von einem Aufschrei. Endlich komme ich auf die Füße, schiebe die Bücher beiseite und humple zur Tür.

Jez liegt lang hingeschlagen am oberen Ende der Treppe. Der Absatz ist voller Wasser und Glasscherben. Als ich näher komme, dreht er sich herum und starrt zu mir hoch. Sein Gesichtsausdruck erschreckt mich mehr als alles andere.

Es ist nackte Angst.

Er schiebt sich ein Stück weg von mir, mit einer Hand umklammert er seinen rechten Knöchel. Mit der anderen hält er die Suppenschale über den Kopf, als würde er zielen, als wollte er sie gleich nach mir werfen. Ich greife nach seiner Hand, er schleudert die Schale, aber sie verfehlt mich und zerschellt am Türrahmen.

Nach einem Moment Schweigen gehe ich vor ihm in die Hocke und sehe ihn so liebevoll und freundlich an, wie ich nur kann.

»Jez, du bist verletzt. Du musst dir von mir helfen lassen.«

»Ich will nach Hause.« Wimmernd weicht er zurück.

»Du kommst auch nach Hause. Aber ich muss mir deinen Knöchel ansehen. Im Badezimmer habe ich etwas Gel und einen Verband. Bringen wir das erst mal in Ordnung, dann sehen wir weiter.«

»Das tut scheißweh.«

Ich sehe ihm an, wie sehr er sich bemüht, tapfer zu sein. Er muss seinen Fuß auf ein Kissen legen, sage ich ihm, und er soll lieber wieder zum Bett gehen.

»Komm schon, Jez. Lass mich nachsehen.«

Als er aufstehen will, verzieht er wieder das Gesicht.

»Jez.« Ich versuche, seinen Blick aufzufangen. »Das war doch nicht nötig. Ich habe dir die Sachen gebracht, die du haben wolltest. Ich will nur, dass dir nichts passiert, dass du glücklich bist.«

»Mir gefällt das nicht«, sagt er. »Ich will hier nicht eingeschlossen sein.« Er verzieht das Gesicht vor Schmerz oder, was ich nicht mal denken mag, vor Angst.

»In diesem Zustand gehst du jedenfalls nirgendwohin. Ich muss mich erst mal um dich kümmern.«

Er lässt sich von mir aufhelfen und humpelt in das Musikzimmer, nachdem er eingesehen hat, dass ihm wirklich keine andere Wahl bleibt.

Als er sich auf dem Bett zurechtgesetzt hat, schiebe ich den Saum seiner Jeans hoch. Sein Knöchel schwillt schon an und verfärbt sich scheußlich. Es scheint nichts gebrochen zu sein, aber ich vermute, dass er sich den Knöchel übel verstaucht hat.

Ich schließe die Tür ab und gehe nach unten, um den Verbandskasten und Ibuprofen gegen die Schmerzen zu holen.

Zitternd suche ich alles zusammen. Ich fülle Suppe in eine zweite Schale und stelle ihm auf einem neuen Tablett noch einmal das Mittagessen zusammen. Auf dem Weg nach oben stoße ich mit dem Fuß die Scherben zur Seite, um sie später wegzuräumen. Wachsam schiebe ich mich seitlich durch die Tür. Aber dieses Mal wartet er ergeben, er hat zu große Schmerzen oder schämt sich vielleicht zu sehr, um noch einmal eine Dummheit zu versuchen. Er lässt zu, dass ich seinen Fuß anhebe, ihm die Socke ausziehe und das Gel auf die Schwellung reibe. Ganz langsam und so sanft ich kann trage ich es auf. Dann wickle ich den Verband sacht um seinen Knöchel, bis er von dem weißen Stoff umhüllt ist.

»Ist es so besser?«, frage ich.

Seufzend lässt er sich nach hinten sinken und nickt. Er spült die Schmerztablette mit einem Schluck Wasser herunter. Wir sagen nichts.

Immer noch zitternd schließe ich die Tür ab und gehe nach unten. Mir gefällt nicht, was da passiert ist, immerhin zeigt es, dass Jez mir noch nicht vertraut. In der Küche lehne ich mich für eine Weile gegen das Fensterbrett. Starre auf den angeschwollenen Fluss und hoffe, dass mich seine sanften Wellen beruhigen. Aber mein Atem geht schwer, und ein Schluchzer steigt mir die Kehle hinauf.

Es dauert lange, bis ich aufhöre zu weinen. Ich trockne mir die Tränen, dann wickle ich mich in meinen Mantel und gehe nach draußen.

Es hat eine Springflut gegeben, und obwohl bereits die Ebbe eingesetzt hat, ist der Fußweg stellenweise überschwemmt. Touristen arbeiten sich auf Zehenspitzen am Zaun der Universität entlang, um keine nassen Füße zu bekommen. Es verblüfft mich, dass sie miteinander plaudern und lachen können, als sei nichts geschehen, während ich emotional eine solche Tortur durchgemacht habe, dass ich mich schwach und zittrig fühle.

Trotz allem oder vielleicht gerade deswegen will ich Jez heute Abend ein nahrhaftes Essen vorsetzen können.

Ich gehe zum Markt und fülle meinen Korb rasch mit Focaccia, verschiedenen Käsesorten und ein paar Kleinigkeiten von den italienischen und griechischen Ständen, bevor ich am Fluss entlang zurückeile. Hinter mir steht die Sonne sehr tief am Himmel. Mein Schatten erstreckt sich Richtung Osten von meinen Füßen auf dem dunklen Weg bis beinahe zu dem Kohlenanleger, wo mein Kopf den Stacheldraht auf der Mauer streift. Ich bin eine Riesin geworden.

Ich beschließe, noch weiter zu laufen, am Flusshaus vorbei, während nach und nach rund um die O2-Arena Lichter angehen und der Geruch des Flusses, aus dem sich die Flut zurückzieht, meine Gedanken reinigt, bevor mich die zunehmende Dunkelheit zu der Tür in der Mauer zurücktreibt.

Kapitel Acht

Sonntagabend

Sonia

Als ich das Haus erreiche, ist es draußen völlig dunkel geworden. Ich werfe erst einen Blick durch die Oberlichter, bevor ich Jez' Tür öffne. Er sitzt auf dem Bett, den schlimmen Fuß auf ein Kissen gestützt, und spielt Mundharmonika, also öffne ich die Tür, schlüpfe ins Zimmer, verschließe sie wieder und stecke den Schlüssel tief in meine Hosentasche. Nachdem ich mich auf Tränen oder Schmollen oder sogar Wut eingestellt habe, bin ich verblüfft über seine Reaktion.

»Ich habe nachgedacht«, sagt er sofort, als er mich sieht. »Darüber, wie Sie sich um mich kümmern. Dass Sie die Tür abschließen, und dass Sie Helens Freundin sind und so. Ich glaube, Sie planen zusammen was für meinen Geburtstag am Mittwoch.«

Mit einem leisen, triumphierenden Lächeln sieht er mich an, er erwartet sichtlich, dass ich nichts verrate. Offenbar glaubt er, ich hätte Helen geschworen, ihm nichts zu sagen. Also deute ich nur ein wissendes Lächeln an. Er zuckt grinsend mit den Schultern. »Ich verrate nichts«, sagt er.

Ich sehe ihn an. Ich will dich nicht belügen, denke ich. Aber als du mit dem letzten Licht eines Februarnachmittags zu mir gekommen bist, als sei es so vorherbestimmt, habe ich tief in meiner Seele eine seltsame Ruhe verspürt, die ich so lange verloren hatte, dass ich mich kaum an sie erinnern konnte. Ich muss dich hierbehalten, hier im Musikzimmer, in Sicherheit, und ich kann dich noch nicht gehen lassen.

Ich halte inne. Blicke auf, erwarte eine Reaktion von Jez und merke, dass ich nichts davon laut gesagt habe, obwohl die Gedanken so deutlich waren, als hätte ich sie ausgesprochen.

Das Essen stelle ich auf den Tisch neben seinem Bett. Es ist ein gutes Abendessen, auch wenn der Saft wieder mit den Tabletten meiner Mutter versetzt ist. Deshalb habe ich keine Gewissensbisse, ich weiß, dass sich Jez durch das Medikament besser entspannen und schlafen kann.

»Sehen wir erst mal zu, dass es dir besser geht«, sage ich leise. »Hör mal, ich leihe dir meinen Laptop. Welchen Film würdest du gerne sehen?«

Als er alles hat, was er braucht, und die Tabletten ihn schläfrig gemacht haben, lege ich mich auf mein eigenes Bett. Völlig erschöpft lausche ich auf die Geräusche von draußen.

Ich höre das schroffe Brummen eines Polizeiboots, das auf dem Fluss Richtung Osten fährt, das Dröhnen eines Flugzeugs im Landeanflug auf den City Airport. Auf der Straße schrillt die Alarmanlage eines Autos. Wie ich das sanfte, gutturale Tuten der Nebelhörner vermisse. Früher waren sie in den Winternächten oft zu hören, tief und langgezogen, eines nach dem anderen, Ruf und Antwort, als würden diese mächtigen Schiffe miteinander spielen. Wenn ich diese Geräusche hörte, fühlte ich mich im Haus sicher. Wie in einem Hafen, geschützt vor dem Sturm und dem Toben der Welt dort unten.

Der Gedanke an die Nebelhörner beschwört eine Erinnerung herauf. Als mir diese Szene wieder vor Augen tritt, bin ich nicht sicher, ob sie sich einmal oder öfters so abgespielt hat. Sicher bin ich, was die Empfindungen betrifft. Das Gefühl der Seide um meine Handgelenke und Knöchel, begleitet von den Bassklängen der Nebelhörner auf dem Fluss, die durch das Zimmer und durch die Federn des alten Eisenbetts vibrierten.

Ursprünglich hat meine Mutter das Musikzimmer als Ankleideraum benutzt. Deshalb ist es mit einem eigenen Bad mit Dusche und Bidet ausgestattet (was sehr schick war in den Siebzigern, als es eingebaut wurde). Damals war das Zimmer voller Kleiderständer, Hutschachteln und Schals, und einen Schrank hatte meine Mutter mit ihren Kleidern, Mänteln und Pelzstolen vollgestopft.

An diesem Abend waren meine Eltern ausgegangen. Ich muss vierzehn gewesen sein. Seb war bei mir. Wir standen auf Stühlen und starrten durch die Oberlichter auf die erleuchteten Schiffe, die im Dunkeln schwermütig flussaufwärts zur Tower Bridge fuhren. Das Licht erstarb, ein trüber Nebel war aufgezogen. Gelegentlich dröhnte ein Nebelhorn vom Fluss herüber, langgezogen, dumpf und traurig. Im Holzofen brannte ein Feuer. Irgendwann muss ich Seb geärgert haben. Was ich gesagt habe, weiß ich nicht mehr, aber ich erinnere mich noch an die tausend Nadelstiche, die er mir verpasst hat. Er hat mit beiden Händen meinen Unterarm gepackt und die Haut in verschiedene Richtungen gezerrt, bis mich der köstliche Schmerz aufschreien ließ. Er drehte mir den Arm auf den Rücken, zog mich an sich und schob mir die Zunge in den Mund. Dann drückte er mich auf das Bett, das für die seltenen Besucher in diesem Zimmer da war. Er befahl mir, mich auszuziehen. Ich gehorchte. Am Ende gehorchte ich Seb immer, auch wenn ich mich vorher mit einigem Theater weigerte. Während ich meine Jeans abstreifte und mit den Knöpfen meiner Baumwollbluse kämpfte, kramte er aus einer der Hutschachteln eine Handvoll Seidenschals hervor.

»Alles«, sagte er. »Mach schon, zieh alles aus.«

Nacheinander band er mir die Handgelenke über dem Kopf am Bettgestell fest. Dann schlang er mir Schals um die Knöchel und zurrte sie am Rahmen fest. Ich wehrte mich und beschimpfte ihn, aber er lachte und meinte, ich hätte es doch so gewollt.

»Bis morgen«, sagte er und wollte zur Tür gehen.

»Es ist kalt. Du kannst mich doch so hier nicht liegen lassen.« In diesem Moment glaubte ich nicht, dass er es tun würde. Ich genoss einfach das Spielchen.

»Tut mir leid«, sagte er. »Ich muss los.«

»Was soll ich machen, wenn sie zurückkommen? Binde mich los!«

Er zuckte mit den Schultern.

»Seb!«

Er ging zur Tür. Wandte sich um. Und grinste.

»Schönen Abend noch!«, sagte er. Dann drückte er die Klinke herunter, ging hinaus und schloss die Tür hinter sich. Ich konnte seine Schritte auf der Holztreppe hören, die nach unten ins Erdgeschoss führte. Ich zerrte an den Schals. Panik stieg in mir auf. Was, wenn Seb das Haus verließ und mich den ganzen Abend so liegen ließ? Wenn meine Eltern zurückkamen und meine Mutter duschen und sich umziehen wollte? Ich versuchte zu hören, was er unten machte. Ein Geräusch drang nach oben – die Tür zum Hinterhof fiel zu.

Schritte auf der Treppe. Ich versuchte, mich aufzusetzen. Wollte heraushören, von wem sie stammten. Als sich die Tür öffnete, wappnete ich mich innerlich und suchte nach einer Erklärung.

»Wieso liegst du hier nackt auf dem Bett?«, fragte Seb.

»Du spinnst doch!«, zischte ich. »Du Penner. Binde mich los.«

»Was hast du gesagt? Ich habe dich nicht verstanden.«

»Das ist nicht mehr witzig, Seb. Ich hatte Angst.«

»Soll ich dich losbinden?«

»Ja, bitte, bitte.«

Er beugte sich über mich, und ich strampelte, wand mich, hob den Kopf und biss ihm fest in den Hals.

»Autsch. Wie gemein!«, sagte er lachend und drückte meinen Kopf mit der Hand zurück. Dann zog er seine Jeans herunter, band meine Füße los und legte sich auf mich.

Ich drehe mich um. Ständig muss ich an Jez denken, der betäubt über mir auf dem alten Eisenbett liegt und schläft. Ich finde keine Ruhe. Mir fallen die Seidenschals in meinem Kleiderschrank ein.

Ich stehe auf, ziehe meinen Kimono an und gehe mit einem Bündel Seide hinauf in das Musikzimmer.

Oben nutze ich die Gelegenheit, ihn ausgiebig zu betrachten. Ich ziehe die Decke zurück. Er hat sich halb ausgezogen und trägt noch Boxershorts und ein T-Shirt. Offenbar ist er eingeschlafen, als er den Kapuzenpulli ausziehen wollte, denn ein Arm steckt noch im Ärmel. Ich beobachte, wie sich sein Adamsapfel beim Atmen auf und ab bewegt, wie sich sein Brustkorb hebt und senkt. Sein Nabel ist nicht eingesunken, sondern bildet eine vollkommene, flache Vertiefung zwischen seinen Bauchmuskeln, drei kleinen Wölbungen neben zwei winzigen Fältchen. Die Boxershorts hängt locker auf seinem schmalen Becken, seine Beine sind so lang und glatt und muskulös wie die eines Pferdes. Ich würde ihn gerne erstarren lassen, so wie Seb in genau diesem Alter in meiner Erinnerung erstarrt ist.

Stattdessen nehme ich den ersten Schal und wickle ihn eng um Jez' rechtes Handgelenk. Dann schlinge ich ihn fest um den eisernen Bettpfosten, so wie Seb es bei mir gemacht hat. Ich kenne jede Bewegung, weiß genau, mit welchem Knoten ich ihn sichern muss. Dasselbe wiederhole ich bei seiner linken Hand und seinem guten Fuß. Als er richtig festgebunden ist, lege ich mich neben ihn auf das Bett, strecke den Arm über sein Becken und lasse die Hand auf seiner Hüfte ruhen. Seine Haut fühlt sich warm an unter meiner Hand.

Er rührt sich nicht. Ich schiebe mich weiter nach unten und küsse ihn auf den Bauch. Ich kann nicht anders. Farbe, Konturen, Textur, alles ist perfekt. Seine Haut ist straff, sie schnellt auseinander, wenn man hineinkneift. Sie schmeckt salzig und rein. Selbst aus der Nähe ist sie vollkommen. Ich suche sie genau nach einem Makel ab. Da ist keiner. Ich lecke an ihr wie an einer Schale dicker, heißer Schokolade, nutze es aus, dass er friedlich schläft und sein warmer Atem gleichmäßig geht.

Die Stille wird durch das lächerlich hohe Schrillen des Telefons im Erdgeschoss durchbrochen. Die Dinge entgleiten mir, sie verschwimmen leicht. Ich sehe wie von oben auf mich herab, wie ich über dem Körper dieses Jungen hocke und mein Haar über seine Hüften streicht. Erschrocken über dieses Bild lasse ich Jez allein, der immer noch an das Bett gefesselt ist.

Nach dem gedämpften Mondlicht in seinem Zimmer erscheint mir die Treppe dunkel. Mit einer Hand auf dem Geländer und leise zitternd schleiche ich hinunter. Im Wohnzimmer bleibe ich stehen und lausche. Das Telefon klingelt immer noch. Ich werde nicht abnehmen. Ich habe Angst, dass ich mich in meinem aufgewühlten Zustand verrate. Das Telefon schaltet zum Anrufbeantworter weiter. Nach dem Piepton erklingt die körperlose Stimme einer erwachsenen Frau. Das Mädchen, das ich zur Welt gebracht habe, klingt wie jemand, den ich kaum kenne.

»Mum, ich bin's. Du hast auf meine SMS nicht geantwortet! Geht es dir gut? Ich komme in ein paar Tagen nach Hause. Wir haben eine Woche vorlesungsfrei. Mit Dad habe ich schon geredet, er hat gesagt, dass er auch am Donnerstagabend zurückkommt. Er will über den Umzug reden. Klasse! Endlich. Ach, und ich bringe Harry mit, der ist total fertig. Ich habe ihm ein Wochenende am Fluss versprochen. Ruf doch mal an. Tschüüüss!«

Nachdem sie aufgelegt hat, bleibe ich noch ein paar Minuten vor dem Telefon stehen, und wieder überläuft mich ein Schauder.

Im Wohnzimmer ist es immer kalt. Seit wir zurückgekommen sind, konnte ich mich dort noch nicht richtig eingewöhnen. Deshalb habe ich es Kit und ihren Freunden überlassen. Ich habe Kit ermuntert, Leute mitzubringen. Sie sollte wie die anderen Kinder sein, im Gegensatz zu mir früher. Meine Eltern haben mir nicht erlaubt, Freunde mitzubringen oder sie zu Hause zu besuchen. Durch Kit wurde mir klar, wie abgeschottet ich meine Kindheit verbracht habe. Ihre sollte anders sein.

Also durfte sie den DVD-Player ins Wohnzimmer stellen, dazu einen Breitbildfernseher, Laptop und CD-Player. Wir schleppten Sitzsäcke und Kissen aus ihrem Zimmer herunter, sie durfte ihre Poster aufhängen und sogar den alten Barschrank auffüllen. In dem Laden oben in der Creek Road kauften Kit und ihre Freunde Retroposter und Bierdeckel. Sie hingen ständig im Wohnzimmer ab und feierten Partys und hielten mich gezielt auf Abstand. Mir war das ganz recht. Seit Kit nicht mehr hier wohnt, ist das Zimmer nicht nur zu kalt, sondern auch zu still. Wenn Greg zu Hause ist, sitzt er abends mit der Zeitung auf dem Sofa oder sieht fern, bevor er ins Bett geht, aber er findet auch, dass es selbst mit brennendem Kamin und eingeschalteter Heizung immer kühl bleibt.

Dieses Haus hat ein Eigenleben. Es atmet und regt sich. Und es hat seine ganz eigenen Geräusche. Das *Wuuusch*, mit dem die Heizung anspringt, das *Ping Ping Ping* der Rohre, wenn man sich ein Bad einlässt, das Knirschen der Dachschiefer in windigen Nächten. Nur das Wohnzimmer ist still. Die meiste Zeit verbringe ich in der Küche. Man könnte sagen, dass ich dort wohne, während das Wohnzimmer trotz seines Namens ein toter Raum ist. Nicht dass es hässlich wäre. Ganz im Gegenteil. Besucher sagen immer sofort, es sei sehr schön, mit dem Ausblick auf den Fluss am einen Ende, dem Kamin, den gebohnerten Holzböden und großen Perserteppichen, die hier schon liegen, seit ich denken kann. Die Anrichte gefällt mir nicht, aber die restlichen Möbel sind unaufdringlich und geschmackvoll. Nein, die Ästhetik des Zimmers ist nicht der Grund, dass ich mich hier nicht entspannen kann, es ist etwas anderes, ein Schatten, der weggleitet, sobald ich genau hinsehen will, wahrnehmbar nur aus den Augenwinkeln.

Ich senke den Blick auf das Telefon und überlege, ob ich Kit jetzt anrufen sollte oder es bis morgen warten kann. Ich entschließe mich für Letzteres. Ich muss erst nachdenken, statt wie früher zu sagen, ja, komm ruhig, bring Harry mit, Schatz. Bring mit, wen du willst.

Ich öffne die Tür zu meinem Zimmer und lege mich wieder hin. Nach ein paar Minuten überlege ich, nach oben zu gehen und Jez loszubinden, damit er nichts von den Schals erfährt und keine Angst bekommt. Aber jedes Mal, wenn ich mich bewegen will, drückt mich eine Woge der Erschöpfung auf das Bett.

Als Nächstes bekomme ich mit, dass es schon wieder dämmert, ein ruheloser, grauer Himmel zeichnet sich vor meinen Fenstern ab. Jez hat die ganze Nacht über mit den Händen über dem Kopf dagelegen, an das Bett im Musikzimmer gebunden, genau wie Seb mich gefangen gehalten hatte, und meine Liebe zu ihm wuchs mit jedem Versuch, mich von seinen Fesseln zu befreien.

Kapitel Neun

Sonntagmorgen

Helen

Helen schälte ihre Zunge vom Gaumen und kniff gegen das helle Licht die Augen zusammen. Etwas Schreckliches war geschehen, und sie fühlte sich wie gerädert. Sie streckte einen Fuß aus, um ihn zum Trost an Micks Wade zu reiben, aber sie fand nur ein leeres Bett. Sie setzte sich auf. Mick hatte seine Joggingsachen angezogen und schnürte gerade seine Laufschuhe zu.

»Was ist los?«, murmelte sie.

»Es ist wegen Jez«, antwortete er. »Ich habe kein Auge zugemacht.«

»Hast du in seinem Zimmer nachgesehen?«

»Er ist nicht da.«

»Mein Gott.«

Mick hatte am vorigen Abend gemeint, sie sollten sofort die Polizei verständigen. Er hatte mit jemandem gesprochen, der einige Fragen gestellt hatte. Am Ende hatte er das Telefon weggelegt und berichtet, dass er sich am nächsten Morgen wieder bei der Polizei melden solle, falls sie bis dahin noch nichts von Jez gehört hatten.

»Er ist sechzehn und war die ganze Woche allein unterwegs. Dass er mal länger wegbleibt, ist noch nicht besonders ungewöhnlich«, hatte der Polizist ihm erklärt.

»Na, dann klingt es doch gar nicht so schlimm«, hatte

Helen gesagt, aber Mick war aufgestanden, ins Schlafzimmer gegangen und hatte sich hingelegt, ohne noch ein Wort mit ihr zu reden.

Jetzt lief Mick nach unten. Die Fenster wackelten, als die Haustür zuknallte. Helen warf einen Blick auf den Wecker. Viertel vor sieben! So früh stand er sonntags nie auf. Es war draußen fast noch dunkel. Und eiskalt. Sie überlegte, ob sie aufstehen und sich Wasser oder Saft holen sollte, aber Übelkeit und Schwindel waren stärker. Am Ende nutzte sie die Gelegenheit, das Bett für sich zu haben, drehte sich auf den Bauch und streckte sich aus, die Arme über den Kopf gereckt. Bens sonnengebräuntes, lächelndes Gesicht trieb vor ihr inneres Auge, als sie wieder in den Schlaf hinüberglitt.

Es war gerade einmal acht Uhr, als Mick zurückkam, leicht verschwitzt und mit rotem Gesicht. Er ging direkt in das angrenzende Badezimmer. Helen konnte vom Bett aus sehen, wie er sich im Spiegel musterte, sein rotblondes Haar zurückstrich, sein Gesicht aus verschiedenen Winkeln betrachtete, dann den Bauch einzog und ihn tätschelte. Als er ihren Blick spürte, schloss er die Tür und stellte die Dusche an. Helen wünschte sich, er würde wieder ins Bett kommen zu diesem warmen, altmodischen Sonntagmorgensex, der einen Kater so gut lindern konnte.

Als Mick geduscht hatte, kam er nicht zu ihr, sondern ging zum Fenster und rieb sich mit einem Handtuch den Kopf ab. Er lehnte sich gegen die Heizung, starrte hinaus und trommelte mit den Fingern. Helen setzte an, ihn zu fragen, woran er dachte, aber dann schloss sie den Mund wieder. Sie wünschte, sie hätten so miteinander reden können wie früher, ohne nachzudenken, einfach jeden Gedanken aussprechen können, der ihnen in den Sinn kam. Helen betrachtete den Mann, mit dem sie schon seit so vielen Jahren zusammenlebte, dass sie die Muttermale auf seinem Rücken und die Füllungen in seinen Zähnen kannte, und fragte sich, wer er wirklich war.

»Wann solltest du noch mal anrufen?«

»Nicht vor zehn. Eher später.«

»Mittags ist er bestimmt hier, wenn er nicht wieder in Paris ist.«

»Die Polizei könnte uns ruhig ernster nehmen.« Durch das Handtuch klang seine Stimme gedämpft. »Verdammt, wie lange dauert es denn, bis jemand als vermisst gilt?«

Geschirr klapperte, als Mick die Spülmaschine ausräumte, Schranktüren wurden geöffnet und zugeschlagen. Später fand Helen im Abfalleimer lauter Verpackungen von Schokoladenkeksen, Chipstüten und sogar Bierdosen.

Als er endlich mit dem Frühstückstablett nach oben kam, klingelte das Telefon. Er rannte durch das Zimmer, um abzuheben. An seinem Tonfall erkannte Helen, dass er mit Maria sprach.

»Nein, nein. Ich weiß. Ich konnte auch nicht schlafen. Natürlich tut es ihr leid, aber … Sicher, wir fühlen uns beide verantwortlich, aber sie findet einfach, er wäre alt genug … Nein, das wollte ich nicht sagen … Ja, natürlich. Ich komme. Bis nachher.«

Er legte das Telefon weg und sah Helen so niedergeschlagen und hilflos an, dass sie ihm die Arme entgegenstreckte, um ihn zu drücken. Er rührte sich nicht.

»Er war nicht im Nachtzug«, sagte er. »Sie hat einen Flug gebucht und kommt heute Nachmittag an.«

»Ernsthaft?«

»Sie hat es Nadim erzählt. Er hat gerade irgendeinen Auftrag im Nahen Osten, aber wenn wir bis morgen nichts gehört haben, kommt er nach London.«

»Sie gibt immer noch mir die Schuld. Das konnte ich bei dir heraushören.«

»Aber du bist ja nicht die Einzige, oder? Ich bin genauso schuld. Ich fasse es nicht, dass das passiert ist. Wir hätten besser auf ihn aufpassen müssen.«

»Nein, Mick! Sie hat ihn in Watte gepackt! Unsere Kinder würden sich nicht solche Probleme einhandeln, weil sie von klein auf Verantwortung gelernt haben. Aber Jez dagegen! Maria hat ihn sein Leben lang bemuttert. Wenn er in Schwierigkeiten geraten ist, sollte sie sich erst mal an die eigene Nase fassen, bevor sie über uns herzieht.«

»Sie hat gefragt, warum wir ihn nicht zu seinem letzten Collegegespräch gefahren haben.«

»Zu dem in Greenwich? Da ist Barney doch auch hingegangen! Den mussten wir nicht hinchauffieren, oder? Sie haben doch Füße!«

»Du weißt doch, was ich meine«, sagte Mick. »Wir hätten ein Auge auf ihn haben sollen.«

»Wenn einer auf dieser Schule aufgenommen wird, dann Jez, nicht Barney. Er hat mehr Talent an der Gitarre, und das weiß sie auch.«

»Lenk nicht mit eurer bescheuerten Geschwisterrivalität ab«, sagte Mick. »Es geht hier um den Jungen.«

Um Punkt zehn Uhr nahm Mick das Telefon in ihrem Zimmer und rief die Polizei an.

»Und?«, fragte Helen nach dem Gespräch.

»Nachdem er noch eine Nacht weg war, sind sie schon interessierter. Sie wollen heute noch jemanden vorbeischicken, der mit uns redet.«

Helen seufzte und schob die Decke zurück. »Ich stehe mal lieber auf. Maria muss in Jez' Zimmer schlafen. Wenn er vor heute Nacht zurückkommt, müssen sie sich das Zimmer eben teilen.«

Nach dem Mittagessen fuhr Mick los, um Maria in Stansted abzuholen. Helen sah sich zufällig im Spiegel und erschrak. Ihr kurzes Haar, das sie in einem hellen Karamellbraun gefärbt hatte, war grau nachgewachsen, ihre Augen waren verquollen, und auf ihren Wangen zeichneten sich rote Äderchen ab. Wie konnte das über Nacht passiert sein?

So durfte Maria sie auf keinen Fall sehen. Sie besorgte rasch im Tesco Express eine Haarfärbung, setzte sich im Bademantel auf das Bett und wartete, während sich die Farbe entwickelte. Nachdem sie sich die Haare geföhnt hatte, zog sie einen grünen Wollminirock an, dazu einen Kaschmirpullover, eine blickdichte violette Strumpfhose und braune Wildlederstiefel. Damit fühlte sie sich schon besser.

Bis Mick mit Maria zurückkam, würde es mindestens noch eine Stunde dauern. Sie musste einen klaren Kopf bekommen. Sie würde einen Spaziergang machen, einen Kaffee trinken und ein paar Sachen im Bio-Laden kaufen, um etwas Nettes zu kochen. Und sie würde Blumen kaufen. Das würde dem neuen, gesundheitsbewussten Mick gefallen und Maria beweisen, dass sie auf sich und das Haus achteten, in das sie Jez eingeladen hatten.

»Seid ihr heute Nachmittag zu Hause?«, fragte Helen in der Küche Barney, der gerade im Halbschlaf einen Tee kochte. »Falls Jez zurückkommt. Ruft mich sofort an, wenn ihr was hört.«

»Keine Sorge, Mum«, sagte Barney und legte ihr einen Arm um die Schultern. Helen wünschte, das hätte er nicht getan; die Geste trieb ihr eine Träne ins Auge. Sie machte ihr bewusst, wie allein und verängstigt sie sich eigentlich fühlte.

Später saß sie vor ihrem Lieblingscafé auf dem Greenwich Market und nippte an einem Cappuccino. Gegen den Kater konnte er nichts ausrichten, und sie beschloss wieder einmal, sich beim Wein mehr zurückzuhalten. In dem schwachen, aber wärmenden Sonnenlicht, das durch die gewellte Plastiküberdachung fiel, überlegte sie, ob man den Markt wohl wie geplant renovieren würde. Sie war nicht sicher, was sie von einer solchen Luxussanierung halten sollte. An den Wochenenden war der Markt ohnehin angesagt mit seinen Ständen, die lauter schicke Sachen im Angebot hatten – von Gartenspringbrunnen bis zu Samtkorsagen, von handgemachter Seife bis zu geschnitzten Holzskulpturen. Aber unter der Woche blieben nur die alteingesessenen Händler übrig, die plauderten und Tee tranken und sich mit den gleichen Geschäften wie seit Ewigkeiten ein mageres Auskommen verschafften. Ein paar von ihnen waren auch heute hier, ihre Kleidung sah aus wie aus den Bergen Trödel gezogen, den sie verkauften. Helen vermutete, dass viele seit Jahren dabei waren; seit den Anfängen, als auf dem Parkplatz gegenüber sonntags ein Antiquitätenmarkt stattfand. Ihre Stände glichen eher Museumssammlungen mit ihren Schuhanziehern und Spielzeugsoldaten, Bowlingsets und alten Lederschlittschuhen, Schweineköpfen und ausgestopften Tieren in Glaskästen. Sie waren ein Teil der Geschichte von Greenwich. Es wäre eine Schande, sie zu verlieren.

Als sie den Blick schweifen ließ, bemerkte sie am anderen

Ende des Markts, in der Nähe der Lebensmittelstände, Sonia, die sich in ein Tuch gehüllt hatte. Nadia hatte recht. Sie sah wirklich fabelhaft aus. Mit dem grauen Kaschmirtuch über den Haaren wirkte sie schlanker als je zuvor und eleganter als jede andere Frau auf dem geschäftigen Marktplatz. Sie hatte es sichtlich eilig, deutete auf Lebensmittel und stopfte sie ungeduldig in eine große Einkaufstasche. Helen fiel ein, dass Greg sich Sorgen um sie machte.

Sie trank ihren Cappuccino aus und stand auf. Sie wollte hinübergehen und Hallo sagen. Nachsehen, ob es Sonia gut ging. Sie zog ihr eigenes Tuch zurecht, schloss die Knebelknöpfe an ihrer Wolljacke und ging hinein, um zu zahlen. Die Schlange war lang und langsam, das Mädchen vorne offenbar neu, es hatte mit der Kasse zu kämpfen. Bis Helen bezahlt hatte und wieder nach draußen kam, war Sonia schon verschwunden.

Helen überlegte, ihr nachzugehen, entschied sich aber dagegen. Stattdessen setzte sie sich wieder. In den Geschäften am Rand des Marktes war wie immer viel los. Der T-Shirt-Laden erinnerte sie an Jez. Wie er und Alicia dieses Bild heruntergeladen hatten von … von wem noch gleich? Einem Musiker aus den Siebzigern? Jeff irgendwas. Und Tim? Sie waren Vater und Sohn, hatte Jez erklärt. Helen hatte nicht richtig zugehört. Der Sohn war irgendwann nachts in voller Montur in einem Fluss ertrunken. Mit gerade mal dreißig. Er war nur ein paar Jahre älter geworden als sein Vater. Tragisch.

Jez hatte Helen erklärt, dass sie eines der Bilder verkleinern und daraus Buttons machen wollten, und Alicia wollte es für sie beide dazu noch auf T-Shirts drucken lassen. Als das Bild heruntergeladen war, hatte Jez ein Programm gefunden, mit dem man ein Foto von sich auf den Körper eines tanzenden

Elfs morphen konnte. Er und Alicia hatten das unglaublich lustig gefunden. Es war wirklich ziemlich witzig, aber noch mehr hatte sich Helen von Jez' ansteckendem Lachen mitreißen lassen. Das war am Donnerstagabend gewesen.

Aber weshalb reagierte sie auf Jez so angefressen? Woher war diese gereizte Stimmung gekommen, als Alicia über ihn sprach und als gestern Abend alle so einen Wind machten? Es hatte mit ihrem letzten Gespräch mit Jez zu tun, bevor dieser ganze Mist losgegangen war. Sie versuchte, sich an die Einzelheiten zu erinnern. Es war Freitagmittag gewesen. Sie war heimgekommen und hatte ein leeres Haus erwartet. Jez hatte oben laut (aber ziemlich gut, wie sie zugeben musste) mit angeschlossenem Verstärker Gitarre gespielt. Sie wusste noch, wie verärgert sie die Treppe hinaufgestampft war und seine Tür geöffnet hatte.

»Wenn du bei uns wohnen willst, solange du hier aufs College gehst, musst du schon etwas mehr Rücksicht nehmen«, hatte sie gesagt. »Wir müssen immerhin an unsere Nachbarn denken.«

Ihr Ärger war Unsinn, das wusste sie. Ihre Söhne spielten ständig laut Musik, und das hatte sie nie gestört. Aber Jez war in allem so verdammt gut, wie Maria ihr jeden Abend unter die Nase rieb, und Helen hatte Kopfschmerzen gehabt. Einen fetten Kater, um ehrlich zu sein.

Jez hatte verschreckt ausgesehen und sich entschuldigt. Seine zerknirschte Reaktion hatte sie verblüfft – Barney und Theo hätten nie gesagt, es täte ihnen leid, sondern eher, dass Helen sich verziehen sollte. Ohne ein weiteres Wort war sie gegangen, und jetzt schämte sie sich für ihre Unfreundlichkeit.

Jez hatte sich ihre Worte doch nicht etwa zu Herzen genommen und war abgehauen, weil er sich nicht willkommen fühlte? Etwas Dummes in dieser Art? Bei Micks Besorgnis und der Hysterie ihrer Schwester hatte Helen am Abend zuvor ruhig bleiben müssen. Aber jetzt stieg langsam Panik in ihr auf.

Vielleicht hatte Maria recht. Sie war zu lässig gewesen. Und in manchen Dingen nicht nur lässig, sondern geradezu verantwortungslos. Wenn er ging, hatte sie ihn nicht gefragt, wohin. Hatte sich keine Gedanken darüber gemacht, wann er zurückkam. Sie hatte ihn wie ihre eigenen Söhne behandelt, aber er war keiner von ihren Söhnen. Er war jung und unschuldig und naiv und gutmütig. Bei diesen Gedanken wurde ihr so unbehaglich zumute, dass sie aufstehen und sich bewegen musste. Mit gesenktem Kopf lief sie durch den Park zurück, voller Angst vor dem, was sie erwartete.

»Haben Sie mit jedem gesprochen, den er kennt?« Inspector Kirwin sah sie der Reihe nach an. Sie war klein und stämmig und wirkte zu unscheinbar für einen Inspector, dachte Helen. Neben ihr saß ein Junge, ein Police Constable, den sie als Josh vorgestellt hatte und der beinahe jünger als Barney aussah.

Helen und Mick sahen sich an. Sie saßen am Küchentisch und tranken Tee. Maria war wie immer tadellos gekleidet, wirkte aber erschöpft. Offensichtlich hatte sie nachts kein Auge zugemacht. Sie knabberte an ihrem Daumennagel und konnte nicht still sitzen.

»Wir könnten die Nummern in Barneys und Theos Handys durchgehen und die in unserem Telefonbuch«, schlug Mick vor.

»Das habt ihr noch nicht gemacht?« Maria stand auf, aus ihrem Gesicht war alle Farbe gewichen.

»Wir vermuten doch erst seit gestern Abend, dass etwas nicht stimmen könnte. Es war schon spät. Um diese Zeit konnten wir niemanden mehr anrufen.«

Mit einem Blick über den Tisch suchte Helen bei Inspector Kirwin Zustimmung.

»Ihr hattet den ganzen Morgen Zeit«, sagte Maria. »Ich fasse es nicht.«

»Ob du es glaubst oder nicht, in unserem Leben dreht sich nicht alles um Jez!«, platzte es aus Helen heraus, bevor sie sich zurückhalten konnte.

»Helen!« Mick starrte sie wütend an.

»Wir sind genauso aufgeregt und besorgt wie du, Maria«, sagte Helen. »Er ist unser Neffe. Aber diese ständigen Schuldzuweisungen ...«

»Niemand weist jemandem Schuld zu.« Mick warf Helen einen bösen Blick zu, und sie schürzte die Lippen.

»Nach allem, was Sie mir erzählt haben«, meinte Kirwin, »ist es immer noch gut möglich, dass er gerade unterwegs nach Paris ist. Sie haben gesagt, dass er an diesem Wochenende erwartet wurde, aber keine genaue Zeit genannt hat.«

»Er hat Samstag gesagt«, antwortete Maria. »Aber er hat seine Sachen hiergelassen. Ich kenne Jez. Wenn er seine Pläne geändert hätte, hätte er sich gemeldet. Er weiß, dass ich mir Sorgen mache, wenn er sich verspätet. Er ruft immer an oder schreibt eine SMS.«

»Im Gegensatz zu unseren beiden«, grummelte Helen unwillkürlich.

»Wie bitte?«

»Ich habe gesagt, im Gegensatz zu Barney und Theo.« Helen hatte nicht verbittert klingen wollen, aber schon beim Sprechen wurde ihr klar, dass sie sich so angehört hatte.

Mick starrte sie an. »Hör auf damit.«

Kirwin ließ den Blick vom einen zum anderen wandern.

»Gab es irgendwelche Probleme mit Ihrem Neffen? Hat sein Besuch Unstimmigkeiten hervorgerufen?«, fragte sie.

Mick schüttelte den Kopf.

»Überhaupt nicht.«

»Er ist wunderbar«, sagte Helen. »Es war schön, ihn hier zu haben.«

»Wer von Ihnen hat ihn zuletzt gesehen?«

Mick sah Helen an und zuckte mit den Schultern.

»Ich bin Freitagmorgen gegen, ähm, halb acht zur Arbeit gefahren. Ich habe angenommen, dass er noch im Bett war.«

»War er auch«, sagte Helen. »Kurz bevor ich gegangen bin, ist er in die Küche gekommen und hat sich ein Glas Wasser geholt. Gegen Viertel vor acht. Ich bin wie üblich zur Arbeit gefahren. Freitag ist mein halber Tag, also war ich gegen Mittag wieder hier. Er ist gegen halb vier gegangen, glaube ich.«

»Wissen Sie, wohin er wollte?«

Helen beschloss, ihre gereizten Worte gegenüber Jez lieber nicht zu erwähnen.

»Das weiß ich nicht mehr. Er war ständig unterwegs. Zu Proben mit Barneys und Theos Band. Und er hatte letzte Woche ein paar Vorstellungsgespräche.«

»Doch nicht mehr am Freitag!«, sagte Maria. »Unglaublich, dass du das nicht weißt.«

»Natürlich weiß ich das«, sagte Helen. »Aber er ist beinahe sechzehn, Maria. Er war sehr verantwortungsvoll und ist immer pünktlich zu seinen Terminen gegangen. Man muss Kindern vertrauen, man darf ihnen nicht ständig im Nacken sitzen.«

Maria war als Mutter wirklich erdrückend. Kein Wunder,

dass er lieber für eine Weile allein losgezogen war, als nach Hause zu fahren. Helen setzte sich zurecht und wechselte das Thema.

»Gestern habe ich zufällig seine Freundin getroffen. Sie hat erzählt, dass sie sich Freitagnachmittag im Fußgängertunnel treffen wollten, aber er ist nicht gekommen.«

»Im Fußgängertunnel?« Maria erblasste. »Dem Greenwich-Fußgängertunnel? Du hast zugelassen, dass sie sich da treffen?«

»So schlimm war das nicht«, sagte Mick. »Mittlerweile gibt es da unten Überwachungskameras.«

»Das stimmt«, meldete sich der junge Constable zum ersten Mal zu Wort.

»Wir müssen mit der Freundin reden«, sagte Kirwin. »Hat noch jemand Jez an diesem Tag gesehen? Jemand aus der Familie, meine ich? Ihre Söhne müssen wir natürlich auch fragen.«

Alle schüttelten den Kopf.

»Um das noch mal festzuhalten: Sie sind Freitag gegen Mittag nach Hause gekommen und haben ihn gegen halb vier das Haus verlassen sehen«, fragte die Polizistin Helen mit durchdringendem Blick.

»Ja, genau«, stimmte Helen zu. Ihre Wangen wurden heiß, was hoffentlich niemand bemerken würde.

»Dann vielen Dank«, sagte Kirwin. »Wir würden uns gerne alles ansehen, was helfen könnte – einen Laptop oder ein Handy, das er vielleicht benutzt hat, bevor er verschwunden ist. Wenn möglich, brauchen wir ein Foto neueren Datums von Jez für unsere Vermisstenplakate. Und ein Reporter interessiert sich für den Fall, wenn Sie nichts dagegen haben. Ich weiß, so etwas kann aufdringlich wirken, aber oft hilft es, so früh wie möglich an die Öffentlichkeit zu gehen. Wäre es für Sie in Ordnung, wenn später jemand vorbeikommt und mit Ihnen redet?«

»Natürlich«, antwortete Mick sofort.

»Ich habe ein schönes Foto von ihm auf dem Handy«, sagte Maria. »Kann ich es ausdrucken, Mick?«

»Sicher«, sagte Mick. »Das machen wir sofort.«

Die Polizistin lächelte.

»Sie können es direkt an die Dienststelle schicken«, sagte sie. »Ich gebe Ihnen die Adresse.«

Als alle aufstanden, klingelte das Telefon. Helen nahm ab.

»Helen, ich bin's, Simon.«

»Nur Simon, ein alter Freund«, erklärte Helen der erwartungsvollen Runde, während sie den Hörer bedeckte. Die anderen verließen nacheinander die Küche. Helen nutzte dankbar die Entschuldigung und blieb zurück.

»Hör mal, ich habe eine Karte für *Tosca* übrig, für die Kostümprobe am Freitag. Hast du Interesse?«

»Ach, Simon, genau im richtigen Moment. Ich habe ein schreckliches Wochenende hinter mir. Danke. Wenn sonst niemand mitwill?«

»Ich wollte sie Sonia anbieten, aber Greg bekommt oft Karten, und ich dachte, du weißt es mehr zu schätzen.«

»Ich würde sehr gerne gehen.«

Als Helen das Telefon weglegte, hörte sie, wie Maria und Mick im Arbeitszimmer die Sache mit Jez' Foto klärten. Sie ging zum Kühlschrank. Für ein großes Glas Wein hätte sie jemanden umbringen können.

Kapitel Zehn

Montag

Sonia

Ein Ende der Seide gleitet durch meine Hand. Ich will Jez gerade losbinden, damit er nichts davon erfährt, aber er öffnet plötzlich die Augen und blinzelt mich an.

»Was machen Sie da?«

»Nichts. Schon gut, Jez. Alles in Ordnung. Ich habe für heute Vormittag jemanden eingeladen, der dich spielen hören möchte. Meinen Freund von der Oper. Du weißt schon, ich habe doch erzählt, dass er dir helfen kann.«

»Ich will keine Hilfe. Ich gehe jetzt.«

Er zerrt an den Fesseln, seine Handgelenke röten sich. »Binden Sie mich los. Ich will sofort gehen.«

»Bitte nicht, Jez. Sag nicht, dass du gehen willst. Das macht mich traurig.«

»Aber Sie haben mich festgebunden.«

Ich stehe auf. »Das war nur ein Spielchen. Hör mal, ich besorge schnell was zu essen. Ich kann dir Croissants oder Bagels holen, was du willst. Was möchtest du haben?«

»Machen Sie mich einfach los. Das ist doch verrückt!«

Ich setze mich auf das Bett und streiche ihm die Haare aus der feuchten Stirn.

»Über den Kontakt würdest du dich doch freuen, oder? Dann kannst du daran anknüpfen, wenn du willst.«

Schweigend mustert er mein Gesicht. Dann sagt er: »Wenn

das wegen einer Überraschungsparty für meinen Geburtstag am Mittwoch ist, gehen Sie ganz schön weit, finde ich.«

»Wie meinst du das?«

»Dass Sie mich hier festbinden! Und mich einschließen! Nachdem ich es erraten habe, könnten Sie mir doch einfach sagen, dass ich hierbleiben muss. Ich sage Helen auch nicht, dass ich es weiß. Ehrlich nicht.«

»Na gut. Aber dein Knöchel muss heilen, und ich möchte nicht, dass du etwas Unüberlegtes tust.«

Und wann lasse ich ihn gehen? Das habe ich noch nicht richtig durchdacht. Vielleicht wirklich an seinem Geburtstag, wie er glaubt. Jedenfalls bald, bevor Greg und Kit nach Hause kommen. Bevor er einen weiteren Schritt in Richtung Erwachsensein macht. Aber heute will ich jede Sekunde genießen, die mir mit ihm bleibt, und ich will, dass er entspannt und glücklich ist, nicht so verängstigt wie jetzt.

»Was kann ich dir denn nun mitbringen, Jez? Wie gesagt, ich hole dir alles, was du möchtest.«

Nach einem kurzen Moment lässt er den Kopf auf das Kissen fallen. »Ich würde gerne was rauchen. In meiner Jackentasche ist ein bisschen Gras.«

»Hole ich dir.«

»Aber ich brauche meine Hände. Ich muss pinkeln, Sonia! Wie soll ich denn so pinkeln? Oder kacken? Ich muss mal!«

Ich mustere ihn, wie er alle Viere von sich gestreckt auf dem Eisenbett liegt. Sein schlimmer Fuß mit dem Verband hängt über die Bettkante. Mit diesem Knöchel geht er nirgendwohin.

»Dann binde ich diese albernen Schals los, wenn du versprichst, nicht wieder so eine Dummheit wie gestern zu versuchen.«

»Nein. Nein. Ich verspreche es.« Das sagt er, als wäre er das

Spielchen leid, wüsste aber, dass es für ihn besser wäre weiterzumachen.

Wir lächeln uns an, dann löse ich langsam die Knoten, ohne ihn aus den Augen zu lassen. Die Schals haben rote Striemen auf seinen Handgelenken hinterlassen, über die ich mit dem Daumen streiche. »Ich habe dir doch nicht wehgetan, oder? Das hätte ich nicht gewollt.«

»Nein.« Er schüttelt die Hände aus, während ich die Seide wegziehe. »Nein, schon gut. So ist es besser. Danke.«

»Gut, dann bin ich bald zurück. Mit Gras und Croissants. Und ich bringe Simon mit.«

Auf dem Uferweg herrscht heute Morgen viel Betrieb, als ich zu den Läden gehe. Ein frischer Frühlingswind treibt Wellen über den Fluss, dass die Boote im unruhigen Wasser schwanken. Studenten mit Schals und Kapuzenshirts versammeln sich in kleinen Grüppchen im Garten der Universität, Kinder hüpfen zur Schule. Erwachsene eilen zum Bootsanleger, um mit dem Clipper in die Stadt zu fahren. Alle sind irgendwohin unterwegs. Ich will bei Rhodes für mich, Jez und Simon, der später vorbeikommt, Croissants kaufen. Vielleicht nehme ich für Jez zum Mittagessen noch ein paar von ihren großartigen Panini mit. Bis dahin hat er sicher Hunger. Wenn ich schon einmal da bin, kann ich ihm auch ein Schokoladenbrownie einpacken lassen. Kit hat immer gesagt, das Rhodes sei einer dieser Läden, in denen man nicht nur ein Teil kaufen kann, auch wenn man es sich noch so fest vornimmt. Wenn sie früher drängelte, bis ich ihr ein paar Stücke von der Prinzessinnentorte mit Marzipanüberzug kaufte, aß sie die einzelnen Schichten nacheinander und leckte zwischendurch die cremige Füllung ab.

An diesem Morgen bin ich richtig beschwingt. Sogar Michael bemerkt das, als ich vorbeigehe. Er arbeitet im Anchor und fegt gerade draußen den Gehweg.

»Du wirkst heute Morgen ja munter, Sonia«, sagt er. Ich winke und laufe weiter Richtung Greenwich Market. Ich überquere die Straße, will am Zeitungsladen vorbeigehen, bleibe aber stehen.

Von dem Ständer mit den Lokalzeitungen starrt mich sein hübsches Gesicht an. Was macht er hier, auf der Titelseite? Es ist ein Schnappschuss, er blickt lächelnd nach rechts, den Mund halb geöffnet, als hätte er jemand Besonderen entdeckt. Wen? Ich lese den Text unter dem Foto.

Jez Mahfoud – seit Freitag vermisst

Ich kaufe die Zeitung und gehe rasch zu der Treppe gegenüber der Cutty Sark, die nach der Beschädigung durch das Feuer immer noch weiß verhüllt ist. Beim Lesen weht der Wind immer wieder die Ecken der Zeitung hoch, und ich muss mit der Hand daraufschlagen. Vor dem Museumsschiff flattern die weißen Planen, und die Holzteile des blauen Bauzauns knallen und klappern. Der Wind irritiert mich. Ich brauche zu lange, bis ich begreife, was ich da lese.

Das Schicksal des jungen Mannes gibt immer mehr Anlass zur Sorge. Er verschwand, nachdem er am Freitagnachmittag vom Haus seiner Tante in Greenwich zu einem Treffen mit seiner Freundin aufbrach. Jez Mahfoud aus Paris wurde zuletzt Freitagmittag von seiner Tante Helen Whitehorn gesehen, bei der er einen einwöchigen Urlaub verbrachte.

Es sei untypisch für ihn, sich so lange weder bei seiner

Familie noch bei seiner Freundin zu melden, so Inspector Hailey Kirwin.

Wie voreilig! Um Himmels willen, ständig kommen Jungs nach einem Wochenende mit Freunden, an dem sie viel getrunken oder geraucht haben, nicht nach Hause. Was soll das Theater? Ein Windstoß wirbelt das Titelblatt hoch und reißt es mir aus der Hand. Ich springe hinterher, um es zu fangen, und remple eine Frau an, die mir im Weitergehen einen Blick zuwirft. Als ich mit einem Fuß auf das Blatt trete, um es festzuhalten, verliere ich beinahe die Balance. Ich setze mich wieder und breite die Seite auf meinem Schoß aus.

Der Fünfzehnjährige wurde vierundzwanzig Stunden nach einem geplanten Auftritt seiner Band als vermisst gemeldet. Auch eine Verabredung am Freitagabend mit seiner Freundin im Greenwich-Fußgängertunnel hatte er nicht eingehalten. Seine Mutter erwartete ihn am Wochenende in Paris zurück. Dort kam er allerdings nie an.

Auf einem weiteren kleinen Foto, auf dem er kaum zu erkennen ist, schlägt Jez gerade einen Salto. Der Text dazu lautet:

Jez Mahfoud beim Freerunning auf der Greenwich Pensinsula vor einer Woche. Handyfoto.

Weiter heißt es in dem Artikel:

»Ein Unfall durch Ertrinken kann noch nicht ausgeschlossen werden«, sagt Inspector Kirwin. »Die Wasserschutzpolizei führt zwischen Greenwich und der Themse Barrier

eine gründliche Suchaktion durch.« Die Polizei hat mittlerweile auch Kontakt mit Mahfouds Vater aufgenommen, einem franco-algerischen Journalisten aus Marseille.

Die Polizei bittet jeden, der Jez Mahfoud gesehen habe könnte, dringend um Hinweise. Der Vermisste ist etwa 1,80 m groß, hat schwarzes, in die Stirn gekämmtes Haar und trägt eine Lederjacke, Jeans und Adidas-Turnschuhe.

Über den Fehler bei der letzten Angabe muss ich lächeln. Jez trägt Turnschuhe von Nike, die am Knöchel etwas höher sind. Bei einem zweiten Blick auf das Foto fällt mir auf, dass er darauf jünger ist. Noch ein Kind. Jetzt ist er kräftiger geworden, sein Haar ist länger. Ein wohliger Schauer durchläuft mich bei dem Gedanken, dass er mir gehört. Aber als ich aufstehe, wackeln mir die Knie. Ich stolpere. Das ist albern. In dem Bericht wird so getan, als wäre ihm etwas zugestoßen. Dabei ist Jez bei mir sicher. Er bekommt alles, was er sich wünscht, mehr noch. Muss ich jeden anrufen und sagen, dass Jez zu mir gekommen ist und eine Weile bleibt? Dass ich mich um ihn kümmere? Warum sollte ich? Er hat es bequem. Es geht ihm wie Gott in Frankreich.

Benommen stopfe ich die Zeitung in den nächsten Abfallbehälter und mache mich auf den Weg zur Bäckerei. Es kommt mir vor, als würden sich die Leute in der Schlange nach mir umdrehen und mich anstarren, deshalb senke ich den Kopf, als ich den Kuchen und die Sandwiches bezahle. Meine Hände zittern, Geld fällt aus meinem Portemonnaie, die Münzen verteilen sich über den Boden, so dass ich zwischen den Füßen der anderen Kunden herumsuchen muss, um sie aufzuheben. Niemand hilft mir, und in mir steigen Hitze und Wut auf.

Als ich zurück zum Fluss eile, erhebt sich plötzlich Tumult. Das Wummern eines Polizeihubschraubers, das Knirschen des Schiffsanlegers, das Rasseln der Kräne steigern sich gleichzeitig zu einem Crescendo, wie ein einsetzender Stadiongesang. An dieses Phänomen des Flusses sollte ich gewöhnt sein, aber in diesem Moment ist es zu viel. Es kommt mir vor, als sei alles gegen mich gerichtet, wie ein großes Gejohle. Ich bleibe stehen und lehne mich gegen das schwarze Geländer, um zu Atem zu kommen.

Endlich erreiche ich den Uferweg, und der Lärm nimmt ab. Die Sonne ist so weit gewandert, dass der Weg im Schatten liegt. Ich schaudere, aber ich bin nicht sicher, ob es an der Kälte liegt. Eilig passiere ich das Anchor. Michael ist hineingegangen, nachdem er den Gehweg gefegt hat. Auf die Tafel hat er ein Angebot für Veilchendienstag geschrieben, eine Meeresfrüchteplatte gefolgt von Pfannkuchen mit Zitrone und Zucker. Durch die Tür sehe ich die ersten Gäste an der Bar lehnen, ein Hauch Desinfektionsmittel steigt mir in die Nase. Seit dem Rauchverbot riechen Pubs nicht mehr wie Pubs, sondern nach Reinigungsmitteln, stechend und vorwurfsvoll. Wie schön war doch die Zeit, als Zigarettenrauch all unsere Sünden verschleierte! Ich drücke die Papiertüte mit den Backwaren gegen meine schmerzende Brust. Meine Schritte hallen von den Wänden wider. Mein Atem ist ein kurzes, flaches Keuchen. Mich überkommt der Drang loszulaufen. Aber wohin? Und warum?

Helen! Natürlich könnte ich sie anrufen und alles erklären. Aber ich habe ewig nicht mit ihr gesprochen. Sie wird wissen wollen, warum ich mich nicht früher bei ihr gemeldet habe. Sicher findet sie es merkwürdig.

Andere Gedanken drängen sich in meinen Kopf. Heute ist

Montag. Jez wird seit Freitag vermisst. Das sind drei Nächte. Ich kann ihnen nicht sagen, er sei die ganze Zeit bei mir gewesen. Das wird niemand verstehen. So etwas passt in kein Weltbild, von niemandem. Aber das heißt noch lange nicht, dass es nicht richtig sein sollte. Und die Reporter, die schon so früh Wind von der Geschichte bekommen haben, machen daraus garantiert etwas Schmutziges. Wenn es herauskommt, ziehen sie es in den Dreck.

Dabei ist dem dummen Schreiberling dieses Artikels nicht klar, dass ich Jez seinetwegen unmöglich gehen lassen kann. Wenn ich es tue, landet sein Gesicht auf jeder billigen Zeitung im ganzen Land. Die Boulevardpresse und die Paparazzi werden sich auf ihn stürzen. Man wird ihm Geld für seine Geschichte bieten. Durch diesen Artikel habe ich gar keine andere Wahl, als Jez länger bei mir zu behalten als geplant, zumindest bis sich der Wirbel gelegt hat.

Bei der Tür in der Mauer angekommen zittern meine Hände, als ich den Schlüssel ins Schloss stecke und ihn herumdrehe. Simon kommt. Ich wollte ihn Jez vorstellen. Aber was mache ich, wenn er Jez von der Zeitung oder von den Werbetafeln in ganz Südostlondon wiedererkennt? Ich muss mit Simon unten proben. Aber wenn er fragt, warum wir nicht das Aufnahmeequipment im Musikzimmer benutzen? Wir arbeiten oft oben. Und wenn ich darauf bestehe, dass wir in der Küche bleiben, und er will das Bad im Musikzimmer benutzen, findet die Tür verschlossen vor und sieht durch die Fenster, was dann?

Bis ich das Wohnzimmer erreiche, bin ich so nervös, dass ich kaum die Nummer wählen kann.

»Simon, hallo, hier ist Sonia.«

»Süße! Was gibt es?«

»Tut mir leid, aber ich muss für heute absagen. Ich bin

mit scheußlichen Halsschmerzen wach geworden. Es tut alles weh.«

»Mein Gott, du hast die Schweinegrippe.«

»Ha!« Meine Stimme klingt trocken und kehlig. Ich bekomme keinen Speichel zusammen.

»Du klingst ganz schön kratzig, meine Liebe.«

»Willst du für nächste Woche buchen – eine Doppelstunde?«

Beim Sprechen purzeln Gedanken durch meinen Kopf. Wie lange kann ich Jez bei mir behalten? Irgendwann werden noch mehr Leute nach ihm suchen. Und wie lasse ich ihn unauffällig gehen, ohne dass die Medien etwas mitbekommen? Ich denke unweigerlich an die verschlossene Tür, die Tabletten meiner Mutter, die Schals. Ich tue ihm nicht weh. Bisher habe ich ihn still genossen, ohne ihm ein schlechtes Gewissen zu machen oder Schmerzen zu bereiten. Aber warum schäme ich mich dann? Wieder durchfährt ein Schauder meinen ganzen Körper. Vielleicht habe ich wirklich eine Grippe.

»Halten wir nächste Woche mal fest, ja? Aber sag bitte Bescheid, wenn du noch nicht ganz auf dem Damm bist. Ich will mir nicht deine Bazillen einfangen, Süße. Solange die Show läuft, darf ich nicht meine Stimme verlieren.«

Nach dem Gespräch mit Simon sage ich alle Termine für heute ab und erzähle, ich hätte die Grippe. Wenigstens ein paar Tage lang brauche ich das Haus für mich allein, damit ich mich auf Jez konzentrieren kann. Ich weigere mich, schon an Donnerstag zu denken, wenn Greg und Kit zurückkommen wollen. Und ich will noch nicht überlegen, wie oder wann ich ihn gehen lasse. Das ist alles noch unsicher, unbeantwortete Fragen, für die ich im Moment nicht genug Kraft habe.

In der Küche lehne ich mich gegen die Anrichte. Setze Wasser auf. Mache Toast und atme seinen beruhigenden Duft ein. Ich greife nach einem Marmeladenglas und halte kurz inne, als ein Sonnenstrahl durch das Glas dringt und auf die vielen Stückchen Orangenschale in der bernsteinfarbenen Marmelade fällt. Der Anblick wirkt irgendwie beruhigend, mein Herzschlag verlangsamt sich. Wir schaffen das schon, Jez und ich. Immer eines nach dem anderen.

Als ich wieder zu Jez hinaufgehen will, klingelt mein Handy. Ich klappe es auf, besorgt, ich hätte einen Kunden vergessen. Es ist Kit.

»Mum! Du hast nicht zurückgerufen. Ich habe mir Sorgen gemacht.«

»Hast du angerufen? Wann denn?«

»Gestern Abend. Und eine SMS geschrieben. Wo warst du? Du erzählst mir ständig, dass ich dir sagen soll, wo ich bin! Und wenn ich mich melde, rufst du nicht zurück.«

»Na, jetzt bin ich jedenfalls hier.« Ich merke, dass ich gereizt und ungeduldig klinge.

»Wo ist hier?«

»Zu Hause. In der Küche.«

»Aber heute Morgen habe ich auch schon angerufen, und du bist nicht drangegangen. Ist alles in Ordnung? Dad konnte dich nicht erreichen. Er hat gemailt und alles.«

»Wirklich?«

»Ja. Er macht sich Sorgen um dich. Er wollte hören, ob es dir gut geht.«

»Hat er das gesagt?«

»Mum! Hör auf.« Sie klingt verzweifelt, den Tränen nahe. Ich hole tief Luft.

»Na schön. Ich rufe ihn an. Kommst du denn am Donnerstag?«

»Aha, also hast du meine Nachricht doch abgehört.« Sie ist hörbar erleichtert. »Ja, ich komme und bringe Harry mit. Ich möchte ihn euch vorstellen. Er ist was Besonderes.«

Dazu sage ich nichts. Bisher waren Kits Freunde nicht nach meinem Geschmack. Oft sportlich, meist blond und immer mit irgendeinem schnellen Fahrzeug unterwegs. In welcher Hinsicht ist Harry wohl besonders? Der Gedanke an einen jungen Mann im Haus, der nicht Jez ist, lässt mich zusammenzucken.

»Ach, und Mum«, sagt sie zögerlich, »ich dachte, wir könnten im Gästezimmer schlafen. Ich weiß, dass du es nicht gerne benutzt, aber da steht das große Bett und …«

»Kit, bitte! Ich brauche Zeit. Dräng mich nicht so.« Ich habe Jez länger allein gelassen als geplant. Es vergeht immer mehr Zeit, er hat sicher Hunger und Durst.

Eine lange Pause folgt. Ich höre sie atmen. Dann seufzt sie und sagt mit gespielter Ruhe: »Tut mir leid. Das kann warten, wir können es spontan entscheiden. Aber du rufst Dad an, ja?«

»Ja, mache ich.«

»Ich freue mich schon darauf, euch zu sehen. Es kommt mir vor, als wäre Weihnachten ewig her.«

»Ja, Schatz. Mir auch«, sage ich.

Ich kehre in die Küche zurück, durchsuche die Taschen von Jez' Lederjacke und finde das winzige Tütchen Gras, das er erwähnt hat. Ein paar Blättchen sind auch dabei.

Durch die Oberlichter sehe ich, dass er auf dem Bett sitzt und den verletzten Fuß hochgelegt hat, also gehe ich hinein und präsentiere ihm die Rauchutensilien.

Ich sehe ihm zu, wie er mit seinen langen Fingern den Joint dreht, dann zünde ich für ihn ein Streichholz an, stecke die Tüte an, und er nimmt einen tiefen Zug.

Ich erkläre ihm, dass es eine kleine Planänderung gegeben hat. Dass Simon heute doch nicht kommt.

»Wann lerne ich ihn dann kennen?«

»Wenn es so weit ist. Wir müssen noch ein wenig warten. Heute wäre es nicht sicher.«

»Nicht sicher?«

»Schau nicht so erschrocken. Ich wollte nicht sagen, dass du in Gefahr bist, aber wir wollen doch nicht, dass die Leute reden …«

»Schon kapiert. Er soll nicht herausfinden, dass ich über die Party Bescheid weiß.«

Vom Gras wird er entspannter, er lächelt. Endlich habe ich das Gefühl, dass es wieder so wird wie am Anfang, als er hergekommen ist.

Später an diesem Nachmittag, nachdem er vom Rauchen hungrig geworden ist und ein großes Mittagessen mit einer Tasse Tee, versetzt mit zerstoßenem Flurazepam, heruntergespült hat, schläft er durch die Tabletten tief und fest ein. Ich schlüpfe zu ihm ins Bett und streiche an einer Seite sein Haar zurück. Der Knutschfleck ist zum Teil verblasst. Ich ziehe ihm das schwarze Schmuckhorn aus dem Ohr, stecke es tief in meine Tasche und nehme das weiche Ohrläppchen in den Mund.

Durch eines der Oberlichter sehe ich im Blassorange des Londoner Himmels den Mond als schmale Sichel aufgehen. Heute Nacht gibt es wieder Frost. Das Wasser wird eiskalt sein. Genau wie in der Nacht der jungen Schwäne.

Seb wollte sie mir unbedingt zeigen, obwohl die Nacht viel zu kalt schien, als dass Schwanenküken überleben konnten. Es war stockdunkel. Nicht einmal die Laternen auf dem Fußweg brannten. Seb ließ sich an der Verankerungskette zum Ufer hinunter. Ich konnte die Wellen seufzen hören. Die Flut kam. Ich lehnte mich auf die niedrige Mauer gegenüber dem Haus und spähte hinab in das dunkle Wasser. Sebs Stimme trieb zu mir herauf.

»Sie sind hier, Sonia. Die Küken sind auf die Schwäne geklettert, sie haben sich unter die Flügel gekuschelt. Es ist unglaublich. Das musst du dir ansehen!«

»Es ist zu dunkel, Seb. Komm wieder rauf.«

»Das Wasser ist schweinekalt. Meine Füße sind ganz taub.«

»Beeil dich, Seb. Die Flut kommt. Ich kann sie an der Wand hören.«

»Ich komme rauf.«

»Geh zur Treppe!«, rief ich.

Die Schwäne dümpelten als undeutliche Schemen auf dem dunklen Wasser. Die Steinmauer drückte sich kalt gegen meine Brust. In der Seniorenwohnanlage nebenan schlug eine Glocke Mitternacht, kurz darauf tat es ihr die Glocke von St. Alfridges nach. Die beiden schlugen immer leicht versetzt.

»Die Flut ist schon zu weit. Ich klettere an der Kette rauf.«

»Bist du verrückt? Die Mauer ist zu hoch! Das schaffst du nicht. Geh zur Treppe!«

Die Kette rasselte und schlug gegen die Mauer, als Seb unten die großen Eisenglieder packte. Ich streckte den Arm in den Abgrund hinab. An der kalten Mauer konnte ich meinen Herzschlag spüren, mit der Hand ertastete ich den eiskalten Metallring. Dann endlich fühlte ich Haare, Sebs warmen Kopf. Meine Hand bewegte sich wie von selbst und schmiegte sich an seinen perfekt geformten Schädel. Ich ergriff seine Hand, zog ihn hoch und über die Mauer.

»So ein Scheiß«, sagte er. »Ich würde ihnen gern folgen,

aber wir müssen warten, bis es wärmer ist. Wir könnten ein Boot klauen. Oder ein Floß bauen. Den Schwänen den Fluss rauf zu Jacob's Island nachfahren. Oder wohin sie auch immer gehen. Uns da verstecken.«

»Das ist gefährlich, Seb.«

»Oder da drüben, auf der Isle of Dogs.«

Die dunkle Seite des Flusses, auf der schwarze Fenster aus düsteren Lagerhäusern auf das Wasser starrten und Schlote giftige Dämpfe in die verschmutzte Nachtluft pusteten, war für uns Sperrgebiet. Auf den Trockendocks und heruntergekommenen Anlegestellen verbargen sich allerhand Krankheiten und stinkender Unrat. Ich war ermahnt worden, nicht auf die andere Seite zu gehen. Nicht allein den Fußgängertunnel zu benutzen, die Isle of Dogs sei gefährlich. Ich sollte auch nie versuchen hinüberzurudern. Beim Gezeitenwechsel treffen einströmendes und abfließendes Wasser zusammen, sie ringen miteinander und erzeugen Strömungen, die unvorhersehbar und tödlich sein können.

Seb meinte, sie könnten uns nicht aufhalten. Ständig wollten sie mich davon abhalten, dieses oder jenes zu tun. Sie sagten immer, ich sei zu jung. Er erklärte mir, sie würden mit meinem Geist das Gleiche machen wie die alten Chinesen mit den Füßen der Mädchen. Sie zwängten ihn in eine zu kleine Form, in der er nie wachsen oder sich natürlich entwickeln konnte.

»Wir beide kennen doch den Fluss, wir können mit ihm umgehen«, sagte er. »Und sobald es warm genug ist, bauen wir ein Floß und rudern weg, und niemand wird uns aufhalten.«

Sebs Plan ruhte in meinem Herzen, genau wie jetzt Jez' Versteck mein Geheimnis ist, wohlig verborgen wie ein zusammengekauertes Schwanenküken unter einem Flügel.

Kapitel Elf

Dienstag

Sonia

Ich sitze im 386er zu meiner Mutter. Heute wird mal wieder ganz London aufgerissen, um Abwasserleitungen zu erneuern, Kabel zu verlegen oder geplatzte Rohre auszutauschen. Das Innere der Stadt wird nach außen gekehrt, ihre Eingeweide werden entblößt. Unter den Gehwegen und dem Asphalt liegt eine ganze Welt, nicht nur das U-Bahn-Netz, auch Labyrinthe, die Strom und Gas und Wasser in die ganze Stadt bringen, dazu Abwasserrohre und Tunnel und Keller und Untergeschosse. Richtige Kammern und unterirdische Flüsse. Auch Ratten und Würmer und diese Höhlenkreuzspinnen. Knochen und Blut und verwesende Leichen. Die meisten Londoner Pestopfer liegen unter dem Rasen von Blackheath. Der Boden ist hier gespickt mit Knochen. Was wir an der Oberfläche sehen, wenn wir unseren alltäglichen Besorgungen nachgehen, ist nichts mehr als die brüchige Hülle eines riesigen Friedhofs.

Heute Morgen sind überall Baustellen, der Verkehr kommt nur im Schneckentempo voran. Ich überlege, an der nächsten Haltestelle auszusteigen und eine Abkürzung durch den Park zu nehmen, aber als ich gerade aufstehen will, beschleunigt der Bus ruckartig. Über die Bäume im Greenwich Park, hinter den weißen Kolonnaden neben dem Queen's House, fegt ein Regenschleier, und ich kann Seb und mich sehen, wie wir an diesem einsamen, verregneten Nachmittag den Hügel hinauflaufen und aufgekratzt lachen, weil wir verfolgt werden. Vor wem sind wir weggelaufen?

Wir suchten das kleine, rote Backsteinhaus, das, eingesperrt hinter einem niedrigen Eisenzaun, mysteriöserweise immer verschlossen blieb. Beim Rennen spritzte uns kalter Regen ins Gesicht, der den Geruch von Erde und feuchtem Laub aufsteigen ließ. Seb lief vor. Er hob Stöcke auf und schleuderte sie den Hügel hinunter, unserem unsichtbaren Verfolger entgegen. Es dauerte lange, bis wir das Haus fanden, wir liefen kreuz und quer durch den Park, erst über die asphaltierten Wege, dann auf Trampelpfaden über die Wiesen mit ihrem Wildwuchs. Endlich entdeckten wir es. Weit hinten in der Nähe der Croom's Hill kuschelte es sich unter die Äste von Eichen und Kastanien. Es war hübsch, mit einem Bogen über der grünen Tür und einem großen, schwarzen Türklopfer, obwohl niemand dort wohnte. Es hatte auch keine Fenster.

Seb sprang über den Zaun und hämmerte gegen die Tür.

»Lassen Sie uns rein«, rief er und rüttelte an der Klinke.

»Das bringt doch nichts. Es ist immer abgeschlossen«, sagte ich. »Hier wohnt niemand.«

Der Park war verlassen und still bis auf das Prasseln des Regens auf dem Laub. Vor wem wir auch davongelaufen waren, er war verschwunden.

»Mir ist kalt. Können wir nicht ins Café gehen und einen heißen Kakao trinken?«, fragte ich.

»Hast du Geld?«

»Nein.«

»Ich auch nicht. Ich will wissen, wie es drinnen aussieht.«

»Das ist nur der Eingang zu den Schächten.«

»Was für Schächte?« Seb hob ein Aststück auf, das wohl

der Wind von einer Eiche in der Nähe abgebrochen hatte, und schlug wie mit einem Rammbock auf die Tür ein.

»Geheime Tunnel. Sie laufen unter dem Park her. Sie wurden gebaut, um Wasserrohre und Stromkabel zum Krankenhaus zu legen.«

»Woher weißt du das?«

»Das hatten wir in der Schule. Im Krieg wurden sie als Luftschutzbunker benutzt, weil sie richtig tief in die Erde gehen. Da unten war man vor den Bomben sicher.«

»Das will ich sehen.« Wieder rammte Seb die Tür. Dieses Mal klapperte sie in den Angeln, als er sich mit vollem Gewicht dagegenwarf. Es regnete fester, und ich kauerte mich unter den gemauerten Vorsprung über dem Eingang, während Seb sein Taschenmesser hervorholte und sich an dem Vorhängeschloss zu schaffen machte. Der Regen prasselte auf die Blätter der Ahornbäume über uns, und ein satter, erdiger Duft erfüllte die feuchte Luft. Ich biss krampfhaft die Zähne zusammen, mir wurde einfach nicht warm.

»Komm, wir gehen, Seb. Es ist eiskalt«, sagte ich.

»Pff. Du willst immer nur schnell wieder weg«, sagte Seb. »Ich gehe nicht. Ich will da rein.«

Er wusste, dass ich nicht widersprechen würde, auch wenn ich mir noch so sehr ein warmes, trockenes Plätzchen und etwas Heißes zu trinken wünschte. Er wusste, dass ich alles tun würde, was er wollte.

Nach einer gefühlten Ewigkeit schaffte er es, das Schloss aufzubrechen, und die Tür schwang knarrend in den verrosteten Angeln auf. Muffige Luft schlug uns entdecken, als sich vor uns die Dunkelheit auftat. Seb ging zögerlich ein paar Schritte vor. An seinen Anorak geklammert folgte ich ihm. Als sich unsere Augen an das Dämmerlicht gewöhnt hatten, tastete er sich eine steile, halb verfallene Treppe hinunter. In dem Licht, das oben durch die offene Tür fiel, konnten wir gerade eben ein volles Wasserbecken erkennen. Seb holte die Taschenlampe heraus, die er neben seinem Messer bei sich trug – immer bereit für ein Abenteuer. An dem Becken vorbei gingen wir zu einem niedrigen, gewölbten Tunnel, wo wir uns bücken mussten. Durch die unheimliche Stille drang gelegentlich das verstärkte Platschen von Wassertropfen und eine Art Pfeifen – sicher durch den Wind, der von oben herunterzog. Aber davon abgesehen waren alle Geräusche der Außenwelt über uns verklungen. Sie hätten tausend Meilen weit weg sein können.

»Setz dich«, sagte Seb, und ich gehorchte. Im Rücken spürte ich die raue Mauer. Als er ein Streichholz anzündete, konnte ich die Schachtel Zigaretten in seiner Hand sehen. Er steckte zwei an und gab mir eine. Ich sog den schwindelerregenden Rauch ein.

»Woher hast du die?«

»Von draußen. Jemand hat seine Jacke auf den Boden gelegt, die Kippen waren in der Tasche.«

»Das ist Diebstahl. Dafür können wir Ärger bekommen.«

»Wenn er sich nicht beklauen lassen will, soll er sich nicht da hinsetzen. Er hat uns beobachtet.«

»Wie meinst du das?«

»Vorhin. Im Blumengarten. Er hat sich da rumgedrückt und uns beobachtet. Das habe ich gesehen. Als wir aufgestanden sind, ist er uns nachgegangen.«

»Wer?«

Seb zuckte mit den Schultern und zog an seiner Zigarette.

»Komm, wir gehen. Ich habe Angst«, sagte ich und stand auf.

»Solltest du auch. Ich sperre dich hier unten ein und lass dich hier.« Seb packte mich und drückte mich gegen die Mauer. Am Oberschenkel spürte ich seine mittlerweile vertraute Härte.

»Ich habe doch nicht vor dir Angst! Vor dem Spinner, der uns beobachtet. Was, wenn er hier ist?«, flüsterte ich.

Seb legte mir eine Hand an den Hals und drückte so fest zu, dass ich husten musste. Aber ich merkte, dass er jetzt auch Angst hatte.

»Was machst du für mich, wenn ich dich loslasse?«

»Nichts«, keuchte ich. »Hör auf, Seb.«

Er drückte fester zu. Die blaue Ader auf seinem Unterarm trat hervor, der Muskel spannte sich an.

»Was würdest du für mich machen?«

»Alles.« Röchelnd gab ich dem Druck nach. »Diese eine Sache, die du magst?«

»Jetzt?«

»Draußen. Nur wenn wir rausgehen können.«

»Im Park?«

»Ja. Hier. Aber im Freien. Im Dunkeln gefällt es mir nicht.«

Er ließ los, und wir suchten uns durch die Dunkelheit schnell den Weg zur Treppe, durch die Licht von oben fiel. Mein Herz hämmerte gegen die Rippen.

Draußen sagte er mir, ich solle mich auf den Rasen legen.

»Es regnet.«

»Na und?«

Wie üblich machte ich am Ende, was er sagte, und klammerte mich an ihn. Aber er tat nicht das, was ich erwartet hatte. Stattdessen drückte er mich an sich und rollte mit mir den Hügel hinunter. Wir flogen über die Huckel und Grasbüschel, sein Gewicht erdrückte mich, der Himmel kippte und verschwand und kam wieder, während wir stürzten, dass es uns den Atem verschlug. Als wir endlich am Fuß des Hügels zum Liegen kamen, zog mich Seb wieder hinauf. Dieses Mal sollten wir über Vorsprünge rollen, um sekundenlang in der Luft zu schweben. Ich wollte mich wehren, doch er legte sich auf mich, hielt meine Arme hinter dem Rücken fest, und es ging los.

Bei so vielen Gelegenheiten hätte Seb mich oder sich selbst verletzen können. Aber Seb hielt uns für unbesiegbar, und ich glaubte ihm.

Vor der Wohnung meiner Mutter drücke ich auf die Klingel und warte ungeduldig, bis sie öffnet. Schade, dass heute dieser Dienstag ist und nicht der letzte oder der nächste, weil meine Mutter sonst dienstags mit ihrer Unigruppe der jungen Alten ihr nächstes Thema diskutiert. Es gefällt mir nicht, Jez zu lange im Haus allein zu lassen.

Die Tür öffnet sich, und meine Mutter beäugt misstrauisch die Tüten in meiner Hand.

»Ich habe dir vom Markt Käse mitgebracht.«

»Vom *Markt?*«

Ich gehe durch den Flur zum Badezimmer, wo ich die Tüte mit ihren Slipeinlagen abstelle, und weiter in die Küche, um den Pecorino und den Taleggio in den Kühlschrank zu räumen.

»June kauft nur auf dem Markt. Wenn man ihr zuhört, könnte man glauben, sie hätte kein Geld.«

Vom Flur neben der Tür aus redet sie mit meinem Rücken. Sie hat vergessen, dass ihr diese Käsesorten bei unserem letzten gemeinsamen Mittagessen geschmeckt haben und dass ich ihr erzählt habe, ich hätte sie von Alexi auf dem Markt.

»Ach, ich glaube nicht, dass jemand auf dem Markt einkauft, um zu sparen«, sage ich. »Eher, um mal etwas anderes zu holen. Da gibt es Sachen, die man sonst nirgendwo findet.«

»Wenn du mir erzählen willst, dass es bei Waitrose keinen Taleggio gibt, hältst du mich wohl für ganz schön dumm«, antwortet sie bissig. »Ich bin noch nicht völlig verblödet. Der Computer muckt, aber wenn ich es auf die Seite schaffe, kann ich immer noch selbst Käse kaufen. Der Mann vom Lieferservice weiß genau, was ich mag, und bei denen ist der Käse pasteurisiert. Bei Waitrose weiß man, was man bekommt.«

»Jedenfalls habe ich den Käse in den Kühlschrank gelegt. Wenn du willst, mache ich deine nächste Bestellung fertig.«

Ich setze mich an ihren Computer und versuche, mich nicht über ihre Kommentare zu ärgern, während sie mir einen Kaffee kocht. Die Umstände sind nun einmal so, dass ich nach meiner Mutter sehen muss. Es geht nicht anders. Ich habe keine Geschwister, die sie vielleicht eher zufriedenstellen könnten. In wirklich schlimmen Momenten, wenn sie mit ihren ätzenden Bemerkungen einen besonders wunden Punkt trifft, sage ich mir, das sei ein geringer Preis dafür, im Flusshaus zu leben, dort zu sein, wo ich sein muss.

»Ich bin den Koffer da durchgegangen. Nachdem ihr jetzt verkauft, dachte ich, ich sollte ausmisten«, sagt meine Mutter. Ich beiße mir auf die Lippe und folge ihrem Blick. Mit einem arthritischen Finger deutet sie auf einen alten Lederkoffer, der von Anfang an in diesem Zimmer stand. Die meisten Kartons mit alten Unterlagen und überholten Alben hat sie bei ihrem Umzug im Flusshaus gelassen. Dort gibt es genug Stauraum, unter anderem eine Garage, in der wir nie parken, und den niedrigen Dachboden, auf den man höchstens Kisten mit Krempel schieben kann. Aber diesen Koffer, randvoll mit

Krimskrams, wollte sie aus irgendeinem Grund unbedingt mitnehmen.

»Ich will nicht, dass Hinz und Kunz meine persönlichen Sachen durchwühlen«, antwortet sie auf meinen Vorschlag, den Koffer in der Garage zu lassen.

»Da kommt niemand rein«, versichere ich ihr. »Greg hat das Schloss verstärken lassen, das weißt du doch.«

»Ich muss den Koffer mal durchsehen. Dann habe ich etwas zu tun, wenn ich mich schon nicht mehr um mein eigenes Haus kümmern kann.«

Gelegentlich denke ich an die anderen Kisten, die sie auf dem Dachboden zurückgelassen hat, und verzweifle bei der Vorstellung, dass es irgendwann an mir hängen bleibt, sie durchzusehen. Als könnte sie meine Gedanken lesen, sagt sie: »Die Kisten auf dem Boden könnt ihr mir bringen, wenn ihr das Haus ausräumt.«

Mit diesem Gerede von einem anstehenden Umzug will sie mich provozieren, aber ich beiße nicht an. Der Koffer, auf den sie jetzt deutet, steht aufgeklappt im Wohnzimmer vor dem Hocker für ihre Füße.

Ich gehe zu ihr in das Fleckchen Sonnenlicht, das durch das Fenster fällt. Es regnet nicht mehr. Die Kaffeemaschine blubbert beruhigend vor sich hin. Draußen ist es immer noch kalt, doch die Sonne scheint direkt in ihr Wohnzimmer. Sie setzt sich mit ihrem Knietablett – einem seltsamen Ding mit einem angenähten Knautschkissen an der Unterseite, damit es nicht wackelt – zurecht und schenkt Kaffee ein. Eines muss man meiner Mutter lassen, sie kann guten Kaffee kochen.

»Die meisten Sachen kannst du mitnehmen. Ich will sie nicht.«

Ich werfe einen Blick auf den offenen Koffer. Er ist mit

einem hübschen Stoff ausgekleidet und hat eine gerüschte Innentasche und diagonale Stoffscharniere, damit der geöffnete Deckel nicht ganz umklappt.

»Aber den Koffer behalte ich. Das ist ein Revelation. Solche Koffer werden gar nicht mehr hergestellt. Heute haben sie alle Räder. Als könnten wir unsere Arme und Beine nicht gebrauchen. Deshalb werden die Leute immer kleiner und dicker, das weißt du doch, oder? Daher kommt diese schreckliche Epidemie.«

»Welche schreckliche Epidemie denn, Mutter?«

»Diese Fettleibigkeit überall. Heutzutage sind alle fett geworden. Weil sie ihre Koffer hinter sich herziehen, statt sie hochzuheben. Und Fernbedienungen benutzen, statt aufzustehen und einen Knopf zu drücken.«

Ich lächle. Als sie das sieht, lacht sie, und für einen kurzen Moment sind wir bester Stimmung.

Ich stelle meinen Kaffee auf einem Beistelltischchen ab und beuge mich hinunter, um den Koffer zu durchstöbern. Darin liegen ein Stapel Stoffe, Bänder, Nähzeug. Ein Stopfpilz! Überrascht hebe ich ihn auf. Wo habe ich neulich noch an einen Stopfpilz gedacht? Siedend heiß fällt mir das Loch in Jez' Socke ein, der Gedanke erfüllt mich mit solcher Sehnsucht nach ihm, dass ich die Aussicht auf den restlichen Vormittag kaum ertrage.

»Wenn du Knöpfe brauchst, nimm sie mit. Ich kann keine Knöpfe mehr annähen ... meine Finger.« Mit einer Kopfbewegung deutet sie auf eine quadratische Keksdose, die in einer Ecke des Koffers klemmt. Ich öffne den Deckel und tauche eine Hand in den kühlen Haufen aus Plastik und Perlmutt. Mir fällt ein besonderer Knopf auf, ein Gänseblümchen, und plötzlich sehe ich mich an diesem Frühlingsmorgen Jasmine gegenüber. Diese Erinnerung will ich nicht aufwühlen. Sie ist tief in mir vergraben. Ich verschließe die Dose wieder.

Es ist zu spät. Meine Mutter hat schon losgelegt.

»Ach, diesen Knopf kenne ich doch. Den, der aussieht wie ein Gänseblümchen. Mach auf. Gib ihn mir! Woher kenne ich ihn? Da war ein Mädchen. Ein hübsches Mädchen, das hieß wie eine Blume. Blumennamen haben mir immer gefallen, aber dein Vater hat auf Sonia bestanden. War sie eine Schulfreundin? Wer war sie noch mal? Ja, genau. Sie hat in der Sonntagsschule neben mir gesessen.«

Nein, hat sie nicht, Mutter. Du wirfst deine Vergangenheit durcheinander. Du hast Jasmine mit in das Flusshaus gebracht. Es war das erste Mal, dass du ein anderes Kind nach Hause eingeladen hast. Du hattest irgendwas Hinterhältiges vor. Ich glaube, im Grunde weißt du das.

»Irgendwann ist sie nach dem Unterricht schnell weggelaufen. Jemand war nicht nett zu ihr. Aber wer?«

Ich, Mutter. Ich war nicht nett zu ihr. Sie wollte mir Seb wegnehmen. Noch nie hatte mich etwas so sehr verletzt. Ich konnte nichts dagegen machen. Das Problem mit der Eifersucht ist, dass sie nirgendwohin kann. Sie prallt wie ein Querschläger hin und her, denn wenn man sie herauslässt, wird man beschimpft, und wenn nicht, hält man es nicht aus. Es ist ein Fluch. Jasmine war für mich ein Fluch.

Meine Mutter ist aufgestanden und geht auf das Fenster zu. Sie wird mit der Gardine eine Weile kämpfen müssen, bis die Sonne sie nicht mehr blendet. Ich stehe auf, um zu helfen, aber sie weist mich mit einem Schulterzucken ab.

»Danke, ich schaffe das schon. Das ist gut für meine Taille.« Sie ist immer noch in alberner Stimmung, also spiele ich mit und kichere versöhnlich, als ich mich wieder setze.

Sie wendet mir noch den Rücken zu, als sie weiterspricht, deshalb erkenne ich nicht, ob sie tatsächlich verwirrt ist.

»Die Knöpfe, die Knöpfe. Auf dem Weg vor dem Flusshaus. Da lagen mindestens drei, sie waren vorne von diesem hübschen Kleid abgefallen, das sie trug. Das erinnert mich an dieses Gedicht.« Sie nimmt den Kopf in den Nacken und intoniert: »*Ein reizend derangierter Putz entfacht im Kleide Übermut*! Das ist von Herrick, Sonia.« Langsam kehrt sie zu ihrem Sessel zurück. »Wie hieß sie gleich?«

»Sie hieß Jasmine, Mutter. Du wolltest, dass ich mich mit ihr anfreunde.«

»Und du hast dich geweigert. Du warst immer so ein Dickkopf. Hast du sie zum Weinen gebracht?«

»An die Einzelheiten erinnere ich mich nicht mehr. Ich weiß nur noch, dass die Blumenknöpfe von ihr sind.«

»Sie sind auf dem Fußweg abgefallen. Wer hat sie aufgehoben? Wie sind sie in meinen Nähkasten gekommen? Nimm sie mit, Sonia, bitte. Ich brauche die Sachen nicht mehr. Mach mit den Blumenknöpfen eine hübsche Bluse für Kit.«

Ich stehe auf, sammle das Nähzeug zusammen, die Bänder, den Stopfpilz und die Knopfdose, und verstaue sie in der Einkaufstüte. Nachher werfe ich das alles weg.

Auf dem Heimweg im Bus ringe ich damit, die Bilder von Jasmine und Seb nicht hochkommen zu lassen. Um mich abzulenken, greife ich nach einer Ausgabe der *Heat*, die jemand auf dem Sitz hat liegen lassen. Aber beim Durchblättern stoßen mich die aufgehübschten, retuschierten Promischönheiten so sehr ab, dass ich mich noch mehr nach Jez sehne. Ich werfe die Zeitschrift neben mich auf den Sitz und verbringe den Rest der Fahrt damit, die Knöpfe durch meine Finger rieseln zu lassen, was erstaunlich beruhigend wirkt.

Als ich nach Hause komme, wartet auf dem Anrufbeantworter im Wohnzimmer eine Nachricht von Greg. Ich soll dringend zurückrufen. Ich nehme den Hörer auf und wähle.

»Ich versuche schon seit Tagen, dich zu erreichen. Was ist los?«

»Nichts. Nichts ist los.«

»Du hast meine Nachrichten nicht abgehört. Warst du unterwegs? Woanders als bei deiner Mutter?«

»Nur auf dem Markt.«

»Du musst dein Handy mitnehmen, damit Kit dich erreichen kann, wenn etwas ist. Das habe ich dir schon so oft gesagt.«

»Ich war nur etwas erkältet, mehr nicht. Wahrscheinlich habe ich deine Anrufe verschlafen. Aber ich bin hier, wie immer.«

Er schnalzt mit der Zunge, bevor er matt fortfährt.

»Hör mal, ich habe meinen Flug umgebucht. Ich komme am Donnerstag früh zurück.«

Was um Himmels willen hat ihn geritten, ausgerechnet in dieser Woche früher nach Hause zu kommen? So viel Mühe gibt er sich sonst nie. Wenn überhaupt, hängt er eher noch einen Tag dran oder sagt Bescheid, sein Flug würde sich verspäten.

»Du musst die Smythes anrufen und ihnen sagen, dass wir es Donnerstag nicht schaffen. Kit kommt nach Hause, und wir wollen den Abend doch zusammen verbringen. Aber die Einladung steht schon lange, du musst dir eine Ausrede einfallen lassen.«

»Was für eine Einladung?«

»Von den Smythes, zu ihrer Silberhochzeit. Sie kam kurz nach Neujahr. Hängt an der Pinnwand über meinem Schreibtisch. Erledige das am besten sofort.«

»War das alles?«

»Nein. Sorg dafür, dass der Sicherheitsdienst an diesem Wochenende kommt, wenn ich zu Hause bin. Die Alarmanlage muss funktionieren, wenn wir das Haus zum Verkauf anbieten. Die Nummer musst du googeln. Ach, und Sonia? Wenn es weiter so kalt bleibt, musst du die Heizung anlassen, auch wenn du nicht zu Hause bist. Nicht dass die Rohre platzen. Sie müssten mal isoliert werden, aber das hat Zeit, bis ich zu Hause bin.«

»Greg, du weißt doch, dass wir uns mit dem Verkauf nicht einig sind. Wir müssen darüber reden, bevor du so vorpreschst.«

In der Leitung herrscht angespanntes Schweigen.

»Ach so. Verstehe. Sind wir immer noch nicht weiter? Na gut, dann schau einfach, dass du die Sachen erledigst, um die ich dich gebeten habe. Wir reden am Donnerstag darüber.«

Nachdem er aufgelegt hat, schleicht sich eine weitere Erinnerung an, eine Erinnerung, die sich lange Jahre in der Ecke zusammengerollt hatte und die ich nicht aus ihrem Katzenschlaf wecken wollte. Gregs Befehlston hat sie hervorgelockt.

Greg und ich, wie wir vor unserem neuen Haus stehen. Kit war anderthalb. Wir gaben die perfekte kleine Familie ab. Ich war fünfundzwanzig, Greg vierzig. Kurz vorher hatte er erfahren, dass er die Professur in Norwich bekommt. Wir hatten dieses Haus in einem Dorf in Norfolk gekauft, und alles lag vor uns. Ich starrte auf das Haus, ein niedliches, viktorianisches Cottage aus Feuerstein, am Ende der Hauptstraße gelegen. Sogar eine Kletterrose wand sich um die Tür. Dahinter lag eine Neubausiedlung inmitten von noch blühenden Apfelbäumen. Ich hielt Kit auf dem Arm. Es war stürmisch an diesem Tag, der Wind hatte einen Teil der Blütenblätter von den Bäumen geweht. Kit zeigte mit einem pummeligen Finger auf sie, in ihren Handrücken drückten sich winzige Grübchen. Sie sagte »Schnee«, und wir lachten beide, jedes Wort von ihr fanden wir erstaunlich und wunderbar, wir dachten, wir hätten ein kleines Genie in die Welt gesetzt. Greg hielt den Schlüssel hoch, legte einen Arm um seine beiden Mädchen und küsste uns auf die Wange. Dann öffnete er die Tür zu unserem ersten Haus. Der Flur war hell, man konnte direkt bis in den Garten sehen. Das hatte uns auf Anhieb gefallen, als uns der Makler in das Haus gelassen hatte, dieser hübsche Blick vom Eingang zum Weiß und Grün und dem gesprenkelten Sonnenlicht im Garten. Aber sobald Greg unser neues Zuhause aufschloss, hatte ich das überwältigende Gefühl, ich könnte es nicht betreten. Ich wollte mich umdrehen und weglaufen. Als ich über die Schwelle trat, kam es mir vor, als würde gleich eine schwere Panzertür hinter mir zufallen, und ich könnte nie wieder hinaus. Trotzdem lächelte ich Greg an, drückte meiner kleinen Kit einen Kuss auf das feine, zerzauste Haar und ging hinein.

»Willkommen in unserem Zuhause.« Greg ging mit ausgebreiteten Armen rückwärts, Kit und ich sollten folgen. Er führte uns ins Wohnzimmer, die letzte Tür links am Ende des Flurs, licht und hell und noch nicht mit dem ganzen Krimskrams vollgestellt, den wir im Laufe der Jahre ansammeln sollten. In einer Ecke stand Kits Reisebettchen mit ihrer kleinen Decke und dem gestrickten Hasen.

»Leg Kit hin«, flüsterte er mir ins Ohr, »und komm mit mir nach oben ins Bett.«

Ich setzte Kit ab und hoffte, sie würde quengeln, damit ich nicht mit Greg nach oben gehen müsste. Aber sie lag da und gluckste zufrieden. Schon nach ein paar Minuten hatte sie sich den Daumen in den Mund gesteckt und summte, wie sie es immer vor dem Einschlafen tat. Ich folgte Greg nach oben in unser neues Schlafzimmer, das nach hinten raus auf die Asphaltstraße ging, die spätere Hauptstraße durch das Neubaugebiet. Greg schlug unsere frisch bezogene Decke zurück. Und ich ging mit ihm ins Bett und schloss wie immer die Augen und dachte an etwas anderes, an irgendetwas anderes als daran, wo ich war und bei wem ich war. Unter Gregs Hand zuckte ich zusammen, bei seinem Atem auf meinem Gesicht wandte ich den Kopf ab. Ich streckte mich weg.

»O Sonia«, stöhnte er, als ich mich unter ihm vorwinden wollte. Er drückte mich nach unten und atmete schneller, sein Keuchen drang mir schroff und zu laut in die Ohren. Am Ende ließ ich Greg machen, bis es vorbei war. Als er endlich fertig war, schlief er ein, und ich drehte mich weg und weinte in unsere neuen Kissen.

»Aber warum bleibst du bei einem Mann, mit dem du nicht gerne schläfst?«, hat Helen mich vor einer Weile gefragt, und ich habe sie angestarrt.

»Es liegt nicht an Greg«, antwortete ich. »Das ist bei jedem so.«

»Aber …«

»Sonst ist Greg in jeder Hinsicht der richtige Mann für mich. Er ist klug, er verdient gut, und ich glaube, er liebt mich.«

Erst jetzt, mit Jez im Haus, erinnere ich mich an das Gefühl von früher, jemanden wirklich zu begehren.

Die Zwiebeln werden in der Butter weich und glasig, als ich in der Küche mit dem Mittagessen anfange. Greg kommt also Donnerstagfrüh nach Hause. Dann muss ich Jez doch an seinem Geburtstag gehen lassen. Dass er mich genau an dem Tag verlassen soll, an dem er sechzehn wird, an der Grenze vom Jungen zum Mann, löst in mir ein so tiefes Bedauern aus, dass es mich wahrscheinlich jahrelang verfolgen wird. Wenn ich den Augenblick nicht nutze, solange sich mir diese letzte Chance bietet, werde ich ihn für immer verlieren.

Ich gehe zum Fenster und blicke auf den Fluss. Eine riesige, dunkle Möwe landet auf einer orangefarbenen Boje. Der vorbeifahrende Clipper wühlt das Wasser hinter sich so auf, dass die Boje auf dem Fluss hin und her geworfen wird, als wollte sie die Möwe abschütteln. Aber der große Vogel klammert sich beeindruckend hartnäckig an die Boje, er wippt auf und ab, lässt aber nicht los.

Das ist schon früher passiert, wenn ich völlig verloren war, wenn ich nicht mehr wusste, wohin ich mich wenden sollte. Der Fluss gibt mir die Antwort.

Kapitel Zwölf

Mittwoch

Sonia

Anders als der Greenwich Market verkauft der in Deptford Sachen, die man tatsächlich braucht. Ich folge dem Fluss dorthin, stemme mich gegen den eiskalten Wind und kneife gegen sein Peitschen und Stechen die Augen zusammen. Die Wolkenkratzer in Canary Wharf wirken so nah wie noch nie. Stahlgrau ragen sie über mir auf. Das Glas ist heute Morgen dunkel, es spiegelt den stürmischen Himmel und das schwarze Wasser wider.

Auf dem Markt bin ich ein Fremdkörper. Mir ist klar, dass ich verglichen mit den Frauen, die auf Süßkartoffeln und Mangos drücken oder Stofflängen mit einem Blick abmessen, von solchen Dingen wenig verstehe. In dieser Gegend nähen die Leute. Sie kaufen Garn und Fingerhüte und Gummibänder. Die Resultate sind an anderen Ständen zu sehen, Kopien von aktueller Mode zu einem Bruchteil des Preises. Und sie reden miteinander. Sie sitzen in den Cafés und stehen in Türen und hocken an den Marktständen auf Kisten. Sie kommen aus den umliegenden Wohnungen und füllen blaue Einkaufstaschen mit Chili und Daikon und frischem Fleisch.

Ich steuere direkt auf den Heimwerkerstand zu, an dem Schrauben, Muttern und Nägel in blauen Plastikkörben sortiert sind und eine aufgeschlagene Bibel auf einem Stapel Batterien liegt. Eine Frau beratschlagt gerade mit dem Standbetreiber. »Kleine Köpfe, große Köpfe, woher soll ich das wissen? Das ist nicht mein Ding.« In jeder Hand hält sie ein Tütchen Schrauben. Die beiden lachen, sie scheinen den ganzen Tag Zeit zu haben.

Ich suche eine Rolle Klebeband aus.

»Das macht dann zwei Pfund fünfzig«, sagt der Standbetreiber, und weil er merkt, dass ich mich nicht auskenne, fragt er, wofür ich es brauche.

»Um ein geplatztes Rohr zu reparieren«, murmele ich, und er lacht.

»Sie sollten lieber einen Klempner rufen, aber bei dieser Kälte und den Lecks in ganz London bräuchten Sie schon Glück, um einen zu finden. Sie hätten die Rohre isolieren sollen«, sagt er. »Bisschen spät jetzt. Aber es soll noch mehr schneien. Hier.« Er gibt mir eine Karte. »Ein Klempner, ein Freund von mir. Versuchen Sie's bei ihm. Mehr als Nein sagen kann er nicht.«

»Danke. Ich nehme das Klebeband trotzdem mit.«

»Das ist Gewebeband, junge Frau«, erklärt er. »Panzerband, Gafferband, das ist alles mehr oder weniger das Gleiche. Damit kann man alles zusammenkleben.«

»Ich nehme zwei Rollen. Kann man immer gebrauchen«, sage ich, als würde ich über Bohnen in der Dose reden.

In der Secondhand-Ecke halten sich die Leute über Wasser, indem sie verkaufen, was sie können. Alte Autositze. Gebrauchte Büstenhalter. Holzlöffel. Abgebrochene Schlüssel. An einem Stand für gebrauchte DVDs finde ich zwei Filme für Jez. *Die Nacht des Jägers* und *Der Fremde im Zug*. Ich lege sie in die blaue Einkaufstasche zu dem Gewebeband und mache mich wieder auf den Weg Richtung Creek Road.

Die Geschäfte in der High Street haben sich spezialisiert:

Christines Pork, der Egg Shop, der Fish Shop, Lobo Halal Meat, ein Laden, der Ikonen verkauft. Ich sauge die Bratdüfte vom Frühstück ein, die aus den Cafés wehen. Es herrscht ein fröhliches Gedränge, in dem laufend Waren die Hände wechseln. Ich fühle mich ausgeschlossen und beneide die Menschen um ihr Gemeinschaftsgefühl, als ich an den Ein-Pfund-Läden vorbeigehe, an den Friseuren, die für Kinder Cornrows zum Sonderpreis anbieten, dem Lokal für Pasteten und Kartoffelbrei, sogar bei dem Bestatter. Ganz London befindet sich ständig im Umbruch, es wird abgerissen und wieder aufgebaut. Vor meinen Augen verändert sich jeden Tag das Bild des Flusses. Aber die Deptford High Street konnte sich bis jetzt im Kern dem Dröhnen und Klirren der Veränderung widersetzen.

Zurück auf der Creek Road komme ich an Plakatwänden vorbei, die ein neues Lebensgefühl auf dieser Seite des Flusses versprechen. Luxusapartments und Cafés und Grünflächen sollen angeblich die verfallenden Werften, stillgelegten Raffinerien und verwahrlosten, ungenutzten Fußwege ersetzen.

Ich schaue kurz bei Casbah Records vorbei, als ich Greenwich erreiche, und sofort landet meine Hand auf der CD, die ich wollte: *The Best of Tim Buckley.*

»Pack sie aus.«

Neben seinen Geschenken habe ich Jez Kaffee gebracht, Satsumas von einem Obststand, an denen ich nicht vorbeigehen konnte, und Mandelcroissants von Rhodes.

Dieser Tag muss schön werden. Er soll in Jez' Gedächtnis in goldenem Licht erstrahlen. Ich setze mich neben ihn.

»Es heißt nicht umsonst süße sechzehn«, sage ich. »Es ist so schnell vorbei. Du, wie du jetzt bist, pfff!«

Beschämt spüre ich, wie mir Tränen in die Augen steigen.

Ich mustere ihn von oben bis unten, vom Scheitel bis zur Sohle. Sein Gesichtsausdruck ist erwartungsvoll, beinahe als hätte er auf mich gewartet, unschuldig, aber einen Hauch anmaßend.

Er reißt das Papier von den Geschenken. »*The Best of Tim Buckley*«, sagt er. »Das ist ja cool. Genau die wollte ich. Oh, und ein paar DVDs. Danke, Sonia.« Er sieht mich an und versucht zu lächeln, aber er ist hin- und hergerissen.

»Hat Mum schon angerufen? Oder Helen?«

Als er schluckt, kann ich hören, wie sich der Speichel festsetzt, so trocken ist sein Mund. Er macht sich immer noch Sorgen darüber, nach Hause zu kommen.

»Mach doch nicht so ein trübsinniges Gesicht«, muntere ich ihn auf. »Du kannst dir die CD anhören oder einen Film sehen. Sieh mal, ich lege den hier ein. Ich muss noch ein paar Sachen erledigen, aber wenn ich zurückkomme, können wir gehen.«

»Gehen?«

»Ja.«

»Wirklich?«

»Natürlich.«

Er reißt die Augen auf. Ihr Glanz kehrt zurück. Seine Gesichtsmuskeln entspannen sich, und seine ursprüngliche Schönheit, die der Schleier aus Angst und Schmerz zum Teil verdeckt hatte, tritt wieder zutage. Es versetzt mir einen kleinen Stich.

»Greg kommt auch bald nach Hause. Du kannst nicht bleiben, tut mir leid. Wir haben keinen Platz. Du musst deine Sachen zusammensuchen.«

»Ach so«, sagt er. Er kann die Freude, die über sein Gesicht huscht, nicht ganz verbergen. Ich sehe, wie seine Nasenflügel beben.

»Also haben Sie wirklich alle zusammen eine Überraschung ausgeheckt! Und jetzt schieben Sie als Ausrede vor, dass Ihr Mann nach Hause kommt! Sie müssen mir nichts mehr vormachen.« Er lehnt den Kopf bequem gegen die Kissen und seufzt. »Ich dachte mir doch, dass Sie und Helen und Alicia für mich eine Überraschungsparty planen! Aber dann habe ich überlegt, ob Sie wirklich so weit gehen würden. Ganz schön traurig im Nachhinein, ich weiß. Ich hatte Angst, hier wäre etwas Komisches los.«

»Etwas Komisches?«

»Na ja, so … Sie müssen schon zugeben, dass es etwas seltsam ist … die Schals, die verschlossene Tür …«

»Jez!«

»Ja, aber dann dachte ich, dass Sie auch echt der Hammer sind.«

»Der Hammer?«

»Cool. Nett zu mir, mit den Gitarren, dem Essen, dem Wein, den Kontakten, die Sie mir verschaffen wollen.«

»Natürlich. Ich wollte dir doch keine Angst machen, Jez.«

»Ich weiß. Jetzt verstehe ich das. Es ist nur – und das sage ich auch Helen –, es kam mir schon etwas verdächtig vor.«

Jetzt fühle ich mich schrecklich. Ich schüttle den Kopf.

»So was darfst du über mich nicht mal denken«, sage ich. »Hör mal, wir brauchen etwas Zeit, um alles vorzubereiten. Ich hole dich nachher ab. Genieß den Vormittag.«

Ich lasse ihn mit der *Nacht des Jägers* allein und eile den Fußweg entlang.

Unsere Garage liegt mit zwei anderen in einer Reihe, nur ein Stück den Fußweg hinauf. Man erreicht sie über eine kleine Straße, die wiederum zur Hauptstraße führt. Die Rückseite grenzt an den Fluss, zu dem es zehn Meter hinabgeht. Das einzige, winzige Fenster, gerade einmal dreißig Zentimeter breit, lässt sich nur so weit öffnen, dass Luft, aber kaum Licht hereinkommt. Es ist mit diesem Drahtgitter verstärkt, das mich immer an die Türen in Grundschulen erinnert. In der Garage riecht es nach Feuchtigkeit, Staub und Moder. Die Zeit reicht nicht, um sie richtig zu putzen, und in den dicken, alten Spinnweben hängen tote Spinnen in ihren eigenen Netzen. Beim genaueren Hinsehen erkenne ich, dass es keine ganzen Spinnen sind, sondern perfekt geformte Hüllen, als wären die Spinnen herausgeklettert und davonspaziert und hätten ihr nach außen gekehrtes Skelett zurückgelassen. Lange betrachte ich diese Kuriositäten. Vollkommene Nachbildungen ihrer Körper in ihrem eigenen Netz.

Unter den Möbeln, die ich hier verstaut habe, ist ein Kiefernbett, das ich nie mochte. Seit wir vom Land zurückgezogen sind, lagert es in der Garage, es lehnt an der Rückwand, die Matratze zum Schutz vor der Feuchtigkeit in eine Plastikfolie eingeschlagen. Nachdem ich die Büromöbel zur Seite gerückt und so Platz geschaffen habe, stelle ich das Bett mitten in die Garage. Den Aktenschrank und die Regale, den Drehstuhl und einen Stapel alter Vinylscheiben lasse ich dort, damit ein Hauch von Gemütlichkeit und Wohnlichkeit bleibt. Kits altes Bettchen kann auch bleiben, es liegt auseinandergenommen als Stapel in der Ecke. Aber die ganzen Werkzeuge, die Dosen Sprühfarbe, den Lack, eine Leiter und die Gartengeräte inklusive der Hacke muss ich wegschaffen oder woanders unterbringen.

Als ich in der offenen Tür stehe, mir einen Überblick verschaffe und überlege, wie ich das überflüssige Zeug am besten loswerde, kommt Betty aus einem der Häuser um die Ecke vorbei.

»Willst du entrümpeln?«, fragt sie. Ihr Atem steigt als Nebelwolke in die kalte Luft.

»Ich muss etwas Platz schaffen.« Hoffentlich schreckt sie meine knappe Antwort von weiterem Gerede ab.

Während sie mir zusieht, versuche ich, beschäftigt zu wirken.

»Wenn du den ganzen Krempel rausschaffst, kannst du das Auto reinstellen«, sagt sie. »Deine Mutter hat immer in der Garage geparkt – das ist sicherer als auf der Straße.«

Ich lächle. Ich parke immer auf der Straße und weiß, dass es für Betty ein Alptraum ist, aber ich verstehe nicht, warum es sie so sehr stört. Immerhin ist es doch mein Problem, wenn das Auto gestohlen wird. Sie betrifft das nicht. Sie zockelt bis zur nächsten Ecke, und ich sehe erleichtert, dass sie gleich verschwindet. Dann bleibt sie stehen und sagt:

»Nur gut, dass sie gesichert ist. Heutzutage passieren hier doch schreckliche Sachen. Ich fühle mich bald in meinem eigenen Haus nicht mehr sicher.«

»Das haben die Leute doch schon immer über diese Gegend gesagt«, entgegne ich. »Eigentlich hat sich nichts geändert, Betty. Wir haben Glück, dass wir am Fluss wohnen. Ich gehe nie von hier weg.«

In der Garage ist es kalt und klamm. Wenn ich die Wahl hätte, würde ich Jez nicht aus seinem hübschen, lichtdurchfluteten Musikzimmer holen, wo er gemütlich sitzen und Gitarre spielen kann. Ich will ihn nicht wegsperren wie eine Leiche. Dann muss ich daran denken, dass man junge Kälber im Dunkeln hält, damit ihr Fleisch rein und zart bleibt. Es ist also eine Art Schutz. Und nur für zwei Tage, das kann meinem Jungen nicht schaden. Vielleicht tut es ihm sogar gut. Wichtig ist nur, dass er hier sicher ist. In meiner Obhut kann ihm nichts geschehen.

Ich packe einen Teil des alten Krempels aus der Garage in den Kofferraum und fahre ihn zur Müllkippe. Anderen Kleinkram trage ich zum Flusshaus. Gregs Stehleiter, die Hacke und das restliche Gartengerät verstaue ich hinten vor der Hofwand. Die Starthilfekabel, den Wagenheber und das Werkzeug räume ich in den Schrank unter der Treppe. Ich muss alles vorbereitet haben, ehe ich Jez sein Abendessen bringe. Dann kann ich mich entspannen und mit ihm zusammen sein, bevor wir losgehen müssen.

Nachdem ich die Garage aufgeräumt habe, kehre ich ins Haus zurück. Beim Durchsehen des Wäscheschranks umhüllt mich ein frischer Duft und katapultiert mich in die Vergangenheit, so dass ich einen Moment einfach stehen bleibe, die Nase im Stoff vergraben. In dem Schrank stapelt sich gefaltete Bettwäsche, die im Haus ist, seit ich denken kann, gestärkter, glatter Stoff voll Kindheitserinnerungen an Abende, an denen ich dicht eingemummelt zwischen frischen Laken einschlief. Dieses Gefühl von tiefer Sicherheit erfährt man im Leben nicht mehr oft.

Dann sehe ich ihn vor dem Eisenbett stehen. Spätwinter, so wie jetzt. Der Boden fast unmerklich geneigt, in der Luft ein Geruch, als regte sich etwas, würde von Neuem wachsen, und obwohl es noch nicht hell geworden war und das Zimmer im Schatten lag, herrschte am dunklen Himmel eine Art Leuchten, sogar morgens um sechs. Wir waren noch aufgekratzt von irgendeiner Unternehmung. Wo waren wir gewesen? Vielleicht auf dem Fluss? Mein Gesicht glühte. Meine Haut kribbelte. An Sebs Füßen klebte Matsch, also müssen wir am Ufer gewesen sein. Den Strand absuchen. Er ging ins Bad, und ich hörte das Wasser rauschen, als er sich die Füße abschrubbte. Ich lag auf dem Bett und wusste, was gleich kommen würde, voller Vorfreude und voller Angst davor, wie mächtig es war.

Das Zuschnappen der Badezimmertür, barfüßiges Tapsen auf den Dielen. Das leise Quietschen der Matratze, als er sich neben mich legte, den Kopf gegen das Fußteil gelehnt, während meiner auf dem Kissen mit dem frischen Leinenbezug lag.

Er drückte mir seinen großen Zeh in den Mund. Ich schmeckte Seife und noch einen Hauch des Matsches, den er versucht hatte abzuwaschen. Es war faszinierend – der Geschmack, das Gefühl, sein Fußnagel, der an meinem Gaumen kratzte. Ich saugte an seinem großen Zeh, und er lehnte sich zurück, verschränkte die Hände hinter dem Kopf und ächzte zufrieden, bis wir unterbrochen wurden. Wovon? Das weiß ich nicht mehr. Ich erinnere mich nur vage, dass etwas Abruptes, ein Knall oder ein Scheppern, unsere Intimität störte und wir erschrocken unser Spiel beendeten. Seb stand auf und beschimpfte mich:

»Du bist eine durchgeknallte Zehenlutscherin«, sagte er, und ich streckte ihm die Zunge heraus, weil ich nicht wusste, wie ich mich sonst verteidigen sollte.

Um mich zu sammeln, atme ich tief ein. Ich stecke zwei Laken, eine Bettdecke und zwei Kissen in einen Müllsack. Das reicht nicht, um Jez warm zu halten. Einen Heizstrahler habe ich nicht, weil wir im Flusshaus eine Zentralheizung installiert haben. Ich muss morgen einen altmodischen Kerosinofen kaufen, wenn die Zeit noch reicht, bevor Greg kommt. Vorerst lege ich eine alte, grün-weiß karierte Decke dazu, die wir früher zum Zelten mitgenommen haben. Für Jez' Umzug zu packen erinnert mich tatsächlich ein wenig daran, eine Campingfahrt vorzubereiten. In mir perlt Vorfreude hoch. Am liebsten würde ich es mit ihm zusammen planen, so wie Seb und ich bei unseren Abenteuern. Wir würden gemeinsam eine Liste erstellen und die Aufregung vor einem Urlaub unter dem Sternenzelt genießen. Wir würden große Streichholzschachteln auftreiben, Plastikteller, Konserven. Butankartuschen für den Campingkocher. Kleine Pfannen, die man ineinanderstapeln kann. Aber das geht natürlich nicht. Jez würde sich nur aufregen, wenn ich ihm sage, dass er in einer Garage campen soll. Er würde etwas Überstürztes tun.

Erst einmal muss ich alles vorbereiten. Ich suche Teelichter und Kerzen zusammen (die meine Eltern seit den winterlichen Stromausfällen in den Siebzigern in der Küchenschublade aufbewahrt haben), Toilettenpapier und einen Komposteimer mit Deckel aus unserer Öko-Phase. In einer Tasche verstecke ich auch eine Packung von den Inkontinenzbinden meiner Mutter; vielleicht werden sie gebraucht. Und ich krame die Bodenplane hervor, die selbst nach dem Lüften und jahrelangem Lagern immer noch nach warmem Gras riecht.

Mit einem Lächeln erinnere ich mich an die Tupperdosen mit Teekuchen, die Taschenlampen und den Windschutz, die wir hinten ins Auto stopften, als Kit noch klein war. Damals verbrachten wir unsere Urlaube an der eisigen Küste von Norfolk, auf Zeltplätzen voll campingerprobter Familien. Sie waren immer besser für das Leben im Freien ausgerüstet als wir. Kit wollte die Gemeinschaftstoiletten nie benutzen, weil sich überall Schnaken tummelten. Und nachts wollte sie nicht in ihrem eigenen, kleinen Zelt schlafen. Lieber lag sie eingezwängt zwischen uns, eingewickelt in genau diese grün-weiße Decke. Wer war wohl erleichterter darüber, dass sie neben uns lag, sie oder ich? Jedenfalls achtete ich darauf, dass sie sich in die Mitte kuschelte, als willkommener Puffer zwischen Greg und mir. Wie alt war sie damals? Fünf? Sechs? Wir hörten mit dem Zelten auf, als Greg anständig verdiente, und fuhren in Ferienhäuser in Italien, Spanien oder Frankreich.

An Kits Kindheit erinnere ich mich nur schemenhaft. Als hätte nicht ich, sondern eine andere Frau sie beinahe zwei Jahre lang gestillt und ihr den Weg in die Welt geebnet. Eine andere, bessere Frau, die ihren Windelausschlag mit Sudocrem einrieb, ihr Pflaster auf die Knie klebte, ihr Fiebersaft zu schlucken gab und Läuse aus dem Haar kämmte. Wer war diese Frau, die Krabbelgruppen besuchte und Kuchen buk? Die später, als wir im Flusshaus wohnten, mit ihr durch den riesigen Topshop am Oxford Circus geschlendert ist? Wann habe ich mich verändert? Ist es schrittweise geschehen? Als sie bei der Krabbelgruppe zu einer Freundin gelaufen ist statt zu mir und ich gemerkt habe, dass ich für sie nicht mehr der Mittelpunkt des Universums bin? Als sie allein mit ihrem Fahrrad losfuhr und ich nicht mehr wusste, wo sie in jeder einzelnen Sekunde war? Als ich zum ersten Mal zufällig sah, wie sie einen Jungen küsste, und es mir einen Stich versetzte, dass sie kein Kind mehr war?

Oder war es ein grundlegender, katastrophaler Umbruch? Geschah er plötzlich, auf der einsamen Autofahrt nach Hause, nachdem ich sie an der Universität gelassen hatte? Als mich die schreckliche Erkenntnis traf, dass jeder geliebte Mensch nur in unser Leben tritt, um uns wieder zu verlassen?

Kurz bevor ich zur Garage zurückgehe, fülle ich eine Wärmflasche, damit Jez ein warmes Bett erwartet. Den Müllsack ziehe ich über den Fußweg hinter mir her. Es ist beinahe dunkel und regnet, ein feiner, eiskalter Sprühregen. Jetzt könnte ich doch eine Taschenlampe gebrauchen. In der Garage ist es stockfinster. Ich kann die Tür nicht offen lassen, damit nicht irgendein Fußgänger misstrauisch wird und genauer hinsieht, als er soll. Aber selbst bei geschlossener Tür zieht es durch einen Spalt im Fenster, dass die Kerzen immer wieder ausgehen. Irgendwann kann ich ein paar Teelichter anzünden; sie verströmen ein sanftes, gelbes Licht, das einladend, sogar gemütlich wirkt.

Als das Bett gemacht ist, werde ich nervös. Wie soll ich Jez in die Garage bringen, ohne gesehen zu werden? Natürlich muss ich den Abend abwarten, bis der Pub geschlossen hat und die letzten Gäste gegangen sind. Und ich muss die letzten Tabletten von meiner Mutter benutzen. Genug, um ihn gefügig zu machen, allerdings nur so viele, dass er noch allein laufen kann.

Selbst dann ist nicht sicher, dass uns nicht Betty oder sonst ein Schlafloser oder Nachtschwärmer auf dem Fußweg sieht. Ich bringe ihn dazu, einen Anorak mit Kapuze anzuziehen. An einem Haken im Flur hängt einer, den Greg mal gekauft hat, wahrscheinlich für einen unserer Campingurlaube damals. Wenn er die Kapuze hochschlägt, wird niemand genauer hinsehen. Ich werde mich beeilen und Augen und Ohren offen halten.

In die Ritze unter dem Fenster stopfe ich einen Schal, um die Zugluft abzuhalten, gruppiere ein paar Teelichter auf einem Aktenschrank und zünde sie an. Draußen kommen Autos näher, das Scheinwerferlicht schimmert kurz in dem schmalen Spalt zwischen den Türen auf, als sie auf der Suche nach Parkplätzen um die Ecke biegen. Auch zu Fuß kommen Leute auf dem Weg zum Pub vorbei, sie unterhalten sich laut und aufgekratzt. Die Matratze fühlt sich klamm an, aber ich schlage sie mit der Bodenplane ein und beziehe das Bett mit der frischen Wäsche. Die Decke und die alten Federkissen staple ich auf dem Oberbett. Der Geruch von erdigen Wänden und Kreide dringt beißend durch die Dunkelheit. Alles wird so wunderbar sein, wenn er ein paar Tage ohne Licht verbracht hat. Er muss nur hierbleiben, bis Greg und Kit wieder gefahren sind. Danach wird das Musikzimmer in seinen Augen strahlen.

»Was soll ich den Leuten sagen?« Jez sieht mich so vertrauensvoll und unschuldig an, dass sich wegen dem, was bevorsteht, das schlechte Gewissen in mir regt.

»Was meinst du?«

»Na ja, ich kann ja schlecht erzählen, ich wäre in Ihrem Haus eingesperrt gewesen, oder? Das würde komisch klingen, auch wenn es wegen dieser Überraschungsgeschichte war. Ich will nicht, dass Sie oder Helen deswegen Ärger bekommen. Und was soll ich Alicia sagen?«

»Die Wahrheit. Dass du bleiben wolltest, Kontakte in der Musikbranche knüpfen, und ich es dir erlaubt habe.«

»Aber warum habe ich mich nicht gemeldet?«

»Jez! Hör auf, dir Sorgen zu machen. Du hast Zeit für dich gebraucht. So einfach ist das.«

Er schlürft einen großen Schluck von dem Tee, den ich ihm gebracht habe.

»Tut mir leid, wenn ich manchmal unhöflich war. Das war undankbar.«

»Du brauchst dich nicht zu entschuldigen«, sage ich.

»Als wir uns am ersten Abend betrunken haben, habe ich sogar gehofft, Sie würden mir hier ein Zimmer vermieten. Wenn ich fürs College herkomme.«

»Wirklich?«

»Ja, klar! Helen hat mich an dem Nachmittag zusammengestaucht, deshalb dachte ich, sie will mich nicht bei sich haben. Ich dachte, hier könnte ich gut wohnen, aber Sie würden das nicht wollen. Dann bin ich etwas ausgerastet, weil ich eingeschlossen war. Ich habe das in den falschen Hals bekommen und war undankbar, und das tut mir leid.« Jetzt klingt er wieder selbstsicher, so wie vor beinahe einer Woche, als wir in der Küche saßen und Wein tranken. Es ist schön, ihn wieder entspannter zu erleben. In den letzten Tagen ist er zu ruhig gewesen. Zu eingeschüchtert.

»Wenn ich also sagen würde, du könntest bleiben …« Ich fühle mich, als hätte mein Herz einen Stromschlag bekommen und würde mich in eine andere Realität schleudern.

Jez verzieht den Mund zu einem breiten Lächeln. Zwei winzige Falten bilden sich, aber ihr Zucken verrät Nervosität, leichte Unsicherheit.

»Na ja, heute würde ich natürlich gerne nach Hause gehen. Ich habe Geburtstag. Und er ist schon fast vorbei. Wann gehen wir?«

»Bald.«

»Nicht jetzt?«

»Ein paar Sachen müssen noch vorbereitet werden.« Hoffentlich klinge ich nicht verletzt, weil er es jetzt doch so eilig hat, mich zu verlassen. »Geduld, Jez.«

Als ich wieder zu den Oberlichtern komme, sehe ich, dass die Tabletten wirken. Er liegt auf dem Bett und rekelt sich, als wolle er gegen den Schlaf ankämpfen, der ihn überkommt. Ich will so lange warten, bis die Wirkung langsam nachlässt, damit er bis zur Garage humpeln kann, aber nicht wach genug ist, um zu begreifen, was genau geschieht. Leise öffne ich die Tür und betrete das Musikzimmer. Ich setze mich neben ihn auf das Bett.

»Soll ich dir eine Geschichte erzählen?«

»Ist es so weit, gehen wir jetzt?«

»Noch nicht ganz. Mit einer Geschichte geht die Zeit schneller herum.«

»Na gut. Meinetwegen.«

Ich lege mich neben ihn, und er rückt zur Seite, um mir Platz zu machen.

»Sie heißt *Der Dreckspatz*«, beginne ich. Ich streiche ihm über das Haar, und er schmiegt den Kopf in meine Hand. Ich streichle die zarte Haut an seinem Hals. Endlich gibt er nach. Draußen fällt immer noch dichter Regen. Es wird kalt im Musikzimmer. Ich ziehe die Bettdecke über uns und erzähle langsam mit beruhigender Stimme.

»Es gab einmal einen Jungen, der fünfzehn Jahre alt war. Er lebte an der Themse, so wie ich, aber er hatte kein Zuhause. Er war so arm, dass er den Abfall durchwühlen musste, den die Flut anschwemmte. Jeden Tag ging er zweimal bei Ebbe zum Ufer und sammelte auf, was er finden konnte. Die Knochen der Ertrunkenen und Verwesten, Holzstücke, Altmetall. Manchmal fand er eine Münze oder einen Edelstein, aber nicht oft. Er hatte Freunde, die dasselbe taten, aber viele von diesen Strandläufern ertranken. Sie waren noch auf Schlammbänken im Fluss, wenn die Flut kam, und dann saßen sie fest und wurden von den unbarmherzigen Wassermassen mitgerissen.«

Ich stocke. Er ist beinahe eingeschlafen, doch ich will die Geschichte zu Ende erzählen. Sie hat mir Tränen in die Augen getrieben. Ich schlucke, reibe mir die Augen mit dem Handrücken und erzähle weiter. »Dieser Junge, Edmund, hatte Glück. Er fand ein kleines Medaillon mit dem Gesicht von Königin Victoria, und er glaubte, es würde ihr gehören. Er fand, er sollte es ihr zurückgeben.

Er machte sich auf den Weg zum Palast, aber die Wachen ließen ihn nicht vor. Er war ein Straßenjunge mit verdreckter Kleidung und zu großen Schuhen, die er am Ufer aufgelesen hatte. Edmund gab jedoch nicht so einfach auf, und er war wendig. Er kletterte über eine Mauer vor dem Palast und brach durch ein Fenster ein. Er fand Königin Victoria in ihrem Bett, als hätte sie auf ihn gewartet, und gab ihr das Medaillon. Die Königin trauerte immer noch um Prinz Albert, sie hatte ihr Zimmer monatelang kaum verlassen. Sie war so beeindruckt von seiner Geschichte und seiner Loyalität, dass sie zum ersten Mal seit Monaten, sogar seit Jahren ihre Trauer überwand. Sie sah durch die Lumpen und den Schmutz hindurch bis in die Seele des Jungen. Sein Mut und seine Selbstlosigkeit zeigten ihr, dass sich das Leben noch lohnte.«

Ich verstumme. Jez hat sich bewegt, seine Lider flattern leicht, ein sanftes Lächeln umspielt seine Lippen.

Es ist gegen drei Uhr morgens.

»Jez. Wir müssen gehen. Du musst aufstehen und mitkommen. Los.«

Seine Miene erhellt sich, aber er ist immer noch verwirrt und schläfrig. Sein Körper ist schlaff und träge. Ich bringe ihn dazu, seine Lederjacke und darüber Gregs riesigen Anorak anzuziehen, damit seine Jacke nicht nass wird. Als wir die

Treppe hinuntergehen, halte ich ihn am Ellbogen fest. Im Flur sage ich ihm, er soll die Kapuze hochschlagen und neben mir hergehen. Ich öffne die Tür, und er folgt mir auf den Hof. Ich führe Jez hinaus in die Nacht.

»Mmmh. Frische Luft!«, sagt er. Er lallt ein wenig. »Ach, danke. Danke!«

Er war so lange nicht mehr draußen, dass er die Luft gierig einsaugt. Es riecht nach Seetang, eine wunderbare Besonderheit des Flusses, der Salz von der Mündung heraufträgt und daran erinnert, dass er zu wilden, offenen Meeren führt. Zu Meeren, die ihn versorgen und Fracht aus anderen Welten bringen, Fisch nach Billingsgate, Seide ins East End, Gewürze, Obst und Gemüse, Kaffee, Tabak, Baumwolle, Tee und Zucker. Dieser Fluss gibt großzügig und nimmt gierig. Ich unterschätze ihn nie.

Jez sieht mich an.

»Schön«, murmelt er. »Danke. Tut mir leid, wenn ich manchmal nicht mitgemacht habe. Es war nett, dass ich hier sein durfte.«

Angespannt führe ich ihn über den Hof zur Tür in der Mauer. Mir ist klar, dass ich ihn nicht aufhalten kann, sollte er versuchen wegzulaufen. Ich muss mich auf seine Benommenheit verlassen und auf sein neu gefasstes Vertrauen zu mir. Aber dass er glaubt, ich würde ihn nach Hause fahren, weckt in mir ein ungutes Gefühl. Es gefällt mir nicht, ihn zu täuschen. Ich habe versucht, nicht zu lügen, und meist brauchte ich das auch nicht. Er hat geglaubt, was er glauben wollte.

In dem Sommer, in dem Greg nicht mit mir geredet hat, habe ich Kit belogen. Der Sommer des großen Schweigens. Greg zeigte mir die kalte Schulter, um mich für meine Frigidität zu bestrafen. Die Lügen waren schrecklich. Aber zu sagen,

Papa hätte die Stimme verloren, war besser – als zuzugeben, dass er mit mir und als Folge auch mit ihr einfach nicht sprechen wollte. Ich meinte es nur gut mit ihr.

Jetzt lasse ich Jez aus demselben Grund in dem Glauben, wir würden zu Helen nach Hause fahren. Ich meine es nur gut mit ihm. Ich führe ihn den Fußweg entlang. Der Regen peitscht uns direkt ins Gesicht. In den Pfützen zu unseren Füßen spiegeln sich orangefarbene Lichter. Der Fluss seufzt ungeduldig in seinem Bett. Unter dem Kohlenanleger ist es so dunkel, dass Jez nach meinem Arm greift. Ich nehme seine Hand, und er versucht nicht mal, sie wegzuziehen. Und so gehen wir wonnig Händchen haltend durch die kühle Nacht zu den Garagentüren.

»Ist Ihr Auto hier drin?«, fragt er, als ich den Schlüssel in das Schloss stecke.

Ich antworte nicht.

Kapitel Dreizehn

Mittwoch

Helen

Als Helen am Mittwochabend nach der Arbeit nach Hause kam, wusste sie nicht, weswegen sie sich mieser fühlte – wegen der beiden ihr zugewandten Rücken, als sie Micks Bürotür öffnete, oder wegen des Polizeiwagens, der wenige Minuten später vorfuhr.

Maria und Mick brüteten über dem Internet und lasen die Posts auf der Facebook-Seite, die sie eingerichtet hatten. Lobeshymnen, Nachrichten und Erinnerungen von Jez' Freunden und Bewunderern, von denen sie noch nie gehört hatten.

»Hallo«, sagte Helen. Sie drehten sich nicht um. »Hallo Schatz, ich bin zu Hause«, versuchte sie es mit der Formel, die sie und Mick zu Beginn ihrer Ehe in gespieltem Ernst benutzt hatten.

Mick drehte sich um. »Bitte, Helen, wir sind beschäftigt.«

Die Klingel unterbrach ihn. Helen ging zur Tür. Es war gegen halb fünf, die Straßenlaternen brannten schon.

Inspector Hailey Kirwin wurde wieder von dem Jungen begleitet, der kaum so alt wie Barney aussah.

»Wir würden Ihnen gerne ein paar Personenfragen stellen«, sagte er. »Wegen Jeds Verschwinden. Dürfen wir hereinkommen?«

»Jez«, murmelte Kirwin zu ihm geneigt, »und Sie meinen persönliche Fragen, nicht Personenfragen.«

»Ich habe nichts dagegen«, sagte Helen. »Was wollen Sie wissen? Kommen Sie herein. Setzen Sie sich doch.«

Sie führte die Polizisten ins Wohnzimmer und schaltete eine Tischlampe an, bevor sie sich auch setzte. Sie dachte gar nicht daran, ihnen Tee anzubieten. Gerade hatte sie eine Flasche Wein öffnen wollen.

»Könnten Sie einmal alles durchgehen, seit Jez bei Ihnen angekommen ist? Wir müssen uns ein vollständiges Bild von seiner Beziehung zu Ihnen und Ihrer Familie machen können.«

»Ich kann es versuchen. Sollen mein Mann und meine Schwester dabei sein?«

»Im Moment nicht«, antwortete Kirwin.

Helen zuckte mit den Schultern. »Na schön. Wo soll ich anfangen?«

»Bei seiner Ankunft. Er ist für Bewerbungsgespräche hergekommen. Er wollte auf ein College in London, stimmt das?«

»Ja. Vergangenen Freitag vor einer Woche.«

»Soweit ich weiß, wollte er hier eventuell seinen Abschluss machen. Er geht also noch zur Schule, richtig?«

»Ja. In Paris besucht er das Gymnasium. Heute wird er sechzehn. Es ist sein Geburtstag.« Helen stockte, als ihr diese Tatsache schmerzlich bewusst wurde.

Kirwin nickte. »Geburtstage sind immer heikel«, sagte sie. »Lassen Sie sich Zeit.«

Helen strich ihren Rock glatt und holte tief Luft. »Ich habe ihn in St. Pancras vom Zug abgeholt. Ich habe unter der Anzeigetafel für Auslandszüge gewartet und mir noch Gedanken gemacht, ich müsste für ihn doch wie eine kleine, ältliche Frau aussehen.« Sie lächelte reumütig. »Was für eine alberne Sorge im Nachhinein. Aber er ist größer als meine

Söhne, obwohl er jünger ist. Ich hatte erwartet, dass er etwas verlegen sein würde, wir hatten uns, ach, ein halbes Jahr nicht mehr gesehen, deshalb war es eine nette Überraschung, als er mich wie ein Franzose mit Küsschen auf beide Wangen begrüßt hat.« Stirnrunzelnd warf sie der Polizistin einen Blick zu. »Wollen Sie so etwas überhaupt wissen?«

Ihr Gegenüber nickte. »Erzählen Sie weiter.«

Helen dachte kurz nach. Sie erinnerte sich daran, dass er nach Seife gerochen hatte und dass ihr der verschwitzte Mief ihrer Söhne eingefallen war, den sie immer auf die Pubertät geschoben hatte.

»Ehrlich gesagt habe ich an ihm gemerkt, dass es nicht mehr uncool ist, wenn Jungen auf ihre Körperpflege achten. Ich dachte, meine beiden könnten sich etwas mehr Mühe geben. Aber mit meiner Schwester kann ich nicht mithalten. Sie war als Mutter wohl erfolgreicher als ich.«

Kirwin beugte sich vor. »Was meinen Sie mit erfolgreicher? In welcher Hinsicht?«

»Ach, in vielerlei Hinsicht. Jez ist nur für ein paar Bewerbungsgespräche hergekommen, trotzdem hat ihm Maria seine Gitarre mitgegeben und ihm mehrere ordentliche Outfits eingepackt. Ich wäre mit meinen Jungs nie so gut organisiert gewesen. Dann hatte ich Sorge, mir würde nichts einfallen, was ich ihm auf der Rückfahrt im Auto erzählen kann. Teenager – zumindest meine – können ja ganz schön einsilbig sein. Aber Jez war – ist – wirklich reizend! Wahrscheinlich, weil er nur Erwachsene um sich hat. Bis vor Kurzem war er ein Einzelkind. Sein Vater hat wieder geheiratet, und jetzt hat Jez eine kleine Halbschwester, aber er sieht sie selten. Jedenfalls war er deutlich gesprächiger, als meine Söhne es je wären. Natürlich fragt man sich dann, ob man selbst daran schuld ist. Wahrscheinlich machen Eltern sich immer Vorwürfe.«

Helen blickte den Polizeiburschen an, aber er hatte sich weggedreht und sah aus dem Fenster, vielleicht betrachtete er auch sein Spiegelbild in dem dunklen Glas. Dabei steckte er sich den Kugelschreiber in eine Socke.

»Josh, Sie machen ja hoffentlich Notizen«, sagte Kirwin, und der Junge schreckte auf.

»'tschuldigung«, sagte er.

»Sie haben Jez also mit Ihrem Auto abgeholt?«

»Ja. Ich war leicht sauer, weil ich die City-Maut zahlen musste. Eher auf meine Schwester als auf ihn. Ich hätte meine Kinder mit der U-Bahn fahren lassen. Meine Schwester hat Jez immer mehr betüddelt als ich meine beiden, vielleicht, weil er ihr einziges Kind ist.«

»Würden Sie also sagen, dass Jez etwas unerfahren ist?«, fragte Kirwin. »Dass er in London vielleicht nicht allein zurechtkäme? Nur so als Gedanke.«

»Könnte sein«, sagte Helen. »Auf jeden Fall ist er etwas unbedarft. Auf dem Weg hierher ist ihm aufgefallen, dass er kein englisches Geld hat. Ich musste an der Bank anhalten, einen Parkplatz suchen und mit ihm an den Wechselschalter gehen. Er konnte nichts dafür, wenn überhaupt, war meine Schwester schuld. Warum hat sie ihm kein Geld mitgegeben, wenn sie sonst ständig die Hand über ihn hält? Ich würde also schon sagen, dass er es gewohnt ist, dass man ihm Dinge abnimmt. Er ist ein bisschen unbedarft. Wo Sie schon fragen.«

Sie stockte.

»Er ist vielleicht etwas verwöhnt, aber auch beliebt. Er wird richtig bewundert. Von meinen Söhnen, der Band, natürlich von seiner Freundin, sie himmeln ihn an. Aber meine Jungs haben ihn irgendwas genannt. Wie war das noch? Ja, richtig. Sie haben gesagt, er wäre ein Knecht.«

»Ach?«

»Das heißt, dass er sich alles sagen lässt«, warf Josh ein und drehte sich endlich um.

»Stimmt«, sagte Helen. »Anscheinend schlägt er seiner Freundin nur ungern etwas ab. Oder auch anderen. Er stellt gern jeden zufrieden. Ist höflich. So jemanden nennen sie jetzt wohl einen Knecht. Komisch.«

»Mit seiner Freundin haben wir gesprochen. Die beiden sind schon länger zusammen.«

»Es ist wirklich süß. Sie sind in Kontakt geblieben, als er nach Paris gezogen ist.«

»Wann war das?«

»Oh, das muss jetzt zwei Jahre her sein. Meine Schwester – seine Mutter – arbeitet da in einem Vorort. Sie ist in der Modebranche.«

»Und für die Oberstufe wollte er zurückkommen?«

»Ja. Er hat sich zwei Schulen angesehen, die Musik anbieten. Bei einer davon hat sich auch einer meiner Söhne beworben. Sie wollen beide in dieselbe Musikklasse. Hier in Greenwich. Sie werden es nicht beide schaffen. Es gibt ganz wenige Plätze. Ohne Jez hätte Barney eine Chance gehabt. Aber Jez ist viel talentierter. Und meine Schwester treibt ihn an. Er hat LRS, eine Lese-Rechtschreibschwäche, aber das beeinflusst ihn nicht beim Spielen. Er wird dadurch höchstens noch kreativer.«

»Sie haben gesagt, die Leute würde ihn anhimmeln. Ist Ihnen irgendwann aufgefallen, dass ihn jemand belästigt hat?«

»Wie meinen Sie das?«

»Hat er jemanden erwähnt? Oder sich wegen etwas Sorgen gemacht?«

»Nein. Nichts. Sie könnten seine Freundin fragen, wahrscheinlich wüsste sie eher etwas.«

»Und in der Woche, in der Jez hier war, haben Sie sich nicht mit ihm oder seiner Mutter gestritten.«

Helen rutschte hin und her. Tappte sie gerade in eine Falle? Sie hätte gerne ein Glas Wein heruntergekippt. Hinter ihr lag ein langer Arbeitstag, und sie musste immer wieder an Maria und Mick vor dem Computer denken. Täuschte sie sich, oder hatten sich ihre Beine berührt? Je mehr sie darüber nachdachte, desto sicherer war sie, dass die beiden sich aneinandergelehnt hatten, bevor Helen sie unterbrochen hatte. Es war verrückt, aber der Gedanke wucherte in ihr, bis für keinen anderen mehr Platz blieb. Dem Verstand nach wusste sie, dass dieses ängstliche Gefühl im Magen von der Sorge um Jez herrühren sollte. Doch warum kehrten ihre Gedanken dann immer wieder zu Maria und Mick zurück?

»Helen, es tut mir leid, aber wir müssen das klarstellen. Ist es irgendwann zu einem Streit zwischen Ihnen und Ihrer Schwester oder zwischen Ihnen und Jez gekommen?«

Helen sah Kirwin an und schüttelte den Kopf.

»Nur kurz im Auto, als ich wegen des Geldes anhalten musste. Ich wollte nach Hause, dadurch haben wir uns verspätet. Aber sonst nicht.«

»Waren Sie wütend auf ihn? Hatte er vielleicht das Gefühl, er sei im Weg? Er würde Sie oder Ihre Familie stören?«

Helen zögerte. Sollte sie erwähnen, dass ihr an dem Freitag, an dem er verschwunden war, der Geduldsfaden gerissen war? Dass er fabelhaft gespielt und sie ihm deswegen vorgeworfen hatte, er sei rücksichtslos? Dann müsste sie allerdings ein weiteres Mal zugeben, wie unzulänglich sie sich im Vergleich zu ihrer Schwester vorkam. Oder noch schlimmer, dass sie sich mit einem Kater herumgeschlagen hatte. Damit würde sie neurotisch und verantwortungslos klingen.

»Nein«, antwortete sie. »Es war nur eine kleine Unstimmigkeit. Und wie gesagt, er ist hier immer willkommen, alle freuen sich, wenn er hier ist, das weiß er sicher auch.«

»Dann eine letzte Frage. Sie haben gesagt, Sie hätten Jez gesehen, nachdem Sie Freitagmittag von der Arbeit gekommen sind, richtig?«

Helen blinzelte. »Ja.«

»Kann das jemand bestätigen?«

»Außer uns war niemand zu Hause, als er ging.«

»Nein. Ich meine, dass Sie Freitagmorgen zur Arbeit gegangen sind.«

Unwillkürlich nickte Helen. Sie hatte noch Zeit, bestimmt hatte sie Zeit, um eine Geschichte zusammenzuspinnen. Damit jemand sie deckte. Schließlich hatte sie nichts wirklich Schlimmes getan. Sie vertuschte ja nichts.

»Sie arbeiten …« Kirwin sah in ihr Notizbuch. »Im Lehrerfortbildungszentrum in Newnham? Sie geben Kurse, stimmt das? Über Verhaltensmanagement für Lehrer?«

»Ja. Ich bin Beratungslehrerin. Also auch Springerin. Aber ich arbeite vom Zentrum aus.«

»Und dort waren Sie am letzten Freitag?«

»Ja«, rutschte es Helen heraus.

»Danke. Das wäre vorerst alles.«

»Wollen Sie nicht mit Mick sprechen? Oder mit Maria?«

»Mit Ihrer Schwester haben wir schon gesprochen. Mit Mick auch. Aber vielleicht müssen wir uns noch über einen Verbindungsbeamten unterhalten. Es ist jetzt beinahe eine Woche, und wir stellen gerne sicher, dass die Familien von vermissten Kindern die nötige Unterstützung bekommen. Wir melden uns.«

Helen blickte dem Auto nach, bis es auf der Maze Hill nicht mehr zu sehen war, dann kehrte sie zu Micks Arbeitszimmer zurück. Die beiden waren nicht mehr dort, auf dem Computer flackerte blauviolett der Bildschirmschoner. Sie ging in die Küche.

War heute ein Tag wie jeder andere, oder hatte sich etwas verändert? Ihr kam es vor, als sähe sie ihre Küche zum ersten Mal. Die Stiefmütterchen auf dem Fensterbrett, das vollgestopfte Kästchen mit Werbezetteln für Filme und Theaterstücke, zu denen sie doch nie die Zeit fanden. Das Regal mit den angeschlagenen Tassen. Sie musste die Chrysanthemen austauschen, die sie in einer Vase auf den Tisch gestellt hatte. Sie waren schon welk. Alles flirrte immer wieder undeutlich. Offenbar war sie krank. Vielleicht brauchte sie Paracetamol. Oder einen großen Gin.

Mick kam herein und durchstöberte den Kühlschrank.

»Maria braucht also Hilfe mit der Facebook-Seite, was?«, fragte Helen. Ihren herausfordernden Blick, die Anklage in ihren Augen, bemerkte er nicht.

»Wie? Nein, nein. Ich wollte helfen.«

»Ich verstehe nicht, warum du dir das alles aufládst!« Dabei verstand Helen es sehr wohl. Er wollte Maria damit beeindrucken. Jetzt war sie sich sicher, und sie konnte sich nicht mehr beherrschen. »Mir ist noch nie aufgefallen, dass Maria mal hilflos ist. Warum machst du so ein Getue um sie?«

»Was soll das, Helen? Ich will nur, dass wir den Jungen finden. Er ist seit fünf Nächten verschwunden, und dir ist das offenbar völlig egal. Ich schätze, du willst das hier haben, oder?« Er stellte eine Weinflasche in einer Kühlmanschette auf die Anrichte.

Als sie nach der Flasche und einem Glas griff, klingelte es

an der Tür. Mick öffnete. Durch die Küchentür sah Helen, wie Alicia durch den Flur näher kam. Sie sah schrecklich aus, noch dünner, und auf ihrer Stirn zeichneten sich Pickel ab.

»Komm rein, Alicia«, bat Helen.

»Haben Sie noch nichts gehört?«

Helen schüttelte den Kopf. »Setz dich, Liebes. Was willst du trinken? Du siehst aus, als könntest du einen Schluck gebrauchen.« Helen deutete auf den Wein, aber Alicia schüttelte den Kopf.

»Alkohol rühre ich nicht an«, sagte sie. »Aber eine Tasse Tee wäre nett. Ich bin den Tunnel noch mal abgelaufen und ganz schön kaputt.«

»Ich mache dir eine Tasse fertig.«

»Ich dachte schon, jemand sollte einfach rumfahren und nach ihm suchen«, sagte Alicia. »Zu Fuß dauert es ewig. Und es ist eiskalt da draußen. Ich wollte mal fragen, ob Sie das schon gemacht haben.«

Maria hatte Stimmen gehört und kam in die Küche.

»Alicia will nach Jez suchen«, erklärte Helen ihr. »Sie meint, wir sollen uns ins Auto setzen und einfach durch Südlondon fahren, bis wir ihn finden. Mir gefällt die Idee.«

»Alles andere habe ich schon versucht«, sagte Alicia. »Aber ich gebe nicht auf.«

Helen war sicher, dass Maria die Lippen kräuselte, als sie Alicias ziemlich schrillen Südostlondoner Akzent hörte.

»Das ist Aufgabe der Polizei«, sagte Maria. »Wir können eher hier etwas ausrichten, wenn wir die Facebook-Seite im Auge behalten. Anrufe beantworten.« Sie blickte zu Mick auf, der nickte.

»Was möchtest du trinken, Maria?«, fragte er.

Sie warf einen Blick auf Helens Weinglas.

»Nichts Alkoholisches. Ich muss einen klaren Kopf behalten. Nur für den Fall.«

»Geh ins Wohnzimmer, ich bringe dir eine Tasse Tee. Der Kamin brennt schon.«

Alicia zog die Augenbrauen hoch, als Mick Maria aus der Küche folgte, und Helen verzog das Gesicht, während sie Alicia eine Tasse süßen Tee reichte. Der Besuch des Mädchens wirkte seltsam tröstlich auf sie.

Sie setzten sich an den Küchentisch, und Helen trank ihren Wein, während Alicia redete und Vollkornkekse aß. Sie erzählte Helen, wie sie mit Jez nach seinem Umzug nach Paris über MSN den Kontakt gehalten hatte. Wie gut sie sich verstanden. Wie gut man mit ihm reden konnte, dafür, dass er ein Junge war.

»Ich weiß ja, dass sie Ihre Schwester ist«, sagte Alicia, »und ich will auch nicht lästern, aber Jez' Mutter ist seltsam. Und sie mag mich nicht.«

»Jetzt komm aber«, sagte Helen. »Woher willst du das wissen?«

»Sie fragt mich nie was. Das ist komisch, weil ich Kunst mag und sie ja was in der Richtung macht. Und Jez hat es auch nicht leicht. Er sagt, meine Mum treibt mich ständig an. Sie ist ein Snob. Er soll immer bei allem der Beste sein. Den Druck hält man nicht aus.«

Helen erwärmte sich langsam für das Mädchen, das Jez offensichtlich anhimmelte, doch durch das ganze oberflächliche Zeug den Jungen hinter der Gitarre und dem guten Aussehen erkannte.

Vielleicht würde Alicia bei dieser ganzen Geschichte ja noch zu ihrer einzigen Verbündeten.

»Hör mal, ich fahre gerne irgendwann herum. Aber es ist

dunkel, wir würden nicht viel sehen, und ich fürchte, ich habe etwas getrunken. Warten wir noch ein bisschen. Ich bin froh, dass du hier bist. Zusammen finden wir Jez, Alicia. Wir brauchen Maria und Mick nicht, und auch nicht die Polizei. Wir müssen nur zusammenhalten.«

Alicia hob die Hand, und sie klatschten ab.

Kapitel Vierzehn

Donnerstagabend

Sonia

Früher gab es für mich keine größere Freude, als meine Tochter zu sehen. Seit sie im letzten Oktober ausgezogen ist, haben mich nur ihre Besuche aufrechterhalten. Sogar ihre lästigen, überpeniblen Angewohnheiten – Oberflächen mit Desinfektionsspray abzuwischen, sich vor dem Essen die Hände mit antibakteriellem Gel einzureiben –, sogar sie haben mein Herz irgendwie erfüllt. Dass ich diesen ganzen, neuen, erwachsenen Menschen geschaffen habe. Aber heute, an dem Morgen, an dem sie ankommen will, bin ich kribbelig und angespannt.

Seit sie nach Weihnachten zurückgefahren ist und Greg öfter verreist, genieße ich die Einsamkeit. Als ich das Flusshaus für mich hatte, habe ich voller Erstaunen Dinge bemerkt, die ich in den Jahren davor kaum zur Kenntnis genommen hatte. Die Messlatte aus Bleistiftstrichen in der schmalen Nische zwischen dem Bad und meinem Zimmer. Oft fahre ich mit den Fingern über eine Delle im Putz der Flurwand, die eine wütend geschleuderte Reiseuhr geschlagen hat. Ich klaube längst vergessenen Schmuck, alte Pennys, Postkarten und verlorene Fotos zwischen den Dielen hervor.

Gelegentlich rufen Freunde an und laden mich ein, aber ich schiebe Ausreden vor. Viele haben den Hinweis verstanden und aufgegeben. In Wahrheit ertrage ich es nicht, lange vom Haus und dem getrennt zu sein, was es mir nach und nach enthüllt. Es kommt mir vor, als würde ich eine Isolierschicht abtragen, die alles so gedämpft hat, dass ich mich viele Jahre lang nicht richtig erinnern, nicht richtig fühlen konnte. Und ich habe Angst, wenn Kit und auch Greg jetzt nach Hause kommen, könnte sich diese Schicht wieder schließen, und ich finde nie wieder, was jetzt schon zum Greifen nahe ist. Seit Jez hier ist, habe ich das Gefühl, die vergangenen Jahre würden bald wie unerwünschter Plunder zwischen die Dielen rutschen, und Vergangenheit und Gegenwart könnten endlich ineinanderfließen.

Kit kommt an, als ich gerade letzte Hand an den Esstisch lege. Gegessen wird natürlich in der Küche, aber vorher wird sie mit Greg im Wohnzimmer etwas trinken, wahrscheinlich einen Gin Tonic, und sich mit ihm über Anatomie und Blut und die neueste Gentherapie unterhalten, während ich auf dem Lamm herumdrücke, um zu sehen, ob es gar ist. Ich hole die Weingläser heraus, hauche sie an und reibe sie mit einem frischen Trockentuch ab. Kit kommt herein, groß und dünn, seit Kurzem eine Frau und nicht mehr die Teenagerin, die so lange mürrisch im Haus herumgelungert ist. Es lässt sich schlecht beschreiben, wie sie sich verändert hat. Zum Teil hängt es damit zusammen, dass sie Verantwortung für sich übernommen hat, dass sie sich wohler in ihrer Haut fühlt, als ich es je erlebt habe. Sie steht in der Tür, wie üblich sportlich gekleidet mit einer roten Skijacke und einer schwarzen Hose. Sie zieht die Handschuhe aus.

»Hallo, Mum.« Mit ihrer tiefen Stimme klingt sie beinahe wie Greg. »Riecht toll. Was gibt's?«

Sie beugt sich vor und hält mir ihre kühle Wange hin. Wir umarmen uns nicht mehr. Seit ihrem Auszug haben wir uns eine recht förmliche Begrüßung angewöhnt. Manchmal spüre ich, dass ich sie nervös mache, und das finde ich traurig. Mit ihrem Vater geht sie entspannter um.

»Scampi. Gefolgt von Lammschulter. Hat Dad sich ausgesucht. Dafür habe ich dir deinen Lieblingsnachtisch gemacht. Bist du allein? Ich dachte, du bringst deinen neuen Freund mit.«

»Er kommt nach. Er holt schnell noch eine Flasche Wein für dich.«

»Das ist ja süß.«

Grinsend sieht sie mich an. »Er ist auch süß.« Man merkt, dass ihr diese Beziehung sehr wichtig ist, und ich frage mich wieder, was ich wohl von ihm halten werde.

Sie beginnt ihren Rundgang durch die Küche, wie jedes Mal, wenn sie heimkommt, hebt Dinge auf, legt sie wieder weg und sieht nach, ob sich etwas verändert hat. Ich werde nervös vor Angst, ich könnte eine Spur übersehen haben, einen Beweis für die letzten Tage mit Jez.

»Geh rüber und setz dich zu Dad. Ich muss mit dem Essen weitermachen.«

»Ja, gut. Ich sehe nur nach, ob ich Post bekommen habe. Du hast mir nichts mehr nachgeschickt.«

»Es gab nichts nachzuschicken«, sage ich. »Ich mache dir einen Drink. Geh und setz dich.«

»Ja, Mum, sofort. Versuch doch nicht gleich, mich loszuwerden, ich bin gerade erst angekommen.«

»Sei nicht albern. Ich versuche doch nicht, dich loszuwerden. Bleib ruhig hier. Ich dachte nur, im Wohnzimmer hättest du es wärmer. Dad hat den Kamin angemacht.«

Ich viertele eine Zitrone und lehne mich stärker auf das Messer als nötig.

»Geht es dir gut, Mum?«

Ich drehe mich zu ihr um. Sie steht mitten in der Küche, die Arme verschränkt, die Stirn leicht gerunzelt, und mustert mich.

»Natürlich geht es mir gut. Bestens.«

»Es ist nur … ach, schon gut. Hast du dir die Sache mit dem Gästezimmer überlegt?«

Wieder wende ich ihr den Rücken zu, werfe das Messer zur Seite und wasche mir demonstrativ die Hände über der Spüle. Ich versuche, ruhig zu klingen, vernünftig. »Wenn es dir nichts ausmacht, das Bett selbst zu beziehen. Laken sind im Wäscheschrank.«

»Was? Ich dachte, ich kann mich hier mal ausruhen!«, witzelt sie. »Bettenbeziehen kann ich auch an der Uni.«

»Und ich habe noch etwas anderes zu tun, als Betten zu machen. Das wird dich schon nicht umbringen«, sage ich, und endlich tauschen wir einen vertrauten, liebevollen Mutter-Tochter-Blick aus.

Kit richtet sich auf, ihre Augen leuchten, und sie geht lächelnd einen Schritt vor, als ein großer, junger Mann in der Tür auftaucht.

Er hat eine Privatschule besucht, das erkenne ich daran, wie er mir die Hand entgegenstreckt und mir in die Augen sieht. Er trägt eine Anzughose, einen Wollmantel und eine Brille mit dunklem Rahmen. Er ist mindestens vier Jahre älter als Jez. Aber ich kann Harry ansehen, dass er nie richtig jung war. Jez ist nicht so glattgeschliffen wie er. Das liebe ich so an ihm. An dieser flüchtigen Phase, in der er gerade ist. An dem Nebelhaften, das sich noch nicht zu einer starren Form verfestigt hat, von der es kein Zurück gibt.

»Mum, das ist Harry. Harry, meine Mutter Sonia.«

»Freut mich, Sie kennenzulernen, Harry«, sage ich.

Er lächelt mich an, schüttelt meine Hand etwas länger, als es mir angenehm ist, und mustert mich durch seine Brille. Haben sie auf dem Weg hierher über mich geredet, und wenn ja, was hat Kit ihm erzählt?

Als Greg hinter mir die Küche betritt, hellt sich Kits Miene auf. Ich gehe zur Seite, die beiden sehen sich an und lachen. Greg legt ihr die Hände auf die Schultern und sagt: »Lass dich mal ansehen«, und Kit strahlt ihn an. Dann zieht er sie mit und winkt Harry zum Wohnzimmer durch.

Ich kümmere mich weiter um das Essen. Dabei läuft eine CD, eine Cellosuite von Bach. Ich schrubbe und schäle die Kartoffeln, schneide sie in Viertel, salze sie und schiebe sie zum Rösten in den Ofen. Greg kommt zurück, holt eine Flasche Sancerre für die Vorspeise aus dem Weinregal und legt sie in den Kühlschrank.

»Wo ist der Bordeaux? Der Château Lafite, den wir für Kits Einundzwanzigsten aufheben?«, fragt er. »Er müsste im Regal liegen.«

Bis zu diesem Moment habe ich an den Wein keinen Gedanken mehr verschwendet. Nachdem ich den Korken herausgezogen hatte, gab es für mich nur noch die Freude, ihn mit Jez zu teilen. Jetzt sehe ich Greg an und merke, dass gleich ein Sturm losbricht.

»Ach, die«, sage ich.

»Was, Sonia? Was soll das heißen?«

»Tut mir leid, Greg. Sie wurde aus Versehen geöffnet. Abends nach einem Termin. Die erste Flasche Wein war leer, also habe ich gesagt, hol eine neue aus dem Regal. Ich habe nicht auf das Etikett geachtet.«

»Wir haben die Flasche jahrelang aufbewahrt. Bist du verrückt geworden?«

»Greg, es war doch nur Wein.«

»Das begreife ich nicht. Es war doch deine Idee, sie für Kits Einundzwanzigsten im Juni aufzuheben. Nicht meine. Aber ich dachte, besser könnte man einen wichtigen Geburtstag nicht feiern. Und jetzt ist sie weg.«

Sein Blick gefällt mir nicht, er sieht mich an, als würde er überlegen, ob ich verfrüht in die Wechseljahre komme oder an Demenz leide, an etwas, worüber man nicht spricht. Ärzte haben immer die Oberhand. Ständig benehmen sie sich, als wüssten sie Geheimnisse über einen. Man macht sich ewig Sorgen, sie hätte irgendein schreckliches Symptom erkannt und würden nur auf den richtigen Augenblick warten, um es einem beizubringen.

»Greg, an dem Abend war ich genauso sauer wie du jetzt. Dann habe ich mich gefragt, was die Aufregung soll. Das sind doch nur ein paar zerquetschte Beeren in einer Flasche. Es gibt wirklich Schlimmeres.«

»Zerquetschte Beeren, die in Kits Geburtsjahr gelesen wurden und seit damals gereift sind«, sagt er. »So etwas ist unbezahlbar. Man kann die Zeit nicht zurückdrehen.«

»Ich muss jetzt die Minzsauce machen.« Seufzend wende ich mich ab. »Es tut mir leid. Was soll ich noch sagen?«

Ich zerstoße grüne Minzblätter im Mörser und sehe zu, wie sie sich braun verfärben, während sie ihren Duft freisetzen. Für die Sauce füge ich Essig und Zucker hinzu und rühre alles kräftig durch. Aber in Gedanken bin ich nur halb hier. Nur ein Teil von mir bewohnt diese Welt mit Lammbraten und Sancerre und Sauce, polierten Gläsern und Tischtüchern, während der Rest, mein geheimes Ich, das sich realer anfühlt, ganz von Jez gefangen ist. Sein Duft ist es, der die Luft um mich erfüllt. Sein Fleisch salbe ich, als ich das Lamm mit Rosmarin und Knoblauch einreibe. Mit einem Schauer denke ich daran, dass er am Ende des Fußwegs ist, eingesperrt in einer Garage, und ich wünschte, er wäre oben, umhüllt von dem wunderbaren Licht des Musikzimmers.

Als wir uns eine halbe Stunde später an den Esstisch setzen, hat Greg immer noch kein Wort mit mir gesprochen. Die Bach-CD ist zu Ende, und einen unbeholfenen Moment lang weiß niemand, was er sagen soll. Ich habe Kerzen angezündet und eine Vase mit Schneeglöckchen mittig auf das weiße Tischtuch gestellt. Es ist warm in der Küche, die Flammen der Kerzen spiegeln sich in den unverhängten Fenstern.

»Harry und ich spielen nach dem Essen gerne eine Partie Scrabble«, erzählt Kit schließlich und greift nach dem Wein. »Aber ich habe ihm gesagt, dass du Brettspiele hasst, Mum.«

Ich schenke ihr ein Lächeln. »Danke.«

»Warum?«, fragt Harry. »Haben Sie Angst zu verlieren?«

Ich lache. »Im Gegenteil. Ich habe nicht genug Ehrgeiz. Für doppelte und dreifache Buchstaben- und Wortwerte kann ich einfach kein Interesse aufbringen. Aber lasst euch nicht abhalten, spielt ruhig.«

»Ich habe mir immer eine große Familie gewünscht, die nach dem Essen Spiele macht«, sagt Kit wehmütig. »Mum wollte nie spielen. Und zu zweit macht Scrabble keinen Spaß. Du spielst eine Partie mit uns, oder, Dad?«

Greg zuckt mit den Schultern. Er konnte Kit fast nie etwas abschlagen, aber jetzt sagt er: »Ich muss mit deiner Mutter reden. Tut mir leid, Liebes.« Er steht auf, wischt sich die Hände an seiner Serviette ab und geht zum CD-Player.

»Ich glaube, wir brauchen etwas Musik«, sagt er. Er legt die Bach-CD in ihre Hülle und wählt Mahlers Fünfte Symphonie aus.

»Warum das?«, frage ich Greg.

»Warum nicht? Ich dachte, das magst du.«

»Ich mag es auch, aber ist es nicht etwas … bombastisch … zum Abendessen?«

Mit einem Schulterzucken nimmt Greg die CD wieder aus dem Player. »Na schön. Bleiben wir bei Kammermusik, wenn es sein muss.«

Harry beugt sich zu mir.

»Eigentlich wollte ich fragen, ob ich nach dem Essen mal Ihr Musikzimmer durchstöbern darf.«

Ich fühle mich bedrängt. Das ist Jez' Zimmer. Sein geheiligter Raum. Aber ich kann die Bitte nicht abschlagen. Welchen Grund sollte ich nennen?

»Harry spielt Keyboard«, sagt Kit. »Ich habe ihm die Ausstattung oben gezeigt, das war doch in Ordnung, oder Mum? Ich weiß ja, dass du manchmal oben arbeitest.«

»Natürlich war das in Ordnung.«

War ich sorgfältig genug, als ich Jez' Sachen weggeräumt habe? Die Kippen auf der Untertasse, die Rasierer im Badezimmer. Habe ich im Mülleimer nachgesehen? Ich versuche, den Bissen in meinem Mund herunterzuschlucken, aber es gelingt mir nicht.

»Ein wunderbarer Arbeitsplatz«, fährt Harry fort. »Der Ausblick! Wow.«

Greg und Kit werfen sich einen Blick zu.

»Was?«, frage ich. »Was bedeutet dieser Blick, ihr zwei?«

»Nichts«, antwortet Greg. »Rede dir nichts ein, Sonia.«

»Es stimmt. Das Zimmer ist wirklich schön«, sagt Kit und ergreift Harrys Hand. »Das ist eines von Mums Argumenten, warum sie bleiben will. Aber ein schönes Zimmer bedeutet nicht, dass wir ewig hierbleiben sollten.« Sie sieht mich dabei nicht an, weil sie weiß, dass sie damit Spannungen heraufbeschwört.

»Darüber wollten wir doch erst später reden«, sagt Greg.

»Ich weiß, Dad. Tut mir leid. Aber hast du heute Abend schon die Lokalzeitung gelesen? Harry war entsetzt. Bewaffnete Einbrüche, Überfälle, sogar eine Schießerei, und alles in einer Woche! Zumindest das wäre doch ein guter Grund umzuziehen. Ich will nur, dass Mum darüber nachdenkt.«

»Bei mir rennst du offene Türen ein, das weißt du doch«, sagt Greg.

»Es steht zwei gegen einen, Mum!« Kit strahlt mich an.

»Bitte«, sage ich. »Fang jetzt nicht damit an.«

Kit wendet sich an Harry. »Dad hat in Genf ein großartiges Haus gesehen.«

Ich mustere Kit. Was treibt sie da?

»Ich weiß. Du hast erzählt, dass deine Eltern überlegen hinzuziehen«, sagt Harry.

»Allein das Skifahren! Mum, ich kann nicht glauben, dass du nicht einmal darüber nachdenken willst.«

Ich schürze die Lippen. Offenbar haben alle, Greg, Kit, sogar meine Mutter, miteinander gesprochen. Pläne geschmiedet. Sich verschworen. Die Sache ohne Rücksicht auf meine Gefühle vorangetrieben. »Was für ein Haus hast du dir angesehen, Greg? Davon höre ich zum ersten Mal.«

»Ich habe nur etwas Vorarbeit geleistet. Und wirklich, Sonia, wenn du ein paar von diesen Häusern sehen würdest … bestimmt würdest du es dir anders überlegen. Deine Mutter findet die Idee gut. Ich habe auch ein paar Exposés, die ich dir nachher zeigen wollte.«

»Du hast darüber mit meiner Mutter gesprochen, bevor du mit mir redest?«

Pause. Harry wischt sich den Mund mit seiner Serviette ab und rutscht verlegen auf seinem Stuhl hin und her.

Dann sagt Greg: »Deine Mutter nimmt Anteil. Das weißt du doch.«

»Wer soll sie besuchen, ihr Essen bestellen, ihr bringen, was sie braucht, wenn ich in Genf bin?«

Kit und Greg sehen sich an, als hätten sie das alles schon seit Wochen ausgeheckt.

»Sie kommt natürlich mit«, sagt Kit. »Ich würde Oma doch nicht allein lassen. Dad hat ein Haus mit einer Einliegerwohnung gesehen, und …«

Ich schenke mir Wein nach und stütze den Kopf in die Hand. Angespannte Stille tritt ein.

Dann sagt Kit: »Kann ich Harry denn das Musikzimmer zeigen? Dürfen wir bis zum Nachtisch aufstehen?«

Bevor ich reagieren kann, zwinkert Greg Harry zu und sagt: »Das Keyboard gehört übrigens mir. Ich freue mich sehr, wenn ein Freund von Kit darauf spielen will.«

Kit lächelt ihren Vater an und drückt seine Hand.

»Ist das in Ordnung, Mum?«, fragt sie besorgt.

»Natürlich.« Ich versuche, mir auch ein Lächeln abzuringen. »Es ist gut, wenn es mal wieder benutzt wird. Greg spielt mittlerweile kaum noch.«

»Was sollte das heißen?«, fragt Greg, nachdem Kit und Harry gegangen sind. Überrascht blinzle ich.

»Gar nichts. Du spielst nicht mehr oft. Du bist nicht oft hier.«

»Das war ein Seitenhieb«, behauptet er. »Warum sagst du es nicht, wenn du ein Problem damit hast, dass ich öfter weg bin?«

»Ich habe damit kein Problem.«

»Warum benimmst du dich dann so passiv-aggressiv?«

»Passiv-aggressiv?«

»Wie würdest du es denn nennen?«

»Nicht passiv-aggressiv, Greg, das ist unfair. Was ich gesagt habe, ist einfach eine Tatsache. Du spielst nicht mehr so häufig wie früher. Du bist seltener hier.«

Wieder mustert er mich mit diesem besonderen Blick, mit einer heruntergezogenen Augenbraue, als wollte er abschätzen, ob er mit seiner ersten Diagnose richtiggelegen hat.

»Was ist los, Sonia?«, fragt er schließlich. »Erst der Wein. Dann die ganzen spitzen Bemerkungen darüber, dass ich nicht mehr spiele. Wolltest du mir mit dem Wein auch eins auswischen?«

»Mein Gott, schon wieder der Wein. Lass es doch gut sein, es war ein Versehen von mir, und ich entschuldige mich. Uns fällt schon etwas anderes ein, um Kits Geburtstag zu feiern. Ich kaufe Jahrgangschampagner. Ist ja nicht so, als hätten wir zurzeit kein Geld.«

»Wie oft… Ich kann die Dozentenstelle gerne aufgeben. Wenn du es willst, tue ich das für dich. Du musst es nur sagen.«

»Hältst du es für eine besonders gute Idee, öfter zu Hause zu sein?«, frage ich. »Wo wir es mittlerweile offenbar darauf anlegen, uns falsch zu verstehen?«

»Nein«, antwortet er. »Du hast recht, vielleicht wäre es keine gute Idee.«

Ich stehe auf, räume die Teller ab und schabe die Reste in den Mülleimer.

Kit kommt herein und betrachtet uns missmutig.

»Was ist, Spätzchen?«, fragt Greg und breitet die Arme aus. Sie geht zu ihm und lässt sich drücken.

»Ihr beide«, sagt sie. »Ich dachte, ihr würdet euch besser verstehen, seit ich ausgezogen bin.«

»Ach, Kit«, sage ich. »So schlimm war es doch nicht, oder? Solange du hier warst?«

»Ihr habt euch ständig gezankt. Ich dachte immer, es wäre meine Schuld. Dass ihr euch versteht, wenn ich weg bin.«

»Schätzchen«, sagt Greg. »Alle Eltern zanken. Das hat nichts mit dir zu tun. Wie kannst du so was nur glauben? Wir lieben dich über alles. Nicht wahr, Sonia?«

»Natürlich.«

»Und wir lieben uns.« Er sieht mich lächelnd an, also lächle ich zurück.

»Aber über den Umzug seid ihr euch nicht einig?«

Sie sagt »den Umzug«, als wäre er schon beschlossene Sache, als hätten sie schon alles vorbereitet. Ich setze an, etwas zu sagen, doch Greg kommt mir zuvor.

»Das heißt nicht, dass wir uns nicht lieben würden, Schatz.«

»Und?«, frage ich. »Harry? Es sieht ganz schön … ernst aus.«

Sie zuckt mit den Schultern. »Wir verstehen uns ganz gut. Ach, ich habe Harry von deiner akustischen Gitarre erzählt, Dad, von der, die du in Spanien gekauft hast. Aber ich habe sie nicht gefunden. Hast du sie nicht mehr?«

Ich spüre, wie Greg Blickkontakt sucht, aber ich beschäftige mich mit dem Nachtisch.

»Wie wäre es mit Zitronentarte? Sie ist von Rhodes. Ach, und Kit, ich habe dir Prinzessinnentorte geholt.«

Sie kommt zu mir herüber. Als ich einen Arm um sie lege, scheint etwas von mir wegzugleiten, als hätte ich eine Schicht abgestreift. Ich erhasche einen Blick auf mein früheres Ich; auf die Mutter, die sich noch über die Besuche ihrer Tochter gefreut hat.

Nachdem Kit ihren Kuchen gegessen hat, kommt sie wieder zu mir an die Spüle. Ich schrubbe gerade mit einem Brillo-Pad die verbrannten Überreste aus dem Bräter. Dabei denke ich wieder an Jez und frage mich, wie es ihm geht. Der Gedanke an ihn macht mich nervös. Er ist nicht in meiner Reichweite, und so sollte es nicht sein. Er gehört in das warme Musikzimmer. Die Situation ist aus dem Ruder gelaufen. Etwas, das kostbar und erlesen sein sollte, gleitet mir aus der Hand.

»Erinnerst du dich an diesen einen Sommer?«, frage ich Kit. Sie trocknet die Pfannen ab, die ich gespült habe, weil sie nicht in die Spülmaschine passen. »In dem alles verfault ist? Es war ganz schwül und feucht. In Ostanglien ist die Ernte einfach auf den Feldern verrottet, und alles hat gestunken. Und diese scheußlichen Moskitos. Die Katze hat Flöhe bekommen. Und du Läuse.«

»Mum! Warum erzählst du mir das? Läuse … igitt.«

»He! Du studierst doch Medizin.«

»Ja, aber um die Parasiten kann sich jemand anders kümmern. Ich fürchte, das ist nichts für mich.«

»Jedenfalls wurde auf der anderen Straßenseite Kohl angebaut, und die Blätter sind verschimmelt. Der Gestank war grauenhaft! Ich dachte, das Land müsse verflucht sein. Alles, was reif und fruchtbar sein sollte, war widerlich und ekelhaft geworden. Dann sind wir auch noch krank geworden und haben eine Woche oder noch länger mit einem Virus im Bett gelegen.«

»Davon weiß ich gar nichts mehr«, sagt Kit.

»Nein. Ich glaube, da warst du erst sechs.«

»Aber warum fängst du von diesem Sommer an? Wir hatten doch auch viele schöne. Als überall der Weißdorn geblüht hat. Erinnerst du dich noch an den Wiesenkerbel neben den

Hecken? Und im Juni an die Kornblumen im Garten? Manchmal vermisse ich Ostanglien schrecklich. Man bekam mit, wie sich die Jahreszeiten ändern. In der Stadt hat man das nicht.«

Natürlich, Kit war auf dem Land zu Hause. Ihre ersten Ausflüge in die Welt hat sie unter weitem Himmel und zwischen ganzen Feldern aus Mohnblumen unternommen. Die ersten Bilder auf ihrer jungen Babynetzhaut zeigten weiße Wolken vor blauem Hintergrund, grünes Licht, das durch einen Baldachin aus Kastanienblättern sickerte. Diese ersten Eindrücke aus einer Zeit, in der wir uns nicht einmal bewusst sind, dass wir sehen können, begleiten uns. Sie prägen unser Bild von einem echten Zuhause.

Meine ersten Bilder waren vom Fluss und seinem Schlamm, den Knochen und glatten Kalksteinen, die an den Strand geschwemmt wurden. Von Tonpfeifen, ausrangierten Autoteilen und Treibholz. Seilen und Ketten, behangen mit dunklen Algen. Dem düsteren, grauen Himmel über dem hoch aufragenden Kraftwerk mit seinen dunklen, massigen Schornsteinen. Vom stählernen Kohlenanleger, der einen klirrenden, braunen Arm in das Wasser streckte. Kit hat Ostanglien nie so erlebt wie ich, als Exil, selbst in den strahlendsten Zeiten.

Und es stimmt, warum fange ich von diesem einen, hässlichen Sommer an? Warum will ich ihre schönen Erinnerungen in etwas Düsteres verwandeln, das man am besten vergisst?

»Du hast ja recht.« Ich wische die Arbeitsfläche mit dem Trockentuch ab und stelle die Espressomaschine an.

»Bewahre dir deine guten Erinnerungen. Bitte, Schatz. Trag sie immer im Herzen. Das ist sehr wichtig.«

Später, als Kit und Harry zu Bett gegangen sind, kommt Greg wieder in die Küche und legt Gitarrenmusik auf. Sie ist von

John Williams. Mein Herz setzt einen Schlag aus. Er nimmt mir gegenüber auf der Bank Platz, schenkt uns beiden ein großes Glas Cognac ein, beugt sich vor und nimmt meine Hand. Die blassen Altmännerlippen verzieht er zu einem flehentlichen Lächeln. Seine Bartstoppeln sind grau. Aus Augenbrauen, Nase und Ohren ragen lange Haare. Seine Haut ist durchzogen von einem roten Netz winziger, geplatzter Äderchen. Er drückt meine Hand.

»Das mit gerade eben tut mir leid«, sagt er.

»Was? Was sollte dir leidtun?«

»Dass ich dir vorgeworfen habe, du wärst passiv-aggressiv. Das war nicht in Ordnung.«

»Schon gut.« Ich seufze. Meine Hand habe ich weggezogen.

»Setzt du dich zu mir?«

Ich gehe um den Tisch herum und setze mich neben ihn auf die Bank. Als er den Arm um mich legt, rieche ich Kaffee und alte Wolle. Es ist nicht unangenehm; ich finde es nicht etwa abstoßend, neben ihm zu sitzen. Es ist vertraut. Es hat mich in den vergangenen fünfundzwanzig Jahren durch das Leben begleitet und gehört beinahe ebenso zu mir wie der Geruch des Flusshauses, den man nicht bemerkt, wenn man nicht für einige Zeit fort war.

Er zieht mich näher zu sich heran, und obwohl ich mich wehre, beugt er sich vor und fängt an, mich zu küssen.

Ich habe Greg nie besonders gerne geküsst, aber seit wir über vierzig sind, kommt es mir nicht einmal mehr angebracht vor. Warum? Fühlen sich alle verheirateten Paare unbeholfen beim Küssen, wenn sie älter werden? Ich gebe mir durchaus Mühe. Ich öffne leicht den Mund, und er steckt mir die Zunge zwischen die Zähne. Und es fühlt sich an wie eine Zunge zwischen den Zähnen. Nicht wie etwas, dem ich mich hingeben könnte. Es löst nichts in mir aus. Ich kann Cognac schmecken und den schwachen Nachgeschmack von Zitronentarte. Ich fürchte, gleich muss ich würgen. Ich schiebe ihn weg.

»Sonia, ich habe keine Affäre, falls du das glaubst. Das ist nicht der Grund für die vielen Vorlesungen. Versprochen.«

»Schon gut«, sage ich. »Das habe ich auch nicht angenommen.«

»Manchmal habe ich das Gefühl, du willst mich nicht bei dir haben.«

»So ein Unsinn!«, widerspreche ich. »Wie kommst du denn darauf?«

»Na ja, sieh uns doch mal an. Wir haben seit drei Monaten nicht miteinander geschlafen. Ich meine richtig miteinander geschlafen, nicht nur das Bett geteilt.«

»Gevögelt, meinst du.«

»Schön, wenn du es so nennen willst. Ich würde ›lieben‹ vorziehen.«

»Ich will nur klarstellen, worum es hier geht.«

»Na gut. Es geht um Sex, Sonia. Drei Monate. Und davor, wie lange war das? Sechs? Acht?«

»Ja, aber wir sind nun mal kein Paar, das es in jedem wachen Moment treibt. Waren wir nie. Es hat sich nichts verändert, Greg. In unserer Ehe gibt es keine große Leidenschaft.«

»Von deiner Seite aus nicht, nein.«

»Was?«

»Ich meine, ich habe es ja versucht. Ich möchte, dass wir … öfter Sex haben als jetzt. Ich finde dich noch begehrenswert, Sonia.«

»Was soll das denn heißen? Noch? Dass ich mit vierundvierzig darüber hinaus sein sollte?«

»Okay, okay. Tut mir leid. Ich hätte nicht *noch* sagen sollen. Ich habe damit nur gemeint, dass wir schon lange zusammen sind. Ich weiß, dass wir schwierige Phasen hatten, aber ich dachte, es wäre wieder besser geworden, seit Kit erwachsen ist. Ich bin dich noch nicht leid. Manche Ehemänner … Gott, Sonia, manche Männer haben die Schnauze so voll von ihren Frauen und haben an allen Ecken und Enden Affären. Aber so etwas mache ich nicht. Du bist die Einzige für mich. Warst du immer. Wirst du immer sein. Deshalb will ich auch umziehen. Damit wir öfter zusammen sind. In einem Haus, das uns gehört und nicht immer noch deinen Eltern. Kannst du nicht mal darüber nachdenken, Sonia? Stell es dir vor. Genf. Saubere Luft. Berge.«

Warum gibt er nicht auf?

»Kommst du mit ins Bett?«

Später in der Nacht wecken mich Visionen von einem abgemagerten Jez, die Haut gelblich und welk. Es stinkt nach fauligem Kohl, Fliegen und Läuse kriechen über ihn und fressen seine früher makellose Haut. Ich muss aufstehen und Greg als zufriedenen, postkoital schnarchenden Berg unter der Bettdecke allein lassen. Ich ziehe meinen Kimono über und will gerade die Treppe zum Musikzimmer hinaufgehen, als mir siedend heiß einfällt, dass er nicht dort ist. Stattdessen gehe ich nach unten. Ich streife mir meinen langen Wollmantel über das Nachtzeug und ziehe meine Stiefel an. Dann drücke ich die Klinke der Haustür herunter und schlüpfe leise hinaus in die Nacht.

Kapitel Fünfzehn

Donnerstagnacht

Sonia

Er starrt mich mit aufgerissenen Augen an. Und sagt kein Wort.

»Anders kannst du mir nicht zeigen, dass es dir nicht passt, hier zu sein?«, frage ich. Er gibt keine Antwort.

»Ich habe dich nicht gerne hierhergebracht, glaub mir. Aber es sind Leute im Flusshaus, die es nicht gut finden würden, wenn du dort bist. Ich musste dich verstecken, das ist nur zu deinem Besten.«

Ich habe eine Kerze angezündet und betrachte Jez in ihrem flackernden Licht. Ich bin bestürzt. Etwas hat sich verändert. Jez' Gesicht wirkt blass und käsig, wie in meinem Traum. Seine Haut ist leicht klamm. Wut durchfährt mich, und ich bin nicht einmal sicher, wem sie gilt. Jez, weil er seine Vitalität verloren hat? Greg, weil er zurückgekommen ist und mich hierzu gezwungen hat? Oder jemand – etwas – anderem?

Ich setze mich auf das Bett, schenke Jez Wasser ein und biete es ihm an, doch er dreht den Kopf weg und will nicht trinken. Das ist das erste Mal seit Sonntag, dass er sich so unkooperativ verhält.

»Jez, diese Situation gefällt uns beiden nicht, aber wir müssen das Beste daraus machen. Es wird nicht lange dauern. Versprochen. Bitte iss etwas. Hier. Ich habe dir Kuchen von

Rhodes mitgebracht. Du kannst dir sogar etwas aussuchen, Prinzessinnenkuchen oder Zitronentarte.«

Er holt tief Luft und spuckt mich an, nicht einmal, sondern immer wieder. So unerwartet und heftig, dass ich mich nicht einmal ducken kann.

Speichel rinnt über meine Wange. Ich wische ihn mit meinem Mantelärmel weg.

»Das war nicht nötig«, sage ich. »Ich komme mitten in der Nacht her, um nachzusehen, ob es dir gut geht und du nicht frierst oder Angst hast. Nur deshalb bin ich hier, Jez, weil ich mich um dich kümmern will. Beiß nicht in die Hand, die dich füttert.«

Er antwortet nicht.

Ich setze mich neben ihn auf das Bett und streiche ihm das feuchte Haar aus der Stirn, um ihm zu zeigen, dass ich ihm seinen Ausbruch nicht übel nehme, auch wenn er mich verletzt hat. Er zuckt vor meiner Berührung zurück.

»Wenn du nicht mit mir redest und mir nicht einmal sagst, was du hast, wie soll ich dir dann helfen?«, frage ich. Plötzlich werde ich von Gefühlen überwältigt. Dieses Mal packt mich jedoch nicht Wut, sondern Verzweiflung darüber, dass ich Jez dies hier zumuten muss. So will ich das nicht. Ich will ihn wieder im Musikzimmer haben, es soll wie am Anfang sein. Ich will ihm zeigen, dass ich nur Gutes für ihn will. Es sollte nie so unschön werden. Ich will auch nicht, dass er schlecht über mich denkt, dass er glaubt, ich wollte ihm etwas antun. So ist das nicht. So bin ich nicht. Irgendeine Macht verdirbt, was zwischen uns ist. Das habe ich schon in der Küche vorhergesagt, als ich mich an den Sommer in Ostanglien erinnerte. Genauso, wie sie die Sache zwischen Seb und mir in den Dreck gezogen haben.

»Es kommt schon alles in Ordnung«, verspreche ich. »Es wird schön. Wir müssen nur diesen Teil überstehen.«

»Sie wollten mich zu Helen nach Hause bringen.«

»Ja, das wollte ich. Aber wie die Dinge im Moment stehen, geht das nicht, weißt du. Du hast selbst gesagt, man könnte es den anderen schlecht erklären. Darüber habe ich nachgedacht, und du hast recht. Es wäre unmöglich gewesen.«

»Helen und Alicia haben keine Ahnung, wo ich bin, oder? Die Überraschungsparty war eine Lüge.«

»Ich habe nie gelogen, Jez. Erinnere dich, du bist selbst auf die Idee mit der Überraschungsparty gekommen.«

Er windet sich und zerrt an den Fesseln aus Klebeband.

»Warum bin ich gefesselt? Und eingeschlossen? Wo bin ich?«

»Psst. Alles in Ordnung. Du bist nicht weit vom Flusshaus. Ich würde dich doch nicht fortbringen. Ich würde dich nie im Stich lassen. Das weißt du doch.«

Ich warte, damit er sich beruhigt.

»Mir tut nur leid, dass du die nächsten paar Tage nicht gerade im Luxus verbringen wirst. Ich muss dich unter unschönen Bedingungen hier behalten. Aber nicht lange.« Ich mustere ihn, um zu sehen, ob meine Worte überhaupt zu ihm durchdringen.

Er hört auf, sich abzumühen, und sieht mich zweifelnd an, er will mir glauben, aber er lässt es noch nicht ganz zu.

»Ich verspreche es dir, Jez.«

Die Kälte in der Garage fährt einem schmerzlich bis in die Knochen. Es ist schlimmer, als ich erwartet hätte. Sogar unter dem Oberbett, mit den Decken und der Wärmflasche, zittert Jez, und ich selbst kann mein Zähneklappern nicht unterdrücken, obwohl ich meinen langen, schwarzen Winterwollmantel, einen Schal und Stiefel über meinem Nachtzeug trage.

Meine Lippen sind so taub, dass ich kaum die Worte herausbekomme. Ich muss ihm ein zweites Oberbett bringen, sobald ich kann. Er soll ja nicht krank werden.

»Sieh es doch als kleines Abenteuer an, wie Zelten im Wald. Ich bringe dir alles, das weißt du doch. Du musst nur fragen. Sieh mal, da habe ich dir die akustische Gitarre hingestellt. Und da ist eine Taschenlampe, falls du Licht brauchst.«

»Wie soll ich denn spielen, wenn Sie mir die Hände festbinden? Was ist das überhaupt? Gafferband?«

»Ich wollte dich nicht fesseln, glaub mir. Ich hatte Angst, dass du Panik bekommst, wenn du aufwachst, und dich vielleicht bei irgendeiner Dummheit verletzt.«

Keiner von uns erwähnt, was ich benutzt habe, damit er sich nicht beschmutzt. Ich weiß, wie beschämend das für ihn wäre.

»Ich schneide die Fesseln bald durch, wenn du brav bist. Ich würde gerne auf sie verzichten, damit du Gitarre spielen, rauchen und dich waschen kannst. Ich wünschte, hier gäbe es fließendes Wasser. Ich habe einen Waschlappen mitgebracht, damit du dir das Gesicht abwischen kannst. Und in dem Plastikkanister ist Wasser. Ich mache es dir so angenehm, wie es unter diesen Umständen geht.«

Ich sage, dass ich jetzt schon eine seiner Hände befreie, damit er etwas trinken kann. Ich schneide das Band mit der Küchenschere durch, die ich in der Manteltasche mitgebracht habe. Als ich ihm das Wasserglas an die Lippen halte, wird er wieder schwierig.

Er schlägt mir das Glas aus der Hand, so dass es gegen den Bettpfosten knallt. Ich sehe schon, dass er wütend genug ist, um mich sogar im Sitzen anzugreifen. Irgendwie hat er es geschafft, eine Glasscherbe zu packen, und als ich zurückweiche, geht er vom Bett aus auf mich los. Ich drehe mich vor seiner

Hand weg, doch er erwischt mich mit der Scherbe am Handgelenk und zieht eine lange, unterbrochene Schramme über die Haut. Zum Glück ist er durch die Schlaftabletten von letzter Nacht noch geschwächt, und mit den Füßen und einer Hand, die noch an die Bettpfosten gefesselt sind, kann er sich nicht groß bewegen. Diesen Vorteil nutze ich, um ihn zurück auf das Bett zu drücken. Ich knie mich auf ihn. Schreiend will er mich wieder mit der freien Hand angreifen, aber offenbar hat er durch die Kälte kein Gefühl mehr darin und kann nicht viel damit ausrichten. Ich packe seine Hand und drehe sie herum. Er schreit auf, als ich Klebeband von der Rolle in meiner Tasche abreiße und seine Hand wieder fest an den Bettpfosten binde.

Ich stehe auf und blicke auf ihn hinab. Seb hat mir oft Angst gemacht, er hat immer wieder gedroht, mich allein zu lassen. Und er konnte grob werden. Doch er hätte mich nie so angegriffen wie Jez gerade. Ich schlucke.

»Jez, ich binde dich nicht gerne so fest, wirklich nicht. Viel lieber würde ich dich herumlaufen sehen und dir zuhören, wenn du spielst. Aber was du gerade getan hast, hat mich verletzt.«

Ich warte kurz, und als ich merke, dass er nicht antworten wird, spreche ich mit der Stille.

»Das ist alles nur zu deinem Besten«, sage ich. Ich ziehe den Schal aus dem Spalt unter dem Fenster und binde ihn Jez widerstrebend fest über den Mund.

»Nur zu deinem Besten.«

Draußen ist es stockdunkel und so kalt, dass meine Augen brennen. Es dauert mehrere Minuten, bis ich mich an die Dunkelheit gewöhnt habe. Am Himmel ist kein Stern zu sehen. Die Flut ist hoch angestiegen, und das Wasser schwappt nicht einmal einen Meter unterhalb der Kante gegen die Mauer. Vom stählernen Aufbau des Kohlenanlegers dringt ein beharrliches *Klirr Klirr Klirr*, als wollte jemand meine Aufmerksamkeit erregen. Der Rhythmus ist zu gleichmäßig für den Wind, bestimmt rede ich mir etwas ein. Angestrengt versuche ich, etwas zu sehen. Aber da ist nichts außer dem tiefschwarzen Umriss des Anlegers vor der schwarzen Nacht. Das Klirren wechselt kurz in einen anderen Rhythmus, als hätte sich bewegt, wer oder was auch immer da oben ist. Ich weiß, woher das Geräusch kommt, es ist ständig zu hören; ein großes Stück Wellblech hat sich gelöst, und sein Klappern im Wind wird in besonders stürmischen Nächten zu einem Schlagen. Zögernd gehe ich weiter. Ich höre das gleichmäßige Schlürfen des Wassers an der Ufermauer. Dann bin ich mir sicher. Ich höre Atmen.

Ich wage es nicht, mich zu rühren. Etwas ist da unten vor der Wand, auf dem Wasser. Es zieht mich an, ich will nach unten spähen, nachsehen, wer da ist. Eine Schar Schwäne dümpelt auf dem Fluss, zusammengedrängt zum Schutz gegen die Kälte, ein unheimlicher, silberner Schimmer in der Dunkelheit. Vor Erleichterung überläuft mich ein warmer Schauer. Irgendwo habe ich mal gehört, dass Hindus Schwäne verehren, weil ihr Gefieder im Wasser nicht nass wird. So wie ein Heiliger in der Welt lebt, ohne ihr verbunden zu sein. Einer der Schwäne hebt die Flügel, breitet sie aus und entblößt den muskulösen weißen Bauch, und ich muss an eine Aufführung von *Schwanensee* denken, an die Bewegungen der sehnigen Balletttänzerinnen. Über dieses Bild legt sich der Anblick von Jez, wie er mit den Armen über dem Kopf dalag, als ich die Garage verließ. Wieder stimmt es mich traurig, dass er seine Schönheit verliert, wenn er dort vor sich hinsiecht. Ich folge dem Fußweg weiter bis zum Flusshaus. All die vielen Bilder, die Schwäne, die Balletttänzerinnen, Seb, Jez, vermischen sich in meinem Kopf.

Ein Stück weiter erstrahlt ein Fenster als helles, bernsteinfarbenes Rechteck, aber überall sonst schlafen die Menschen. Nirgends ein Lebenszeichen. Ich schlüpfe durch die Tür in der Mauer, öffne die Haustür und horche, bevor ich den Flur betrete. Schließt sich oben leise eine Tür? Ich bin nervös. Bilde mir Dinge ein. Alle Sinne sind schmerzhaft geschärft. Mein Mund ist trocken. Meine Finger kribbeln.

Einen langen Moment stehe ich still und wage kaum zu atmen. Ich gleite durch die Flurtür, Mantel und Stiefel lasse ich vorne. Stehle mich ins Bad. Sperre zu. Warte. Versuche, still Luft zu holen, aber die Atemzüge kommen als lautes Keuchen. Ich drehe das kalte Wasser auf und spüle mein blutendes Handgelenk unter dem eiskalten Strahl ab. Das Blut lässt sich nicht stoppen, es quillt weiter aus den kleinen Schnitten und färbt das Wasser rosa, während es in den Abfluss strudelt. Ich horche. Oben läuft jemand! Ich höre die Dielen knarren, dann Schritte auf dem Treppenabsatz. Wieder wird eine Tür geschlossen. Als es still ist, schalte ich das Licht mit dem Zugschalter aus und schiebe den Riegel zurück. Öffne die Tür. In der Dunkelheit kommt mir eine schlanke Gestalt entgegen.

»Sonia.«

Es ist Harry.

»Ich muss mal. Ich habe vergessen, wo oben das Bad ist.«

»Tun Sie sich keinen Zwang an.« Was ist denn in mich gefahren, dass ich mit einer Floskel antworte, die ich sonst nie benutze? Im Dunkeln in der Tür zum unteren Badezimmer klingt sie völlig absurd. Vielleicht bilde ich es mir nur ein, aber ich spüre seinen Blick im Rücken, als ich die Treppe zum Schlafzimmer hinaufgehe, um wieder neben Greg unter die Decke zu schlüpfen.

Kapitel Sechzehn

Freitag

Sonia

Am nächsten Tag, einem Freitag, verkündet Greg, er habe Karten für eine Kostümprobe von *Tosca* im Royal Opera House und wolle uns zu einer Fahrt mit dem Clipper den Fluss hinauf einladen, mit Champagner und Abendessen nach der Probe. Kit ist vor kindlicher Begeisterung ganz aus dem Häuschen. Über dem morgendlichen Kaffee steckt sie mit Greg die Köpfe zusammen und redet über die Sopranos, während Harry duscht. Das alles nehme ich nur schemenhaft wahr. Es kommt mir vor, als würde ich sie aus einem Paralleluniversum beobachten. Ich kann Jez nicht allein lassen. Nicht nach unserem Streit letzte Nacht. Ich muss sicher sein, dass es ihm gut geht und dass wir wieder Freunde sind. Es war schrecklich und grausam, ihn so zurückzulassen. Ich muss ihm klarmachen, dass ich für ihn nichts als Zärtlichkeit empfinde.

»Judy kommt«, beklage ich mich bei Greg. »Ich lasse sie nicht gern im Haus allein. Wenn ich nicht hier bin, arbeitet sie nicht ordentlich.«

Was Unsinn ist. Ich habe mich noch nie darum gekümmert, wie Judy arbeitet. Sie putzt seit mindestens fünfzehn Jahren das Flusshaus, und ich habe sie immer einfach machen lassen, genau wie meine Mutter vor mir.

»Ach, Schatz. Wie oft können wir schon mal freinehmen und uns etwas gönnen, und das mit Kit. Und Harry.«

Ich kneife die Augen zusammen und sehe vor mir Jez in der eisigen Garage. Gefesselt. Geknebelt. Einsam. Mit verschmutzter Wäsche. Böse auf mich.

»Leg Judy einen Zettel hin und versuch ausnahmsweise mal, dich zu entspannen.« Greg schlingt mir von hinten die Arme um die Taille, was ich nicht ausstehen kann, und vergräbt die Nase an meinem Hals.

»Wir müssen los«, sagt er. »Holt eure Mäntel und Schals, Leute, auf dem Fluss ist es heute saukalt.«

»Ich komme zum Anleger nach«, sage ich. »Geht schon vor, ich schreibe noch den Zettel für Judy.«

»Ich warte auf Sie«, bietet Harry an. »Geh ruhig, Kit. Dann hast du einen Moment allein mit deinem Vater.«

Harry wartet auf mich, während ich demonstrativ eine Nachricht für Judy schreibe und sie daran erinnere, dass wir kein Parkettwachs mehr haben, aber die Spiegel mal geputzt werden könnten, und dass im Schrank unter der Spüle ein Limonen-Essig-Spray steht. Ein absolutes Schmierentheater. Was um Himmels willen wird Judy denken? Sie fragt sich sicher, was nach so vielen Jahren in mich gefahren ist. Würde Harry mir beim Schreiben nicht über die Schulter sehen, würde ich den Zettel zerknüllen und in den Papierkorb werfen, doch seinetwegen muss ich die Scharade weiterspielen. Er schafft es offenbar nicht, einen angemessenen Abstand zu wahren. Es gibt solche Leute. Ohne jedes Gespür für die Privatsphäre anderer. Sie scheinen zu ahnen, wohin man sich wenden will, und stehen schon exakt an der Stelle. Als ich mir an der Spüle ein Glas Wasser hole – ich habe immer noch einen trockenen Mund –, kommt er ebenfalls herüber, stellt sich mit dem Rücken davor und verschränkt die Arme über seinem Fair-Isle-Pullover. Die dunklen Bartstoppeln ziehen einen Schatten über sein Kinn, die Haut ist leicht gerötet, und ich bemerke einen Anflug von Hängebacken. Mir wird wieder bewusst, wie vergänglich Jez' Jugend ist, ich spüre regelrecht, wie sie vergeht, während ich Harrys Mund betrachte, dessen schmale, trockene Lippen sich öffnen und schließen. Er redet über etwas, das mich nicht im Geringsten interessiert.

»Der Ruderclub da drüben.« Er zeigt durch das Küchenfenster auf das andere Ufer. »Sind Sie und Greg da Mitglieder? Ich würde es gerne mal ausprobieren, wenn Sie im Sommer noch hier sind. Aber das ist wohl unwahrscheinlich.«

Ich starre ihn an.

»Wir hatten in einem Bootshaus am Uferweg immer eine Jolle liegen. Einen Club haben wir nie gebraucht«, antworte ich kühl.

»Ach, das verstehe ich gut.«

»Wirklich?«

»Ja, sicher. Die meisten Vereine sind Zeitverschwendung. Auch wenn Kit und ich ganz gerne in den Tennisclub an der Uni gehen.«

Ich würde gerne hinzufügen, dass ich mit Sicherheit im Sommer noch hier sein werde, das aber noch keine Einladung für ihn bedeutet. Aber er redet schon wieder weiter. Dem erneuten Wortschwall aus seinem Mund kann ich kaum folgen. Irgendwie geht es um Bindungen zu Häusern und darum, man müsse loslassen können. Darüber will ich mit ihm nicht reden. Ich sage, ich müsste die Gummihandschuhe für Judy heraussuchen, und durchwühle den Schrank unter der Spüle in der Hoffnung, er würde den Hinweis verstehen und gehen. Aber er hat sich breitbeinig in der Küche aufgebaut, als würde das Haus ihm gehören. Warum bin ich mit diesem

Mann hier, während der Mensch, bei dem ich sein möchte, frierend und gefesselt in der Garage liegen muss?

Um zehn Uhr treffen wir beim Anleger ein. Sheila, die Fahrkartenverkäuferin, hat sich einen dicken Wollschal umgeschlungen, ihr Gesicht ist vom böigen Wind noch stärker gerötet als sonst. Weder Greg noch Kit plaudern mit Leuten aus dem Viertel, aber weil ich gern ein paar Worte mit Sheila wechsle, sage ich Harry, ich würde die Fahrkarten besorgen. Endlich lässt er mich allein und geht zu den beiden in den gläsernen Warteraum am Ende des Anlegers.

»Der Nächste kommt in zehn Minuten«, sagt Sheila und reißt die Karten ab. Ein orangefarbenes Rettungsboot rast flussabwärts vorbei, sein Kielwasser lässt den Anleger ächzend und knarrend wippen.

»Den Jungen ham sie immer noch nicht gefunden«, sagt sie. »Sie suchen den Fluss jetzt schon tagelang ab.«

»Welchen Jungen?«

»Ham Sie die Zeitungen nicht gesehen?«

Sheila arbeitet schon auf dem Anleger, seit ich denken kann. Sie wohnt in Woolwich mit ihrem alten Vater und so vielen Katzen, dass sie den Überblick verloren hat. Die Lokalzeitung liest sie immer mit Feuereifer, ihr entgeht nichts.

»Es ist besonders schlimm, wenn der Fluss einen jungen Menschen holt. Da muss man immer an die Eltern denken. Die Zeitungen können schreiben, was sie wollen, das war bestimmt Selbstmord. Das kommt von dem Teufelszeug, das die so rauchen. Ich habe schon viele gesehen, die das fertiggemacht hat, und das gibt's jetzt überall, heutzutage wird das schon vor Grundschulen verkauft. Das zieht sie runter, sie kriegen richtig üble Depressionen, aus denen sie nicht rauskommen. Ich glaube, der hat sich umgebracht.« Sie schüttelt den Kopf und fragt, wie es mir geht.

»Sehr gut, danke, Sheila. Es ging mir nie besser.« Ich wiege mich in dem Wissen, dass Jez weder ertrunken ist noch an einer Kifferdepression leidet, sondern lebt und wohlauf und bei mir ist. Auch wenn er im Moment geknebelt in der Garage liegt, kann ich ihn morgen, sobald mein Mann und meine Tochter gefahren sind, wieder in sein wunderschönes Musikzimmer bringen.

Nachdem ich mit Sheila noch ein paar Höflichkeiten ausgetauscht habe, gehe ich zu den anderen in den Warteraum. Das nahende Boot treibt weitere Wellen gegen die Seite des Anlegers.

Der Clipper schlingert heute auf dem Wasser. Es ist stürmisch und zu kalt für meinen Lieblingsplatz an Deck. Als wir in einem weiten Bogen die Flussmitte ansteuern, scheinen die Häuser in Canary Wharf, in deren Fenstern sich der bleierne Himmel spiegelt, zu wogen.

Obwohl mir der Fluss vertrauter ist als meine eigene Haut, kann er mir Angst einjagen. So wie heute. Die grauen Wellen wirken feindselig, erschreckend heben sie das Boot an und lassen es herunterkrachen. Ich kann mich nicht entspannen. Ich will nicht in die Tiefe sehen, als der Clipper Fahrt aufnimmt und wir über die Wellen springen.

Wir lassen Greenwich auf der einen und die Hochhäuser auf der anderen Seite hinter uns und fahren flussaufwärts zum Masthouse Terrace Pier und weiter zum Greenhouse Pier. Nach zwanzig Minuten legen wir in Canary Wharf an. Es überrascht mich immer wieder, dass die Fahrt auf dem Fluss hierher so lange dauert, obwohl es unserem Haus scheinbar direkt gegenüberliegt. Und dass man dagegen das Queen's

House am anderen Ende von Greenwich zu Fuß in fünf Minuten erreicht hat.

Als wir weiterfahren, unterhält sich Greg mit Harry. Er hat ihm von der Bar ein Bier mitgebracht, und jetzt führen sie ein Männergespräch. Kit schreibt jemandem eine SMS, den Kopf konzentriert über ihr Handy gebeugt. Ich würde mich gern neben sie setzen und über alltägliche Dinge reden, so wie sich in meiner Vorstellung andere Mütter und Töchter die Zeit vertreiben. Aber ich weiß nicht, wie ich es anfangen soll. Greg dagegen redet ohne Unterlass. Der Fluss sei früher stärker befahren gewesen als die Straßen, überall Masten und so viele Boote, dass sie einander kaum passieren konnten. Und das Lagerhaus für Tabak in Wapping sei einmal das größte öffentliche Gebäude der Welt gewesen. »Kaum zu glauben, aber es wurde von demselben Typen entworfen, der die Gefängnisse in Dartmoor und Maidstone gebaut hat.«

Harry nickt nachdenklich, aber ich frage mich, wie sehr er sich tatsächlich für Gregs Vortrag interessiert.

»Sehen Sie mal da drüben. Da hat man Leute für Verbrechen ›auf hoher See‹ hingerichtet. Und auf der Polizeiwache wurde ›das traurigste Buch der Welt‹ geführt. Ein Verzeichnis von versuchten und gelungenen Selbstmorden. Nicht gerade eine heitere Angelegenheit, aber die Themse hatte schon immer ihre dunklen Seiten.« Greg nippt an seinem Bier.

Ich kauere mich leicht zusammen. Mir ist immer unwohl, wenn ich die schicken Wohnhäuser sehe, die in den Achtzigern am anderen Ufer rücksichtslos hochgezogen wurden. Es kommt mir so vor, als hätte der Fluss für solchen Firlefanz nichts übrig. Die Lagerhäuser, von denen Greg erzählt, und die Hafenanlagen, die West India Docks auf der Isle of Dogs, waren der Themse in meiner Kindheit durch die Arbeit verbunden, die Lastkähne luden dort ihre Waren ab. Zwischen den Gebäuden und dem Fluss, der sie nährte, bestand eine Art gegenseitiger Respekt. Aber diese Apartments und Gebäudekomplexe blicken auf das herab, was unter ihnen geschieht. Sie haben keinerlei Bezug zum Fluss. Harry besitzt offensichtlich auch keine innere Verbindung zur Themse. Und selbst Greg scheint nur wenig mit ihr anfangen zu können. Es liegt ihm nicht so im Blut wie mir. Er wird nie richtig begreifen, warum ich nicht woanders leben kann.

Ich klammere mich an die Seiten meines Sitzes und stelle mir die Geheimnisse vor, die der Fluss in seinen Tiefen verbirgt, die Schätze, die er bei Ebbe hervorspült. *Tamasa*. »Dunkler Fluss.« Heute wirkt die Themse noch dunkler als sonst.

Wir erreichen den Pool, den Flussabschnitt zwischen der Tower und der London Bridge, und rauschen an das Bankside Pier, wo das Boot heftig abbremst. Es wird von dem stürmisch aufgewühlten Wasser hin und her geworfen, während dicke Taue an Land fliegen.

Als wir unter der Blackfriars Bridge hindurchfahren, erzählt Greg dem langmütigen Harry, die Brücke sei nach einem Dominikanerorden benannt, der früher in der Nähe lebte. Dann gleiten wir an South Bank vorbei, wo blaue Lämpchen in den Bäumen hängen. Kit zieht Harry an der Hand von Greg fort, sie lehnen sich gegen die Fenster und sagen, wie hübsch es doch aussehe. Endlich erreichen wir unbeschadet das Embankment.

Wir gehen die Villiers Street hinauf und überqueren die Strand zur Oper. Wenig später sitzen wir bequem im rot-goldenen Herzen des Theaters, so weit vom dunklen Lauf der Themse entfernt, wie man es nur sein kann.

Greg konnte uns Plätze im Rang besorgen. Ich sehe mich im Saal um, atme den schwachen Hauch teurer Parfums ein und klatsche mit, während die Musiker ihre Plätze im Orchestergraben einnehmen. Als die Vorhänge aufgezogen werden, gebe ich mich der Musik und dem Drama hin, weil ich nichts tun kann, bevor der letzte Akt gespielt ist.

Die Oper hat sogar kathartische Wirkung auf mich. Genau wie ich leidet Tosca unter Eifersucht und verdächtigt jeden, der die Aufmerksamkeit ihres Geliebten auf sich ziehen könnte. Trotzdem würde sie alles für ihn tun, sogar für ihn töten; ihr Mut ist bewundernswert. Trotz allem, trotz der Musik und der Geschichte findet ein Teil von mir keine Ruhe. Ich warte nur auf den Augenblick, in dem ich zu Jez zurückkehren kann. In dem ich seine gefesselten Hände befreie und ihm zeige, dass ich für ihn da bin.

Aber heute ist das Schicksal gegen mich. Als ich in der Pause vor den anderen die Treppe hinuntergehe, laufe ich Helen in die Arme.

Kapitel Siebzehn

Freitag

Helen

Helen verließ Freitagmittag erleichtert die Arbeit, weil sie wusste, dass sie direkt in die Oper fahren würde. Vielleicht würde die Polizei gar nicht überprüfen, ob sie am vergangenen Freitag gearbeitet hatte. Aber sie hatte sich schon die Ausrede zurechtgelegt, sie hätte das Dampfbad besucht. Das konnte doch sicher niemand überprüfen. Der Besuch war anonym, und die Frau, die in ihrem Kabuff die Eintrittskarten verkaufte, blickte beim Kassieren kaum auf. Falls die Polizei wissen wollte, warum sie das nicht gleich gesagt hatte, wollte Helen erklären, es sei ihr peinlich gewesen, dass sie eine beginnende Erkältung mit einem Besuch im Dampfbad bekämpft hatte, statt zur Arbeit zu gehen.

Später frage sich Helen selbst, warum sie mit so viel Aufwand vertuschen wollte, wo sie gewesen war, doch in diesem Moment konnte sie sich nichts Schlimmeres vorstellen, als dass irgendwer, und sei es die Polizei, herausbekam, dass sie in einem Pub in Smithfield gegen ihren Kater angetrunken hatte. Damit hätte sie wie eine Alkoholikerin dagestanden. Alle hätten geglaubt, Helen sei völlig am Ende, und Maria hätte es weitere Munition geliefert, um ihr Verantwortungslosigkeit vorzuwerfen.

Helen nahm die U-Bahn nach Covent Garden und lief zum Royal Opera House. Nach dieser aufreibenden Woche musste sie einfach raus.

Ben spielte in ihren Gedanken längst nicht mehr die Hauptrolle. Diesen Part hatte Mick übernommen. Wie er sich geschniegelt und gestriegelt hatte. Was sollte das? Sie versuchte, Mick mit Marias Augen zu sehen. Sie konnte nicht mehr einschätzen, ob er auf andere Frauen attraktiv wirkte. Vielleicht war dieses neue Gefühl von Misstrauen und Eifersucht auf ihre Schwester eigentlich ein schlechtes Gewissen, überlegte sie. Um sich für ihren Fehltritt mit Ben zu bestrafen. So oder so erkannte sie dadurch, dass sie Mick noch liebte und den Gedanken nicht ertrug, ihn zu verlieren.

Helen bestellte an der Bar einen Gin Tonic und kippte ihn schnell hinunter. Als es zum ersten Akt klingelte, suchte sie ihren Platz. Mit der Wirkung des Alkohols überkam sie leichte Benommenheit, und sie ließ die Musik und die Aufführung an sich vorbeirauschen.

Helen entdeckte Sonia, bevor Sonia sie sah. Über die Köpfe der Besucher hinweg, die zur Pause aus dem Saal strömten, versuchte Helen ihren Blick aufzufangen, aber es war unmöglich. Sonia wirkte abgelenkt, genau wie vor ein paar Tagen auf dem Markt, und Helen musste wieder an die Depression denken, die Nadia erwähnt hatte. Sie winkte, um auf sich aufmerksam zu machen, doch Sonia blickte nicht auf, und schließlich wurde Helen von ungeduldigen Leuten, die einen Drink wollten, die Treppe hinuntergescheucht.

In der Bar schob sich Helen durch das Getümmel, bis sie Sonia schließlich auf einer anderen Treppe entdeckte.

»Sonia! So ein Zufall«, sagte sie. »Na ja, eigentlich nicht. Ich hätte mir denken können, dass du mit Greg hier bist. Er würde doch keine Probe von *Tosca* verpassen! Ich habe eine Karte von Simon. Er wollte sie dir anbieten, aber er dachte, Greg hätte wahrscheinlich jemandem eine abgeschwatzt.«

Sonia nickte, aber als sie Helen ansah, wirkte ihr Blick glasig.

»Wie schön, dich zu sehen«, sagte Helen. »Wir haben ja ewig nicht miteinander geredet. Du hast wahrscheinlich keine Zeit für einen kleinen Plausch, oder? Nachher, meine ich. Geht es dir gut? Du siehst blass aus.«

»Mir fehlt nichts«, sagte Sonia.

Helen war wie vor den Kopf geschlagen. Wäre es Sonia schlecht gegangen, hätte sie Mitgefühl gezeigt, aber diese Antwort klang eindeutig frostig. Vielleicht wollte Sonia den Kontakt ganz abbrechen, weil ihre Kinder jetzt erwachsen waren. Das hätte Helen wirklich getroffen. Sie konnten sich doch wenigstens höflich unterhalten, und sei es nur der alten Zeiten wegen.

Dann sagte Sonia: »Ich hatte diese Woche eine kleine Grippe. Ich fürchte, ich bin noch nicht ganz auf dem Damm.«

»Ach ja. Das hat Simon schon erzählt. Und dass du deine Termine absagen musstest.« Helen lächelte erleichtert über die Erklärung, die sie wieder milder stimmte.

»Du hast Simon gesehen?«

»Von ihm habe ich doch die Karte. Du bist nicht ganz bei der Sache, oder, Sonia? Du brauchst einen Drink, Süße. Weißt du was, wir treffen uns nachher, und ich lade dich zu Champagner ein. Ich brauche wirklich jemanden zum Reden. Es ist etwas Schreckliches passiert. Mit meinem Neffen. Er ist verschwunden. Und ... ach Mist, ich sollte jetzt nicht davon anfangen. Das bringt mich nur aus der Fassung. Wir sind alle fassungslos, es ist so ein Durcheinander. Bitte komm nachher mit etwas trinken. Wenn es dir gut genug geht. Oh, Greg. Hallo.«

»Helen«, begrüßte Greg sie. »Wie geht es dir? Entschuldige, Sonia, ich wollte nur sagen, dass Kit und Harry ein Programmheft besorgen. Ich gehe nur kurz zur Toilette, wir treffen uns am Platz.«

»Ich habe Sonia gerade gefragt, ob sie nachher mit mir etwas trinken geht«, sagte Helen. »Kannst du sie entbehren? Das letzte Mal haben wir uns zu zweit getroffen … Mein Gott, wie lange ist das her, Sonia? Monate! Und ich muss mit ihr über …«

»Von mir aus!«, sagte Greg. »Ich gehe mit Kit und Harry essen. Dann können die beiden mir alle Neuigkeiten erzählen. Du und Sonia könnt den ganzen Nachmittag über tratschen.«

Nach dem letzten Akt suchten sich Helen und Sonia einen Tisch in der Bar. Greg kam herüber und versicherte ihnen noch einmal, sie hätten alle Zeit der Welt. Er wollte mit Kit und Harry ein Restaurant in Covent Garden besuchen und Sonia auf dem Rückweg abholen.

»Also.« Helen beugte sich näher zu ihrer Freundin und schenkte jeder ein großes Glas Prosecco ein. Was ihr gefehlt hatte, das merkte sie jetzt, was sie wirklich brauchte, war eine unbeteiligte Freundin, bei der sie ihren Stress abladen konnte.

»Du erinnerst dich wahrscheinlich nicht mehr an meinen Neffen Jez, oder?«

Kapitel Achtzehn

Freitag

Sonia

Die Bar in der Oper wimmelt vor Menschen, die unbedingt einen Drink wollen.

»Mein Neffe, Jez«, sagt Helen, »der Sohn meiner Schwester. Er hat uns besucht, um sich Musikcolleges anzusehen.«

Ich suche nach einer Uhr. Finde aber keine. Es muss gegen fünf sein. Jez liegt allein und gefesselt seit letzter Nacht in der Garage. Ich bekomme es mit der Angst zu tun. Irgendetwas wird verhindern, dass ich zu ihm gehe. Ich will hören, was Helen zu erzählen hat, aber das hält mich noch länger auf. Unwillkürlich habe ich das Gefühl, ich müsste wissen, was in Jez' Familie vor sich geht, wie sie seine Abwesenheit aufnimmt. Welchen Grund sie vermutet. Das gibt mir vielleicht wichtige Hinweise darauf, wann und wie ich ihn zurückbringen kann. Helen redet schon, ich sehe, dass sich ihre Lippen bewegen, doch ich kann die Worte nicht hören. Sie werden von den Ängsten übertönt, die sich in meinem Kopf aufstauen: Der Clipper wird wegen des stürmischen Wetters eingestellt, der Strom fällt aus und die U-Bahnen fahren nicht mehr. Ich schaffe es heute Abend nicht zurück, und Jez ist mit Klebeband an das Bett gefesselt und kann weder essen noch trinken. Er wird langsam und qualvoll sterben. Er wird glauben, dass ich es so wollte, während ich mir in Wahrheit das Gegenteil für ihn gewünscht habe.

Und dann passiert es. Ich sehe blaue Lichter, höre Sirenen und bestürzte Erwachsenenstimmen und bin wieder dort.

Nach den Polizeibooten und Krankenwagen und den blauen Lichtern und dem Lärm finde ich mich auf einer harten Resopalbank in einem kalten Flur wieder. Nichts konnte mich wärmen. Weder die Rinderbrühe, die sie mir in einem Styroporbecher gaben, noch die grobe, graue Decke, die sie mir um die Schultern legten.

Die Bank war von Menschen umringt, die auf mich herabsahen und mir Fragen stellten.

»Ich habe festgehalten«, sagte ich weinend. Vor Zittern knirschte ich mit den Zähnen. »Ich habe nicht losgelassen.«

Dann tauchte in dem Meer aus Gesichtern eine Krankenschwester auf, mit blasser Haut und goldenem Haar, das sich unter ihrem weißen Häubchen hervorlockte, aber was mir auffiel, waren ihre Augenbrauen, fein gezupft und hoch gewölbt. Sie sah aus wie nach einem fürchterlichen Schreck. Daran erinnere ich mich noch lebhaft, an ihren ängstlichen Gesichtsausdruck, und wie sie leicht den Mund verzog, als sie die Worte formte: »Es tut mir leid.«

Ich wartete darauf, dass sich ein Arm um mich legte, auf Trost. »Sie haben sich geirrt.«

Stattdessen veränderten sich die Gesichter, sie wurden verzogen, verzerrt, und in einem Augenpaar lag etwas, das ich vorher noch nie gesehen hatte, aber danach oft sah: blanker Hass.

Ich war nie sicher, ob die schrecklichen Schreie, unter denen sie mich durch den weißen Flur wegbrachten, aus meiner Kehle stammten oder aus einer fremden.

»Sonia«, sagt Helen. »Alles in Ordnung? Du bist doch nicht wieder krank? Brauchst du etwas? Noch etwas Wasser?«

Die Menschen um mich herum verschwimmen vor meinen Augen. Das ganze Restaurant kommt mir plötzlich so vor, als schwömme es auf dem Fluss, es wiegt sich hin und her wie der Clipper. Ich klammere mich an den Armlehnen fest.

»Es geht schon«, antworte ich schließlich. »Aber ein Glas Wein würde ich nehmen.«

Ich sage mir, dass ich ihr eine halbe Stunde gebe. Dann überlege ich mir eine Ausrede und gehe.

»… und nicht nur wegen dieser Sache mit Jez«, sagt Helen. »Es hat die ganze Familie getroffen. Angefangen hat es am letzten Samstag. Ich war bei einer Vernissage in Hoxton. Von Nadia. Ich dachte, du wärst auch da! Ich hätte so gern mit dir geredet. Sie hat Abdrücke von ihrem Bauch in verschiedenen Phasen der Schwangerschaft gemacht. Mit Modroc.«

»Womit?«

»Modroc. Du weißt schon, diese Bandagen für Knochenbrüche. Man kann das Zeug im Internet bestellen und seinen schwangeren Körper genau so nachbilden, wie er gerade ist. Und bei Nadia wahrscheinlich nie wieder sein wird. Mit fünfundvierzig bräuchte sie schon verdammt viel Glück, wenn sie noch eins haben will. Die Genauigkeit dieser Abdrücke ist aber echt erstaunlich. Das ist jetzt total in, Sonia. Wir sind nicht mehr auf dem Laufenden. Na ja, als ich zurückgekommen bin, haben wir jedenfalls gemerkt, dass Jez seit dem vorigen Nachmittag nicht mehr zu Hause war. Und er ist noch nicht zurückgekommen.«

In der Stille, die sich über uns senkt, befürchte ich, Helen könnte meinen Herzschlag hören.

»Das ist ja schrecklich«, bringe ich heraus.

Helen erzählt weiter.

»Natürlich. Es ist grauenhaft. Die Polizei ist gekommen, sie haben den Fluss abgesucht. Ich glaube, wir klammern uns alle daran, dass es – mein Gott, ich kann das kaum aussprechen –, dass es keine Leiche gibt. Solange keine gefunden wird, hoffen wir einfach, dass er sich nur für eine Weile abgesetzt hat, dass er allein sein will. Keine Ahnung.«

Helen fährt sich mit einer Hand über das Gesicht und verschmiert dabei ihre Wimperntusche. Auf ihren Wangen prangen hellrote Kreise. Sie sieht schrecklich aus.

»Und ich weiß, dass es unter diesen Umständen unglaublich egozentrisch klingt, aber fast genauso schlimm wie Jez' Verschwinden sind die Folgen für unsere Beziehung. Meine Beziehung zu Mick, meine ich. Ich hatte gerade erst gedacht, es würde wieder besser laufen, nachdem es lange … Spannungen gab. Streitereien, Stress, das ständige Gehampel, um die Hypothek zu bezahlen. So was alles. Dann bumm! Mein Neffe verschwindet, und wir stehen uns nicht etwa bei, sondern der Graben wird nur breiter. Mick ist richtig abweisend geworden! Ich habe fast das Gefühl, dass er mir die Schuld gibt, Sonia!«

»Dir? Wie kann er dir die Schuld geben?«

Sie zögert und sieht mich mit flehentlichem Blick an. »Seit Jez angekommen ist, hat Mick unsere Jungs mit ihm verglichen. Mich mit Maria. Sie war immer die perfekte Schwester. Mit dem perfekten Sohn. Jez ist einfach genial an der Gitarre. Er kommt in genau das College, das Barney besuchen will. Wenn er einen Platz kriegt, geht der arme Barney leer aus, und ja, das hat mich manchmal, ach, ich weiß nicht, geärgert.«

»Aber das heißt doch nicht, dass Mick dir die Schuld gibt«, sage ich.

»Er glaubt, dass ich nachlässig war. Weil ich Jez wie unsere

Jungs behandelt habe und er einfach losziehen durfte, wann er wollte. Er findet, ich hätte so wie Maria sein sollen. Jez im Auto herumfahren. Ihn immer im Auge behalten.«

Sie trinkt noch einen Schluck Wein.

»Wahrscheinlich glaubt er, wenn ich mehr wie Maria wäre, hätten es Barney und Theo mittlerweile zu was gebracht. Aber ich finde, dass Maria Jez zu sehr unter Druck setzt. Ich treibe meine Kinder nicht an. Na gut, bei Jez soll es wahrscheinlich seine Lese-Rechtschreibschwäche ausgleichen. Man sollte meinen, dass er damit und als Einzelkind ein bisschen sonderbar oder ein Einzelgänger wird. Aber nein! Meine Söhne und die Jungs in der Band sind begeistert von ihm, auch Mick findet ihn absolut klasse. Er macht sich um ihn mehr Sorgen als jemals um unsere Jungs. Ehrlich gesagt ist mir das alles ziemlich auf die Nerven gegangen. Aber seit Jez verschwunden ist, benimmt sich Mick völlig selbstgerecht und meint, wir – das heißt eigentlich ich – hätten den Jungen in Watte packen müssen.«

Die Oper füllt sich langsam mit den Gästen der Abendvorstellung. Draußen ist es dunkel. Helen schlägt eine zweite Flasche Wein vor, doch ich lehne ab, weil ich einen klaren Kopf behalten will.

Wie lange sitzen wir hier schon? Warum trägt heutzutage niemand mehr eine Uhr? Ich gebe mir Mühe, meine Unruhe vor Helen zu verbergen. In dieser Hinsicht ist der Alkohol ein Segen, sie nimmt ihre unmittelbare Umgebung nur gedämpft wahr.

Jez hat alles, was er braucht. Er ist in Sicherheit. Hat Decken, die ihn warm halten. Ihm kann nichts geschehen. Aber mittlerweile muss er halb verhungert sein. Und durstig. Und nass. Und frieren. Und, obwohl ich es mir kaum vorstellen mag, wird er in die Hose gemacht haben. Judy war heute Vormittag allein im Haus. Könnte sie etwas gefunden haben, das mir entgangen ist? Sogar Kit, die andere und wichtigere Dinge im Kopf hat, hat bemerkt, dass die akustische Gitarre fehlt. Judy entgeht nichts. Auch wenn sie nicht gebildet ist, hat sie einen scharfen Verstand und nimmt damit jede Kleinigkeit im Leben anderer Menschen wahr.

Ich rutsche auf meinem Stuhl hin und her. Wie sorgfältig habe ich die Garage hergerichtet? Wie gründlich habe ich meine Spuren verwischt? Was könnte Judy sehen? Dass die Garagenschlüssel nicht an ihrem üblichen Haken hängen? Dass aus dem Wäscheschrank Laken fehlen? Nein. Aus diesen Dingen könnte sie sich unmöglich eine so ungeheure Erklärung zusammenreimen, selbst wenn sie stimmt.

Als Helen mit dem Wein zurückkehrt, entschuldige ich mich und laufe zur Toilette. Ich erleichtere mich in dem luxuriösen Waschraum des Royal Opera House, dann lehne ich lange an dem gläsernen Waschbecken, um mich zu sammeln. Aus den Augenwinkeln sehe ich, wie sich Frauen vor dem Nachbarspiegel die Lippen nachziehen, verirrte Haarsträhnen feststecken und ihre Kleider glattstreichen. Als ich mich zögerlich selbst mustere, befürchte ich, ein verändertes Gesicht könnte zurückblicken, auf dem sich geheimste Gedanken und Ängste widerspiegeln. Ich bin überrascht, wie normal ich aussehe. Immer noch dieselben grauen Augen, dasselbe schwarze Haar. Erst ein, zwei silberne Haare schimmern durch. Ich nehme meinen Lippenstift aus der Handtasche, trage ihn auf und sehe wieder aus wie neu. Ich atme tief durch. Ich werde mir eine dringende SMS von irgendwem einfallen lassen. Egal was, ich will nur zu Jez.

Helen blickt auf, als ich durch das Foyer zurückkomme.

»Hast du abgenommen, Süße?«, fragt sie, als würde sie mich heute zum ersten Mal ansehen. »Meine Güte. Ja, bestimmt. Du siehst toll aus. Nadia hat schon gesagt, wie gut du aussiehst. Wie hast du das geschafft?«

Ich zucke mit den Schultern. Ich möchte ihr sagen können, dass es an meiner Nervosität liegt, daran, dass ich ständig angespannt bin. Gerne würde ich ihr das sagen, sie war einmal meine Freundin. Ich blicke ihr in die Augen und sehe, dass sie schon in ihre eigene Welt abgedriftet ist, in ihre eigene Geschichte, und spüre diese Kluft, die sich zu einem Menschen auftut, mit dem man ein tiefes Geheimnis einfach nicht teilen kann.

»Ich glaube, Mick hat genug von mir«, sagt Helen. »Er kann mich nicht mal mehr sehen. Ich habe Angst, dass er und Maria … sich näherkommen.«

»Ach was«, sage ich. »Er fühlt sich verantwortlich, weil er sich nicht mehr um Jez gekümmert hat, das ist alles. Jetzt will er sein schlechtes Gewissen beruhigen, indem er dir die Schuld zuschiebt. So hört sich das jedenfalls für mich an.«

»Glaubst du wirklich?«

»Ja.«

»Warum kämmt er sich dann ständig und geht laufen und tätschelt sich den Bauch?«

Ich lache. Zurzeit ein seltsames Geräusch aus meinem Mund.

»Klingt nach einer klassischen Midlife-Crisis«, sage ich.

»Und Jez. Sollte ich mir mehr Sorgen um ihn und weniger um Mick machen?«

»Nein! Es ist völlig richtig, dass du dich wegen Jez nicht verrückt machst. Teenager. Die machen doch, was sie wollen.«

»Er ist noch sehr jung, Sonia.«

»Egal. Man kann sie doch nicht wie Kinder behüten, herrje. Jez hat seinen eigenen Kopf. Natürlich musstest du ihn alleine losziehen lassen. Er muss sich seinen Weg suchen. Und genau das wird er tun, Helen. Deine Schwester klingt richtig erdrückend. Würdest du von so einer Mutter nicht auch wegwollen? Kein Wunder, dass er sich versteckt. Wer weiß, vielleicht hat er eine Freundin, von der er niemandem erzählt hat. Vielleicht will er nicht gefunden werden. Ich wette, er will seine Ruhe haben. Hat daran schon mal jemand gedacht? Mick etwa? Oder Maria? Die Polizei?«

Helen sieht mich nur an. So viel rede ich zum ersten Mal, seit wir in der Bar sind, und sie ist merklich verdutzt.

»Schon möglich«, sagt sie. »Aber das ist noch nicht alles. Die Polizei glaubt, ich hätte etwas mit Jez' Verschwinden zu tun. Sie haben mich schon befragt, und nicht nur einmal. Zum Teil habe ich die Gefühle zugegeben, von denen ich gerade erzählt habe.« Sie zögert. Ihre Wangen haben sich weiter gerötet, und ihre Augen sind vom Wein leicht blutunterlaufen. Sie zieht die Nase hoch und sieht mich an.

»Und jetzt wollen sie mich noch mal befragen. Ich bin die Letzte, die ihn gesehen hat. Und vor dieser ganzen Sache habe ich mir tatsächlich schreckliche Dinge ausgemalt, die Jez passieren könnten. Ist das nicht furchtbar? Ich habe gedacht, er könnte doch einen Unfall haben, wie sie Teenagern andauernd passieren. Er könnte sich beim Freerunning ein Bein brechen oder bei einem Autounfall entstellt werden. Nichts Lebensbedrohliches natürlich! Nur etwas, damit Barney den Platz an der Schule bekommt. Ist das nicht schrecklich?«

Einen Moment lang starre ich sie an. Es ist tatsächlich schrecklich, dass irgendjemand Jez etwas Schlechtes wünscht. Wie konnte sie das tun? Ich bin versucht, ihn zu verteidigen.

»Dann war ich selbst entsetzt über mich!«, fährt sie fort. »Was, wenn ich mich von meinen Gefühlen hätte treiben lassen und ihrem wunderbaren Sohn... etwas Schreckliches angetan hätte? Natürlich würde ich so etwas nie machen. Aber es kommt mir vor, als würde ich bestraft! Für diese schlimmen Gedanken! Wenn man verdächtigt wird, man hätte etwas wirklich Scheußliches getan ... wird einem plötzlich klar, dass man in null Komma nichts von einem normalen, gesetzestreuen Bürger zu einem Kriminellen wird.«

Noch einmal schenkt Helen sich nach. Die zweite Flasche Wein ist beinahe leer, obwohl ich kaum einen Tropfen getrunken habe.

»Du bist doch nicht schockiert, oder Sonia?«, fragt sie. »Ich erzähle dir das nur, weil ich weiß, dass du nicht so konventionell denkst. Du bist nicht so voreingenommen wie manche Leute. Wir haben schon früher über finstere Gedanken gesprochen, weißt du noch? Das heißt ja nicht, dass wir sie umsetzen würden.«

»Wann haben wir denn über finstere Gedanken gesprochen?«

»Du hast mir von deinen Gefühlen für Greg erzählt, dass du dir manchmal wünschst, er würde einfach nicht zurückkommen, weißt du noch? Dass er dich ständig kontrollieren will. Vielleicht sollte ich davon jetzt nicht anfangen.«

»Das Gespräch hatte ich ganz vergessen.«

»Bitte denk deswegen nicht schlecht über mich. Mein Gott, hätte ich doch lieber nichts gesagt. Das kommt vom Wein. Ich muss aufhören.«

»Ist schon gut. Aber hör mal. Wo sind Maria und Nadim jetzt? Was machen sie? Wann geben die Leute die Hoffnung auf, ihn zu finden, und gehen nach Hause?«

Erst nach einem langen Blick antwortet Helen: »Ich glaube, sie geben nie auf. Wir können nur von Tag zu Tag denken. Wenn wir uns vorstellen würden, dass es noch lange so weitergeht, würden wir wahrscheinlich alle zusammenbrechen. Aber Nadim musste wieder zur Arbeit. Maria will hierbleiben. Das kann ich ihr nicht verdenken, auch wenn ich wünschte, sie würde woanders wohnen. Der einzige Mensch, den ich ertragen kann, ist Alicia. Jez' Freundin. Wir vermuten beide, dass Jez zurückgeschlichen käme, wenn Maria nicht so einen Wirbel veranstalten würde. Doch sie sitzt den ganzen Tag in meinem Haus und sieht mich vorwurfsvoll an – sie hat vergessen, dass wir höflich bleiben wollten. Meist macht sie das, wenn ich etwas trinke. Aber mein Gott, ich muss etwas trinken. Sie ist die ganze Zeit mit Mick zusammen. Wegen Jez. Sie haben eine Facebook-Seite, reden mit der Presse, alles Mögliche. Alicia glaubt, das ganze Scheinwerferlicht würde ihm nicht gefallen. Sie greifen jeden Hinweis auf, gleichzeitig haben sie es auf mich abgesehen. Es wirkt vielleicht herzlos, dass ich die einzige Opernkarte behalten habe, nach allem, was Maria durchgemacht hat, aber wir sind alle mit den Nerven am Ende, Sonia. Er ist auch mein Neffe.«

»Helen«, sage ich. »Beruhige dich. Es war völlig in Ordnung, dass du die Karte genommen hast. Manchmal muss man die einzige Karte einfach behalten. Und Alicia hat recht. Jez kommt bestimmt nach Hause, wenn dieser ganze Zirkus aufhört.«

Ich sage Helen, ich müsse gehen. Sie bettelt um eine Verabredung. »So wie früher, als die Kinder noch kleiner waren, tagsüber im Park«, sagt sie, und ich sage, in Ordnung. Ist gut. Ruf mich an.

Draußen in Covent Garden brennen grelle Lichter, die

Bars sind voll, und auf der Piazza wogt die Partymeute, die sich für den Freitagabend trifft. Ich sauge die Stadtluft tief in die Lungen, während ich zum Embankment laufe. Ich warte nicht mehr auf meinen Mann, auf meine Tochter oder ihren Freund. Ich muss mit dem Clipper zurückfahren zu dem Jungen, den ich im Dunkeln zurückgelassen habe.

Kapitel Neunzehn

Freitagabend

Helen

»Gibt es etwas Neues?«, fragte Helen.

Diese Frage stellte jeder, sobald er die Haustür öffnete. Die leeren Gesichter reichten immer als Antwort, dass sich nichts getan hatte.

Helen setzte sich an den Küchentisch. Ihr Herz hämmerte, als sie Mick und Maria bei Kerzenlicht Rotwein trinken sah. Sie schenkte sich auch ein Glas ein. Hinter ihr öffnete Barney eine Dose gebackene Bohnen. Er war offensichtlich gerade erst heimgekommen, er roch noch nach Pub und kalter Nachtluft. Mick und Maria mussten allein gewesen sein.

»Was soll das gedämpfte Licht?«

»Das ist besser für meine Migräne«, antwortete Maria. »Ich habe ständig Anfälle, seit Jez …« Ihre Stimme kippte, sie sprach nicht weiter.

Nachdem sie Sonia das Herz ausgeschüttet hatte, konnte Helen die Lage klarer sehen. Sie wusste, was sie zu tun hatte. Statt ihre Fantasie mit sich durchgehen zu lassen, musste sie sich daran erinnern, unter welchen Druck sie alle standen. Besonders Maria. Sie ging zu ihrer Schwester, legte ihr eine Hand auf die Schulter und drückte sie. Maria wehrte sie ab.

»Wie war die Oper?«, fragte Mick.

»Ganz gut.« Helen setzte sich und trank einen großen Schluck Wein.

Ihre Schwester war unmöglich, sie ließ Helen nicht an sich heran.

»Ich habe zufällig Sonia getroffen. Anschließend haben wir noch etwas getrunken. Habt ihr mir was vom Abendessen aufgehoben?«

»Tut mir leid, wir wussten nicht, ob du rechtzeitig zurückkommst«, sagte Mick.

»Du kannst meines haben. Ich kann nichts essen.« Maria schob Helen einen Teller mit gebratenem Tunfisch zu.

Helen sah auf das Essen, dann sah sie Mick an. Er erwiderte ihren Blick nicht, und sie brach innerlich zusammen. Udon! Ihr besonderes Essen, und für sie hatte er nicht mitgekocht.

Mick wandte sich an Maria. »Kennst du Sonia? Die Stimmtrainerin? Ich habe mal mit ihrem Mann Greg in einer Band gespielt. Er ist Neurologe. Zurzeit hält er allerdings mehr Vorlesungen. Du lernst die beiden bestimmt irgendwann kennen.«

»Toll«, sagte Maria desinteressiert.

»Wenn sie nicht bald umziehen. Greg hat erzählt, dass er nach Genf ziehen will.«

Die Luft war zum Schneiden dick. Es war schwierig, über etwas zu reden, sich irgendein Gespräch abzuringen, das sich nicht um Jez drehte. Als stünden sie alle auf einer Bühne und würden ungewohnte Rollen spielen.

»Stimmt. Aber Sonia will nicht gehen«, sagte Helen. »Sie liebt das Flusshaus. Als sie in Norfolk gewohnt haben, ist sie richtig depressiv geworden.«

»Genf ist ja wohl kaum Norfolk.«

»Sie sagt, sie muss an der Themse sein, damit es ihr gut geht.«

»Ha! Eigentlich weiß man doch, dass die Alpen besser für die Gesundheit sind als London«, widersprach Mick.

»Es kommt darauf an, ob es um die geistige oder körperliche Gesundheit geht«, meinte Helen. »Jedenfalls habe ich ihr von Jez erzählt. Sie meinte, er könnte eine Freundin haben und wäre vielleicht einfach abgehauen.«

»Was weiß die denn schon?«, fragte Maria. »Kennt sie ihn überhaupt?«

Helen spürte, wie sich die Atmosphäre veränderte, als sie Jez erwähnte. Endlich konnten sie atmen.

»Sie hat eine Tochter in Theos Alter, also kennt sie Teenager. Sie hat ihn mal gesehen, als ihr auf den Mauern unten am Fluss rumgeklettert seid, erinnerst du dich, Barney? Wir haben sie auf einen Tee besucht. Ach, und bei Micks Fünfzigstem müssten sie sich auch getroffen haben.«

»Haben sie.« Barney knallte seinen Teller auf den Tisch und setzte sich. »Wo du es gerade sagst: Ihr Mann Greg wollte Jez dieses Album von Tim Buckley leihen, von dem er ständig redet. Jez wollte es abholen … ich glaube, sogar am letzten Freitagnachmittag. An dem Tag, an dem er verschwunden ist. Als du Sonia erwähnt hast, ist es mir wieder eingefallen. Dahin wollte er gehen.«

»Wann hat er das gesagt?«, fragte Maria. Alle wandten sich zu Barney um.

»Weiß nicht. Am Abend vorher, glaube ich. Er hat gesagt, bevor er nach Paris fährt, wollte er das Album aus dem Flusshaus holen. Ich habe ihn gefragt, ob er weiß, wo es ist. Er meinte, er wäre schon mal da gewesen. Wohl an dem Tag, den du gemeint hast, Mum. Er wollte zu dem Haus und sich dann mit Alicia im Tunnel treffen. Vor dem Auftritt, zu dem er dann nicht gekommen ist.«

»Warum zum Teufel hast du das nicht längst der Polizei erzählt?«, fragte Mick. Seine Wangen röteten sich.

Maria stand auf. »Wir müssen es ihnen sofort sagen.«

»Was stimmt nur mit deinem Kopf nicht?« Mick baute sich vor seinem Sohn auf. »Ich weiß ja, dass du manchmal etwas bekifft bist, aber das könnte wichtig sein. Was hast du dir dabei gedacht?«

Barney zuckte mit den Schultern. »Nichts. Echt, ich hab's vergessen. Ehrlich. Ich habe nicht mehr daran gedacht, bis Mum gerade von Sonia erzählt hat.«

»Es klingelt«, sagte Maria, die sich das Telefon mit einer Schulter gegen das Ohr drückte.

»Manchmal würde ich dir wirklich gerne Verstand einprügeln«, sagte Mick und verpasste Barney einen Klaps gegen den Kopf.

Helen starrte Mick an. Seit über zwanzig Jahren war sie mit diesem Mann zusammen. Ging er immer so mit seinen Söhnen um? Plötzlich hatte sie das Gefühl, sie müsste ihn sich genau ansehen, müsste herausfinden, was ihn zu dem Mann machte, den sie zu kennen glaubte.

»Das war jetzt aber nicht nötig«, sagte sie schließlich. »Barney hat es vergessen. An so etwas erinnert man sich nicht unbedingt. An so ein kleines Detail.«

»Das wirft ein ganz neues Licht darauf, wo Jez gewesen sein könnte«, sagte Mick.

Maria steckte sich einen Finger in das freie Ohr. »Psst! Ich kann die Ansage nicht hören.« Sie ging mit dem Telefon in den Flur.

»Dad!«, sagte Barney. »Ach, Scheiße. Er hat es nur kurz erwähnt, ich habe nicht gedacht, oh, das muss ich mir gleich aufschreiben. Ich musste an wichtigere Sachen denken.«

»Daran, woher du deine nächste Tüte bekommst?«

»Ach, verpiss dich!«

»So redest du nicht mit mir!«

»Aber wegen dieser Sache mit Jez bist du echt ein Arsch. Mum hat recht. Du hast dich verändert. Bei uns stellst du dich nicht so an, wenn wir ein paar Nächte weg sind.«

»Nein, das höre ich mir nicht an. Wir sind für den Jungen verantwortlich. Er hat unter unserem Dach gewohnt, als er verschwunden ist, und jetzt werden wir verdammt noch mal herausfinden, was mit ihm passiert ist.«

Barney trampelte hinaus.

»Ob Jez beim Flusshaus vorbeischauen wollte oder nicht, hat doch mit der Sache gar nichts zu tun«, sagte Helen.

»Wenn Sonia ihn an diesem Freitagnachmittag gesehen hat, muss er danach verschwunden sein. Und zwar in der Zeit, bevor er Alicia treffen wollte. Das grenzt die Möglichkeiten ein«, erklärte Mick.

»Ja, aber er war nicht bei ihr.«

»Woher weißt du das?«

»Weil Sonia es erwähnt hätte.«

Maria kam wieder herein. »Sie haben es aufgenommen und wollen morgen früh besprechen, was sie aus dieser Information machen. Jetzt bin ich erschöpft. Stört es jemanden, wenn ich ein Bad nehme?«

»Mach ruhig«, sagte Helen, ohne sie anzusehen.

Mick wartete, bis Maria gegangen war, dann sprach er mit leiser Stimme. »Vor Maria wollte ich nichts sagen. Heute Nachmittag hat Pauline von deiner Arbeit angerufen. Wir haben uns etwas unterhalten. Sie sagt, sie macht sich Sorgen um dich, weil du dir so oft freigenommen hast. Und du wärst letzten Freitagvormittag nicht da gewesen. Die Polizei hat sich schon erkundigt.«

Helen spürte, wie ihr das Blut ins Gesicht schoss. Sie starrte Mick unbewegt an.

»Ich weiß nicht, was mit dir los ist, Helen«, sagte er, »aber ich glaube, du solltest reinen Tisch machen.« Beim Hinausgehen warf er ihr den gleichen Blick zu wie vorher Barney. Als würde er an ihnen verzweifeln.

Kapitel Zwanzig

Samstag

Sonia

Am nächsten Morgen stehe ich im Badezimmer und schminke mich, als die Polizei kommt. Greg ruft mich vom Fuß der Treppe aus. Harry und Kit haben ihre Taschen gepackt, sie nehmen den Zug um 10.33 Uhr nach Charing Cross.

»Mein Gott, ist etwas Schlimmes passiert?«, fragt Kit, als ich die Treppe herunterkomme. »Geht es Oma gut? Ich hätte sie besuchen sollen. Wir hätten sie besuchen sollen, Harry.« Sie zupft an Harrys Ärmel, der nach einem stirnrunzelnden Blick auf die Polizisten auf die Uhr sieht.

»Es geht nicht um Ihre Großmutter«, sagt die Polizistin, »aber es wäre gut, wenn Sie bleiben könnten, wir haben ein paar Fragen.«

Greg führt die beiden Polizisten, einen jungen Mann und eine Frau, ins Wohnzimmer. Im Kamin brennt ein Feuer, das er vorhin schon angezündet haben muss. Greg und ich setzen uns nebeneinander auf das Sofa, während Kit auf dem Sessel vor dem Fenster hockt und Harry hinter ihr steht, mit einer Hand auf die Lehne gestützt.

Die Frau stellt sich als Inspector Hailey Kirwin vor und erklärt, dass ein Junge, den wir kennen könnten, als vermisst gemeldet und seit mehr als einer Woche nicht gesehen wurde.

»Ich glaube, Sie wissen davon«, sagt die Frau und sieht

mich mit ihren strahlend blauen Augen an. »Sie haben seine Tante gestern in der Oper getroffen.«

»Richtig. Helen. Es stand auch in der Zeitung«, entgegne ich.

»Jez!«, ruft Kit. »Mein Gott! Er wird vermisst? Warum hast du das nicht erzählt, Mum?«

»Ich wollte nicht, dass du dir Sorgen machst.«

»Aber er ist Barneys und Theos Cousin.«

»Also kennen Sie den Jungen?«, fragt die Frau Kit.

»Von früher. Er ist jünger als ich. Er hat hier in der Nähe gewohnt. Jetzt lebt er in Paris, aber manchmal besucht er Barney und Theo. Die beiden kenne ich besser. Unsere Väter haben mal zusammen Gitarre gespielt. Und unsere Mütter waren befreundet. Mein Gott. Wie schrecklich. Was glauben Sie, das passiert ist?«

»Das versuchen wir herauszufinden. Es ist für ihn untypisch wegzubleiben und niemandem Bescheid zu sagen. Und mittlerweile ist er seit über einer Woche verschwunden.«

Ich habe das seltsame Gefühl, eine Glasplatte hätte sich herabgesenkt, und ich würde alles durch die beschlagene Scheibe sehen und hören. Ich schnappe einen Teil von dem auf, was Inspector Kirwin sagt, aber es hat keinen Zusammenhang … niemandem aufgefallen … länger als vierundzwanzig Stunden … Fluss abgesucht … nie angekommen.

Als sie fortfährt, klingt ihre Stimme belegt und dumpf. »Wir müssen jetzt wissen, ob er hierhergekommen ist, um das Album zu holen.«

»Wann war das?«, fragt Greg.

»Gestern vor einer Woche«, antwortet der junge Constable.

»Also als ich weg war.« Greg sieht mich an. »Ist Jez vorbeigekommen, als ich weg war, Sonia?«

Mein Mund ist so trocken, dass ich kaum ein »Nein« herausbekomme.

»Das Album, das er sich leihen wollte, ist anscheinend von …«, der Constable sieht in seinem Notizbuch nach, »einem gewissen Jim Butler.«

»Tim Buckley«, korrigiert Greg. »Das stimmt. Ich habe die Platte. Sie ist schwer zu bekommen. Ich habe mich mit ihm darüber auf der Party zu Micks fünfzigstem Geburtstag unterhalten, unter dem Durchgang. Erinnerst du dich, Sonia?«

»Wie bitte?«, frage ich.

Mir ist viel zu heiß. Ich nehme meinen Kaschmirschal ab und werfe ihn über die Sofalehne.

»Ich habe dir davon erzählt. Er hatte nach dem Album gesucht. Ich habe gesagt, ich hätte es, er könnte es sich ausleihen. Das weiß ich noch, weil ich beeindruckt war, dass sich so ein junger Mann für solche Musik interessiert.«

Das Feuer im Kamin knistert und spuckt, als wollte es sich in das Gespräch einmischen.

»Und ich habe gesagt, er könnte es sich natürlich leihen, wenn er es in einem ordentlichen Zustand zurückgibt.«

»Ach ja«, sage ich.

»Aber er ist nicht gekommen?«, fragt Kirwin. Sie muss farbige Kontaktlinsen tragen. Niemand hat derart blaue Augen.

»Nein«, wiederhole ich.

»Könnten wir uns das Album, um das es geht, mal ansehen?«

»Natürlich.« Greg steht auf. »Es müsste oben in unserem Musikzimmer sein. Ich hole es. Oder möchten Sie mitkommen?«

»Vielleicht könnte Sonia es mir zeigen«, sagt Kirwin. »Sie war ja auch an dem Tag hier, an dem er vorbeikommen wollte. Mein Kollege würde gerne Ihnen und Ihrer …«

»Das sind meine Tochter Kit und ihr Freund Harry. Sie waren nur über das Wochenende hier. Sie studieren in Newcastle und müssen zum Zug. Sie müssen heute zurück sein.«

»Wir halten Sie nicht lange auf«, versichert die Frau lächelnd. Mich sieht sie mit hochgezogenen Augenbrauen an. Wie in Trance stehe ich auf, und sie folgt mir die Treppe hinauf ins Musikzimmer.

Ich weiß genau, wo das Album von Tim Buckley ist, weil Jez vor ein paar Tagen damit herumgewedelt hat, als er meinte, er würde jetzt nach Hause gehen und wolle es nicht mehr ausleihen. Trotzdem spiele ich kurz vor, ich sei mir nicht sicher. Ich durchstöbere ein paar Plattenstapel und krame auf dem Regal herum, bevor ich das Album finde und ihr gebe. Kirwin sieht es sich an, wendet es, legt es hin und kritzelt etwas in ihr Notizbuch. Als Album bedeutet es ihr nichts, aber vielleicht als Beweisstück? Es ist voll von Jez' Fingerabdrücken. Ich frage mich, ob sie es mitnehmen wird, denn wenn sie das tut, werden die Forensiker ihre Freude haben.

Warum habe ich nicht gesagt, er wäre hier gewesen und hätte das Album abgeholt?

Ich hätte sagen können: *Ja, er war hier, ich habe es ihm gegeben, und er ist gegangen.* In solchen Situationen kann man nicht schnell denken. Aber wenn sie das Musikzimmer trotzdem durchsucht und die Platte gefunden hätte? Mir ist bewusst, in welcher brenzligen Lage ich mich befinde. Die einfachsten Sachen können einen auffliegen lassen. Seit Greg und Kit nach Hause gekommen sind, habe ich alle Spuren von Jez' Besuch beseitigt und mir solche Mühe gegeben, ihn in der Garage zu verstecken, aber das Musikzimmer ist noch von seinen Fingerabdrücken übersät.

Die Polizistin dreht das Album wieder und wieder in den

Händen. Ich warte nur darauf, dass alles über mir zusammenbricht. Ich bin bereit aufzugeben und den anderen das Ruder zu überlassen. Wenn sie mich festnehmen, weil ich einen Jungen gegen seinen Willen eingesperrt habe – und sie werden zweifellos davon ausgehen, dass es gegen seinen Willen passiert ist –, haben die Anspannung, die Angst und das Gefühlschaos der letzten Tage ein Ende. Dieser Gedanke packt mein Herz und zerquetscht es. Ich könnte es nicht ertragen, Jez nach allem, was wir durchgemacht haben, zu verlieren. Ich brauche mehr Zeit. Ich muss ihn gesund pflegen und sein Vertrauen zurückgewinnen. Wie schwer es auch für uns war, ich darf ihn nicht verlieren. Es darf sich nicht einfach alles in Rauch auflösen.

»Danke«, sagt sie und gibt mir das Album zurück. »Er war also gar nicht hier?«

Bei dieser Frage mustert sie mich. Ihre unnatürlich blauen Augen blitzen auf. Ich schüttle den Kopf.

»Und Sie haben ihn auch nicht gesehen, draußen am Fluss, in einem Pub oder woanders? Wie er aussieht, wissen Sie ja, oder?«

»Ja, sicher.« Meine Stimme klingt plötzlich laut und schrill. »Kit hat ja schon erzählt, dass ich mit seiner Tante befreundet bin. Ich habe ihn gesehen, aber nicht in letzter Zeit. Seit unsere Kinder erwachsen sind, sehe ich Helen nicht mehr oft.«

»Er hat anscheinend an den Flussmauern etwas Freerunning gemacht«, sagt sie. »Sie wissen schon, von Brücken springen, Anlegerstege rauf- und runterklettern, solche Sachen. Sie erinnern sich nicht, ihn vor gut einer Woche da unten gesehen zu haben? Nichts, was uns weiterhelfen könnte?«

Ich beschließe, kurz darüber nachzudenken. Sie hat keinen Verdacht! Ich möchte reden und lachen und mich lang über diesen Jungen und seine außergewöhnlichen Talente auslassen.

»Das letzte Mal habe ich ihn gesehen … Ach, das muss jetzt ein Jahr her sein, vielleicht auch zwei, als er unten in der Nähe vom Pub mit seinen Cousins die Wände hochgeklettert ist. Ich weiß noch, dass seine Tante deswegen fast ausgerastet ist. ›Jungs!‹, hat sie immer wieder gesagt, und ich war froh, dass ich mich nicht mit welchen herumschlagen muss. Nur mit einer Tochter. Ich sollte mich glücklich schätzen.«

»Also nicht in letzter Zeit? Sie haben ihn nicht vor Kurzem zufällig hier in der Nähe gesehen?«

»Vor Kurzem? Ich glaube nicht. Nicht, dass es mir aufgefallen wäre.« Ich merke, dass ich vor Erleichterung losplappere, und versuche, ruhiger zu reden. »Ich bin meistens hier. Ich arbeite zu Hause, also wäre es mir wahrscheinlich aufgefallen.«

Sie schreibt etwas auf.

»Sie sagen, Sie haben den Fluss abgesucht?«, frage ich, obwohl ich das schon von Sheila gestern am Anleger weiß, aus der Zeitung und von Helen.

»Ja. Aber wir suchen weiter«, sagt sie. »Danke für Ihre Hilfe. Gehen wir wieder zu den anderen. Wir würden Ihnen gerne ein paar Fragen über die Tante stellen. Helen Whitehorn. Wie gut Sie sie kennen, solche Dinge.«

Mein Herz hämmert wieder los. Es ist noch nicht vorbei. Ich folge ihr nach unten. Sie hat muskulöse Waden, denen die hautfarbene Strumpfhose, die sie wahrscheinlich wegen der Kleiderordnung tragen muss, nicht gerade schmeichelt.

»Haben Sie schon irgendeine Theorie?«, fragt Greg gerade den jungen Constable. Er kann kaum älter als Kit sein. Meine

Güte, er hat sogar noch Pickel. Akne, der arme Junge. Dazu rötlich-hellblondes Haar und einen rosa Teint.

»Wenn es kein Unfall ist, sondern irgendein Vergehen, steckt in solchen Fällen fast immer die Familie dahinter«, sagt der Junge.

Kirwin stößt ihn mit dem Ellbogen an und mustert ihn streng. »Eine konkrete Theorie haben wir im Moment noch nicht«, sagt sie, »Aber wir verfolgen mehrere Spuren.«

»Ach, Helen kann damit nichts zu tun haben«, sagt Kit. »Mick auch nicht. Sie sind toll. Jez hat sie immer gerne besucht, er war sogar lieber bei ihnen als zu Hause in Paris. Helen und Mick sind echt entspannt. Absolut in Ordnung.«

»Ist Ihnen in letzter Zeit eine Veränderung an Helen aufgefallen?«, fragt Kirwin.

»Himmel, nein«, sagt Greg mit Blick zu mir. »Nichts, oder, Sonia?«

»Nein, gar nichts«, bringe ich heraus. »Gestern hat sie auf mich gewirkt wie immer.«

»Wissen Sie, ob sie bei der Arbeit übermäßigem Stress ausgesetzt war?«

»Wir sehen sie zurzeit selten«, antworte ich. »Gestern habe ich mich zum ersten Mal seit Monaten richtig mit ihr unterhalten. Wegen ihres Neffen war sie sichtlich erschüttert, aber nein, sonst hatte sie sich nicht verändert.«

»Haben Sie etwas an ihrem Alkoholkonsum bemerkt?«

Ich starre sie an. Mir ist wirklich aufgefallen, dass Helen viel getrunken hat, aber worauf will sie hinaus? Was beschwöre ich herauf, wenn ich das sage?

»Sie trinkt gerne Wein«, sage ich. »Hat sie schon immer.«

»Also nichts Außergewöhnliches? Nichts Beunruhigendes?«

Ich schüttle den Kopf.

»Was ist mit dem Vater?«, fragt Greg. »Er ist nicht mehr aktuell, richtig, Sonia?«

Ich starre Greg an. Was zum Teufel glaubt er, wie viel ich über die Neffen anderer Leute weiß?

»Ich habe keine Ahnung.«

»Das stimmt, Mum, weißt du noch, wie Helen uns das erzählt hat? Jez' Vater hat sie verlassen und ist nach Marseille gezogen. Vor ungefähr drei Jahren.«

»Ja, kann sein«, sage ich.

»Wir haben ihn schon ausfindig gemacht«, sagt der Polizist. »Und die Mutter des Jungen wohnt bei ihrer Schwester. Mit ihr haben wir auch schon gesprochen. Jedenfalls gehen wir zurzeit von einem Unfall aus, möglicherweise Ertrinken, wobei natürlich …«

»Josh, das reicht«, unterbricht ihn Kirwin.

»Gibt es irgendwelche Hinweise?«, fragt Kit.

»Im Grunde nicht. Aber leider kommt Tod durch Ertrinken wirklich infrage. Kein Selbstmord, wahrscheinlicher ist ein tragischer Unfall. So etwas passiert öfter, als man denkt. Besonders wenn das Opfer gerne am Fluss auf Mauern und unter Brücken herumklettert.«

»Wie schrecklich«, sagt Kit.

»Danke für Ihre Hilfe«, sagt der picklige, junge Polizist und steht auf.

»Ach, bitte«, sagt Greg. »Wenn wir sonst noch etwas tun können, egal was … Immerhin ist er beinahe ein Freund von uns. Es ist wirklich schlimm. Sagen Sie uns Bescheid, wenn Sie etwas hören?«

»Das bekommen Sie mit Sicherheit mit«, entgegnet Kirwin. »Die Medien lieben solche Fälle leider. Wobei die Publicity auch ihre guten Seiten hat. Sie kann helfen.«

Nachdem sie gegangen sind, starren wir uns einen Moment lang nur an.

»Das ist so erschreckend«, sagt Kit. »Solche Sachen machen mir wirklich Angst. Der arme Jez! Wie grauenhaft!«

»Hoffen wir, dass es gut ausgeht«, sagt Harry.

»Mit den meisten Sachen, die ich in der Notaufnahme sehe, komme ich ja einigermaßen zurecht. Aber Grausamkeiten und Gewalt, besonders gegen jemanden, den ich kenne, begreife ich einfach nicht.« Kit ist den Tränen nahe.

»Hey«, macht Harry und nimmt sie in den Arm.

»Ihr müsst los.« Greg wirft einen Blick auf seine Uhr. »Lasst euch davon nicht runterziehen. Er taucht bestimmt wieder auf. Teenager verschwinden aus allen möglichen Gründen. Wahrscheinlich reist er auf einem Selbstfindungstrip auf den Spuren der Hippies durch Marokko oder so was.«

»Mein Gott, Dad, in welchem Jahrhundert lebst du denn?«

»Steigt ins Auto. Ich fahre euch nach Euston«, sagt Greg.

Sofort blicke ich auf. »Musst du nicht selbst bald los?«

»Haha! Ich habe mich schon gewundert, wann du fragst. Ich habe meine nächste Reise verschoben. Ich bleibe länger zu Hause, damit ich bei dir sein kann, mein Schatz.«

In seinen Augen schimmert leise Hoffnung, als würde er nach dem Sex erwarten, dass ich mich freue, ihn hierzuhaben.

Mein Kiefer verkrampft sich. Mich packt die Wut darüber, dass ich Jez überhaupt in die Garage bringen musste. Der Zorn brennt so in mir, dass ich zittere. Das ist alles nicht richtig! Dass er überhaupt dort sein muss. Dass er gestern diese schrecklichen Demütigungen erdulden musste, für die wir nach der Oper über eine Stunde gebraucht haben, um sie in Ordnung zu bringen. Ich musste ihn säubern und umziehen wie ein Baby und ihn die ganze Zeit gefesselt lassen, damit er in seinem aufgewühlten Zustand nichts versuchen konnte. Danach musste ich darauf bestehen, ihn mit einem Löffel zu füttern. Es war für uns beide erniedrigend.

Ich gebe Kit zum Abschied einen Kuss. Als ihr Haar meine Wange streift, sehne ich mich einen Augenblick lang nach der Zeit, als sie klein war und sich abends an mich klammerte. Manchmal zog sie mich auf das Bett, und ich krabbelte zu ihr und wartete, bis sie eingeschlafen war. Ihre federleichten Finger fanden dann immer eine angespannte Partie meines Gesichts und streichelten mit kindlichem Instinkt den Stress fort. Als ich sie mit Greg und dem untergehakten Harry über den Hof gehen sehe, kommt es mir vor, als hielte sie ein Stückchen von mir fest, ein loses Ende, das sie im Weggehen aufreißt. Wir schmusen nicht mehr, wir berühren uns kaum noch. Sie braucht mich nicht mehr. Schon seit Jahren nicht. Sie verschwindet durch die Tür in der Mauer, und in meinem Innern tut sich ein schmerzender Abgrund auf.

Wie gut, dass ich jetzt Jez habe.

Kapitel Einundzwanzig

Samstag

Sonia

Sobald sie nicht mehr zu sehen sind, gehe ich ins Haus, werfe etwas Proviant in eine Tasche und mache mich auf den Weg zur Garage. Zu meinem Leidwesen steht Betty vor ihrem Haus auf der Treppe und poliert ihren Türklopfer aus Messing. Ich blicke zur Überwachungskamera hoch. Jedes Mal, wenn ich zu Jez gehe, muss ich sie zwanghaft kontrollieren, obwohl ich weiß, dass sie nicht auf die Garagen gerichtet ist, sondern auf die Baustelle auf der früheren Lovell's Wharf, auf der noch mehr Wohnungen und Büros mit Flussblick entstehen.

»Ich verstehe nicht, warum ständig alles umgebaut werden muss«, sagt Betty, die meinem Blick gefolgt ist. »Es war doch gut so, wie es war. Und wie wollen sie in einer Rezession die ganzen Büroflächen vermieten?«

Mit Betty könnte ich befreundet sein, wenn ich mehr Zeit hätte. Ich mag sie und ihre Ansichten.

»Ich weiß. Sie verschwenden nur Zeit und Geld.« Es tut mir in der Seele weh, wie diese neuen Bauten hochgezogen werden und dem Weg am Fluss entlang seine Geschichte nehmen, ihm das Herz herausreißen. Diese Häuser könnten überall stehen, sie haben mit dem Schiffsverkehr nichts mehr zu tun.

»Dabei machen sie so einen Lärm«, sagt Betty. »Ohne

Pause. Manchmal glaube ich, ich werde noch verrückt, wenn sie nicht mit diesem Gehämmer aufhören. Und dieser Kran, dieses blaue Ding, steht schon seit Monaten hier. Hängt über uns wie ein Galgen.«

Tatsächlich herrscht auf der Baustelle heute Ruhe. Statt der dröhnenden Bohrer hören wir kreischende Kinder, die Schreie von Seemöwen und das schrille *Tix Tix Tix* einer Amsel in einem Bäumchen, das über das Wasser hinausragt. Ein klagender Warnruf. Und ich bin sicher, dass ich zwischen diesen ganzen Geräuschen ein *Bumm, Bumm, Bumm* aus Richtung der Garagen höre. Ich befürchte, das ist Jez, der auf sich aufmerksam machen will. Mein Herz rast, das wummernde Blut in meinen Ohren übertönt alles andere. Ich muss ihn mit dem Klebeband fester anbinden und knebeln. Es ist schrecklich, das Band zu benutzen. Ihn gestern so hilflos daliegen zu sehen war die Hölle. Für mich war es eine ebensolche Qual wie für ihn. Aber er darf nicht solchen Lärm machen. Wieder steigt in mir Wut auf. Wäre Greg doch nur gefahren! Jetzt muss ich allerdings erst einmal Betty loswerden, und zwar ohne sie misstrauisch zu machen.

»Dein Türklopfer und der Briefkasten sind wirklich hübsch.« Ich drücke meine Tragetasche mit Essen und Trinken enger an mich. »Sie glänzen mehr als alle anderen in dieser Reihe.«

»Na ja, ich habe zur Straße hin gerne alles ordentlich, besonders seit die Touristen unseren Weg als Abkürzung benutzen. Sie sehen sich alles an, weißt du, es würde ihnen auffallen, wenn irgendwas nicht blitzblank ist. Du hast dir dieses Jahr noch gar nicht meine Schneeglöckchen angesehen. Komm doch schnell mit, bevor sie verblüht sind.«

Ich wage nicht abzulehnen. Es hat schon Tradition, dass

ich mir in jeder Jahreszeit einmal Bettys Garten ansehe, und wenn ich mich jetzt weigere, könnte das Fragen aufwerfen. Das winzige Rasenstück liegt auf der anderen Straßenseite, gegenüber von Bettys Haus. Am hinteren Ende fällt es tief zum Fluss ab. Nur ein kurzes Stück entfernt zeigt Jez' Fenster den gleichen Ausblick. Arm in Arm schlendern wir zwischen den Stauden und unter den kleinen, kahlen Bäumen umher.

»Durch die Kälte kommt der Eisenhut erst später«, erklärt Betty. »Aber überall wachsen Schneeglöckchen. Jedes Jahr freue ich mich mehr über sie. Ich glaube sogar, sie werden immer weißer!«

Dieses Klirren von der Colliers Wharf ist immer zu hören, sogar bei leichtem Wind. Darunter mischen sich das Brummen eines Motorboots auf dem Fluss und das hohe Dröhnen eines Flugzeugs auf dem Weg zum City Airport. Obwohl man nur schwer einzelne Geräusche heraushören kann, sind laut und deutlich dumpfe Schläge zu erkennen. Als ich wieder denke, dass sie aus meiner Garage kommen müssen, und mein Herz einen Sprung tut, drückt Betty meinen Arm und beugt sich näher.

»Du bist mir ja eine. Du hast die Garage gar nicht aufgeräumt, um das Auto reinzustellen, oder?«

»Und was geht dich das an?«, frage ich und ziehe meinen Arm weg.

Sie schwankt leicht, sichtlich verdutzt. »Du hast mir erzählt, du würdest dein Auto reinstellen. So wie deine Mutter früher. Aber es steht noch auf der Straße!«

»Was ich mit meinem Auto mache, ist meine Sache, Betty.«

»Aber auf der Straße ist es nicht sicher, das habe ich doch schon gesagt. Es wäre viel besser, wenn du in der Garage parkst. Hier laufen Vandalen rum. Ich meine es doch nur gut mit dir.«

»Danke.« Ich beruhige mich etwas. »Aber es ist gar nicht einfach, in dieser kleinen Garage zu parken.«

»Was willst du denn dann mit ihr machen?«, fragt sie und wendet sich ab.

Ich merke, dass ich sie mit meiner übertrieben heftigen Reaktion beleidigt habe und dass ich keinen Grund zur Sorge hatte. Als sie zum Tor geht, rufe ich ihr nach, ich würde mich für den Rundgang durch ihren schönen Garten bedanken, und ich wünschte, das Flusshaus hätte auch einen Garten, aber sie verschwindet in ihrem Haus, ohne mich noch eines Blickes zu würdigen. Es tut mir leid, dass ich sie verletzt habe, und ich ärgere mich über meine schroffe Reaktion, obwohl sie sich doch nur Gedanken um meinen alten Saab macht.

Meine Hände zittern, als ich an den beiden Vorhängeschlössern an der Garagentür herumfummle und sie endlich aushaken kann. Ich öffne das Sicherheitsschloss in der inneren Metalltür, schlüpfe hinein, schließe die Tür hinter mir und schiebe den Riegel vor.

Es riecht in der Garage. Wieder durchzuckt mich Ärger. Dieser Ort, an dem es nur einen Eimer gibt statt fließendem Wasser und Strom, ist entwürdigend. Im Musikzimmer gab es solche Probleme nicht.

Jez hat das Gesicht abgewandt, obwohl er mich mit Sicherheit gehört hat. Ich kann den Umriss seines Wangenknochens sehen, der seinen sanften Schwung verloren hat. Sein Körper wirkt unter der Decke beinahe plan. Seine Arme und Beine sind noch sicher an die Bettpfosten gefesselt, also muss er, wie ich befürchtet habe, den Hinterkopf gegen das Kopfteil geschlagen haben.

Ich setze mich auf das Bett.

»Jez, du hast mit dem Kopf gegen das Bett geschlagen. Ich konnte dich draußen hören. Du musst damit aufhören«, sage ich, während ich ihm den Knebel abnehme.

»Warum sollte ich?« Ohne den Knebel erkenne ich, dass er sich in einen Wutanfall gesteigert hat. »Was erwarten Sie denn? Nach allem, was Sie mir antun!«

»Ich will nicht, dass du dich verletzt. Schläge gegen den Kopf sind gefährlich.«

»Aber meine Arme und Beine sind festgebunden«, sagt er. »Ich habe nur noch meinen Kopf.«

»Mir gefällt es auch nicht, dich festzubinden«, entgegne ich sanft. »Aber du musst etwas mitarbeiten, wenn wir dich später hier herausholen wollen. Wer weiß, was uns passiert, wenn du jemanden misstrauisch machst?«

»Ich bin in diesem Loch doch eingeschlossen! Bis jetzt war niemand hier. Also was soll das alles? Sie könnten mich doch losbinden. Aus dem Fenster kann ich nicht klettern, es ist zu klein.«

»Ich weiß. Und einen Sturz in den Fluss würdest du nicht überleben. Bei Ebbe würdest du dir etwas brechen, den Hals oder das Rückgrat, und bei Flut würde dich die Strömung sofort unter Wasser ziehen.« Ich will ihm keine Angst machen, er soll aber auch nicht auf dumme Ideen kommen.

Sprachlos starrt er mich an.

»Obwohl Seb bestimmt etwas eingefallen wäre«, murmele ich. »Er hätte sich eine Strickleiter gebaut und mit irgendwas das Fenster eingeschlagen. Wenn er sich erst was in den Kopf gesetzt hatte, konnte ihn nichts aufhalten.«

»Wer? Von wem reden Sie?«

Ich sehe Jez an. »Von niemandem.«

»Es ist eiskalt hier drin«, sagt Jez. »Und es stinkt, es ist widerlich. Sie müssen mich rauslassen.«

»Es tut mir leid. Wirklich. Ich dachte, heute würden alle fahren. Jetzt höre ich, dass Greg länger bleibt. Ich habe echt genug davon. Das heißt, dass du mindestens noch eine Nacht hierbleiben musst.«

»Was?«

»Wenn dir irgendwas die Situation angenehmer machen würde, hole ich es dir.«

»Aber Sie lassen mich nicht gehen.«

Traurig sehe ich ihn an und schüttle den Kopf. »Noch nicht.«

Einen Moment lang antwortet er nicht, und ich befürchte schon, dass er weint. Doch dann sagt er: »Wenn Sie Sex wollen, meinetwegen. Danach können Sie mich gehen lassen. Bitte. Ich sage es auch keinem, versprochen. Kommen Sie schon.«

»Nicht, Jez.«

»Was nicht?«

»Mach das nicht. Zieh es nicht in den Dreck.«

»Aber ich verstehe das nicht. Wenn nicht für Sex, warum haben Sie das dann gemacht?« Er zerrt an seinen Armbändern aus Klebeband.

»Es genügt, dich bei mir zu haben, in meiner Nähe«, sage ich. Ich sehe ihm allerdings an, dass er es nicht versteht. Vielleicht will er es auch nicht verstehen. So, wie er im Augenblick drauf ist. Tatsächlich, will ich ihm erklären, kann ich gar nicht anders. Ich muss dich bei mir behalten. Es ist anstrengend und schwierig, aber ich darf nicht aufgeben.

Dann probiert er eine andere Taktik aus. Er versucht, härter zu klingen, abgebrühter, als er ist.

»Wissen Sie was, ich bin nicht *nett.* Ich nehme Drogen. Ich verbringe zu viel Zeit nur mit meiner Gitarre. Ich kann nicht richtig lesen und schreiben. Sie kennen mich gar nicht. Wenn Sie mich kennen würden, wären Sie nicht an mir interessiert.«

Ich lache. »Glaubst du, man mag Leute nur, wenn sie nett sind? Je mehr ich von deiner anderen Seite höre, desto mehr will ich dich hierbehalten. Seb hätte man nicht gerade als nett bezeichnen können. Trotzdem habe ich ihn geliebt.«

»Wieder Seb!«

»Was?«

»Sie reden ständig von diesem Seb. Wer ist das?«

»Vergiss es.« Ich zittere. Ich darf nicht mehr Sebs Namen sagen. Es ist, als würde ich das Schicksal herausfordern.

Jez fährt fort: »Sie verstehen das einfach nicht. Mein Vater hat mich schon vor Jahren abgeschrieben. Meine Mutter habe ich enttäuscht, weil ich LRS habe. Der einzige Mensch, der mich erträgt, ist Helen.«

»Helen! Deine Tante? Was ist denn an Helen so toll? Du redest über sie, als wäre sie eine Heilige.«

»Was?«

Er ist über die Gehässigkeit in meinen Worten ebenso überrascht wie ich. Warum ertrage ich es nicht, wenn Jez Loblieder auf Helen singt oder über andere Frauen auch nur freundlich spricht?

»Du klingst, als würdest du sie auf ein Podest heben.«

»Wohl kaum. Sie ist nur normalerweise so betrunken, dass sie nicht mitbekommt, was wir machen.«

Das stimmt mich etwas milder. Auch wenn er nicht ganz ehrlich ist, weiß er wenigstens, was ich hören will. Er will mir nicht wehtun. Das weiß ich zu schätzen.

»Helen interessiert es einen Dreck, was Barney, Theo und ich treiben.« Wieder hat sich sein Tonfall verändert, als hätte er für den Moment vergessen, dass er ans Bett gefesselt ist, und würde einfach über sein Leben schmollen. »Meine Mum ist dagegen ständig hinter mir her. Tu dies. Üb das. Mach noch eine Prüfung. Ich soll beweisen, wie ›intelligent‹ ich bin, dabei bekomme ich nicht mal einen Satz zusammen.«

Er stockt und blickt seufzend zu mir auf. »Ich würde gerne was rauchen«, sagt er, sogar ziemlich nett. »Und etwas trinken.«

»Hmm. Etwas zu trinken hast du hier. Du kannst dir was aussuchen. Aber von dem Gras ist nichts mehr übrig. Woher soll ich Neues bekommen?«

»Sie könnten Alicia fragen.«

Bei ihrem Namen zucke ich zusammen.

»Ich kenne Alicia nicht«, sage ich.

»Helen kennt sie! Und Sie kennen Helen! Sie können sie anrufen. Könnten Sie doch machen.«

»Na schön, Jez, hör mal, ich besorge dir Gras, aber ich rede nicht mit Alicia. Ich glaube, wir sollten sie nicht in diese Sache reinziehen.«

Jetzt wird er laut.

»In welche Sache? Sie haben mir immer noch nicht gesagt, was das überhaupt soll. Das ist verrückt. Es ist völlig irre.«

»In die Sache zwischen uns. Zwischen dir und mir.«

»Hören Sie«, sagt er, als würde er mühsam für ein Kleinkind Geduld aufbringen, »Alicia hat Gras. Wenn sie keines bei sich hat, weiß sie, wo sie welches bekommt. Und ich brauche es.«

»Das tut dir überhaupt nicht gut«, erkläre ich ihm. »Es kann deinem Hirn schaden.«

»Wir rauchen ja kein Skunk«, sagt er, und dieses »wir« stößt mir auf. Macht er das absichtlich?

»Nur sanftes Zeug. Gras. Ich kann Ihnen genau sagen, wonach Sie fragen müssen. Das würde mir echt guttun. Damit wäre ich eine angenehmere Gesellschaft.« Er grinst. Es ist kein echtes, fröhliches Grinsen, aber immerhin das erste Lächeln, seit er in der Garage ist.

»Na gut.«

Mir kommt der Gedanke, dass mir das Gras helfen könnte, wie schon zuvor. Wenn Jez raucht, verweigert er nicht das Essen, und dadurch kann ich ihm die Schlaftabletten geben, die ihn ruhig und gefügig machen. Und ich kenne noch jemanden, der mir wahrscheinlich Marihuana besorgen kann.

»Ich habe gesagt, dass ich dir besorge, was du willst. Das mache ich auch. Du brauchst auch frische Kleidung. Was möchtest du haben? Du kannst ja nicht weiter Gregs alte Hose tragen. Und die Sachen, die ich dir gestern ausgezogen habe, konnte ich noch nicht waschen.«

»Ein paar wärmere Sachen wären nicht schlecht«, grummelt er.

»Dann brauche ich deine Kleidergröße. Lass mich mal nachsehen.«

Sein Blick wird eisig, und einen langen Augenblick befürchte ich, er könnte wieder spucken. Vorsichtshalber weiche ich zurück, aber er kapituliert mit einem knappen Nicken.

Behutsam gehe ich näher, und er lässt mich den Kragen von seinem T-Shirt umschlagen, damit ich mir das Etikett ansehen kann. Ich bitte ihn, sich so weit herumzudrehen, wie es seine Fesseln erlauben, damit ich sein Haar zur Seite streichen und besser sehen kann. Dabei fallen mir die feinen Härchen auf, die sich über den Nacken bis zur Wirbelsäule ziehen. Ich schlage den Bund von Gregs Hose um, die Jez viel zu locker um die Hüften hängt, um nach dem Etikett in seinen Boxershorts zu sehen. Wo sein Rücken schmaler wird, gleicht seine Haut einer unberührten Sandfläche, sanft golden schimmernder Flaum taucht unter dem Bund seiner Shorts auf. Genügt mir das? Diese flüchtige Phase mitzuerleben, in der sich sein Körper jetzt befindet, in seiner Nähe zu sein, ihn wahrzunehmen mit den Augen, mit der Nase? Am meisten genieße ich es, wenn er schläft, wenn ich schwelgen und in die Vergangenheit abgleiten kann. Doch selbst das genügt nicht. Da ist noch etwas, das an mir nagt, und ich kann ihn nicht gehen lassen, bevor ich es ein für alle Mal eingefangen habe.

»Gesehen?«

»Was?«

»Die Größe.«

»Ach so. Ja, klar. Also hole ich dir eine Jeans, ein paar T-Shirts, Boxershorts und ein Kapuzenshirt. Vielleicht noch eine Steppweste und ein Paar warme Socken.«

»Das brauche ich doch nicht alles.«

»Vielleicht doch.«

»Nicht wenn ich bald gehe, wie Sie gesagt haben.«

»Trotzdem, sicher ist sicher. Sonst noch etwas?«

»Ich habe keine Musik. Ich kann nur den Fluss hören.«

»Ich dachte, das Geräusch magst du. Ich weiß noch, dass du an unserem ersten Abend gesagt hast, das wäre so etwas wie die Musik der Stadt. Du hörst ihn doch immer noch, oder? Wenn man sich an etwas gewöhnt, kann es schon mal sein, dass man es nicht mehr wahrnimmt.«

Er sieht mich an, als wüsste er nicht, wovon zum Teufel ich da rede.

»Hör hin.« Ich setze mich auf das Fußende des Bettes. »Bei Ebbe kannst du das Wasser auf dem Kies hören. Wie einen gleichmäßigen Rhythmus im Hintergrund. Aber bei Flut überraschen einen die Geräusche manchmal. Hast du den Anleger noch nicht gehört? Wenn er sich bewegt, klingt er wie ein weinendes Kind. Und wenn ein Boot vorbeifährt, rauschen plötzlich mehr Wellen. Wenn man hinhört, sind Ebbe und Flut ein Rhythmus, wie das Leben. Sie erinnern uns daran, dass nichts ewig besteht. Aber alles, was geht, kommt in irgendeiner Form zurück.«

»Ich weiß nur, dass ich Musik brauche.«

»Na gut. Tut mir leid.« Er ist wohl nicht in der Stimmung für eine ernsthafte Unterhaltung. »Ich habe schon kapiert. Musik ist äußerst wichtig für dich, Jez. Das verstehe ich. Ich mache das schon. Keine Angst.«

»Und ich will mit ihnen reden. Mit Mum und Alicia. Sie haben keine Ahnung, wo ich bin, oder? Sie machen sich bestimmt wahnsinnige Sorgen. Ich will mir gar nicht vorstellen, was sie durchmachen.«

Ich gehe zu dem winzigen Fenster und öffne es weiter. Ein Stoß kalter Luft trägt den Geruch des Flusses herein und wirbelt die Spinnweben auf, die im Licht schimmern.

»Jez, ich weiß nicht, was ich machen soll! Du kannst noch nicht mit ihnen reden. Und ich kann dich nicht hier rauslassen, solange Greg noch da ist. Ich kann ihn nicht dazu bringen zu fahren, aber ich ertrage es auch nicht, wenn er bleibt. Ich komme mir vor wie gefangen.«

»Sie? Gefangen?« Sein Lachen klingt ironisch und verbittert. Ich drehe mich um und sehe ihn an. In dem Licht, das aus dem offenen Fenster auf ihn fällt, erkenne ich, dass er ganz anders aussieht als am ersten Tag. Sein Gesicht ist abgehärmt und blass, rund um seinen Mund zeichnen sich Pickel ab. An diesem schrecklichen Ort vergeht seine Schönheit.

Lautet die Lösung also doch, ihn gehen zu lassen? Ich könnte einfach das Klebeband durchschneiden, hinausgehen und die Garagentür offen lassen, damit er nach Hause gehen kann. Bis zu Helens Haus ist es nicht weit. Er könnte in zehn Minuten dort sein. Ich stelle mir ihre Gesichter vor, Marias, Micks und Helens. Helen würde ich damit einen Gefallen tun. Ich habe es in der Hand, ihr Leben wieder zu normalisieren. Aber würde es wirklich normal werden? Indem ich Jez zu mir geholt habe, habe ich etwas angestoßen, das eine Eigendynamik entwickelt hat. Manche Dinge kann man nicht ändern. Dass Mick den Respekt vor Helen verloren hat, lässt sich wohl nicht ungeschehen machen, und Helen wird wahrscheinlich immer mehr trinken. Diese unterschwellige Leidenschaft zwischen Mick und Maria, falls es sie wirklich gibt, wird ihren Lauf nehmen. Ich kann sie nicht retten. Und was würde aus mir? Ich wäre genauso weit wie vorher, bei Greg. Jez würde zu einem grotesken Erwachsenen werden. Seine Schönheit, dieses vollkommene Stadium zwischen Kind und Mann, würde vergehen, bis nichts davon übrig bliebe. Als wäre diese Wendung des Schicksals, die Jez in mein Leben geführt hatte, nie eingetreten.

Kapitel Zweiundzwanzig

Samstag

Sonia

Ich verlasse die Garage. Ich habe Angst, dass ich weinen muss, wenn ich bleibe. Aus Empörung, verletzten Gefühlen und Wut auf Greg, und weil diese Situation für Jez unmöglich ist. Statt direkt nach Hause zu gehen, steige ich die Treppe zum Strand hinunter. Es herrscht Ebbe. Ich laufe weiter, um die kalte Luft auf meinem Gesicht zu spüren und die Gerüche des Flusses einzuatmen.

Im Vergleich zu damals, als Seb und ich hier spielten, ist der Strand sauber. Gut, ein Autoreifen wurde angespült, ein Stück Rohr, der übliche Elektroschrott, Küchengeräte. Burgerschachteln aus Styropor. Sogar ein ausgehöhlter Kürbis schaukelt am Ufer hin und her, ein Überbleibsel von Halloween; weiß der Teufel, wie er sich so lange halten konnte. Aber das Wasser hat sie sauber gewaschen, und sie liegen auf Sand, ausgeblichenen Steinen, glattgespülten Scherben aus Glas und Porzellan. Den Matsch, das Öl, die dicke Chemikalienbrühe, in denen Seb und ich gespielt haben, gibt es nicht mehr. Ich setze mich auf eine Betonplatte. Die Mauer hinter mir ist bis zur Flutmarke mit grünen Flussalgen überzogen, darüber ragen die Schlote des Kraftwerks über den hohen, bröckeligen, kalkweisen Mauern auf. Rechts steht dem Kraftwerk das alte, kleine Krankenhaus gegenüber, jetzt eine Wohnanlage für Senioren, mit schwarz-goldener Uhr in einem hübschen Turm und grazilen Zinnen auf den Mauern. Hier ist einer meiner Lieblingsplätze, hinter mir die schützenden Mauern, vor mir der Fluss.

Gegen den beißenden Wind ziehe ich den Mantel enger um mich und schlage den Kragen hoch. Ob es schneien wird? Ich höre, wie das Wasser ans Ufer schwappt. Mit einem leisen Klingeln wie von Glöckchen schlägt Porzellan auf Stein oder Metall auf Knochen, wenn die Wellen den Müll am Strand bewegen.

Ich starre auf den Fluss, und plötzlich sehe ich uns. An dem Tag, an dem wir das Floß gebaut haben. Der heiße Sommer war vorüber. Es muss Anfang Herbst gewesen sein. Ich weiß noch, dass vom Fluss Nebel aufstieg. Aus Dartford wehte ein beißender Gestank herüber, als wäre etwas Giftiges aus einer Chemiefabrik gesickert. Es war früh am Morgen. Im Flusshaus war etwas vorgefallen. Es hatte Streit gegeben, Schreierei, Drohungen. Unter Tränen war ich aus dem Haus gestürmt. In meiner Brust saß der gleiche Schmerz wie jetzt, als müsste ich Unglück und Kummer von Monaten zurückhalten. Dann entdeckte ich Seb hier unten am Ufer, und es war mir nicht mehr so schwer. Ich ging zu ihm ans Wasser. Er starrte in die Dunkelheit.

»Was ist das?«

Die Flut trieb etwas auf uns zu, Holz, dem Anschein nach ein Teil einer Fischkiste.

»Hol es raus, Sonia.«

Gehorsam watete ich durch den Schlamm ins Wasser, ohne auf die Kälte zu achten – das verlangte ich mir ab, wenn ich mit Seb zusammen war, damit er mich nicht als Schwächling verspotten konnte. Ich zog die Fischkiste an den Strand.

»Perfekt für ein Floß!«, meinte Seb. »Dann können wir abhauen und uns vor allen verstecken. Keiner kann uns aufhalten, Sonia! Wir paddeln weg wie die Schwäne. Wir verschwinden einfach!«

Lächelnd sah ich ihn an. Die Idee war verrückt, aber dafür liebte ich Seb. Er glaubte immer, wir könnten das Unmögliche erreichen.

»Cool. Genau richtig als Grundlage. Wenn es fertig ist, können wir zur Isle of Dogs rüber. Und von da unsere Flucht planen.«

»Ist es denn sicher?«

»Das geht schon. Aber wir brauchen ein Ruder. Und so was wie einen Rand, damit wir nicht runterfallen. Und was für den Auftrieb. Und eine Fangleine. Hol mal den Autoreifen, daraus können wir einen Sitz basteln.«

Mit Auftrieb kannte ich mich aus. Wenn man am Wasser lebt, geht einem das in Fleisch und Blut über. Ich hatte das in den Ruderbooten und auf den Motorbarkassen gelernt, mit denen ich schon gefahren war. Ich füllte Plastiktüten mit Styroporteilen, die damals zuhauf entlang der Flutmarke lagen. Währenddessen sammelte Seb alles Mögliche vom Strand ein, Ölfässer, Teile von Bierfässern, Treibholz und Taue. Wir brauchten fast den ganzen Tag, um das Floß zu bauen, immer wieder wateten wir ins Wasser, um es auszuprobieren, fingen noch mal von vorne an und bauten es um, bis es so weit war, uns über den Fluss zu tragen. Stundenlang knoteten wir zerfetzte Teile von ausgemusterten Fischernetzen zwischen zwei Seilen zu einer Leiter zusammen.

»Damit können wir drüben die Mauer raufklettern«, sagte Seb. »Aber wir müssen auf die Flut warten. Wenn die Leiter an der Mauer nicht bis oben reicht, bringt es nichts.«

Es wurde schon dunkel, als der Fluss hoch genug stand, um das Floß zu Wasser zu lassen.

Es hatte aufgefrischt, der Wind trieb Wellen flussaufwärts. An beiden Ufern, im Norden und im Süden, gingen nach und nach gelbe Lichter an. Auch mitten auf dem Fluss flackerten sie auf, auf den vertäuten Schiffen und den kleineren Wasserbussen, die ihre letzte Fahrt des Tages auf der mittlerweile bronzefarbenen Themse unternahmen.

Ich überlegte, was wir machen sollten, falls ein Schiff den Fluss heraufkam und wir nicht ausweichen konnten, aber Seb meinte, es würde schon nichts passieren, also hielt ich den Mund. Schlimmstenfalls, dachte ich, springen wir einfach ab und schwimmen. Wie üblich war mir Sebs Respekt wichtiger als meine eigene Sicherheit.

Leise stahl ich mich ins Flusshaus, um wasserdichte Kleidung zu holen. Neoprenanzüge benutzte man damals noch nicht. Im Haus war alles ruhig. Was mich am Morgen auch so aufgeregt hatte, es war verflogen. Ich nahm für uns zwei Ölmäntel von den Haken und stieg wieder die Treppe hinunter, gegen deren Fuß das Wasser schwappte.

»Jetzt kommt der Stapellauf«, sagte Seb. »Sie braucht einen Namen, Sonia. Wie sollen wir sie nennen?«

»Tamasa«, antwortete ich.

»Tamasa?«

»Das ist der alte Name der Themse. Er bedeutet ›dunkler Fluss‹. Das hatten wir in der Schule. Und der Fluss ist jetzt fast dunkel.«

»Na gut. Wir zerschlagen eine Flasche an ihr. Für eine richtige Schiffstaufe.«

Wir stellten uns auf die Treppe. Seb band ein Stück Seil um den Griff von einem der Ölfässer, die *Tamasas* Basis bildeten, knotete eine volle Flasche Brown Ale an das andere Ende und warf sie mit Schwung gegen das Floß. Er brauchte mehrere Anläufe. Am Ende mussten wir die steinernen Treppenstufen zu Hilfe nehmen, aber schließlich zerbrach die Flasche, Blasen zischten auf dem Wasser und vermengten sich mit dem giftigen Schaum am Rand des Flusses.

Wir gingen die letzten beiden Stufen in die aufgewühlte Flut hinunter. Ich hatte mich schon damit abgefunden, was jetzt kommen würde, und ohne auf das Wasser zu achten, das mir in die Stiefel lief, schob ich mit Seb das Floß auf die Wellen hinaus. Wir sprangen hinauf, legten uns auf den Bauch und machten uns auf den Weg über das neblige Wasser. Seb paddelte wie ein Verrückter drauflos, doch nach ein paar Minuten gab er auf. Die Strömung war viel stärker als sein Ruder. Es war sinnlos, steuern zu wollen. Der Fluss würde mit uns tun, was er wollte.

Es dauerte nur Sekunden, bis wir beinahe die Mitte erreicht hatten. In der zunehmenden Dunkelheit wirkte das Ufer weiter entfernt denn je. Das Floß trieb nur knapp über der Wasseroberfläche.

»Uaaah!« Seb schrie auf, als die Strömung uns wieder erfasste und flussaufwärts trieb.

»Mach schon!«, rief er, »sonst landen wir noch hinter Rotherhithe oder Jacob's Island! Scheiße! Die Strömung ist stärker, als ich dachte!«

Ich glaube, dass in diesem Moment sogar Seb Angst hatte. Das Floß drehte sich, tauchte ein, schaukelte wieder hoch, und eiskaltes Wasser spritzte über die Seiten und uns ins Gesicht. Bald zog es uns auf die Nordseite der Themse, weit flussaufwärts. Das Wasser hatte uns schneller und weiter getragen, als wir es ihm zugetraut hätten. Rechts von uns ragten Pfähle auf, massige Holzpfosten unter einer Straße, mit Ketten zwischen den Pfählen und Stahlleitern, die zu den Landungsstegen führten. Sebs Atem ging schneller, und ich spürte, dass er kurz vor einer Panikattacke stand.

»Halt dich fest!«, rief er, um den brüllenden Wind zu übertönen, das Klatschen des Wassers gegen das Floß, den Verkehrslärm und das Dröhnen der Motorboote, die ahnungslos an uns vorbeirasten. Im Dunkeln hätten sie uns aus ihren hell erleuchteten Kabinen auf keinen Fall sehen können.

»Tauch das Ruder ein und halt es fest, sonst – o Scheiße, Scheiße, Scheiße!«

Ich drückte die Holzlatte, die wir als Ruder benutzten, ins Wasser, und das Floß drehte sich nach rechts.

Schließlich schafften wir es unter einen Landungssteg, aber ob ich richtig gesteuert hatte oder der Fluss es so wollte, hätte ich nicht sagen können. Die Geräusche veränderten sich. Das Schlürfen und Tropfen von Wasser hallte durch die Dunkelheit. Sebs Stimme brach sich an den Wänden.

»Mein Gott, ich dachte, wir wären dran. Na gut. Jetzt sind wir in Sicherheit. Sonia, wirf mir mal das Seil zu. Ich binde uns fest.«

Er schlang das Seil um einen der Pfähle und stand auf, wacklig und mit ausgebreiteten Armen wie ein Seiltänzer, als hätte er doch keinen Moment lang Angst gehabt.

»Was machen wir jetzt?«, fragte ich.

»Wir haben mehrere Möglichkeiten. Erstens, wir warten auf die Ebbe und laufen zu Fuß ans Ufer. Zweitens, wir steigen eine Leiter rauf und fahren mit dem Bus nach Hause. Drittens, wir kehren um und rudern zurück. Viertens, ich klettere eine Leiter rauf und lasse dich auf dem Floß allein, um zu sehen, wie du hier wegkommst.«

»Nicht das Letzte, Seb, ja? Bitte? Mir ist kalt, und ich habe hier unten Angst, es ist gefährlich.«

»Was soll denn hier gefährlich sein?«

»Seb! *Tamasa* sinkt doch schon. Niemand kann uns sehen, das Wasser steigt, und wir sitzen hier vielleicht fest.«

Im Dunkeln konnte ich ihn nur als Silhouette sehen, deshalb war ich nicht sicher, ob er mit den Achseln zuckte oder lächelte oder mich einfach ignorierte, aber plötzlich hatte er das Floß zu einem der Pfähle mit einer Eisenleiter herumgerissen und kletterte hinauf.

»Seb, komm zurück! Lass mich nicht allein.«

Mich allein zu lassen gehörte zu Sebs Hobbys. Aber damals wusste ich nicht, dass ich es noch nicht richtig erlebt hatte. Nicht im ganzen Ausmaß. Nicht für immer.

Das Floß schaukelte weiter auf und ab und drehte sich. Weil es an einem der Pfähle festgebunden war, wusste ich, dass es nicht noch weiter den Fluss hinauf- oder, noch beängstigender, hinuntertreiben konnte, wenn die Gezeiten wechselten. Ich saß allerdings allein im Dunkeln unter diesem Vorsprung und wusste nicht, was ich machen sollte, wenn die Flut so weit anstieg, dass keine Luft mehr zwischen mir und der Decke blieb. Außerdem tauchte *Tamasa* schon ins Wasser ein. Nicht mehr lange, dann würde sie sinken, und ich würde mich festklammern, meine Arme würden immer schwächer werden, bis ich loslassen müsste und in den dunklen Tiefen der echten Tamasa versinken würde, zu unterkühlt und erschöpft, um zu schwimmen. Ich hätte Seb folgen sollen, aber mir war die Kälte des Flusses in die Glieder gestiegen. Ich klapperte unkontrollierbar mit den Zähnen. Ich griff nach einer Leiter, kam aber ins Wanken, als ich halb aufstand, und ging beinahe über Bord.

Nachdem ich vier-, fünfmal versucht hatte, mich aufzurappeln, auf *Tamasa* aber keinen Halt fand, weil sie jedes Mal wegrutschte und ins Wasser eintauchte, gab ich auf. Ich konnte kaum noch die Hände bewegen und hatte längst keine Kraft mehr in den Armen.

Seb war verschwunden. Ich hockte auf den Überresten des Floßes, hüllte mich enger in den Regenmantel und zog die Knie unter das Kinn. Von der Mauer kam ein lautes Scharren und das Gequieke von Ratten. Wieder rief ich nach Seb. Als er nicht antwortete, malte ich mir aus, wo er jetzt war, vielleicht gemütlich in einem Pub, wo er ein Lager bestellte – er bekam immer Alkohol, obwohl er minderjährig war. Und auf mich stürmte die vertraute Mischung aus Abscheu und Neid und Sehnsucht ein, die er jedes Mal in mir auslöste.

Bald schoben sich dringendere Probleme in den Vordergrund. *Tamasa* ging eindeutig unter. Das hintere Ende mit dem großen Sack voller Styroporteile, die ihr Auftrieb geben sollten, versank allmählich unter der Wasseroberfläche. Das hätte ich im Dunkeln nicht mal gesehen, wäre nicht ein Lichtstrahl unter den Steg und auf diese Floßseite gefallen. Meine Stiefel waren voll Wasser gelaufen, ich versuchte, sie auszuziehen. Dann dröhnte es, *Tamasa* schob sich beängstigend in die Höhe, ich sah nur noch grelles, weißes Licht und wurde von starken, schwarzen Armen gepackt.

Später wachte ich auf dem Polizeiboot auf, dessen Scheinwerfer mich gefunden hatte. Seb war nach Hause gegangen. Ich weiß nicht, ob er je die Demütigung überwunden hat, dass sich die Polizei einmischte, aber hätte ich damals gewusst, was ich jetzt weiß, wäre mir aufgefallen, wie milde seine Strafe ausgefallen war. Ein Rüffel. Ein Tag Hausarrest. Und mehr nicht. Bis zum nächsten Mal.

In der rechten Hand, mit der ich gedankenverloren Steine aufgehoben und fallen gelassen habe, seit ich auf dieser Betonplatte sitze, halte ich jetzt einen glatten, zylinderförmigen Gegenstand. Ich blicke hinunter und erkenne erschrocken, dass es ein Knochen ist. Wenn ich mich von meinem Anatomiekurs her noch richtig erinnere, müsste es ein menschlicher Knochen aus dem Handgelenk sein. Entgeistert lasse ich ihn fallen und sehe, dass überall zwischen den Kalksteinen, dem Kies und den Schuhsohlen noch mehr Knochen liegen. Dickere Hohlknochen, kürzere, die Fingern gleichen, viele an den Enden geschwärzt wie von Feuer, ein oder zwei in der Mitte durchtrennt, unsauber, als hätte sie jemand in Stücke gehackt. Die Flut hat eingesetzt, Wind weht vom Wasser herüber, das seufzend anschwillt. Der ganze Fluss und der Himmel sind erfüllt vom Rauschen und Klagen von Dingen in ständiger gequälter Bewegung. Von Stöhnen und Klappern, Knarren und Ächzen, als würde der Fluss selbst Aufmerksamkeit verlangen.

Ich blicke auf und merke, dass ich doch nicht allein bin. In einem der Wohnhäuser hinter mir stehen Leute auf einer Dachterrasse und beobachten mich. Ich stehe mit einem unguten Gefühl auf, klopfe mich ab und laufe schnell die Stufen zum Anleger hinauf.

Kapitel Dreiundzwanzig

Samstag

Sonia

Wieder im Flusshaus angekommen suche ich den alten tragbaren CD-Player, den Kit als Teenager benutzt hat, einen Stapel CDs und einen iPod zusammen. Ich will die Geschenke, die Jez hoffentlich aufheitern werden, gerade zur Garage bringen, als Greg vom Bahnhof zurückkehrt. Er kommt mit ausgebreiteten Armen und einem dämlichen, kindischen Grinsen auf dem Gesicht ins Wohnzimmer.

»Endlich haben wir das Haus ganz für uns!«, sagt er, stellt sich dicht vor mich und legt mir die Hände auf die Rippen. Ich zucke zusammen. Er vergräbt die Nase an meinem Nacken und fängt an, mich zu küssen.

»Leg die CDs weg. Du musst doch jetzt nicht aufräumen«, raunt er in mein Haar.

Ich weiche zurück.

»Nein, Sonia, nicht nach oben, das ist nicht nötig. Lass uns zur Abwechslung einfach mal spontan sein. Es ist niemand hier! Wir können machen, was immer wir wollen.« Sein Atem geht schnell, und ich merke ihm an, dass er den ganzen Weg von Euston hierher daran gedacht und sich in Stimmung gebracht hat. Er drückt sich gegen mich, und ich spüre seine Erektion, als er an meiner Bluse zerrt, mir eine Hand in den Ausschnitt schiebt und sie in den BH steckt. Seine Haut fühlt sich feucht und leicht klebrig an.

»O Sonia, ich vermisse dich, wenn ich weg bin. Ich male mir das ständig aus, du hier allein mit schwarzem Rock und Strümpfen, und ich komme herein und nehme dich im Wohnzimmer, gleich hier, während du versuchst, deine Hausarbeit zu machen.«

Ich mache einen Spaß daraus, schiebe ihn weg und versuche zu lachen.

»In meiner Fantasie bist du mit einem Staubwedel zugange, du putzt die Möbel, und ich komme rein und nehme dich …«

Am liebsten würde ich laut lachen – *mit einem Staubwedel? Ich hatte in meinem ganzen Leben noch keinen Staubwedel in der Hand!* –, aber der Humor ist mir vergangen.

»Greg, es tut mir leid, das kann ich nicht. Nicht hier. Nicht in diesem Zimmer.«

»Sei locker!«, sagt er. »Entspann dich, genieß es!«

»Weißt du was, genieß du doch deine Fantasie, ja? Und wenn das hier drin sein muss, gehe ich, und du kannst es dir nett machen.« Ich ziehe seine Hand unter meinem Rock hervor und lege sie ihm in den Schritt.

»Ich habe es satt, es mir selbst zu machen, Sonia! Das muss ich schon, wenn ich weg bin. Jetzt habe ich dich hier bei mir, und ich will dich.« Er legt mir die Arzthände auf die Schultern und schiebt mich zum Sofa, dann gibt er mir einen Schubs und kniet sich über mich.

»Greg, lass das bitte. Ich habe zu tun. Ich bin nicht in der Stimmung.«

Er runzelt die Stirn.

»Du bist *nie* in der Stimmung. Was zum Teufel muss ich machen, um dich in Stimmung zu bringen?«

Mit der rechten Hand, die er auf mein Schlüsselbein drückt, tut er mir weh. Ich wende das Gesicht ab, damit ich nicht seinen Atem riechen und die Vene sehen muss, die unter der schlaffen Haut an seiner Kehle pocht. Er hält mich mit einer Hand fest und packt mit der anderen meinen Rock. Leider trage ich noch die Strümpfe, die ich heute Morgen angezogen habe. An Greg habe ich dabei als Letztes gedacht. Auch die Stiefel habe ich nicht ausgezogen. Beides erregt Greg nur noch mehr.

»Lass sie an«, keucht er mir ins Ohr. »Lass deine Strümpfe und deine hohen, schwarzen Lederstiefel an, während ich es dir im Wohnzimmer auf dem Sofa besorge. Und direkt vor dem Fenster laufen Leute vorbei. Stell dir ihre Überraschung vor, wenn sie reinsehen würden …«

Er ist rot im Gesicht. Und stark. Er schiebt meine Bluse hoch und drückt den Mund auf eine Brustwarze. Nichts passiert. Wie immer mit Greg bin ich so gut wie tot. Normalerweise spiele ich ihm etwas vor, weil ich nicht wage, ihn zu enttäuschen. Ich habe Angst vor seiner Wut, wenn ich nicht reagiere. Und er scheint auf mein Theater hereinzufallen; wahrscheinlich glaubt er mir nur zu gerne. Selbst jetzt, als ich den Kopf nach links und nach rechts drehe, um seinen Küssen auszuweichen, bildet er sich ein, ich wollte mich nur zieren, um ihn etwas zu quälen. Die Hose hängt ihm mittlerweile um die Knie, über der Gänsehaut auf seinen Oberschenkeln kräuseln sich schwarze Haare. Ich kneife die Augen zusammen und bete, dass es so schnell wie möglich vorbei ist, damit ich dieses Ekelgefühl loswerde. Ekel beschreibt es noch nicht ganz. Ich fühle mich nicht nur körperlich abgestoßen, sondern zutiefst einsam.

Endlich keucht er, schluchzt auf und lässt sich auf mich sacken. Irgendwann bekommt er noch einen Herzinfarkt, wenn er nicht aufpasst, sagt er, so sehr errege ich ihn. Ich schiebe ihn von mir herunter, stehe auf, streiche meinen Rock glatt und gehe in die Küche. Am Spülbecken drehe ich den Hahn auf und starre auf das silbern plätschernde Wasser auf dem Edelstahl, bis ich nichts anderes mehr sehe und der Schwall meine Gedanken wegspült.

»Bring mir einen Kaffee mit, Schatz!«, ruft er aus dem Wohnzimmer, und ich gieße Wasser ein und schalte die Maschine an. Während ich Tassen, Milch und Zucker heraushole, bewege ich mich wie durch eine dicke, zähe Flüssigkeit. Vorhin in der Garage habe ich Jez erzählt, ich käme mir wie gefangen vor, und das hat mich auf einen Gedanken gebracht, der jetzt wiederkehrt. Es müsste doch eine unauffällige Möglichkeit geben, Greg sauber und für alle Zeiten loszuwerden. Aber ich weiß, dass ich das nicht könnte. Das brächte ich nicht fertig.

Als der Kaffee gekocht ist, rufe ich Greg in die Küche. Ich will nicht im Wohnzimmer sitzen, inmitten der Echos und Geister. Und jetzt dem schwachen Geruch nach Sex.

»Willst du ein Sandwich?«, frage ich, als er sich wieder hinter mich stellt und mir die Arme um die Taille schlingt.

»Ich könnte einen Käsetoast vertragen«, haucht er mir ins Ohr. »Du hast mir richtig Appetit gemacht.«

Ich rücke ein Stück von ihm ab und stelle den Grill an. Das Licht draußen wirkt düster bräunlich. Wieder überlege ich, ob es wohl schneien wird. Ich schneide Brot ab und reibe Käse und frage möglichst beiläufig: »Und wie lange willst du bleiben?«

Er blickt auf, wahrscheinlich rechnet er halb damit, ich würde mich wieder streiten wollen. Ich lächle nett.

»Nächste Woche ist in Barcelona eine Konferenz«, sagt er. »Ich müsste Montag fahren. Aber das sage ich gerne ab. Das weißt du doch.«

»Das musst du nicht. Ich habe nächste Woche viel mit meinen Schülern zu tun. Selbst wenn du hierbleibst, würden wir uns kaum sehen.«

»Du willst mich doch nicht etwa loswerden, oder, Sonia?« Seine Augen blitzen. Er glaubt nicht im Traum, dass es so sein könnte.

»Natürlich nicht!«

»Sonia, ich weiß ja, dass es dir wegen dieser Grippe nicht gut ging, aber du bist nicht depressiv, oder? In den letzten Tagen warst du irgendwie anders. Kit fand dich Harry gegenüber gleichgültig. Es hat sie ziemlich getroffen.«

Ich wende das Brot unter dem Grill, streue den Käse darauf und warte, dass er Blasen wirft.

»Gleichgültig?«

»Sie fand, du hättest dir etwas mehr Mühe geben können. Ich habe ihr gesagt, du wärst nicht so gut drauf. Die Grippe würde dir immer noch zu schaffen machen. Aber ist das alles?«

»Ich habe doch wohl gemacht, was ich konnte«, sage ich schroff. Ich denke an die Mahlzeiten, die ich gekocht habe, an das Zimmer, in dem ich Harry habe schlafen lassen. Daran, dass er im Musikzimmer spielen durfte, an den Ausflug in die Oper … Ich habe für den lästigen Harry alles gemacht, während der einzige Mensch, um den ich mich wirklich kümmern wollte, in einem zugigen Verschlag eingesperrt war und zu leiden hatte.

»Und als gestern die Polizei hier war, warst du ganz blass. Richtig aufgeregt. Wenn jemand verschwindet, ist das ja auch aufregend. Und beängstigend. Sich vorzustellen, da draußen könnte jemand herumlaufen, der … Also noch mal, wenn du Angst hast, könnte ich – würde ich – Barcelona absagen.«

»Bitte sag nicht ab.« Ich knalle den Teller mit dem Käsetoast etwas zu heftig auf den Tisch.

»Schön«, sagt er. »Gut. Na dann. Bevor ich fahre, muss ich ein paar Sachen regeln. Du hast doch gemacht, worum ich dich gebeten habe, oder? Mit der Alarmanlage?«

In der angespannten Pause merkt er schon, was ich gleich sagen werde.

»Ich hatte keine Zeit.«

»Sonia! Wir können das Haus nicht ohne eine funktionierende Alarmanlage anbieten! Nicht bei den Zuständen in dieser Gegend. Ich weiß ja, dass wir das Thema Umzug vermieden haben, aber über kurz oder lang müssen wir darüber reden.«

»Du weißt, was ich von einem Verkauf halte.«

»Und du weißt, dass diese Sturheit unsinnig ist.«

»Ich werde hier nie ausziehen.«

Er legt seinen Toast weg und starrt aus dem Fenster, als könnte er sich nur mit Mühe zurückhalten, mir die Meinung zu sagen.

»Von mir aus«, sage ich, »können wir wegen der Alarmanlage auch jetzt gleich eine Firma anrufen. Überhaupt habe ich nachgedacht. Nach dem, was die Polizisten erzählt haben, du weißt schon, über den verschwundenen Jungen. Du hast doch oft gesagt, wir sollten in die Wohnzimmerfenster Gitterstäbe einbauen lassen. Ich würde mich hier allein sicherer fühlen, wenn wir Gitter hätten.«

Er steht auf und wirft mir einen seiner skeptischen Blicke zu.

»Na gut. Überlass das mir«, sagt er. »Ich regele das mit der Alarmanlage, und über den Verkauf können wir noch mal reden, wenn du in einer besseren Verfassung bist. Ich gehe gleich mal zum Schlosser. Vielleicht hat er noch geöffnet. Ist es wirklich in Ordnung, wenn ich nach Barcelona fahre?«

»Natürlich«, antworte ich. »Fahr ruhig morgen schon, wenn du willst.«

»Vielleicht solltest du nächste Woche mal bei deinem Hausarzt vorbeisehen, Sonia. Rede mal mit ihm über deine Stimmungsschwankungen. Es gibt mittlerweile einen ganz einfachen Test für Depressionen, einen simplen Fragebogen.«

»Ich bin nicht depressiv, Greg.«

Wieder sieht er mich mit diesem Blick an, als wüsste er mehr als ich.

»Ich fürchte, das gehört oft dazu«, sagt er.

»Was meinst du?«

»Verleugnung. Harry hat mich darauf aufmerksam gemacht. Es ist ein klassisches Symptom für Depressionen, wenn der Patient abstreitet, dass mit ihm etwas nicht stimmt.«

»Was weiß Harry denn darüber? Oder über mich?«

»Oh, Harry ist mehr als nur ein hübsches Gesicht.« Eine seltsame Beschreibung von meinem männlichen Ehemann. »Er spezialisiert sich auf Psychiatrie. Das weißt du doch.«

Ich starre ihn an. Woher soll ich wissen, dass sich Harry, den ich gerade erst kennengelernt habe und auf Anhieb nicht mochte, auf die menschliche Psyche spezialisiert?

»Du willst mir doch wohl nicht sagen, dass du mit Kits neuester Affäre über mich gesprochen hast.«

»Oh, ich glaube, er ist mehr als eine Affäre. Ich schätze, wir sehen ihn noch öfter«, sagt Greg. Er steckt sein Hemd in die Hose und fährt sich mit einem Finger unter den Kragen.

»Meine Tochter hat doch hoffentlich einen besseren Geschmack«, grummele ich.

»Was sagst du?«

»Nichts.«

»Jedenfalls ist diese irrationale Bindung ...«

»Was?«

»Deine irrationale Bindung an dieses Haus, der Verlust der Libido und die Schlafstörungen sind klassische Symptome für eine Depression bei Frauen in deinem ...«

»Das reicht!« Ich kralle mich an der Kante der Arbeitsfläche fest. Grabe die Nägel hinein.

»Was, Sonia? Was reicht? Wir wollen nur das Beste für dich. Ich, Harry, Kit.«

»Du hast mit Harry über meine Libido gesprochen?«

»Nein, nur über die Schlafstörungen.«

»Schlafstörungen. Wie kommt Harry auf die Idee?«

Greg hat die Küche verlassen. Er zieht einen Schal von dem Kleiderständer im Flur und wickelt ihn sich um den Hals.

»Greg, ich will das wissen. Wovon redet er?«

»Er sagt, er hätte dich nachts herumlaufen sehen. Du wärst spazieren gegangen. Er hat dich im Flur getroffen ...«

»Um Himmels willen. Was geht es ihn an, wenn ich nachts etwas frische Luft brauche? Aber da du es schon erwähnst, ich schlafe in letzter Zeit wirklich schlecht. Ich könnte etwas brauchen, das mir hilft.«

»Wenn du dann nicht mehr so empfindlich bist ...« Er zieht seinen Rezeptblock aus der Tasche, kritzelt etwas darauf und gibt mir den Zettel. Dann murmelt er: »Kein Wunder, dass Kit zurück nach Newcastle wollte. Dass sie nicht mehr gerne nach Hause kommt.«

Kit zu benutzen ist hinterhältig. Er weiß genau, wie er meinen wunden Punkt trifft. Er wendet mir den Rücken zu, als er sich Mantel und Handschuhe anzieht.

»Kit kommt nicht gerne nach Hause, weil wir uns ständig

streiten«, erkläre ich seinem Rücken. »Lass mich einfach in Ruhe. Lieg mir nicht ständig mit dem Umzug in den Ohren.«

»Sie mag es nicht, wenn du so angespannt wirkst. Und sie kann dieses Haus nicht leiden.«

»Sie ist sowieso ausgezogen, Greg. Und wenn nur du und ich bleiben, na ja …«

»Na ja was?« Er dreht sich um, zieht fragend die Augenbrauen hoch.

»Nichts.«

Ich will kein Gespräch anfangen, das unweigerlich auf eine Trennung hinausläuft. Trotz allem will ich mit ihm zusammenbleiben. Hauptsächlich wegen Kit, aber auch, weil es in gewisser Weise funktioniert. Greg weiß das. Ich bin ihm eine gute Frau. Ich lasse ihm seine Freiheit, bereite ihm aber ein gemütliches Zuhause, in das er zurückkehren kann. Und er verdient gut und ist Kit ein liebevoller Vater. Wir führen eine altmodische Ehe, mehr aus pragmatischen Gründen denn aus Liebe. Zu diesem Ergebnis hat uns der stumme Urlaub in Spanien gebracht, in dem wir uns beinahe getrennt hätten. Ich bedanke mich frostig dafür, dass er sich um die Fenstergitter kümmern will, und schlage vor, dass er sich dann aber auch beeilen sollte. Die Läden schließen bald.

»Ich bin schon weg«, sagt er. »Keine Sorge.« Beim Gehen knallt er die Tür hinter sich zu.

Kapitel Vierundzwanzig

Samstag

Sonia

Nachdem ich das Rezept in der Apotheke eingelöst habe, gehe ich zu Bullfrog in Greenwich, um für Jez Kleidung auszusuchen. Der Laden scheint mir zu ihm zu passen – cool und trendig. Aber ich weiß, dass man bei so etwas auch leicht danebenliegen kann. Kit hat in Jez' Alter oft mit mir geschimpft, weil ich ihren Geschmack völlig falsch eingeschätzt habe. Ich stopfe die neue Jeans, die T-Shirts und den Kapuzenpulli in meine Einkaufstasche.

»Für meinen Neffen.« Ich habe das Gefühl, ich müsste der Kassiererin den Kauf erklären. »Ich hoffe, sie passen.«

»Wie alt ist er denn?«

»Sechzehn.«

Hätte ich doch nichts gesagt. Sie will für mich die Größen überprüfen, aber eigentlich will ich ihre Meinung nicht hören. Das hier sollte ja nicht zu einem Gespräch ausufern. Als sie von Erstattung und Gutscheinen anfängt, unterbreche ich schroff, es sei schon in Ordnung. Ich spüre, wie sie mir nachsieht, als ich eilig den Laden verlasse.

Zu Hause sehe ich beeindruckt, dass Greg schon den Schlosser organisieren konnte und die Arbeiter im Wohnzimmer beaufsichtigt. Sie bohren in die Fenster, setzen Gitter ein und tauschen die Schlösser aus. Ein Vorteil in einer Rezession ist offenbar, dass die Leute über Arbeit froh sind. Wenn man ihnen genug Geld bietet, wie Greg es sicher getan hat, machen sie für einen alles sofort und ohne zu zögern.

»Du hast zwei Nachrichten«, sagt Greg, als er mit der *Times* unter dem Arm in die Küche kommt.

»Heute Morgen hast du vergessen, deine Mutter zu besuchen, und ihrem Ton nach kannst du dich auf ein ordentliches Nachspiel gefasst machen. Und Helen hat auf den Anrufbeantworter gefaselt. Sie klingt stockbesoffen.«

Ich werfe meinen Mantel über die Einkaufstasche mit Jez' Kleidung und gehe zum Anrufbeantworter, ohne die Arbeiter im Wohnzimmer zu beachten. Die Stimme meiner Mutter klingt barsch und vorwurfsvoll. Auch wenn sie manches in ihrem Leben vergisst, funktioniert ihr Gedächtnis so gut wie bei einem Kind, wenn es um meine Besuche geht. Der am Samstag war eingeplant, und dass ich nicht erschienen bin, wird sie mir nachtragen. Ich werde länger bei ihr bleiben müssen als sonst. Und ich nehme eine Extraflasche Gin, Blumen und Käse mit. Egal, was sie glaubt, ich möchte sie nicht noch trauriger machen, wenn sie ohnehin so viel Zeit allein verbringt. Und ich ertrage ihr Missfallen nicht. So schwierig es auch für mich ist, ihre Zuneigung zu gewinnen, gebe ich den Versuch doch nie auf.

Ich entschuldige mich am Telefon und verspreche, ich würde morgen kommen. Dann drücke ich auf den Knopf für den nächsten Anruf und höre Helens Lallen.

»Es war gestern schön mit dir, Süße. Können wir uns bald wiedersehen? Kannst du vielleicht morgen ins Pavilion kommen, so gegen elf? Sag Bescheid, ich muss dir die nächste Folge von diesem Albtraum erzählen. Bitte komm.«

Wenig später haben wir Gitter vor allen Fenstern, bessere Schlösser in beiden Türen und ein neues Vorhängeschloss an der Tür in der Mauer.

»Da kommt niemand rein, Sonia«, sagt Greg zufrieden, als die Schlosser gegangen sind. Und wahrscheinlich kann ohne die richtigen Schlüssel auch niemand mehr hinaus, denke ich. Greg erzählt, dass er sich heute Abend im Pub mit ein paar alten Freunden treffen will, mit denen er früher Gitarre gespielt hat. Also kann ich wieder in die Garage gehen.

Jez blickt auf, als ich die Tür hinter mir schließe. Er beklagt sich über Schmerzen.

»Möchtest du etwas essen?«

»Eher nicht.« Seine Stimme klingt heiser und schwach.

Ich fühle seine Stirn. Er scheint mir kein Fieber zu haben, aber seine Haut ist feuchtkalt, und er sagt, er habe Halsschmerzen. Das höre ich gar nicht gerne.

»Ich hole schnell ein paar Sachen von zu Hause«, sage ich. Ich laufe über den Fußweg zum Flusshaus, erwärme eine Dose Tomatensuppe und schütte sie in eine Thermosflasche. Dann lege ich einen Pack Orangensaft und ein paar Paracetamol in einen Korb und fülle eine Wärmflasche.

»Haben Sie mir das Gras besorgt?«, fragt er zitternd.

»Ich habe doch schon gesagt, ich bin dabei. Eigentlich solltest du nicht rauchen, wenn es dir nicht gut geht. Und zu den … Ach, schon gut. Aber schau mal, ich habe dir neue Sachen mitgebracht. Und hier ist Saft. Der wird dir guttun.«

Ich helfe ihm beim Umziehen, dann lege ich die Wärmflasche unter die Decke, stelle seine Suppenschale auf eine alte Teekiste neben dem Bett und schüttele ihm die Kissen auf.

»Greg hat für morgen Nachmittag einen Flug gebucht«, erzähle ich ihm. »Also kommst du morgen hier raus. Versprochen.«

Er sieht zu mir hoch und mustert lange mein Gesicht, bevor er die Wange auf das Kissen fallen lässt. Ich höre, wie es pfeift, wenn er mühsam ein- und ausatmet. Mir fällt ein, dass er erzählt hat, seine Mutter sei auch wegen seines Asthmas umgezogen.

»Jez, komm schon. Du musst bei Kräften bleiben. Iss etwas Suppe.«

»Es geht mir nicht gut. Ich glaube, ich brauche einen Arzt, Sonia.«

»Du brauchst keinen Arzt!«, widerspreche ich schroffer, als ich wollte. »In deinem Zustand sind Ärzte keine Hilfe. Ich muss das wissen, Greg ist Arzt. Wenn jemand krank ist, ist er zu nichts zu gebrauchen.«

Ich strecke die Hand aus, mit zwei weißen, runden Tabletten auf der Handfläche, und biete ihm das Wasserglas an.

»Woher weiß ich, dass das nicht wieder irgendwelche Drogen sind?«, fragt er.

»Du kannst sie dir ansehen. Auf den Tabletten ist *Paracetamol* eingestanzt. Warum vertraust du mir nicht? Ich verstehe das nicht. Was geht in deinem Kopf vor sich?«

Statt zu antworten, hebt er den Kopf und lässt sich eine Tablette auf die Zunge legen. Er trinkt einen Schluck Wasser.

»Mir wird einfach nicht warm«, sagt er und lehnt sich zurück. Er zittert, trotz des neuen Kapuzenpullis, der Wärmflasche und der drei Oberbetten, die ich über ihn gebreitet habe.

»Morgen können wir neu anfangen, das verspreche ich dir. Ich kneble dich nicht mehr. Zeig mir, dass ich dir vertrauen kann. Dann kann ich dir auch das Klebeband von Händen und Füßen abnehmen.«

Ich stehe auf und gehe zur Tür.

»Gehen Sie nicht«, sagt er plötzlich. »Bleiben Sie, reden Sie mit mir.«

Ich drehe mich um und sehe ihn an. Er zittert unkontrollierbar, seine Zähne klappern. Aus seinen Augen spricht Verunsicherung. Wie bei einem Kind, das seine Mutter nicht gehen lassen will. Es erfüllt mich mit unerträglicher Zärtlichkeit.

»Worüber soll ich reden?«

»Egal. Vielleicht über Greg. Sie haben erzählt, dass er zu Hause ist. Wie haben Sie sich kennengelernt? Eine Schauspielerin und ein Arzt?«

»Ich würde mich nicht mehr als Schauspielerin bezeichnen.«

»Helen sagt, Sie sind eine.«

»Wirklich?«

»Ja.«

Ich setze mich auf sein Bett. Will sehen, ob er wirklich interessiert ist. Er hat die Augen geschlossen, über die Stirn zieht sich eine flache, kindliche Sorgenfalte. Also fange ich an zu reden. Ich habe noch nie jemandem Einzelheiten über meine Ehe erzählt. Mich überkommt plötzlich der Wunsch, ihm alles zu erzählen, solange er so duldsam ist.

»Greg war Professor an meinem College. Ein Medizinstudium war eigentlich nicht das Richtige für mich, aber mein Vater hatte es so beschlossen, und ich habe mich aus lauter Angst vor ihm nicht getraut, etwas anderes zu machen. Ich habe Gregs Vorlesung besucht. Anatomie oder so was. Ich bin nur hingegangen, damit ich etwas zu tun hatte. Aber das willst du doch gar nicht hören, Jez.«

»Doch, will ich. Wirklich.«

»Greg war deutlich älter, seine Schläfen wurden schon grau. Ich war etwas eingeschüchtert. Obwohl ich ihn damals natürlich noch nicht kannte.«

Ich stocke. Ich will Jez nicht den Eindruck vermitteln, meine Beziehung zu meinem Mann sei glücklich oder sei es je gewesen.

»Ist Greg sehr schlau?«

»Ja, das kann man wohl so sagen.«

Ich würde gerne hinzufügen, dass ein kluger Mann nicht unbedingt freundlich oder liebenswürdig sein muss, dass er dadurch nicht mitfühlend wird, auch wenn ich früher geglaubt habe, das würde Hand in Hand gehen.

»Von mir weiß er nichts?«

»Nein.«

»Manchmal sehe ich mir alte Leute an und denke, so würde ich auch sein wollen«, murmelt Jez. »Nicht alle Erwachsenen sind langweilig. So wie Sie, Sonia. Sie sind nicht langweilig.«

Ich mustere ihn und frage mich, was er mit diesen Worten bezweckt. Aber sein Gesicht verrät nichts, also erzähle ich weiter.

»Ich habe mir Sorgen wegen der Prüfungsnoten gemacht, und Greg meinte, er würde mir helfen, ich sollte das ruhig ihm überlassen, aber dafür müsste ich mit ihm essen gehen. Ich war so naiv! Heutzutage würde sich das keine Studentin von ihrem Dozenten gefallen lassen. Ich habe mich geschmeichelt gefühlt. Nicht nur geschmeichelt. Auch erleichtert. Dadurch würde ich gute Noten bekommen und dem Zorn meines Vaters entgehen. Ich habe natürlich gedacht, es ginge nur um ein Essen, ich sollte für einen Abend eine nette Begleitung abgeben. In Wahrheit hat Greg nur darauf gewartet, dass wir allein waren, bis er … na ja, du kannst es dir denken. Ich saß in der Falle – hätte ich ihn abgewiesen, wäre ich vielleicht durchgerasselt. Die Aussicht, danach meinem Vater unter die Augen zu treten, war schrecklicher, als gegen meinen Willen mit Greg zu schlafen. Und bevor ich wusste, wie mir geschah, waren wir … na ja, wir gingen miteinander ins Bett.« Ich zögere und überlege, ob ich Jez erklären soll, wie wenig so etwas bedeuten kann. »Und siehe da, am Ende meines ersten Jahres hatte ich die besten Noten in meinem Jahrgang. Ich habe das nicht weiter hinterfragt. Ich war einfach froh, dass ich eine Möglichkeit gefunden hatte, meinen Vater zufriedenzustellen. Obwohl mir das ironischerweise nie wirklich gelungen ist.«

Es ist seltsam, das laut auszusprechen, als würde ich in Gedanken alles zum ersten Mal zusammenfügen. Und Verbindungen erkennen, die mir bisher nie richtig bewusst waren.

»Trotz oder vielleicht wegen meiner überragenden Noten war ich am Ende meines zweiten Jahres mutig genug und sagte Greg, dass ich zum Schauspiel wechseln will. Ich dachte, er wäre dagegen, aber er hat mich unterstützt.«

»Was war mit Ihrem Vater?«

»Was sollte mit ihm sein?«

»War er nicht böse, dass Sie nicht weiter Medizin studiert haben?«

Ich sehe Jez an. Ich weiß nicht, warum er dieses Gespräch führen will. Aber es ist genau das, was ich immer gebraucht habe. Meine Ehe zu erklären. Sie zu rechtfertigen. Ich habe mir oft vorgestellt, ich würde Seb diese Geschichte erzählen, wenn er je zurückkäme.

»Da war mein Vater schon tot«, sage ich leise. »Nach den Prüfungen im ersten Jahr habe ich ihn nicht mehr gesehen.«

»Dann ist er jung gestorben, oder?«

»Er hat sich umgebracht.«

»Mein Gott.«

»Schon gut, Jez. Das ist lange her.«

»Aber – warum, warum hat er das gemacht?«

»Dass ich meine Prüfungen bestanden habe, hat nichts gebracht.« Eine alberne Träne steigt mir in die Augen, und ich wische sie mit dem Handrücken fort.

Ich könnte noch mehr erzählen. Viel mehr. Aber an manche Orte wage ich mich nicht, es würde weder mir noch Jez guttun. Ich bin nicht stark genug, um an sie zu denken, geschweige denn, über sie zu reden, und Jez soll nicht meine Qualen nachfühlen. Als er anfängt zu reden, bin ich froh und erleichtert, dass er sich mir öffnet, weil ich dadurch schweigen kann.

»Meine Mum ist von meinem Dad geschieden.« Seine Stimme klingt rau. »Sie haben es richtig versaut. Es ist erbärmlich, wie sie sich gestritten haben. Ich wohne nur bei meiner Mum, weil sie mir leidtut. Mein Vater hat eine Neue. Aber wenn ich aussuchen könnte, würde ich bei Dad wohnen.«

»Warum?«

»Meine Mutter gibt nie Ruhe. Etwa so, wie Ihr Dad klingt. Ich muss dies machen, jenes machen, irgendwas üben. Als rauskam, dass ich LRS habe, hat sie die Lehrer zur Schnecke gemacht, als wäre es ihre Schuld. Das war mir so peinlich. Mein Vater hat eine neue Frau, eine Marokkanerin, sie ist Lehrerin unten in Marseille, und sie haben eine kleine Tochter, meine Halbschwester. Ich bin gerne bei ihnen. Aber es wäre meiner Mum gegenüber unfair.«

Als ich ihn vor ein paar Tagen als braven Jungen bezeichnet habe, war das untertrieben.

»Es ist lieb, dass du dich so um deine Mutter sorgst«, ist alles, was ich herausbringe.

»Ich verstehe nicht, warum mein Dad sie verlassen musste.«

»Ach, Jez, oft heiratet man den Menschen, den man im richtigen Moment trifft, nicht seinen Traumpartner. Die äußeren Umstände sind entscheidend. Manchmal verändern sich die, und dann merkt man, dass man mit jemandem zusammenlebt, den man nicht mehr mag.«

»So ein Scheiß«, sagt er. »Ich würde nie jemanden heiraten, nur weil es Zeit wird.«

»Warst du schon mal verliebt?«

»Nee! Keine Chance.«

»Was ist mit dieser Alicia?«

Er zuckt mit den Schultern.

Ich merke, dass ich ihn in Verlegenheit gebracht habe, ich habe zu tief gebohrt. Er ist sensibel. Und noch so jung.

»Ich werde nicht solchen Mist bauen wie meine Eltern.«

Es ist verlockend, die weise, reife Frau zu spielen und zu sagen, das würden wir alle glauben, wenn wir jung sind, doch das will Jez nicht hören. Er glaubt wie alle jungen Menschen, er würde die Fehler seiner Eltern nicht wiederholen.

»Kennst du das«, frage ich, »wenn du als Kind irgendwann denkst, dass die Farbe Blau vielleicht nicht so ist, wie andere Leute sie sehen?«

»Wie, dass man etwas für blau hält, aber jemand anders vielleicht eine Farbe sieht, die man sich nie erträumt hätte? Das habe ich auch schon gedacht.« Er redet, ohne mich anzusehen. Seine Augen sind immer noch geschlossen. Er genießt unsere Nähe, hat aber Angst davor, sie zu genießen. Das verstehe ich vollkommen.

»Na ja, mit Beziehungen ist es genauso. Zwei Menschen können das Gleiche völlig unterschiedlich wahrnehmen. Woher sollen sie das wissen? Beide glauben, sie würden das gleiche Blau sehen, und sie würden an einem Strang ziehen, mit den gleichen Zielen und Wertvorstellungen. Vielleicht haben deine Eltern geglaubt, sie hätten jemanden gefunden, der das gleiche Blau sieht.«

»Sie sind erwachsen. Sie sollten sich etwas mehr Mühe geben. Andere Leute schaffen es auch zusammenzubleiben. Helen und Mick. Sie und Ihr Mann.« Als er das sagt, sieht er mich komisch an.

Wage ich es zuzugeben, dass meine Beziehung mit Greg auch ein Fehler war? Dass wir nur aus praktischen Gründen zusammenbleiben? Aber scheinbar will Jez glauben, wir wären in gewisser Hinsicht glücklich verheiratet, also sage ich nichts. Er sieht etwas besser aus. In seinen Wangen ist etwas Farbe, und sein Atem geht leichter. Er ist so nah, ich strecke eine Hand aus, streiche eine Haarsträhne zurück, nähere meinen Mund seinem Ohr. Er reißt den Kopf so heftig weg, dass es mich verletzt und beschämt.

Ich stehe auf und gehe zur Tür.

»Nacht, Jez.«

»Gehen Sie nicht!«, sagt er. »Bitte. Lassen Sie mich nicht wieder allein. Es tut mir leid.«

»Mir auch. Aber ich gehe jetzt. Wir reden morgen weiter.«

»Nehmen Sie mich mit nach draußen.«

Ich werfe ihm einen zärtlichen Blick zu. Er muss doch wissen, wie gerne ich es hätte, dass er mitkommt und sich an den Tisch setzt, während ich für uns das Abendessen koche. So wie an dem Tag, an dem er zu mir gekommen ist.

»Gute Nacht. Versuch zu schlafen. Morgen früh komme ich wieder.«

»Sonia, nein«, krächzt er, als ich die Tür erreiche. »Lassen Sie mich nicht noch eine Nacht hier allein. Es ist kalt, und ich habe Angst hier. Und es geht mir nicht gut. Bitte.«

Aber ich ignoriere sein Betteln und zwinge mich, von ihm fort und in die Nacht hinauszugehen.

Kapitel Fünfundzwanzig

Sonntag

Sonia

Um elf Uhr am nächsten Vormittag sitze ich mit einem Cappuccino auf der Terrasse der Pavilion Tea Rooms, wie das früher schlichte Parkcafé jetzt heißt. In einigen Blumenbeeten um die Terrasse zeigen sich winzige Austriebe, aber es weht ein kalter Wind. Die nackten Baumwipfel recken sich nach dunklen, dahinjagenden Wolken.

Helen trudelt ein paar Minuten später ein, wie ein verfrühter Schmetterling an diesem unwirtlichen Tag, mit einem traumhaften, kirschroten Schal, passendem Hut und in eine blaugrüne Wolljacke mit Kapuze gehüllt. Im Gegensatz zu mir hat sie eine Vorliebe für knallige Farben. Es passt zu ihr. Sie gibt mir Küsschen auf beide Wangen und starrt auf meinen Kaffee.

»Willst du nichts Stärkeres?«, fragt sie.

»Mir ist das etwas zu früh, Helen. Aber bestell dir ruhig etwas, wenn dir danach ist.«

Ich überlege, ob eine bessere Freundin ihr davon abraten würde, so früh schon Wein zu trinken. Sie überreden würde, es ruhiger angehen zu lassen. Aber das tue ich aus zwei Gründen nicht. Zum einen kann ich Moralpredigten nicht ausstehen. Wie könnte ich mir anmaßen, über die Unzulänglichkeiten anderer zu urteilen? Wie kann das überhaupt jemand? Haben wir nicht alle unsere Schwächen? Begeht nicht jeder bei dieser oder jener Sache mal eine Verfehlung? Sollten wir anderen ihre Fehler nicht zugestehen, damit wir unsere eigenen akzeptieren und mit ihnen leben können?

Zum anderen ist es ein Vorteil für mich, wenn Helen angetrunken ist. Das lockert ihre Zunge. Ich kann mir ins Gedächtnis schreiben, was sie mir erzählt, ohne dass sie meine Neugier bemerkt. Als sie Wein vorschlägt, biete ich daher an, ihr ein Glas zu holen. Sogar eine Flasche, wenn ihr das lieber ist, und sie bedankt sich und sagt, es gäbe auch kleine Flaschen, sie würde als Kompromiss eine davon nehmen.

Ich kann mich gerade noch setzen und enger in den Mantel hüllen, um den eiskalten Wind abzuhalten, bevor sie loslegt.

»Also. Es hat sich etwas getan. Sogar, seit wir uns Freitag gesehen haben. Ich habe mich in eine ziemliche Bredouille gebracht, und ich brauche deine Hilfe.«

Die Kaffeetasse halb zum Mund geführt, starre ich sie an.

»Hör mal, Sonia. Ich muss dir das erzählen, weil ich nicht mehr weiß, was ich machen soll. An dem Tag, an dem Jez verschwunden ist, an dem Freitag, bin ich nicht zur Arbeit gegangen. Aber das habe ich allen erzählt, auch der Polizei.«

Meine Hände fangen an zu zittern. Ein paar schreckliche Sekunden lang befürchte ich, sie würde gleich sagen, sie sei hier gewesen, in Greenwich, und habe Jez vor meiner Tür gesehen. Sie wüsste, dass er bei mir ist. Und weil die Polizei ermittelt, sei es an der Zeit, damit »rauszurücken«, wie Kits Freunde sagen würden. Klappernd stelle ich die Kaffeetasse ab.

»Ich habe mir den Vormittag freigenommen – freitags arbeite ich sowieso nur den halben Tag. Ich habe gedacht, das würde bei der Arbeit niemanden stören.«

Sie sieht mich mit aufgerissenen Augen an, als sollte ich erraten, was sie sagen will.

»Jetzt glaubt die Polizei, ich hätte etwas mit Jez' Verschwinden zu tun. Im Moment geht es nur um Ahnungen, Vermutungen, sie haben keine handfesten Beweise. Aber sie suchen nach irgendetwas.«

»Woher weißt du das?«

»Von den Fragen! Reihenweise! Sie waren noch mal da und haben mit mir geredet, nicht mit Mick. Zweimal. Und sie glauben, wie gesagt, ich hätte ein Motiv, weil Barney sich für dasselbe College wie Jez bewerben wollte. Jetzt haben sie herausgefunden, dass ich an diesem Vormittag nicht gearbeitet habe. Obwohl ich das behauptet habe.«

»Mein Gott. Wie schrecklich. Wo warst du denn?«

Mein Puls hat sich beruhigt. Ich beobachte sie genau, während ich an meinem Kaffee nippe.

»Nicht da, wo ich es gesagt habe. Aber das kann ich nur dir erzählen, es ist so peinlich. In Wahrheit war ich in einer Bar in Smithfields. Habe was gegen den Kater getrunken. Wenn Maria das herausfindet, kann ich mir das noch ewig anhören. Es ist so. Ich bin Donnerstagabend noch aufgeblieben und habe mich betrunken, allein. Klingt etwas jämmerlich, ich weiß. Aber manchmal brauche ich das einfach. Wenn Mick und die Jungs mit ihren Sachen beschäftigt sind, fühle ich mich einsam, Sonia. Ich bin schon lange einsam. Und manchmal komme ich damit nicht zurecht.« Zwei Tränen laufen ihr über die Wangen. Helen wischt sie mit beiden Zeigefingern fort, dann holt sie tief Luft und trinkt einen Schluck Wein.

»Also. Am Donnerstag habe ich getrunken. Viel zu viel. Freitag habe ich es nicht zur Arbeit geschafft. Habe mich in einen Pub gesetzt. Wieder getrunken. Es ist erbärmlich. Und jetzt habe ich die Polizei angelogen, um das Gesicht zu wahren!«

»Mein Gott, Helen, da hast du dir wirklich einen ziemlichen Schlamassel eingebrockt.« Ich bin so erleichtert, dass sie mir nichts Schlimmeres erzählen will, dass ich sie umarmen könnte.

»Nein, nein. Die Sache ist die, dass es gut gehen könnte. Ich habe ihnen erzählt, ich wäre im Dampfbad gewesen. Jetzt brauche ich nur eine gute Freundin. Jemanden ohne eine Verbindung zu Jez, die sagt, sie hätte mich da gesehen. Das klingt doch einleuchtend. Ich habe an dich gedacht, weil du freiberuflich arbeitest, es könnte also doch sein, dass du am Freitagvormittag ins Dampfbad gehst.«

»Weißt du, Helen, ich glaube, ich möchte damit lieber nichts zu tun haben. Tut mir leid. Wäre es nicht sowieso etwas spät? Wenn sie wissen, dass du beim ersten Mal nicht die Wahrheit gesagt hast, haben sie das mit dem Dampfbad doch bestimmt schon überprüft.«

Helen spielt mit dem Kleingeld herum, das ich auf den Tisch gelegt habe. Sie nippt an ihrem Wein.

»Was soll ich machen? Wenn du mir nicht hilfst, bin ich geliefert.«

»Bist du nicht, Helen. Sag ihnen, dass du im Pub warst, wenn das stimmt. Sag ihnen die Wahrheit.« Langsam werde ich ungeduldig. Um Himmels willen, sie hat überhaupt nichts verbrochen. Sie hat nicht alles zu verlieren. Helen sieht verletzt aus, als könnte sie gleich losheulen.

»Und Mick?«, frage ich schließlich freundlicher. »Wie läuft es mit ihm?«

Sie zieht die Nase hoch und trinkt das zweite Glas leer.

»Es ist noch komplizierter, als ich zugegeben habe. Nicht mal mir selbst habe ich es eingestanden. Diese Eifersucht. Ich habe viel nachgedacht. Es gab da jemanden, ein Jahr ist das mittlerweile her, mit dem ich was hatte.«

»Aha.«

Damit hätte ich nicht gerechnet. »Willst du mir sagen, mit wem?«

»Es ist vorbei, Sonia. Ich habe Schluss gemacht. Um unsere Ehen zu retten. Seine und meine.«

»Das war richtig so.« Ich kann kaum glauben, dass mir das über die Lippen gekommen ist. Wann wusste ich denn mal, was »richtig« war?

»Aber seitdem habe ich ein schlechtes Gewissen. Wie kann ich Mick zur Rede stellen, weil ich vermute, er hätte eine Affäre mit Maria? Das könnte er mir sofort um die Ohren hauen! Als er die Sache mit mir herausgefunden hat, ist er damit fertiggeworden. Es hat ihm nicht gefallen, aber er ist nicht darauf herumgeritten. Jetzt nagt diese Geschichte mit Maria an mir. Ich verliere mein ganzes Selbstvertrauen, meine Würde.«

»Ach, Helen.« Was sie beschreibt, kann ich genau nachempfinden, die gleiche Tortur habe ich vor so vielen Jahren wegen Jasmine durchgemacht. Diese Zwickmühle. Zeigt man seinen Schmerz, riskiert man Verachtung, verbirgt man ihn, geht die Quälerei weiter. Es ist ein Fluch. Aber ich sage nichts.

»Ich hatte mir eingeredet, zwischen Mick und mir wäre wieder alles normal. Doch dann passiert das, und die Fassade unserer angeblich glücklichen Ehe stürzt einfach ein. Es gab Bruchstellen, die wir nicht sehen wollten. Ein Ruck genügt, damit alles zusammenbricht. Jez wird vermisst, und *alles* geht kaputt.«

Eine Weile sitzen wir schweigend da.

»Das einzig Gute ist, dass ich Alicia auf diese Weise näher kennenlerne, Jez' Freundin. Sie kommt oft vorbei, die Arme, ist ja auch verständlich. Sie ist am Boden zerstört. Aber sie leistet mir Gesellschaft. Und sie findet das Benehmen der beiden auch widerlich. Mit Maria hat sie sich nie gut verstanden. Wenn Alicia sieht, wie Mick meine Schwester von vorne bis hinten bedient, steckt sie sich den Finger in den Hals. Das lenkt uns wenigstens ab von den Sorgen um Jez. Ich versuche, es so zu sehen, Sonia, aber ich habe Angst, meine Gefühle könnten jeden Moment hervorbrechen und sie würden sehen, wie verletzt ich bin. Nicht verletzt. Wütend, durcheinander, schuldbewusst, verwirrt. Meine Gefühle sind das reinste Chaos.«

Mittlerweile klingt sie ein wenig angetrunken.

Ich würde Helen gerne beruhigen. Trotz allem mag ich sie. Ich erinnere mich dunkel, dass es sehr schön ist, mit anderen Frauen Geheimnisse zu teilen, es kann beinahe so berauschend wie eine Affäre sein. Oft habe ich dieses Privileg nicht genossen. Meine größten Leidenschaften haben sich im Verborgenen abgespielt, sie konnten sich nicht erhobenen Hauptes zeigen. Aber aus der Zeit, als ich Greg kennenlernte und seinetwegen Zweifel hatte, und von den Abenden, die ich mit verliebten, aber unsicheren Freundinnen in Bars verbracht habe, weiß ich noch, wie vertraut und aufregend solche Gespräche sein können.

»Ich muss zurück.« Sie beugt sich vor, und als sie meine Hand drückt, rieche ich einen Hauch von ihrem Vanilleparfüm. »Versprich, dass du dich mal meldest, ja? Wo wir jetzt wieder Kontakt haben? Du bist die Einzige, mit der ich wirklich darüber reden kann.«

Ich verspreche, ich würde mich natürlich mal melden.

Nachdem sie gegangen ist, lehne ich mich zurück und blicke den Hügel hinunter und über den Fluss auf die Türme in Canary Wharf, den HSBC Tower, das kleine Manhattan, das dort drüben gewachsen ist, mit seinen Wolkenkratzern und unzähligen silbernen Fenstern. Sie blitzen gerade in einem Sonnenstrahl auf, der seinen Weg durch die Wolken gefunden hat. Ich erinnere mich daran, wie es früher ausgesehen hat, als Seb und ich das Flussufer zu unserem Spielplatz erkoren hatten, und dass die Isle of Dogs für uns tabu war. Es kommt mir vor, als wäre ich einen Schritt zu weit auf die verbotene Seite des Flusses gegangen. Als würde alles, was geschieht, mich weiter in die dunklen Straßen und zwischen die verborgenen Bombenblindgänger führen. Ich frage mich, wie ich jemals zurückfinden soll. Oder ob ich das überhaupt will.

Kapitel Sechsundzwanzig

Sonntag

Sonia

»Ich gehe jetzt, Sonia.« Greg steht an der Tür. Sein Koffer ist gepackt, er trägt die Jogginghose, die Freizeitjacke und seine weißen Adidas-Turnschuhe, in denen er immer reist.

»Ich hätte gerne mehr Zeit mit dir verbracht. Aber wir haben beide zu tun. Vielleicht kannst du ja über die Sachen nachdenken, über die wir geredet haben. Vergiss nicht, was du mir versprochen hast.«

»Was denn?«, frage ich.

»Zum Arzt zu gehen. Ach ja, ich habe ein paar Makler angerufen. Sie kommen vorbei, um Fotos zu machen. Nur Fotos, Sonia, also werde nicht wieder komisch.«

»Wann? Wann kommen sie?«

»Irgendwann nächste Woche. Einer am Dienstag, glaube ich. Sie melden sich.«

»Okay«, sage ich, äußerlich lächelnd, innerlich kochend vor Wut. Ich beuge mich vor und küsse ihn auf die Wange. Greg streift mit seinen trockenen Lippen über meine Mundwinkel und klopft mir auf die Schulter, bevor er den Fußweg hinaufgeht.

In der Garage herrscht an diesem Nachmittag ein scheußlicher Gestank. Meine Augen brauchen eine Weile, um sich an das Licht zu gewöhnen, dann sehe ich, dass es Jez gar nicht gut geht. Er liegt verrenkt auf dem Bett, als hätte er sich im

Schlaf herumgewälzt, und unter seinem Mund hat sich auf dem Kissen eine seltsame braune Pfütze gebildet. Seine glasigen Augen sind geöffnet, aber nur einen Schlitz weit. Ich fühle seine Stirn. Er hat hohes Fieber. Dann sehe ich, dass er ins Bett gemacht hat, trotz der Einlagen, und dass auf dem Boden eine Lache Erbrochenes ist.

»Ich bringe dich schnell wieder in Ordnung«, verspreche ich ihm. »Ich wollte dich nicht so lange allein lassen. Jetzt machen wir dich sauber und sehen zu, dass du so schnell wie möglich wieder ins Musikzimmer kommst.«

Mit verschleiertem Blick sieht er zu mir auf. »Ins Musikzimmer?«

»Natürlich. Sobald die Luft rein ist. Ich will doch nicht, dass du hierbleibst.« Sieh nur, was es aus dir macht, denke ich. Du brauchst Licht und Luft und Musik.

»Nein! Dann ertrinke ich, geh weg. Geh weg! Geh weg! Da ist noch einer, da drüben. O bitte!«

Zuerst denke ich, er würde mit mir reden, aber dann merke ich, dass er entsetzt auf ein eingebildetes Monster hinter mir starrt.

Er fantasiert. Ich fühle noch einmal seine Stirn und seinen Hals. Die Haut unter seinen Haaren brennt. Ich versuche, mich an Ratschläge zu erinnern, die sich jungen Müttern ins Gedächtnis graben. Überflüssige Kleidungsschichten ausziehen, um das Fieber zu senken. Einen kalten Waschlappen auf die Stirn legen. Alle vier Stunden ein Fiebermittel geben. Aber wann muss man zum Arzt? Was habe ich gelernt, als bei Kit Verdacht auf Meningitis bestand? Vage erinnere ich mich. Ein Ausschlag, der sichtbar bleibt, wenn man ein Glas auf die Haut drückt. Übelkeit. Überempfindlichkeit gegen Licht.

Übergeben hat Jez sich schon. Was soll ich machen, wenn

er Antibiotika braucht? Wenn er tatsächlich etwas Ernstes hat? Ich beuge mich über ihn, ziehe die Decke weg und suche nach verdächtigen Ausschlägen. Über die Innenseite der Oberschenkel ziehen sich winzige, hellrote Pünktchen. Mein Herz klopft wie wild. Das kann keine Blutvergiftung sein. Bekommt man nach einem Fieberschub nicht immer einen Ausschlag? Das ist bestimmt die Erklärung.

Ich decke ihn wieder zu. Panik wäre jetzt genau das Falsche. Ich muss ruhig und vernünftig bleiben. Alles Schritt für Schritt durchdenken. Ich erinnere mich an die Anfänge meines Medizinstudiums, an die Kurse in Erster Hilfe, die ich absolviert habe, als Kit ein Kleinkind war. Ich muss seine Wärmflasche neu füllen und mehr Wasser holen, um ihm etwas zu trinken zu geben und ihm das Gesicht abzuwaschen.

Der Gestank ist unerträglich. Ich muss würgen. Er vermischt sich mit einem Geruch aus dem Fluss, einem widerlichen Mief, nicht dieser reinen Atmosphäre der Gezeiten. Da unten muss irgendwas gestorben sein und langsam verwesen. Manchmal spült das Wasser Leichen an. Und natürlich Seevögel. Säcke mit Kätzchen. Einmal habe ich einen Esel gefunden, halb aufgefressen von Chemikalien oder Raubfischen, die Seite so aufgerissen, dass alle blutigen Rippen zu sehen waren. Der Gestank verschwindet erst, wenn sich das Fleisch völlig zersetzt hat und die Knochen so sauber gewaschen sind, als fände man im Tod schließlich zur Reinheit zurück. Wie bei den Schuhsohlen, die am Strand liegen. Es ist komisch, wie selten man ganze Schuhe findet. Der Fluss verschlingt das weiche Obermaterial, aber verschmäht die Sohlen. Die Flut bringt sie mit, zu Hunderten liegen sie am Strand, wenn das Wasser zurückgeht. Vereinzelte Fußspuren der Vermissten und Ertrunkenen.

Eigentlich wollte ich Jez zurück ins Musikzimmer bringen, doch nachdem er krank ist, geht das nicht so einfach. Ihn am Weglaufen zu hindern ist kein Problem, solange er so schwach ist. Aber jetzt bin ich nicht mal sicher, ob er die kurze Strecke zurück zum Haus laufen könnte, selbst wenn ich ihn stütze. Er ist zum Invaliden geworden.

Bei dem Wort Invalide kommt mir einer meiner seltenen, aber genialen Geistesblitze. Der Rollstuhl meiner Mutter! Ich soll sie heute besuchen. Wenn ich jetzt gehe, kann ich zwei Fliegen mit einer Klappe schlagen. Dann schiebe ich Jez einfach zum Haus, als würde ich mit meiner Mutter einen netten Abendspaziergang machen, wie in der ersten Zeit nach dem Umzug. Ich packe Jez so ein, wie ich es bei ihr tun würde, mit einer Decke über den Knien, einem Tuch um den Schultern und einem Schal über dem Kopf, den ich unter dem Kinn zusammenknote.

Ich sage Jez, ich würde nicht lange wegbleiben. Als ich ihn zudecke, ist er kaum noch bei Bewusstsein, trotzdem überprüfe ich das Klebeband, bevor ich gehe.

Ich muss schnell handeln. Wenn seine Krankheit ernst ist, darf ich nicht zögern. Ich hole die Autoschlüssel aus dem Flusshaus und laufe über den Fußweg zurück.

Auf den schmalen, auf beiden Seiten zugeparkten Straßen, die sich vom Fluss zur Hauptstraße winden, fluche ich leise vor mich hin. Es kommt mir fast so vor, als würde der Verkehr vor mir absichtlich stocken. Und jede Ampel auf meinem Weg ist rot.

Endlich überquere ich die Hauptstraße und folge der Maze Hill vorbei an Helens Haus nach Blackheath Standard.

Ich stelle mein Auto auf einem Besucherparkplatz des Altenheims ab und betrete das Haus mit dem Schlüssel, den meine Mutter mir gegeben hat.

»Du hast mich am Samstag nicht besucht«, fährt sie mich an, bevor ich ganz durch die Tür gekommen bin. Als Friedensangebot gebe ich ihr eine Flasche Gin, die ich aus dem Flusshaus mitgenommen habe.

»Tut mir leid, Mutter. Es war viel los. Kit war zu Hause und Greg ...«

»Du hättest wenigstens anrufen können. Du weißt ja nicht, wie es ist, den ganzen Tag zu warten und niemanden zu sehen. Du trinkst doch sicher einen Kaffee.«

»Gerne.«

Nach einer halben Stunde beisammensitzen und Buße tun, nicken und zustimmen, dass die anderen Bewohner bestimmt sehr lästig sind, erzähle ich meiner Mutter, ich würde die Garage ausräumen und könnte den Rollstuhl gut gebrauchen, um Sachen über den Fußweg zu schaffen.

»Kannst du nicht die Schubkarre nehmen?«

»Mutter, wir haben keine. Das musst du doch noch wissen. In einem Haus ohne Garten braucht man keine Schubkarre.«

»Hmmm. Ich habe die Pflanzen am Flusshaus ja früher gepflegt. Ich habe in diesem Hof Blumen gezogen, dass es gegen die Natur ging. Alle haben gesagt, auf der Schattenseite des Hauses würde Goldreden nicht blühen, aber ich hatte Blüten, als würde es kein Morgen geben. Und die Clematis! *Purpurne Sterne, in der grünen Nacht ihrer Blätter.*«

»Das klingt schön.«

»Das ist von Oscar Wilde. Ich hätte auch nicht gedacht, dass du es kennst. Und die Pfingstrosen. In einem Jahr habe ich vor der Mauer in der schattigsten Hofecke sogar Sonnenblumen gezogen, und sie sind richtig hoch gewachsen, sie brauchten nur etwas Liebe und Aufmerksamkeit.«

Ich frage mich, wie meine Mutter ihren Pflanzen so viel Liebe und Aufmerksamkeit geben konnte, wenn sie für mich so wenig übrig hatte.

»Trotzdem gab es im Flusshaus nie eine Schubkarre, Mutter.«

»Und wofür willst du dann meinen Rollstuhl haben?«

»Das habe ich gerade erklärt! Ich räume die Garage auf. Ich brauche ihn, um die schweren Sachen zum Haus zu bringen.«

»Du solltest auf Greg hören und das Haus verkaufen. Seine Zeit ist vorbei.«

Sie schwenkt das Glas hin und her, das zu drei Vierteln geleert ist. Es ist für Gin noch etwas früh, aber draußen wird es langsam dunkel, und sie hat schon ihre Lampe eingeschaltet, was für meine Mutter als Cocktailstunde gut genug ist. Ich schenke ihr nach, gebe ihr das Glas zurück und lasse einen Zitronenschnitz hineinfallen, als sie es annimmt. Der Gin sprudelt und zischt sie an.

»Also, was kann ich für dich tun?«, fragt sie.

»Den Rollstuhl, Mutter. Kann ich ihn mir leihen? Nur für einen Tag?«

»Nimm ihn!«, sagt sie. »Nimm ihn mit. Schon bei dem Anblick fühle ich mich alt und gebrechlich. Ich würde dieses schreckliche Ding am liebsten nie sehen. Warum wolltest du unbedingt, dass ich ihn kaufe?«

»Den Rollstuhl brauchst du doch für deine Ausflüge in die Heide und ins Dorf oder in den Park. Ich bringe ihn sofort zurück, wenn ich aufgeräumt habe.«

Sobald sie es sich vor dem Fernseher bequem gemacht hat,

sage ich, ich müsse gehen, und schiebe den Rollstuhl durch die Flure zum Haupteingang.

Wenn man es eilig hat, scheint die Welt das manchmal zu wissen und einen absichtlich auszubremsen. Als ich das Foyer erreiche, verlässt Max gerade die Wohnung seiner Mutter.

»Hallo, Sonia.« Er grinst, dass sich Grübchen in seine rosigen Wangen graben. Max sieht aus wie ein Mann, der sein Leben lang glücklich war, der mit einem Lächeln auf die Welt gekommen ist und es nie abgelegt hat.

»Ach, Ihre Mutter geht aus? Was haben Sie denn für einen kleinen Überraschungsausflug geplant?«

Ich erkläre, ich wolle den Rollstuhl schon mal für die nächste Spazierfahrt meiner Mutter im Auto verstauen.

»Da helfe ich Ihnen doch!«, sagt er. »Hier, lassen Sie mich mal.«

Wir schieben den Rollstuhl durch die Doppeltür. Am Auto bedanke ich mich überschwänglich bei Max. Er sieht mich einen Moment länger an, als mir angenehm ist. Will er mich gleich zu einem Drink einladen?

»Es ist schon seltsam«, sagt er, »manchmal beneide ich meine Mutter um ihre kleine Wohnung hier, sie bekommt die Wäsche gemacht und hat den ganzen Tag nichts zu tun, als Scrabble zu spielen und über die anderen Bewohner zu tratschen.« Er steht da, die Hände in die Hüften gestemmt, als hätte er selbst den ganzen Tag Zeit.

»Es tut mir leid, Max, ich habe es etwas eilig. Ich würde mich gerne noch mit Ihnen unterhalten …«

»Vielleicht können wir ja mal eine Tasse Tee zusammen trinken … hier im Aufenthaltsraum?«

»Gerne.«

»Der Aufenthaltsraum war natürlich nur ein Scherz. Ich

wollte sagen, vielleicht kann ich Sie mal zum Abendessen einladen?«

Ich lächle. »Wenn ich mal nicht weiß, was ich mit mir anfangen soll.«

Er sieht mich an, als würde er meine Antwort irgendwie positiv auslegen wollen, dann nickt er, klappt den Rollstuhl zusammen und hebt ihn für mich in den Kofferraum.

»Das hätten wir!« Wieder breitet sich ein Grinsen auf seinem Gesicht aus. »Alles bereit für Mums nächsten Ausflug. Passen Sie auf sich auf.«

So schnell ich kann, fahre ich zurück zum Fluss.

Kapitel Siebenundzwanzig

Sonntag

Helen

Helen setzte sich mit ihrem üblichen großen Cappuccino auf einen der wenigen freien Stühle in dem Marktcafé und stützte den Kopf in die Hände. Sonia hatte ihr nicht helfen wollen, und wer könnte ihr das verübeln?

Erst so allein, ohne einen Drink, konnte Helen ihre Gedanken und Gefühle ordnen. Die Suche nach Jez hatte sich als weitaus schwieriger erwiesen, als sie es sich je vorgestellt hätte. Sonias Theorie von einer Freundin war wegen seiner Beziehung zu Alicia unwahrscheinlich. Alicia war überzeugt davon, dass Jez ohne seine Gitarre nirgendwo hingegangen wäre, und sie kannte ihn am besten. Damit blieben drei Möglichkeiten. Er hatte einen Unfall gehabt, vielleicht am Fluss, und war noch nicht gefunden worden. Er war entführt worden. Oder – daran mochte sie gar nicht denken – er war ermordet worden. Aber es gab keine Leiche. Keine Hinweise. Helen knallte ihre Tasse auf die Untertasse. So kam sie nicht weiter. Nicht weiter, als die Polizei schon war. Obwohl die zumindest eine Verdächtige hatte.

Mich, dachte sie.

Die Befragung durch die Polizei gestern war schrecklich gewesen. Sie hatte noch einmal bestätigen sollen, wo sie am Freitagvormittag gewesen war, und hatte als Antwort nur das Dampfbad nennen können. Offensichtlich hatten sie ihr nicht geglaubt. Vielleicht hatten sie das schon überprüft. Aber statt es weiterzuverfolgen, hatten sie Helen nach dem College gefragt, für das Jez sich beworben hatte. Wie wichtig war es ihr gewesen, dass Barney dort einen Platz bekam? Hatte er noch etwas anderes in Aussicht? War sie böse, weil ihr Sohn durch Jez schlechtere Chancen hatte? Sie hatte erwähnt, sie würde sich ihrer Schwester und ihrem Neffen gegenüber unterlegen fühlen – hieß das, sie wäre fähig, ihm etwas anzutun?

Helen wusste, dass die Polizisten sie gehen lassen würden. Sie hatten natürlich keine Beweise, würden sie auch nie haben. Aber es war an der Zeit, Bilanz zu ziehen. Sie durfte diese kindische Eifersucht auf ihre Schwester und die Unsicherheit wegen Mick nicht mehr an sich heranlassen. Es rückte Helen in ein unschönes, wenn nicht gar gefährliches Licht.

Früher hatte sie nie unter mangelndem Selbstvertrauen gelitten oder unter derart heftigen Selbstzweifeln, die sie nun völlig unvermittelt überkamen. In dieser Woche hatte sie sich gefragt, wer Mick eigentlich war und ob sie ihn überhaupt kannte. Jetzt fragte sie sich, ob sie sich selbst kannte. Bei dieser ganzen Sache ging es um Jez. Ihren Neffen. Ihre eigenen Probleme durften nicht verschleiern, dass er möglicherweise in ernster Gefahr schwebte.

Eine Frau mit einem Neugeborenen in einem Tragetuch ging vorbei, und als Helen sah, wie es das winzige Näschen gegen den Mantel der Frau drückte, erinnerte sie sich plötzlich und schrecklich deutlich an das erste Mal, als sie Jez gesehen hatte. Maria war überglücklich, das dunkelhaarige Baby an ihrer Brust schmatzte kaum hörbar mit den Lippen. Helen hatte ihre Schwester an dem Tag besucht, an dem Jez geboren wurde, zu Hause in dieser schönen Wohnung oben an der Croom's Hill. Die Schwestern hatten nebeneinander auf dem

Bett gesessen, an Kissen gelehnt, die Knie angewinkelt. Damals waren sie sich nah gewesen, als hätte sich mit Marias Schwangerschaft der Graben zwischen ihnen für eine Weile geschlossen. Von diesem Zimmer aus hatte man einen wunderbaren Blick auf den Fluss, der sich als silbernes Band in der Ferne zwischen den Industriehäfen zum Meer wand.

Nach dem Stillen hatte Maria den winzigen Jungen Helen gereicht. Helen hatte ihn auf ihre angewinkelten Oberschenkel gelegt, mit dem Gesicht zu sich, seine winzigen, drallen Arme und Beine gebeugt, und er hatte sie mit diesen hypnotisierenden, dunklen Augen angesehen. Sie hatte eine überwältigende Liebe zu ihm verspürt, der nur gleichkam, was sie schon für ihre eigenen Söhne empfand. Es hatte ihr Tränen in die Augen getrieben. Damals hatte sie schon viele Neugeborene in den Armen gehalten, die meisten ihrer Freunde waren Eltern, aber eigenes Blut war etwas Besonderes, das ließ sich nicht leugnen. Jez war ihr kleiner Neffe, der Sohn ihrer eigenen Schwester, und sie liebte ihn. Sie liebte ihn immer noch. Natürlich. Es war unvorstellbar, dass ihm etwas Schlimmes zugestoßen sein könnte.

Immer noch in Gedanken verließ sie das Café und lief durch die schmiedeeisernen Tore des Parks. Bei dem Schild mit der Aufschrift »Verkauf von Speiseeis nur mit Konzession« hörte sie, wie Theo es Jez vorlas, als wären sie direkt neben ihr. »Was ist denn eine ›Konzession‹?«, hatte Jez gefragt.

»Genau!«, hatte Theo gesagt. »Wieso benutzen die so ein Wort?«

Sie waren auf dem Weg neben ihr hergelaufen, hatten sich einen Stein zugespielt wie einen Fußball und Witze gerissen über lange Wörter auf Schildern, die für Leute galten, die sie ohnehin nicht verstehen würden.

»Für Leute wie mich«, sagte Jez mit seiner Lese-Rechtschreibschwäche.

»Stimmt«, meinte Barney. »Zu dir könnte das Schild ›Alkoholisierte Musiker verboten!‹ passen, aber du würdest dir wohl trotzdem weiter was hinter die Binde kippen und auf deiner Gitarre rumklimpern.«

Zwischen ihren Söhnen und Jez hatte es nie Feindseligkeiten gegeben. Sie schienen in einer gutmütigen Welt der Männerkameradschaft zu leben, die sich seit ihrer Kindheit kaum verändert hatte. Sie zogen sich gegenseitig auf. Kletterten überall hoch. Gingen auf Konzerte.

Sie hatte gerade den Fuß des Hügels erreicht, als ihr Telefon klingelte. Alicia rief an.

»Ich muss mit Ihnen reden. Ich habe eine Spur gefunden.«

»Wo bist du?«

»Vor der Uni. Auf dem Flusspfad. Können Sie herkommen? Dann kann ich Ihnen zeigen, wo ich es gefunden habe.«

Helen zögerte. Sie wollte nach Hause gehen, ihr war nach einem Bad und einem Drink. Aber hier ließ sich vielleicht etwas Konstruktives tun.

»Ich bin im Park. Ich komme zu dir. Warte da.«

Alicia saß auf einer Bank und starrte auf den Fluss, als Helen sie fand. Es herrschte Flut, das Wasser schwappte nicht mal einen Meter tiefer gegen die Mauer. Allmählich wurde es dunkel, und die Lichter gingen an, gelbe auf dem Weg, rote, weiße und blaue Sprenkel auf dem Fluss und am gegenüberliegenden Ufer. Alicia sah zu Helen auf und streckte ihr auf der offenen Hand ein winziges, angefressenes Stück Pappe entgegen.

»Was ist das?« Helen setzte sich neben sie auf die Bank und spürte sofort, wie kalt der Sitz war.

»Ein Tip«, antwortete Alicia. »Von Jez. Habe ich da drüben auf dem Weg gefunden.« Sie deutete nach rechts. »Direkt vor dem Kraftwerk.«

Helen sah in die Richtung, in die Alicia gewiesen hatte. Der Fluss wurde im Osten schwarz, unergründlich, regelrecht bedrohlich in der anbrechenden Dunkelheit. Auf der anderen Seite zur Stadt hin spiegelte sich auf ihm noch silbrig der Sonnenuntergang.

»Wieso glaubst du, er wäre von Jez?«

»Er ist von einer Karte für ein Konzert, auf dem wir waren. Ich bin mir sicher. Ich erkenne es wieder. Am Abend, bevor er verschwunden ist, haben wir Tüten gedreht. Wir haben sie nicht geraucht, weil Sie nach Hause gekommen sind.«

»Ich?«

»Ja, wir haben gedacht, Sie hätten was dagegen.«

»Und das hast du da drüben gefunden?«

»Ja. Er wollte sich mit mir im Fußgängertunnel treffen. Hier wäre er entlanggekommen. Den Hügel runter, am Cutty Sark Pub vorbei und dann über den Weg. Der Eingang zum Fußgängertunnel ist gleich da drüben.« Sie deutete mit dem Kopf nach links. »Ich wollte selbst nachforschen. Sonst sucht niemand ordentlich.«

Helen bezweifelte, dass der Papierfetzen von Jez stammte. Vermutlich brauchte Alicia das Gefühl, sie hätte eine Spur gefunden, und ihre Entdeckung machte ihr Hoffnung. Helen ließ sich nicht gerne auf etwas ein, das sich mit ziemlicher Sicherheit als falsche Fährte erweisen würde, aber man durfte auch nichts außer Acht lassen, das hatte die Polizei gesagt.

»Dann hast du den Tip in der Nähe von Sonia gefunden?«

»Sonia?«

»Eine Freundin von mir. Die, von der Jez sich eine Platte

leihen wollte. Ihr Haus steht da hinten, vor dem Kraftwerk. Er hätte den Tip auf dem Weg zu ihr wegwerfen können.«

»Und was machen wir jetzt?«

»Wir gehen da rüber, und du zeigst mir genau, wo du das Ding gefunden hast.«

Sie standen auf und gingen rasch los, das Licht im Rücken. Das Saugen und Schlürfen des Wassers an der Mauer ließen Helen schaudern. Vor ihnen ragten die dunklen Schatten der eisernen Geländerstäbe und ihre eigenen unförmigen Gestalten auf, wuchsen an und verschwanden mit jedem Lichtkegel der Laternen. Sie gingen am Pub vorbei und den Fußweg entlang. Sonias Haus lag im Dunkeln, die Laterne davor brannte nicht. Der Weg war duster und still und wirkte einsam im Vergleich zur hell erleuchteten O2-Arena an der nächsten Flussbiegung und den weißen Lichtern in Canary Wharf am anderen Ufer. Sie folgten dem Fußweg bis zum Kraftwerk, das wuchtig und bedrohlich über ihnen aufragte. Unter dem Kohlenanleger blieb Alicia stehen.

»Hier«, sagte sie und zeigte auf den Boden vor der Mauer. »Hier habe ich den Tip gefunden.«

Der Wind hob etwas Großes in dem schwarzen Bau über ihnen an, das schepperte und knallte, und Helen durchströmte ein seltsames Unbehagen.

»Gehen wir«, sagte sie, und weil sie Alicia nicht erschrecken wollte, fügte sie hinzu: »Wenigstens wissen wir jetzt, dass er bis hierhin gekommen ist. Wir suchen uns jetzt ein warmes Plätzchen und überlegen, was wir als Nächstes machen.«

Kapitel Achtundzwanzig

Sonntag

Sonia

Es ist beinahe dunkel, als ich von meiner Mutter zurückkomme. Am Fluss gehen nach und nach die Lichter an.

Ich lade den Rollstuhl aus, schiebe ihn zur Garage und nehme ihn mit hinein, nachdem ich die Innentüren aufgeschlossen habe. Jez liegt immer noch auf dem Rücken, die Arme über dem Kopf festgebunden. Er ist blass und verschwitzt.

»Jez, wir gehen zurück ins Musikzimmer, da kann ich richtig für dich sorgen«, sage ich ihm. Er sieht mich an, ohne zu reagieren. Sein Gesicht ist hager, die Lippen sehen blutleer und bläulich aus. Er murmelt wirr vor sich hin, dann schließt er die Augen.

»Es geht dir nicht gut«, sage ich. »Wir müssen es dir bequemer machen. Schieb dich einfach auf den Rollstuhl, dann kann ich dich nach Hause fahren.«

Ich schneide die Fesseln an seinen Armen und Beinen mit der Küchenschere aus meiner Tasche durch und ziehe seine Beine aus dem Bett, damit er sich setzen muss. Dabei stütze ich ihn von hinten ab. Zusammen gelingt es uns irgendwie, ihn in den Rollstuhl zu hieven. Ich lege ihm Gregs Anorak um, achte drauf, dass die Kapuze seinen Kopf bedeckt, und hülle ihn in Decken. Vorsichtshalber wickle ich wieder Klebeband um seine Knöchel und Handgelenke, damit er nicht auf die Idee kommt wegzulaufen, obwohl er dafür zu schwach sein dürfte. Ich würde ihn auch gerne knebeln, falls jemand stehen bleibt und mit ihm reden will, aber ich fürchte, wenn ich ihm den Mund zubinde, bekommt er gar keine Luft mehr. Schon jetzt hustet und keucht er. Stattdessen verhülle ich sein Gesicht, ziehe die Kapuze tief in die Stirn und lege ihm den Schal locker über die Nase. Als ich fertig bin, sind nur noch seine Augen zu sehen. Mein einziger Wunsch ist es, ihn nach Hause zu bringen. Ihn gesund zu pflegen.

Ich hocke mich vor die Garagentore, drücke sie einen Spaltbreit auf und suche die Gasse ab, so weit ich sie einsehen kann.

Ein paar Leute aus dem Pub laufen vorbei, sie albern herum, schubsen sich und lachen laut. Die Mädchen stöckeln auf hohen Absätzen daher und torkeln gegen die Jungs, die singend und grölend Schlangenlinien laufen. Sie verschwinden die Straße hinauf, ihre Stimmen werden immer leiser. Wieder Schritte und die leisen Stimmen von zwei Frauen. Ich spähe durch den Türschlitz und schnappe nach Luft. Eine der Frauen sieht wie Helen aus. Es ist Helen. Was hat sie hier unten zu suchen? Das Gesicht ihrer zierlichen Begleiterin kann ich nicht erkennen, weil sie auf Helens anderer Seite läuft. Ich ziehe die Tür zu, bleibe hocken und versuche, meinen Atem unter Kontrolle zu bringen. Nach mehreren Minuten öffne ich die Tür noch einmal einen Spaltbreit.

Jetzt liegt die Gasse im Dunkeln, nur schmale Streifen werden von den Straßenlaternen beleuchtet. Vom Pub her nähern sich weitere Schritte. Zwei Polizisten gehen rasch vorbei, ihre Leuchtjacken strahlen in der Dunkelheit hellgelb, beim Laufen unterhalten sie sich. Ich weiche in die Garage zurück.

Ich ziehe die Innentür zu, verschließe sie und lehne mich dagegen. Mein Herz rast so sehr, dass ich fürchte, es könnte zerspringen. Ich sehe zu Jez hinüber. Sein Kopf sinkt Richtung Brust, er ist fast eingeschlafen. Ich fühle ihm unter der Kapuze die Stirn. Ja, er hat immer noch Fieber. Sein Atem geht schwer und keuchend. Er braucht einen Inhalator. Ich muss ihn in das warme, bequeme Flusshaus bringen. Lange darf es nicht mehr dauern.

Endlich wird es auf dem Fußweg ruhig. Man hört nur noch das übliche Klappern der Metallbleche am Kohlenanleger und Wellen, die als Ausläufer eines vorbeifahrenden Boots gegen die Mauer schlagen. Ich öffne die Türen, schiebe Jez nach draußen und hinunter bis zu der Tür in der Mauer.

Die ganze Nacht über sitze ich auf einem Stuhl im Musikzimmer neben Jez und halte seine Hand. Er ringt nach Atem. Manchmal klingen seine Hustenanfälle so mühevoll, als hätte er nicht die Kraft, die Luft aus seinen Lungen zu drücken. Ein paarmal befürchte ich, ich müsste einen Krankenwagen rufen. Seine Atemzüge sind matt, als bekäme er die Luft weder richtig in die Lungen noch heraus. Ich durchsuche die Taschen seiner Lederjacke und des Kapuzenpullis, in denen er hergekommen ist, und finde in einer seinen Inhalator. Ich halte ihn Jez an die Lippen und drücke. Das bringt leichte Linderung, doch Jez ist weiter kaum bei Bewusstsein.

Als sich gegen vier Uhr immer noch keine Besserung abzeichnet, wird mir klar, dass ich mir einen Plan zurechtlegen muss, wenn ich für Jez sorgen will. Was in diesem Fall heißt, ihn am Leben zu halten. Ich durchdenke es Schritt für Schritt und versuche dabei, meine Reue und Verlustgefühle fernzuhalten. Jez darf nicht sterben.

Ich werde ihn vor Sonnenaufgang zu einem Krankenhaus bringen. Mit dem Rollstuhl meiner Mutter kann ich ihn zum

Auto schaffen und dann zum St. Thomas fahren oder sogar bis nach Hampstead zum Royal Free. Das Krankenhaus in der Nähe kann ich nicht nehmen, das wäre zu gefährlich. Man könnte mich erkennen und festhalten. Und ich brauche Zeit, um unbemerkt wegzukommen. Bevor wir fahren, stelle ich ihn ruhig, das ist dank Gregs Rezept kein Problem mehr. Und ich packe ihn warm ein. Ich stelle ihn im Eingangsbereich des Krankenhauses ab, mit einem Zettel, man solle sich um ihn kümmern, und Helens Kontaktdaten.

Dann muss ich aus seinem Leben verschwinden. Nicht nur aus seinem. Ich muss auch Kit verlassen, um ihr die Schande zu ersparen, mit dem Verbrechen ihrer Mutter zu leben. So werden die Leute das sehen, was ich getan habe, das weiß ich. Und ich muss Greg verlassen, der fragen wird, wie und warum, der auf mich einreden und mir vorwerfen wird, ich sei wegen meiner »Depression« nicht zum Arzt gegangen. Und dann muss ich das Flusshaus verlassen.

Mir steigen Tränen in die Augen, als ich mir vorstelle, dass ich alles aufgeben muss. Kit, das Flusshaus und Jez in dieser wunderbaren Phase. Ich drücke seine Hand und lasse meine Tränen auf seinen Puls fallen.

Später wird mir klar, dass ich die Lage aus Müdigkeit verzerrt gesehen habe. Jez in ein Krankenhaus zu bringen, war weder nötig noch vernünftig. Denn jetzt, als sich die Oberlichter in der Morgendämmerung kaum merklich aufhellen, bin ich überzeugt, dass dies das Ende gewesen wäre.

Kapitel Neunundzwanzig

Montag

Sonia

Als ich später an diesem Morgen aufwache, nachdem ich irgendwann auf dem Stuhl eingeschlafen bin, taucht die Sonne das Musikzimmer in honigfarbenes Licht. Ich kann hören, dass Jez schon freier atmet. Er schläft immer noch tief, aber seine Wangen wirken etwas frischer. Zumindest für den Augenblick scheint er stabil zu sein. Ich gehe nach unten.

Um zehn Uhr kommt Simon für sein Stimmtraining. Er drückt mir ein kleines Päckchen aus Frischhaltefolie in die Hand.

»Das Gras für deine Mutter, Herzchen. Medizinisches Marihuana, genau wie bestellt.«

Ich hauche einen Kuss neben seine Wange. »Mein lieber, in die Jahre gekommener Drogendealer.«

»Gern geschehen, Sons. Den Preis kannst du mir von der Rechnung abziehen.«

Es ist Montag. Ich musste mit meinen Terminen weitermachen. Allzu lange darf ich nicht aussteigen, sonst wollen die Leute wissen, warum.

»Wir bleiben heute unten«, sage ich ihm, »in der Küche.«

»Ich dachte, du gehst mit mir lieber ins Musikzimmer.«

»Wir lassen da oben gerade renovieren. Die Dielen fehlen, es wäre zu gefährlich.« Auf diese Idee haben mich die Bauarbeiter gebracht, die am Samstag die Fenster vergittert haben.

»Wenn du zur Toilette musst, geh hier unten. Ich mache dir einen Kaffee. Setz dich.«

»Geht es dir denn wieder richtig gut, Süße? Wir haben uns alle Sorgen gemacht, du hättest die Schweinegrippe! Etwas müde wirkst du ja schon. Aber du siehst noch fabelhafter aus als sonst. Du hast abgenommen!«

»Etwas vielleicht.«

»Nicht dass du es nötig gehabt hättest. Eine Grippe zieht einem schon das Kinn straff, was ab einem gewissen Alter nicht schaden kann.«

»Simon!«

»Wenn man so alt ist wie ich, muss man was für sein Aussehen tun. Man darf es nicht mehr als selbstverständlich hinnehmen.« Simon nimmt Anstoß am Lauf der Zeit, als wäre Altern eine persönliche Beleidigung. »Ich bin fünfundfünfzig, Sonia! Das ist doch eine Farce! Wie kann ich, Simon Swavesy, fünfundfünfzig sein? Sehe ich so aus? Steht es mir ins Gesicht geschrieben?«

»Du siehst genauso aus wie bei unserem letzten Treffen.«

»Aber meine Wangen! Und ich bekomme ein Doppelkinn, ich weiß es genau.«

»Na, dagegen sind die Stimmübungen ja ganz gut«, sage ich und schenke ihm Kaffee ein. »Also an die Arbeit.«

Die Sonne scheint in der Küche auf die Fensterbank und verleiht dem Raum einen seltenen Glanz. Kleine Bereiche zeichnen sich scharf ab, die Tassen, die am Regal der Anrichte hängen, die Orangen in der Obstschale. Die Reihe Marmeladengläser schimmert bernsteinfarben in der Sonne. Ich fühle mich ein wenig losgelöst von allem, vielleicht weil ich fast die ganze Nacht wach war.

»Wie läuft denn das Geschäft?«, fragt Simon. »Keine zu großen Probleme durch die Wirtschaftskrise? Nur gut, dass die Menschen immer eine Ablenkung brauchen. Ach, ich wollte noch fragen, ob es dir gut genug ging, um *Tosca* zu sehen.«

»Ja, so gerade. Und ich fand es wunderbar. Du warst großartig, Simon, wie immer.«

In gewisser Weise ist es fantastisch, dieses gefährliche Geheimnis zu haben, dieses Doppelleben. Ich hätte nie vorhergesehen, dass sich Jez' Aufenthalt hier so auswirken würde. Jedes Mal, wenn ich mit irgendetwas davonkomme, versetzt mir das einen euphorischen Kick, wie ich ihn seit meiner Kindheit nicht mehr erlebt habe.

Eine Brise vom Fluss trägt einen neuen Geruch herüber. Einen frischen Duft nach dem bedrückenden Chemikaliendunst, der im Winter unter den Wolken festsaß.

»Was für ein herrlicher Tag!« Simon hat sich auf die Fensterbank gelehnt und blickt auf das Wasser. Die Oberfläche wirkt in diesem Licht beinahe fest, wie Seide oder poliertes Metall. »Glaubst du, es wird endlich Frühling?«

Der Tag ist wirklich herrlich. Es fühlt sich an, als steige mein Herz empor wie ein Spinnenjunges, das mit seinem seidenen Gleitschirm in die Frühlingsluft über dem Fluss segelt.

Ich habe Jez. Er wird gesund, dank mir. Ich fühle mich wie damals als Kind am ersten Tag der Sommerferien, als ich beim Aufwachen wusste, dass die grauenhafte Schule weit weg war und ich nicht an sie denken musste. Dass vor mir lange, freie Tage lagen.

Als Kit vielleicht sechs oder sieben war, hat sie gesagt, sie hätte eine Fledermaus kreischen hören. Wir haben ihr erklärt, sie hätte sich getäuscht, Menschen könnten solche Geräusche nicht hören. Jetzt entdecke ich Gefühle, die so extrem sind, dass ich vorher nie Zugang zu ihnen hatte. Emotionale Höhen, von denen ich gedacht hätte, dass ein Mensch sie ebenso wenig erleben kann, wie ein Fledermausruf mit dem menschlichen Gehör wahrnehmbar ist.

Nachdem Simon um elf Uhr gegangen ist, sehe ich nach Jez.

»Wo bin ich?«

»Alles in Ordnung, Jez. Du bist wieder im Musikzimmer.«

Sogar er muss diese Leichtigkeit spüren, diese luftigere Atmosphäre, die Sonnenstrahlen, die durch die Oberlichter fallen und die Decken auf seinem Bett wärmen.

»Welcher Tag ist heute? Wie spät ist es?«

»Es ist Montag. Später Vormittag. Möchtest du einen Kaffee?«

Es geht ihm immer noch schlecht, ihm ist nicht nach einem Kaffee, sagt er.

»Im Badezimmer sind frische Seife und saubere Handtücher, wenn du sie brauchst, das weißt du, oder? Das ganze Musikequipment steht hier. Bücher, das Radio. Und du hast mich, gleich hier, ich verwöhne dich nach Strich und Faden. Das mache ich gerne für dich, Jez, das weißt du doch.«

»Mmm.« Er fühlt sich immer noch nicht gut, obwohl er mittlerweile leichter Luft kriegt. Er kann kaum die Augen aufhalten und zittert wieder.

»Ich habe Schmerzen im Rücken«, sagt er. »Zwischen den Schulterblättern.«

»Na ja, du brauchst Ruhe. Und du musst dich waschen und dir die Zähne putzen.«

Ich hole einen Waschlappen und eine Zahnbürste und mache ihn so gut wie möglich sauber. Er ist so schwach, dass ich ihm erlaube, ins Bad zu gehen und sich zu erleichtern, wonach er zum Bett zurückschlurft und sich mit einem Seufzen hinlegt.

»Ich hole dir eine Wärmflasche.«

»Ja, ja bitte. Mir ist so kalt. In der Garage sind mir die Finger gefroren. Sehen Sie mal! Meine Finger sind ganz starr!«

Ich schiebe die Wärmflasche unter die Decke, und da er offensichtlich fantasiert, überlege ich, ob ich mich vorbeugen und ihn küssen könnte, ohne ihn zu erschrecken. Aber seine Lippen sehen nach der Krankheit trocken aus, und er verströmt einen säuerlichen Geruch. Das macht mir Sorgen, er könnte einen Rückfall bekommen.

Unten setze ich mich im Flur an Gregs Computer, der die Haustür zur Straße hin blockiert. Die Tür, die wir nie benutzen. Ich gebe Jez' Symptome bei Google ein. Es klingt alles nach einer Lungenentzündung. Damit wird er ziemlich lange krank sein und wenig Kraft haben. Das erklärt seinen Husten und die Schmerzen zwischen den Schulterblättern. Es sieht zwar ernst aus, aber wenn ich mich besonders gut um ihn kümmere, was ich natürlich vorhabe, sollte es auch ohne Arzt gehen.

Nachdem ich meine Diagnose gestellt habe, bin ich noch eine Weile auf Google unterwegs, sehe mir diverse Seiten an und verliere mich im Netz. Ich klicke Nadias Skulpturen durch und folge dem Link zu der Seite, auf der sie Modroc für die schwangeren Torsos bestellt hat, von denen Helen erzählte. Spontan bestelle ich selbst etwas. Dann finde ich die Facebook-Seite, die Mick und Maria für Jez erstellt haben. Er lächelt mich an, das Gesicht fülliger, strahlender, mit Freunden, mit Erwachsenen, die ich noch nie gesehen habe, mit einer Gitarre und mit einer Reihe Mädchen. Ich ertrage es nicht, diese Bilder von Jez mit anderen Menschen, in einem anderen Leben zu sehen, und klicke schnell weg.

Als ich das nächste Mal nach oben gehe und nach ihm schaue, schläft Jez friedlich auf der Seite. Die Rolle Klebeband liegt auf dem Treppenabsatz, also hole ich sie, reiße ein Stück ab und wickle es ihm so lange um die Handgelenke, bis sie auf seinem Rücken sicher zusammengebunden sind. Ich gehe nach unten und überprüfe noch einmal die Schlösser und die Gitter vor den Fenstern. Sehe nach, ob die Eingangstür verriegelt ist. Die Tür auf der Flussseite ist ebenfalls mit einem Sicherheitsschloss und einem Riegel versperrt. Als besondere Vorkehrung habe ich die Vorhänge geschlossen, was ich mir in der Regel spare, weil wir nur auf den Fußweg und den Fluss blicken, und in der Küche die Jalousie heruntergezogen. Von außen muss das Haus verlassen aussehen, als wären wir weggefahren. Das Rohypnol, das Greg mir verschrieben hat, verstaue ich in der Küchenschublade, damit ich es Jez ins Glas werfen kann, falls es nötig werden sollte.

Jez ist wach, als ich wieder zu ihm gehe. Er beklagt sich, ihm würde immer noch alles wehtun.

»Was ist mit meinen Händen?« Aus seinem blassen Gesicht spricht Angst. Ich überlege, ob seine Krankheit in Verbindung mit dem Medikamentencocktail, den ich ihm einflößen musste, sein Gedächtnis durcheinandergebracht hat. Vielleicht erinnert er sich nicht mehr daran, dass er in der Garage festgebunden war. Es wäre schön, wenn das stimmte. Daran wollen wir uns beide nicht erinnern.

Ich setze mich auf das Bett und sehe ihn mit dem ganzen Mitgefühl in meinem Herzen an.

»Jez, ich glaube, ich kann dir vertrauen. Aber für deinen ersten Besuch unten habe ich eine kleine Vorsichtsmaßnahme getroffen. Wenn du mir gezeigt hast, dass du keine Dummheiten versuchst, kannst du mit freien Händen nach unten kommen. Versprochen.«

»Ich gehe nach unten? Wohin?«

Ich lächle. »In die Küche. Schau doch nicht so ängstlich. Wir werden den Nachmittag zusammen verbringen. Ich koche, und du kannst mit mir reden.«

»Ich bin immer noch hier?«

»Im Flusshaus, ja. Du bist noch hier. Es ist in Ordnung.«

»Aber ich gehe doch nach Hause, oder? Sie lassen mich gehen. Das haben Sie gesagt.«

Ich streiche ihm das Haar aus der Stirn.

»Natürlich gehst du nach Hause«, sage ich. »Bald schon, glaube ich. Sehr bald.«

Kapitel Dreissig

Montag

Sonia

Der Nachmittag ist beinahe perfekt. Jez sitzt am Tisch, die Hände hinter dem Küchenstuhl, während ich koche. Ich hänge ihm die grün-weiße Decke um, damit er es warm hat. Die neu gefüllte Wärmflasche platziere ich unter der Decke auf seinem Schoß. Ich lege die CD von Jeff Buckley ein, und wir hören uns zusammen »Hallelujah« an.

Ich mache ihm einen Hot Toddy: Whisky mit Zitronensaft, Honig und heißem Wasser. Vorsichtshalber gebe ich ihm einen Plastikbecher statt eines Glases, auch wenn er ihn ohnehin nicht in die Hand nehmen kann und in kleinen Schlucken trinken muss, während ich ihm den Becher an die Lippen halte. Ich glaube nicht, dass er jetzt etwas Impulsives tun wird. Zwischen uns hat sich etwas verändert. Er versteht, dass ich ihn gesund pflege. Dass ich ihm wirklich nichts Böses will.

Ich wende Hähnchenstücke in Mehl für einen Auflauf, den wir zusammen essen können, wenn er nachher Hunger hat. Ich schneide Schalotten klein, brate sie in Olivenöl an und gebe Speck dazu. Beim Kochen werfe ich ihm einen Blick zu. Wahrscheinlich habe ich erwartet, ihn so wie an seinem ersten Tag zu sehen, entspannt, den Fuß locker an das Tischbein gelehnt, während er seinen Wein trinkt. Deshalb schockieren mich die Tränen, die stumm über seine Wangen laufen und in den Plastikbecher fallen. Ihm läuft auch die Nase, lange, schimmernde Fäden hängen von seiner Oberlippe herab, und als er merkt, dass ich ihn ansehe, fängt er an zu schluchzen.

»Oh, Jez«, sage ich und gehe zu ihm.

Ich putze ihm die Nase, wische sein Gesicht mit einem sauberen Waschlappen ab und gebe ihm Wasser zu trinken.

»Hör mal, Jez, du warst sehr krank. Aber du wirst schon wieder gesund. Bitte weine nicht. Ich kümmere mich doch um dich. Ich bringe alles in Ordnung.«

Schließlich verstummt sein Schluchzen, er atmet tief durch und schenkt mir ein mattes, verlegenes Lächeln.

»Tut mir leid«, sagt er. »Mir ist nur so elend zumute.«

Es wird langsam warm in der Küche. Er windet sich etwas und sagt, ihm sei heiß. Erst schüttelt er die Decke ab, die ich ihm umgelegt habe, dann bittet er mich, ihm den Kapuzenpulli auszuziehen. Das ist mit den zusammengebundenen Händen nicht so einfach. Ich sage ihm, ich würde ihm stattdessen die Ärmel aufkrempeln. Als ich die Bündchen umschlage, nehme ich alles an ihm wahr. Seine breiten Handgelenke mit den hervorstechenden Knochen. Den schmalen Streifen Licht in der Vertiefung zwischen Elle und Speiche. Den feuchten Film auf seiner Stirn. Die Schweißperlen in seinen Ellenbeugen.

»Können Sie ihn mir nicht einfach ausziehen? Mir ist echt heiß. Ich gehe ein.«

Ich würde nur zu gerne seine Hände befreien und ihm den Pullover über den Kopf ziehen. Aber so schwach und gefügig er auch ist, traue ich mich nicht.

Nachdem ich ihm die Ärmel hochgekrempelt habe, rühre ich weiter die Sauce an und mahle Pfeffer.

»Ist es jetzt gut so, Jez?«

»Ja, schon besser.«

Nach einer ganzen Weile fragt er: »Was ist in den Gläsern?«

Ich folge seinem Blick. »Marmelade.«

»Die haben Sie an dem Tag gemacht, an dem ich hergekommen bin.«

»Ja. Ich koche sie jeden Februar ein, genau wie meine Mutter. Das hat schon Tradition. Der Geruch … ich liebe diesen Geruch, obwohl er mich auch traurig macht.«

»Ich habe auch Erinnerungen, die mich manchmal traurig machen. Nicht weil sie traurig waren, sondern weil diese Zeit vorbei ist. Weil man nicht zurückgehen kann.«

Ich drehe mich um und sehe ihn an. Wenigstens redet er wieder eher so wie am ersten Tag. Wir machen Fortschritte.

»Was ist das Erste, woran du dich erinnerst?«

Er überlegt, und ich mustere dabei sein Gesicht. Es ist schmaler geworden, keine Frage. Aber da ist noch etwas, ein misstrauischer Ausdruck, der vorher nicht da war. Sein Blick huscht umher. Als dürfte er nichts übersehen, als müsste er jede Sekunde wachsam bleiben. Das gefällt mir nicht. Er soll sich entspannen.

»Schwäne auf dem Fluss. Mein Vater hat mich in einem Buggy hingefahren, glaube ich. Wir haben den Schwänen Brot zugeworfen. Er hat gesagt, sie würden der Königin gehören. Stimmt das?«

»Nur unmarkierte Höckerschwäne. Und nur die auf der Themse. Oder den Nebenflüssen.«

»Und dass es nach Marmite gerochen hat. Bei dem Geruch von Marmite muss ich jetzt noch an hier denken. An den Fluss. Bevor sich alles geändert hat.«

»Das war eigentlich kein Marmite. Das ist Hefe aus der Brauerei. Aber dieser Geruch gehört auch zu meinen frühesten Erinnerungen. Manche Leute stört er. Ich mag ihn. Und die Schwäne sind natürlich immer noch hier. Manchmal verschwinden sie. Sie kommen allerdings immer wieder.«

»Stimmt. Aber es ist nicht mehr so wie früher. Mum und Dad werden nie wieder zusammen sein. Ich werde nie wieder dieses kleine Kind sein. Manche Sachen sind für immer vorbei.« Wieder steigen ihm Tränen in die Augen.

»Das stimmt nicht, Jez.« Ich lege das Messer weg, stütze mich auf den Tisch und sehe ihm in die Augen. »Das habe ich auch mal geglaubt, aber jetzt nicht mehr. Nichts ist vorbei, die Vergangenheit ist nicht verschwunden, Zeit ist nicht linear, wie wir es uns vorstellen. Sie windet und dreht sich und spielt uns seltsame Streiche. Das habe ich vor Kurzem erkannt. Ich wünschte, das hätte ich schon immer verstanden.«

Ich gehe um den Tisch herum zu ihm. Ich beuge mich vor und sehe ihm unverwandt in das hübsche, blasse Gesicht, in die Augen, die während seiner Krankheit tief eingesunken waren, jetzt jedoch ihren Glanz zurückgewinnen, und als ich ihm zuflüstere, lege ich meine ganze Leidenschaft in meine Worte.

»Du bist zu mir gekommen. Du bist gekommen, als ich verstehen musste, dass die Vergangenheit nicht verloren ist. Du hast mir gezeigt, dass ich eine zweite Chance habe und dass ich einen solchen Verlust nie wieder erleben muss.«

Statt zu antworten, starrt er mich nur an, und einen Augenblick lang scheint er tief in meine Seele zu blicken. Wir sind eins.

Es herrscht eine friedliche Stille, während das Licht draußen verblasst und ich mich wieder dem Kochen zuwende. Jez und ich schweigen miteinander. Wir müssen nicht reden.

Später, ich weiß nicht genau, wie viel später, weil die Zeit mir wieder Streiche spielt und der Tag scheinbar in ein paar Sekunden vergangen ist, sagt Jez: »Ich fühle mich wieder beschissen. Ich muss mich hinlegen.«

»Gehen wir da rüber. Ich mache den Kamin an, und du kannst dich aufs Sofa legen.«

Ich rolle die Ärmel seines Kapuzenpullis herunter. Hülle ihn in die Decke und führe ihn ins Wohnzimmer. Er legt sich auf das Sofa, und ich bereite ein Feuer im Kamin vor, ohne dieses ungute Gefühl, das dieser Raum sonst bei mir auslöst. Als würde ich nur Jez in meiner Nähe brauchen, und alles, was mich aus der Vergangenheit verfolgt, wäre ausgelöscht. Aber irgendetwas, vielleicht sein Fuß, der über den Sofarand hängt, oder wie er reglos auf dem Rücken liegt, bringt plötzlich alles wieder zurück. Nicht nur das Gefühl, sondern jede kleine Einzelheit, das Bild, das ich sonst nur aus den Augenwinkeln sehe und das weggleitet, wenn ich mich darauf konzentriere.

Licht fällt darauf, als ich das Anzündholz in den Kamin halte, und es erstrahlt mit den auflodernden Flammen.

Ein Tag im Vorfrühling, draußen wurde es dunkel. Ich stieß die Tür auf. Mitten im Zimmer stand eine Art Tisch. Kerzen warfen riesige Schatten an die Wände. Schwarz gekleidete Erwachsene mit gebeugten Köpfen. Ich wusste, was auf dem Tisch lag, sie mussten nicht erst Platz machen. Ich konnte zwischen ihnen hindurch den glänzenden Holzkasten mit den polierten Messinggriffen sehen. Aber ich konnte nicht näher gehen. Es forderte mich auch niemand dazu auf. Niemand redete mit mir. Ich stand allein in der Tür und wartete auf etwas, auf eine Bewegung, ein Wort. Sie hielten weiter die Köpfe abgewandt. Der Geruch reichte schon. Sie hatten kein Feuer angezündet. Das Zimmer war noch kälter als der Fluss.

Das Telefon klingelt. Es steht auf dem Tisch neben dem Sofa, auf dem Jez halb eingeschlafen ist. Zumindest dachte ich, er sei halb eingeschlafen. Bei dem Geräusch setzt er sich so ruckartig auf, dass ich mich jetzt frage, ob er es nur vorgetäuscht hat. Ich bin am anderen Ende des Zimmers. Es dauert ein paar Sekunden, bis ich aus meinem Tagtraum auftauche und merke, dass er mit dem Kinn das Sprechteil aus der Basisstation stößt und in den Hörer ruft: »Ich bin's, Jez!«

Ich bin durch das Zimmer gesprungen und hämmere einen Finger auf die Stummschalttaste, bevor er die drei kleinen Wörter ganz ausgesprochen hat, die ihn mir für immer wegnehmen könnten.

»Wie konntest du das tun?«

»Was denn?«

Er weicht zurück und kauert sich auf dem Sofa zusammen.

»Jez! Ich habe dich nach unten geholt. Jetzt tust du mir so was an.«

»Ich weiß nicht, was Sie meinen. Was habe ich denn gemacht?«

»Du wolltest mich verlassen.«

»Nein! Ich bin ans Telefon gegangen, ohne nachzudenken.«

Ich atme lang und tief durch und laufe einmal durch das Zimmer, während ich mir mit einer Hand durch das Haar fahre. Das darf jetzt keine hässliche Szene werden. Ich seufze. Setze mich neben ihn auf das Sofa. Lege ihm sanft eine Hand auf das Knie. »Na gut. Dieses Mal sehe ich darüber hinweg. Vergessen wir das vorerst. Aber jetzt musst du zurück ins Musikzimmer gehen. Du kannst nicht hier unten bleiben. Na komm. Hoch mit dir.«

Ich zittere, als er vor mir das Zimmer verlässt. Wie schrecklich, dass er immer noch Angst vor mir hat. Doch sei es, weil er noch schwach ist, oder weil es ihm leidtut, dass er mich aufgeregt hat, jedenfalls steigt er wie ein Häufchen Elend die Treppe hinauf, die Hände hinter dem Rücken zusammengebunden, den Kopf gebeugt, ohne mich anzusehen.

Nachdem ich ihn eingeschlossen habe, laufe ich sofort zum Anrufbeantworter, um die Nachricht abzuhören. Ich muss wissen, ob jemand Jez' Stimme gehört hat.

Es ist Helen.

»Sonia, das wirst du nicht glauben …«

Ich nehme das Telefon in die Hand und wähle Helens Nummer. Sie antwortet sofort.

»Kann ich vorbeikommen?«, fragt sie.

Sekundenlang kann ich nichts sagen. Hat sie Jez gehört? Ist das ein Trick?

»Sonia? Bist du noch da? Hörst du mich?«

»Ja, entschuldige. Hallo.«

»Ich muss mit dir reden. Kann ich dich besuchen?«

»Nein.« Das klang zu schroff. Ich versuche es noch einmal freundlicher. »Nein. Tut mir leid, Helen, jetzt passt es nicht.«

»Bitte, Sonia. Ich bin mit dieser Sache ganz allein …«

Sie klingt ehrlich. Einen falschen Unterton zu erkennen habe ich bei meiner Arbeit gelernt, und ich bin mir ziemlich sicher, dass da keiner ist. Natürlich könnte sie vorbeikommen. Ich könnte ihr das Gleiche sagen wie Simon, dass man die Treppe zum Musikzimmer nicht betreten darf, solange die Dielen fehlen. Aber Helen würde nicht wieder gehen. Bei Simon und meinen anderen Schülern ist es etwas anderes. Sie bezahlen für ihre Zeit. Helen könnte stundenlang erzählen. Sie muss keinen Termin einhalten. Und in der Küche ist noch die Decke. Der Plastikbecher, in dem ich ihm seinen Hot Toddy gemacht habe. Unser Auflauf steht ungegessen im Ofen.

»Wieso? Hast du Schüler da, Sonia? Wann können wir uns treffen? Ich muss wirklich reden.«

»Es tut mir leid, Helen, ich …«

Dann sagt sie etwas, das meine Meinung ändert.

»Alicia will dich auch kennenlernen. Jez' Freundin. Sie weiß etwas über Jez. Ich glaube, sie steht kurz davor herauszufinden, was mit ihm passiert ist.«

»Was hat das mit mir zu tun? Wieso will sie sich mit mir treffen?«

»Tut mir leid, wenn wir dich stören. Aber wir glauben beide, dass du vielleicht helfen kannst. Sei bitte nicht böse.«

»Ich bin nicht böse, Helen. Ich habe nur gefragt, warum ich? Was hat das mit mir zu tun?«

»Bist du doch, du bist gereizt. Das wollte ich nicht. Ich weiß, das ist dir lästig. Nur hat sie was von Jez ganz in der Nähe deines Hauses gefunden, und sie meint, du hast ihn an dem Tag, an dem er verschwunden ist, vielleicht gesehen, ohne es selbst zu wissen. Sie muss wirklich mit dir reden, Sonia. Und ich auch.«

Ich hole tief Luft. Habe ich wütend geklungen? Normalerweise achte ich genau darauf, meine Stimme zu mäßigen.

»Wo wollt ihr euch mit mir treffen?«, frage ich. »Eine Stunde hätte ich für euch. Aber hier geht es nicht. Ich bekomme nachher noch Besuch.«

»Im Anchor? Das ist gleich bei dir um die Ecke, damit stehlen wir dir nicht zu viel von deinem Abend. Ich könnte in zehn Minuten da sein. Wie sieht es bei dir aus?«

»Meinetwegen. Lieber früher als später«, sage ich. »Wir treffen uns da.«

Kapitel Einunddreissig

Montagabend

Sonia

Vor einer Weile wäre der Anchor um diese Zeit, am frühen Montagabend, stickig vom Rauch und voller Männer in grauen Anzügen gewesen, die sich gegen die Bierbäuche gerempelt wären. Jetzt ist es kahl und kalt und riecht durchdringend nach antibakteriellem Putzmittel. Die Gesichter der Männer sehen mehr oder minder aus wie immer, nur ihre Bäuche scheinen flacher zu sein. Mir fehlt der Rauch. Dieses Flair des Verbotenen, den er Pubs nach Feierabend verlieh. Der Dunst. Das Gefühl, dass uns, so erschöpft wir auch sein mochten, nach der Arbeit das Versprechen einer freieren Welt erwartete. Was soll das Rauchverbot? Man sieht doch, was aus den Pubs geworden ist. Saubergeschrubbt. Desinfiziert.

An der Bar kann ich Helen nicht entdecken, vielleicht ist sie zum Speisesaal durchgegangen, der auf den Fluss blickt. Nach dem, was sie mir gerade am Telefon über Alicia erzählt hat, fühle ich mich unwirklich, als stünde ich außerhalb meines Körpers. Aber manchmal hilft dieser überspannte Zustand, klarer zu denken. Was sie sagen, kann mir helfen, eine vernünftige Entscheidung darüber zu treffen, ob, wann und wie ich Jez gehen lasse.

Als Helen auch nicht im Speisezimmer ist, werde ich langsam ungeduldig. Ich frage mich, warum sie heute nicht arbeitet. Ich gehe zurück an die Bar und bestelle einen doppelten Whisky. Normalerweise trinke ich nichts Hochprozentiges, doch ich habe das Gefühl, dass ich es brauchen werde.

»Du trinkst ja was!«

Ich drehe mich um. »Helen!«

»Das ist Alicia.«

Neben Helen steht ein dünnes, dunkelhaariges Mädchen mit einem Nasenring und einer Lücke zwischen den Vorderzähnen. So jung sie ist, scheint sie das Leben irgendwie überzuhaben. Trotz des Wetters trägt sie ein T-Shirt mit dem Coverbild von Tim Buckleys Album »Works in Progress« auf der Brust. Ich erkenne es sofort, weil es auch auf dem Button ist, den Jez an seinem Kapuzenpulli trägt. Das Bild auf dem Album, das er sich von Greg leihen wollte.

»Meine rechte Hand und Trostspenderin. Dabei macht sie gerade auch die Hölle durch, wie du dir denken kannst. Sie schlägt sich unglaublich wacker. Wo du schon an der Bar bist, Süße, besorg mir doch einen großen Sauvignon, ja? Ich zahle die nächste Runde. Was möchtest du trinken, Alicia?«

Das Mädchen zuckt mit den Schultern.

»Sag ruhig. Wenn du mit uns zusammen bist, fragt niemand nach deinem Ausweis«, sagt Helen, was ich bezweifle, denn das Mädchen, das meiner dunklen Erinnerung nach fünfzehn ist, sieht aus wie zwölf.

»Ich trinke nicht.« Das Mädchen zuckt wieder mit den Schultern und verzieht mürrisch das Gesicht.

»Dann was ohne Alkohol. Ein J2O? Ein 7 Up? Eine Cola? Du musst doch bei Kräften bleiben. Oder, Sonia?«

»Ja, sicher«, sage ich.

»Ich nehme einen Grapefruitsaft mit Tonic light und eine Tüte Worcestersauce-Chips«, sagt sie missmutig, ohne mich auch nur anzusehen. Ich würde sie zu gerne korrigieren. Sie *nimmt* keinen Grapefruitsaft, sie *hätte gerne* einen, *wenn* es Sonia nichts ausmacht, *bitte* und *vielen Dank*.

Wir setzen uns ans Fenster. Der Fluss draußen ist unruhig. Nach dem schönen Anfang ist das Wetter umgeschlagen, in der anbrechenden Dämmerung haben sich die Wolken zugezogen, und Wind ist aufgekommen. Draußen hinter dem Fenster ist alles monochrom geworden, das schlammige Wasser, der bleierne Himmel, die braunen Häuser am anderen Ufer, die grauen Meeresvögel, die auf den Wellen dümpeln. Was früher einmal die Terrasse des Pubs war, wurde vor langer Zeit von einem Sturm abgerissen und liegt nun ein Stück weiter im Fluss vertäut als eigenartige, hölzerne Erinnerung an die Zeit, als die Leute sich darauf lachend und trinkend den Abend vertrieben. Das trübe Wasser schwappt über die verdreckten, braunen Kanten, und die früher hübsch geschnitzten Geländerpfosten ringsum sind zerfurcht. Von den Gezeiten zerfressen.

»Deshalb glaube ich, dass sich in den nächsten vierundzwanzig Stunden was tun könnte.«

»Was?«

»Du hast mir überhaupt nicht zugehört, oder, Sonia? Was lenkt dich ab? Du hast eine halbe Ewigkeit nach draußen gestarrt.«

Das Podest. Das hat mich abgelenkt. Der Tag, an dem ich sie auf dem Floß gesehen habe. Ich war hier! Hier vor dem Anchor, stand auf genau diesem Podest und wartete, wartete auf Seb. Beugte mich vor, starrte den Fluss hinauf und wartete darauf, dass er zu mir zurückkam.

Durch meinen Kopf marschieren Bilder wie die Figuren aus

Fantasia, groteske Karikaturen der Menschen, die an diesem Tag in das Flusshaus kamen. Meine Mutter war natürlich da, groß und hochmütig, ihre Dauerwelle zu einem riesigen Vogelnest auf ihrem Kopf verzerrt, die Lippen rosa, und neben ihr das Paar, das sie als Joyce und Roger aus dem Chor vorstellte. Joyce war breit und plump, Roger schmal und drahtig, und zwischen ihnen stand …

»Sonia, das ist Jasmine.«

Jasmine war im Gegensatz zu ihren Eltern perfekt proportioniert. Jasmine hatte langes, butterblondes Haar und mandelförmige, grasgrüne Augen. Sie war etwa so alt wie ich, aber größer und weiter entwickelt, und in meiner Vorstellung werden ihre Augen größer und ihre Wimpern länger und ihr Blick durchdringender, als sie tatsächlich sein konnten. Sie trug ein Baumwollkleid mit winzigen Spaghettiträgern und Knöpfen an der Vorderseite, die wie Gänseblümchen aussahen. Ihre Haare lockten sich um sie wie das Haar einer Meerjungfrau in einem Märchen, lange Strähnen wanden sich um ihren Körper und strahlten goldgelb, bis sie mich beinahe blendeten. Ich stand im Wohnzimmer und starrte unseren Besuch an, bis meine Mutter sagte, ich solle nicht so dumm herumstehen und Jasmine etwas zu trinken holen.

Als Seb mich von der Tür in der Mauer aus rief, ging ich erleichtert zu ihm. Seine Hose war nass und schlammig, er hatte sie bis über die Knie hochgekrempelt, weil er wieder an unserem Floß herumhantiert hatte. Die Haare standen ihm wild zu Berge. Er war barfuß. Zwischen seinen Zehen trocknete Schlamm. Er wollte mich abholen.

»Ich brauche dich, Sonia. Ein technisches Problem mit *Tamasa*.«

»Wir haben Besuch. Ich kann jetzt nicht rauskommen.«

»Dann komme ich rein und sage Hallo«, meinte er, und ohne auf ein Ja von mir zu warten, folgte er mir ins Wohnzimmer. Jasmine fixierte ihn sofort mit ihren grünen Augen.

Und er biss an. Er konnte den Blick nicht losreißen. Er zog leicht die Mundwinkel nach oben, und mich sah er danach nicht mal mehr an.

»Jasmine«, sagte meine Mutter mit gekünstelt zuckersüßer Stimme, »das ist Sebastian.«

»Hi«, sagte er.

Jasmine lächelte ihn an. »Hi.«

Meine Mutter setzte sich auf das Sofa und schenkte Jasmines Eltern Tee ein. Ihr Vater fragte: »Wobei hast du dich denn so mit Schlamm beschmiert, Sebastian?«

»Ach, ich war nur unten am Fluss«, antwortete Seb.

»Darf ich zum Fluss gehen, Mama?«, fragte Jasmine.

»Solange du keine Dummheiten machst und etwa in ein Boot steigst«, antwortete ihre Mutter.

»Ach, keine Angst, Mrs. ...«, fing Seb an.

»Harrison, Sebastian, Mrs. Harrison.« Sie lächelte ihn kokett an.

»Keine Angst, Mrs. Harrison. Es ist kein Boot, es ist ein Floß.«

»Es ist noch unsicherer als ein Boot«, warf ich ein. »Es hat nicht mal genug Auftrieb.«

Seb sah mich streng an. »Deshalb wollte ich dich ja holen. Damit du mir mit den Schwimmkörpern hilfst.«

»Sonia passt schon auf Jasmine auf«, sagte meine Mutter. »Machen Sie sich keine Sorgen, Joyce.«

Ich funkelte sie so böse an, wie ich nur konnte, aber sie bemerkte es nicht.

Meine Mutter hatte immer behauptet, sie sei zu müde, um

fremde Kinder zu Besuch zu haben, oder mein Vater hätte etwas gegen den Lärm. Ich erwartete nicht mehr, dass ich Freundinnen nach Hause mitbringen durfte, und die anderen Mädchen luden mich auch nicht mehr ein. Warum hatte meine Mutter plötzlich Jasmine aus dem Hut gezaubert?

»Dann mal ab mit euch. Aber seid vorsichtig«, sagte sie.

»Und komm zurück, bevor es dunkel wird, Jasmine«, sagte Mr. Harrison. »Wir müssen dann gehen.«

»Ach, Sie bleiben doch zum Abendessen«, hörte ich meine Mutter im Hinausgehen noch sagen. Wir hatten auch nie Gäste zum Abendessen. Was war hier los?

Als ich im Flur war, sagte Seb: »Komm mit, Jasmine«, und ich konnte spüren, wie sie hinter mir herliefen, als ich über den Fußweg zur Treppe und nach unten ging.

Ich brauchte fast eine halbe Stunde in dem kalten, dreckigen Wasser, um den Auftrieb hinzubekommen. Aber das war es wert, um Sebs Respekt nicht zu verlieren und der zimperlichen Jasmine zu beweisen, dass man nicht wie eine Sindy-Puppe aussehen musste, um Jungs wie Seb zu bekommen und zu behalten. Ich war mir sicher, dass Seb auf keinen Fall mit Jasmine auf *Tamasa* rausfahren würde, nachdem ich sie doch fahrtüchtig gemacht hatte. Jasmine stand die ganze Zeit nur am Ufer und sah kichernd zu, wie er mit den Kisten und Ölfässern herumhantierte, fluchte und mir Befehle gab. Und als wir sicher waren, dass das Floß wieder schwimmen würde, bat Seb mich, zum Flusshaus zu laufen und eine Taschenlampe zu holen.

Ich hörte die Erwachsenen im Wohnzimmer reden und schnappte mir die Taschenlampe, ohne ihnen etwas zu sagen. Ich wollte zurück und aufpassen, dass Seb nicht ohne mich mit Jasmine auf meinem Floß losfuhr.

Aber als ich nur wenige Minuten später aus dem Haus

kam, sah ich schon, dass er Jasmines Hand hielt und sie durch das Wasser führte. Sie kreischte. Sie war starr vor Angst und genoss es.

Es war, als hätte ich das Floß, mit dem wir bei Sebs Expedition zum anderen Flussufer beinahe ertrunken wären, weder mitgebaut noch den Namen ausgesucht. Als würde ich für Seb gar nicht mehr existieren.

»Ihr dürft nicht losfahren! Das haben sie euch verboten!«, rief ich. Ich lief die Treppe hinunter, und obwohl die Stufen rutschig waren, nahm ich immer zwei Stufen auf einmal. Auf den unteren Stufen glitzerte noch Wasser, ich passte nicht auf, sondern schlitterte tiefer, rutschte aus, stieß mir den Oberschenkel fest an und achtete weder auf die Schmerzen noch auf den dicken Bluterguss, der sich bald bilden würde. Seb führte Jasmine zu *Tamasa* hinaus, die er an einem Pfeiler des Kohlenanlegers festgebunden hatte, und sie kletterte hinauf. Sie hatte ihre hübschen, hohen Schuhe mit den geflochtenen Keilabsätzen im Schlamm neben der Mauer liegen lassen, das Baumwollkleid geschürzt und zeigte ihre langen, goldbraunen Oberschenkel. Seb kam zum Ufer, nahm mir die Taschenlampe ab, dann watete er zurück. Er sprang zu Jasmine auf *Tamasa* und löste das Seil vom Anleger. Ich sah zu, wie der Fluss sie forttrieb.

»Bis nachher, Sonia«, rief Seb. »Warte im Pub auf uns. Mark ist auch da. Besorg uns schon mal was zu trinken, wir kommen nach!«

»Die geben mir nichts!«, rief ich, und der Wind riss meine jämmerlichen Worte einfach in die Luft.

Was blieb mir anderes übrig? Ich wollte nicht, dass sie den ganzen Abend alleine loszogen. Und ich wollte sie auf keinen Fall aus den Augen lassen. Also ging ich direkt zum Pub, wo ich ihre Fahrt besser beobachten konnte. Mark war an der Bar. Er bot an, mir etwas zu trinken zu kaufen, und ich bat ihn um eine Cola. Mark bekam immer Alkohol. Damals wurden sowieso keine Ausweise kontrolliert. Wir gingen mit unseren Getränken auf die Holzterrasse. Mark fing an herumzualbern, er legte den Arm um mich, um an die Chips zu kommen, obwohl das nicht nötig war, dann warf er mir einen Eiswürfel in den Ausschnitt. Wahrscheinlich hat er sich Chancen ausgerechnet, nachdem er gesehen hat, dass ich Seb geküsst habe. Aber ich wollte nie einen anderen küssen. Ich hatte mir geschworen, dass ich das nie tun würde, dass Seb der Einzige sein würde.

Diese eine Stunde dehnte sich zu einer Ewigkeit. Mark erzählte blöde Witze, wollte mich anfassen und lachte, dass mir sein Speichel ins Gesicht sprühte, doch ich achtete mit allen Sinnen nur darauf, ob ich von *Tamasa* etwas sah oder hörte.

»Wo bleiben sie nur?«, fragte ich Mark schließlich. »Das Floß ist nicht sicher. Ich muss es wissen. Ich habe es mitgebaut. Es hält sich mit Mühe und Not über Wasser. Das ganze Ding ist gefährlich.«

»Vielleicht ist ein Ausflugsboot über sie gebrettert«, meinte Mark. »Und jetzt schwimmen ihre zerstückelten Leichen zwischen dem Treibgut.«

Ich überhörte das und schickte ihn los, damit er mir noch etwas zu trinken holte.

»Sind sie das?«, fragte Mark schließlich. Er beugte sich über das Terrassengeländer. Tatsächlich war da der schwache Lichtschein der Taschenlampe, die an *Tamasa* klemmte. Das Floß dümpelte näher. Es war nur ein Mensch darauf! Ich sah noch einmal hin. Ja. Nur Seb. Das Herz wurde mir leicht. Er hatte sich Jasmine vom Hals geschafft, hatte sie über Bord geworfen, sie auf der Isle of Dogs zurückgelassen. Irgendwas Schweres an sie gebunden und sie versenkt. Sie lag mit ihrem butterblondem Haar, das wie Seegras im Wasser schwankte, auf dem Grund der Themse. Ihre aufgedunsene Leiche würde in ein paar Tagen unten in Dartmouth, in Tilbury, bei den Autofabriken angeschwemmt werden. Grün und halb verwest.

Das Floß kam näher, nur getragen von der Flut. Seb ruderte nicht, er lag auf dem Bauch.

Ich lief direkt zum Ufer, um zu helfen. Sebs Rücksichtslosigkeit war sofort vergessen, als ich gesehen hatte, dass er allein war.

Aber Jasmine lag weder auf dem Grund des Flusses, noch saß sie auf der Isle of Dogs fest. Sie hatte meinen Platz eingenommen, unter Seb, und die Arme um ihn geschlungen. Er schien nichts dagegen zu haben. Als sie immer näher trieben und der Anblick keinen Zweifel mehr zuließ, wurde meine ganze Welt schwarz.

»Also, Alicia«, sagt Helen, »erzähl Sonia, was du gefunden hast.«

Als Alicia zu mir hochsieht, fällt mir auf, dass sie genau wie Jasmine ungewöhnlich grüne Augen hat. Sie steckt eine Hand langsam in ihr Umhängetäschchen und kramt geraume Zeit darin herum, bevor sie etwas Winziges hervorzieht und es mir entgegenstreckt. Ich sehe es mir lange an, habe aber keine Ahnung, was das sein soll. Auf ihrer Handfläche liegt ein winziges, zusammengerolltes und leicht zerfleddertes Stückchen Pappe.

»Was ist das?«

»Rate!«, sagt Helen aufgeregt.

»Ich fürchte, ich habe keinen Schimmer«, sage ich.

»Erklär du es ihr, Alicia. Du hast es gefunden.«

Alicia zuckt mit den Schultern und sieht Helen an. »Ich weiß nicht, was ich sagen soll.«

Helen übernimmt, sie genießt die Gelegenheit, eine Geschichte zu erzählen.

»Sie hat auf dem Fußweg in der Nähe von deinem Haus einen Jointstummel gefunden, und der Tip – das Stückchen Pappe auf ihrer Hand – ist von einer Eintrittskarte. Von einem Konzert, das die beiden vorige Woche besucht haben. Wie hieß die Band noch mal, Alicia? Egal, ich schweife ab, tut mir leid. Jedenfalls ist sie sicher, dass er Jez gehört hat. Sie haben den Joint an dem Abend gedreht, bevor er verschwunden ist, und weil ich nach Hause gekommen bin, haben sie ihn nicht geraucht. Als wüsste ich nicht, dass sie alle kiffen. Sie meint, Jez müsste ihn an diesem Freitagnachmittag auf dem Fußweg geraucht haben. Und sie glaubt, dass er in der Nähe ist und irgendwo festgehalten wird. Jemand muss ihn an diesem Tag auf dem Weg zum Fußgängertunnel entführt haben, an dem Tag, an dem er ihre Verabredung nicht eingehalten hat. Ich habe ihr erzählt, dass er sich bei dir eine Platte ausleihen wollte und deshalb den Weg am Fluss genommen hätte. Sie will wissen, ob du ihn gesehen hast.«

Die ganze Welt gerät ins Stocken, als wollte sie stehen bleiben. Meine Worte klingen wie eine alte Vinylsingle auf LP-Geschwindigkeit.

»Woher weißt du, dass das Ding ihm gehört?«

»Weil es von der Eintrittskarte ist. Wir waren zusammen auf dem Konzert und so und haben aus den Karten Tips gemacht«, kiekst Alicia. Ihre Stimme zittert, als sie weiterredet. »Jez wäre nie allein ohne seine Gitarre abgehauen. Dafür kenne ich ihn zu gut. Er erzählt mir alles.«

Jez erzählt ihr alles? Dass er bei mir wohnen wollte, hat er ihr nicht erzählt, oder? Schnüffelt auf dem Fußweg herum, erzählt der Polizei, wie Jez sich verhalten hätte, *er hätte seine Gitarre mitgenommen, er wäre nicht weggegangen, ohne es mir zu sagen.* Sie glaubt, sie würde ihn besser kennen als alle anderen, aber sie kennt ihn nicht so wie ich.

»Die Polizei wird die Theorie ernst nehmen, Sonia. Wir haben ihr noch nichts erzählt, weil wir erst mehr Beweise besorgen wollten. Dass er vielleicht auf dem Weg zu dir entführt wurde. Ich glaube fast, Alicia hat ihre Berufung gefunden – zukünftige Polizeichefin von Südlondon!«

Vielleicht kommt es von dem Whisky um diese Uhrzeit, aber plötzlich verspüre ich den albernen Drang zu kichern. Vor meinem inneren Auge ist eine Figur von Enid Blyton aufgetaucht, ein Bösewicht, der die jugendlichen Möchtegern-Detektive als »diese kleinen Schnüffler« bezeichnet hat. Ich würde Alicia gern sagen, dass sie sich um ihre eigenen Sachen kümmern soll, dass sie nicht mehr ist als eine kleine Schnüfflerin.

»Wir haben gedacht, du könntest uns vielleicht helfen«, erzählt Helen weiter. »Du wohnst am Fluss. Wir wollten fragen, ob du Jez eventuell gesehen hast, ohne ihn zu erkennen. Er muss an diesem Freitag in der Nähe von deinem Haus gewesen sein. Versuch dich zu erinnern. Hast du einen Teenager gesehen? Das ist ziemlich dringend, Sonia. Je länger jemand vermisst wird, desto unwahrscheinlicher ist es, ihn lebend wiederzufinden. Jez könnte in großer Gefahr sein.« Helens Unterlippe bebt.

Wieder blicke ich auf den Fluss. Jasmine und Seb treiben auf mich zu, und als sie das Ufer erreichen, fällt ein Sonnenstrahl auf sie, als hätte er sich mit ihnen verschworen und wollte noch Salz in die Wunde streuen.

»Sonia?«

»Ja«, antworte ich. »Das hat mich die Polizei auch schon gefragt. Nach dem Album, das er abholen wollte. Ich habe ihnen gesagt, das ist er nicht.«

»Was ist er nicht?«

»Er ist nicht vorbeigekommen. Ich habe ihn nicht gesehen. Das haben sie mich auch gefragt. Aber ich habe gesagt Nein. Ich habe niemanden gesehen.«

Ich mustere die beiden. Sie sehen angespannt aus. Blass und versteinert. Und nachdem ich ihre Frage beantwortet habe, auch niedergeschlagen.

»Es tut mir leid«, sage ich. »Ich kann euch nicht helfen.«

Ich sehe Helen an, dass sie auch nicht geschlafen hat. Sie sieht schrecklich aus.

»Wie läuft es mit Mick?«, frage ich schließlich.

»Ja, da gibt es …«, sie senkt die Stimme, »neue Entwicklungen. Du weißt schon, die Sachen, von denen ich dir erzählt habe. Dass er sich den Bauch tätschelt und so. Die Udonnudeln.«

Dabei steckt sich Alicia den Finger in den Mund, wie Helen es schon erzählt hat, und würgt laut. Ich werfe ihr einen eisigen Blick zu, bevor ich mich wieder Helen zuwende. Alicia zuckt mit den Schultern und steht auf.

»Ich wollte eh gerade gehen«, sagt sie. Sie nimmt ihr Schultertäschchen, lässt es über den Boden schleifen, dreht sich kurz um und winkt Helen knapp zu. Dann geht sie, ohne sich bei mir für das Getränk zu bedanken oder sich auch nur zu verabschieden.

Seufzend wende ich mich Helen zu. »Bei unserem letzten Treffen klang das alles ziemlich …«

»Es ist schrecklich«, sagt sie, nachdem Alicia gegangen ist.

»Es ist so schlimm, dass ich nicht mal arbeiten gehe. Ich bin stressbedingt zwei Wochen krankgeschrieben. Der Verbindungsmensch meinte, ich sollte darum bitten.«

»Welcher Verbindungsmensch?«

»Ach. Sie haben uns einen Verbindungsbeamten geschickt, der bei uns ist, solange die Sache dauert. Er beobachtet die Familiendynamik. Ich habe ihm ein bisschen davon erzählt, sonst hätte er es wohl nicht bemerkt. Mit irgendwem musste ich reden. Er meint, es wäre typisch, dass Leute wie Mick so reagieren und den Retter für denjenigen spielen wollen, der dem Opfer am nächsten steht. Er hat mir geraten, ich sollte Mick einfach machen lassen. Aber es ist trotzdem scheußlich, Sonia. Zu sehen, wie Mick meiner Schwester fast schon hörig ist.«

»Hast du mal mit ihr geredet?«

»Ich habe es versucht. Aber sie hat mich immer noch auf dem Kieker, weil ich nicht richtig auf ihren Sohn aufgepasst habe.«

»Das ist ganz schön hart für dich«, sage ich. »Aber dieser Verbindungsmensch hört sich klug an. Halt durch, so gut es geht.«

»Sonia, du könntest mir wirklich helfen«, sagt Helen. »Ich weiß ja, dass du mich nicht decken willst, das verstehe ich auch. Aber du könntest dich umhören. Könntest herausfinden, ob jemand Jez an diesem Nachmittag gesehen hat. Regelmäßig das Ufer ablaufen und nach Spuren suchen. Vor Alicia wollte ich das nicht sagen. Ich habe Angst, dass es schlimmer ist, als ich erst dachte, dass ihm etwas unvorstellbar Schreckliches zugestoßen ist.«

»Will die Polizei nicht selbst noch mal suchen?«, frage ich.

»Doch, doch. Das haben sie gesagt. Sie wollen alle noch mal

befragen. Aber in manchen Dingen halten sie sich offenbar lieber bedeckt.« Helen mustert mich mit einem seltsamen Blick. »Entschuldige, beunruhigt dich das, Sonia?«

»Mich beunruhigen? Warum sollte es mich beunruhigen?«

»Du wirkst erschrocken. Niemand lässt sich gern von der Polizei befragen. Davon hatte ich in den letzten zwei Wochen selbst genug, das kannst du mir glauben. Man hat ständig diese Sorge im Hinterkopf, sie würden einem nicht glauben, dass man unschuldig ist. Mir geht es immer noch so.«

»Ach, deswegen mache ich mir keine Sorgen«, sage ich. »Wobei: denk mal an die ganzen Justizirrtümer, für die die Polizei im Laufe der Jahre verantwortlich war.«

»Genau«, meint Helen. »Wem sagst du das. Eine Zeitlang habe ich gedacht, sie verhaften mich sowieso, egal, was ich sage. Ich habe mir schon ausgemalt, ich würde für den Mord an Jez verurteilt und den Rest meines Lebens im Gefängnis verbringen. Aber unsere wirken richtig clever, das muss man ihnen lassen. Ihretwegen habe ich sogar meine Meinung über die Polizei geändert. Ich weiß ja nicht, vielleicht werden sie heutzutage auch psychologisch geschult.«

Ich stehe auf.

»Und du hast ihnen nicht gesagt, wo du Freitagvormittag warst?«

»Sonia, das kann ich nicht.«

»Ich helfe, soweit es geht«, verspreche ich. »Ich muss jetzt los.«

»Wollen wir nicht noch was trinken?«, fragt Helen, als ich gehen will. Ich schüttle den Kopf, worauf sie zur Bar geht, um ein weiteres großes Glas Wein zu bestellen.

Kapitel Zweiunddreissig

Montagabend

Sonia

Zu Hause räume ich so schnell wie möglich die Küche auf und gehe direkt nach oben zu Jez. Über mein Gesicht strömt Hitze, als ich mich über ihn beuge. Er wimmert, wacht aber nicht auf. Er riecht nach Krankheit, ein stechender, heftiger Geruch. Ich hole von unten Paracetamol. Rüttle ihn wach, bringe ihn dazu, zwei Tabletten mit etwas Wasser zu schlucken. Er fällt zurück und schläft wieder ein. Auf der Matratze ist gerade genug Platz für mich. Ich lege mich neben ihn, für eine Stunde, vielleicht auch zwei.

»Was sollen wir nur machen, Jez?«, flüstere ich.

Ich fürchte, er hat noch weiter abgenommen. Sein Hüftknochen fühlt sich unter meiner Hand spitz an. Er hat seine sanften Konturen verloren. Auch sein Gesicht ist schärfer geschnitten, das Dämmerlicht zeichnet dunkle, eckige Schatten unter seine Wangenknochen.

Nach jedem Boot, das vorbeifährt, rauschen Wellen ans Ufer. Hin und wieder flackert Licht über die Wand. Als ich mich von der Seite auf den Rücken drehe und seine Haarsträhne loslasse, die ich in den Mund genommen hatte, höre ich die Türklingel auf der Flussseite. Ich erstarre. Wieder klingelt es, es hört nicht auf. Wenn es so weitergeht, wacht Jez auf und findet mich hier. Er könnte laut rufen, was man in der nächtlichen Stille vielleicht unten hören würde. Ich hieve mich aus dem warmen Mief unter der Decke, nehme meine Stiefel in die Hand und schleiche auf Zehenspitzen hinaus. Ich schließe die Tür ab, laufe nach unten und durch den Flur. Jemand klopft energisch an das Wohnzimmerfenster. Eine Stimme ruft: »Sonia, Sonia, bitte mach auf! Ich weiß nicht, wohin ich sonst gehen soll!«

Über den Hof zur Tür in der Mauer. Aus dem schlammigen Flussbett stinkt es überwältigend nach Schwefel. Es muss Ebbe herrschen. Auf dem Fußweg wirbelt ein frischer Wind Müll auf. Ich schaudere.

»Helen! Was ist los? Schrei doch nicht so!« Ich halte die Tür dicht bei mir. Helen ist ganz aufgelöst. Ihr Gesicht wirkt in dem orangefarbenen Licht der Laterne zerknautscht. Sie muss noch mehr getrunken haben, nachdem ich gegangen bin.

»Ich habe sie zusammen erwischt!«

»Was?«

»Lass mich doch rein, ja?«

Mein Instinkt sagt mir, dass es bei ihrem Zustand einfacher sein dürfte, ihr nachzugeben als abzulehnen. Ich nehme sie mit über den Hof. In der Küche deute ich auf die Bank und schenke ihr ein Glas Wein ein.

»Wir müssen leise sein, Helen«, sage ich. »Die Nachbarn und so.«

Sie hinterfragt das nicht, sondern stützt einfach den Kopf in die Hand, stöhnt und fängt, zuerst leise, an zu erzählen.

»Als du weg warst, habe ich im Pub gründlich nachgedacht. Ich habe beschlossen, mit meiner Schwester zu sprechen. Mick redet auf keinen Fall darüber.«

Sie kippt die Hälfte des Weins herunter, den ich ihr eingeschenkt habe.

»Gegen halb elf komme ich nach Hause. Alles ist ruhig. Ich

gehe nach oben, um zu sehen, ob Maria im Bett ist. Ich mache die Tür auf – und da sind sie beide. Auf dem Bett. Ihr Sohn wird vermisst. Und sie sitzt mit meinem Mann auf Jez' Bett. Gib mir noch was zu trinken, Sonia. Mein Gott, das brauche ich jetzt.«

»Was war mit diesem Verbindungsbeamten?«

»Hm?« Sie blickt auf und fährt sich wütend mit einer Faust über die Wange, um ihre Tränen wegzuwischen.

»Du hast erzählt, er wäre eine Hilfe. Er hätte dir gesagt, Micks Verhalten wäre unter diesen Umständen typisch. Du solltest dir das nicht so zu Herzen nehmen.«

»Ah. Ja. Wo er war, als ich ihn gebraucht habe? Im Clarendon Hotel und hat geschlafen. Also sage ich, weil ich ein bisschen betrunken bin, du weißt ja, dass man dann Sachen sagt, die man nicht so meint, ich sage: ›Das war's. Ich bin weg.‹ Und Mick sagt, und er ist nur halb angezogen, Sonia, er sitzt in seiner Calvin-Klein-Shorts mit Schottenmuster, die ich ihm letzte Weihnachten geschenkt habe, auf Jez' Bett, mit meiner Schwester im Arm, und sagt: ›Von mir aus, ich bin dein Trinken nämlich echt leid.‹ Ich meine, ich würde gar nicht trinken, wenn er sich in letzter Zeit nicht so benommen hätte. Aber er sagt: ›Die meiste Zeit würdest du es doch gar nicht mitkriegen, wenn die Jungs nicht nach Hause kommen. Es ist kein Wunder, dass Jez vor deinen Augen verschwunden ist.‹ Wie kann er so was sagen? Er hat richtig getobt. Es war schrecklich, Sonia. Er hat mich so schlechtgemacht.«

»Schscht, Helen. Du bist aufgebracht. Aber du darfst nicht hysterisch werden.«

Jez könnte sie hören, er könnte rufen. Mir ist übel, und ich erinnere mich, dass ich letzte Nacht kaum geschlafen habe und meine Nerven blank liegen.

»Ich bin kurz davor«, jammert sie. »Ich könnte heulen! Was soll ich nur machen? Wohin soll ich gehen? Er ist so, so …«

»Hier.« Ich schenke ihr Wein nach, damit sie leiser wird.

»Schwächlich. Wie kann er so schwach sein, Sonia? Er tritt nicht für mich ein. Ich bin seine Frau, verdammt noch mal! Er glaubt, weil die Polizei mich befragt hat, könnte ich tatsächlich schuldig sein. Und Maria wäre die Einzige, die Mitgefühl verdient.« Sie kratzt sich über die verschmierten Wangen. »Oder war er schon immer scharf auf sie? Man sagt ja, dass nur schlechte Beziehungen unter Druck kaputtgehen. Also wäre das vielleicht sowieso passiert, und ich war nur so blöd und habe es nicht gemerkt!«

Sie lässt sich gegen die Lehne der Bank sacken. Der Wein ist nach ein paar großen Schlucken ausgetrunken.

»Ich bin völlig am Ende. Meine Kinder haben die Schule geschmissen, mein Mann ist mir untreu, mein Neffe wird vermisst und ist vielleicht tot. Und alle glauben, es wäre meine Schuld!«

»Das stimmt nicht, Helen. Das können sie nicht glauben. Nicht Mick. Nicht deine Schwester.«

»Doch, es stimmt. Das sehe ich in ihren Augen. Ich kann ihnen nicht sagen, wo ich an diesem Vormittag war, Sonia, das ist zu peinlich. Aber es hat nichts mit Jez zu tun. Du glaubst mir doch, oder? Das klingt verrückt, ich weiß. Sollen sie doch lieber glauben, dass ich getrunken habe, als dass ich etwas Schlimmeres verberge. Vielleicht mache ich reinen Tisch. Was meinst du? War ich zu stolz?«

Sie stockt und lehnt sich zurück, den Blick auf etwas unter dem Tisch gerichtet. Sie bückt sich und zeigt darauf. Ich folge ihrem Blick. Auf dem Boden liegt mit der Vorderseite nach oben Jez' Button von Tim Buckley, mit demselben Albumcover von »Works in Progress«, das Alicia heute auf ihrem T-Shirt getragen hat. Er muss von Jez' Kapuzenshirt abgefallen sein, als ich ihm heute Nachmittag die Ärmel aufgekrempelt habe. Helen fällt die Kinnlade herunter. Sie sieht mich an. Ich starre zurück wie versteinert, ich kann nichts sagen und nichts tun.

»Was zum ...«, sagt sie und blickt von mir zu dem Anstecker. »Das Bild, das hatte Alicia heute auf ihrem T-Shirt. Das hat sie mit Jez aus dem Internet runtergeladen.«

Mein Mund ist trocken, meine Miene reglos. Gott, hoffentlich macht es bei ihr nicht klick.

»Ich weiß das, ich war dabei, das haben sie an meinem Computer gemacht. Neulich erst. Woher hast du ihn? Wir müssen es der Polizei sagen. Er gehört Jez. Ich bin mir ganz sicher. Wie zum Teufel kommt er hierher?«

Ich schlucke. Sauge an meinen Wangen, um etwas Speichel in den Mund zu bekommen.

»Kit. Hat ihn auf dem Fußweg aufgehoben.«

Ich stehe auf und gehe mit Helens leerem Glas zum Weinregal. Ich nehme eine neue Flasche heraus, lehne mich für einen Moment gegen die Spüle und schließe die Augen. Zähl, sage ich mir. Atme. Ich wende ihr immer noch den Rücken zu. In meinen Händen habe ich kein Gefühl mehr. Irgendwann kann ich den Korkenzieher doch richtig packen. Warum habe ich nicht eine Flasche mit Drehverschluss ausgesucht? Ich bekomme den Korken heraus und schütte Wein in ihr Glas. Hoffentlich bemerkt sie nicht den Schuss Whisky, den ich untermenge. Oder das Rohypnol.

Bevor ich mich umdrehe, sammle ich mich. Ich setze mich, gebe ihr den Wein und streiche mir ein verirrtes Haar von der Wange.

»Habt ihr der Polizei nichts gesagt?«, fragt sie.

»Wir sind gar nicht auf die Idee gekommen. Warum sollten wir?«

»Weil das ein Bild von Tim Buckley ist.«

»Tim Buckley?«, sage ich. »Das wusste ich gar nicht.«

Sie beugt sich vor, um den Anstecker aufzuheben, hält aber inne.

»Sonia, wir müssen das Ding für die Forensiker in einen Plastikbeutel legen. Das ist ein wichtiges Beweisstück! Fass es nicht an.«

»Wie gesagt, Kit hat ihn aufgehoben, sie dachte, er wäre etwas für Harry, aber der wollte ihn nicht – er kannte ihn gar nicht, diesen … wie hieß er gleich?«

»Das ist alles sehr seltsam«, sagt sie und sieht mich an. Fügt sie in ihrem Kopf Puzzleteile zusammen, selbst so benebelt vom Alkohol?

»Das ist nicht seltsam, Helen«, sage ich schroff. »Wir hatten keine Ahnung, dass er Jez gehören könnte.«

»Aber überleg doch mal! Auf dem Fußweg der Tip, den Alicia gefunden hat. Jetzt das! Wo hat Kit ihn her? Das müssen wir der Polizei erzählen. He, Sonia, ich bin eine Detektivin! Ich werde das Rätsel lösen. Ich finde meinen Neffen. Ich habe das Gefühl, dass ich den Fall schon halb aufgeklärt habe. Lass mal nachdenken. Ich weiß. Er wollte herkommen und sich was von Tim Buckley ausleihen, oder? War er hier? Sonia!«

»*Nein, war er nicht*«, zische ich.

»Du musst dich nicht gleich aufregen!« Sie trinkt und sieht mich über den Rand ihres Glases an. »Warum hast du die Verbindung nicht gesehen, Sonia? Kit findet einen Button von Tim Buckley, Jez wollte sich hier ein Buckley-Album ausleihen. Du bist meine Freundin. Wenn du was weißt über Jez, irgendwas, dann musst du mir es sagen. Und? Weißt du was? Hast du ihn an diesem Tag gesehen? Oder Kit?«

»Nein.«

»Wir müssen die Polizei anrufen.« Sie fängt an zu lallen. Leicht wacklig steht sie auf. »Wo ist meine Tasche? Ich nehme mein Handy.«

»Helen, es ist nach Mitternacht«, sage ich so freundlich wie möglich. »Die Polizei wird nicht begeistert sein, wenn wir um diese Uhrzeit wegen eines Ansteckers anrufen! Wenn du sicher bist, dass er Jez gehört, sagen wir es ihnen morgen.«

»Wenn er den Fußweg genommen hat, wenn er hier war, müssen sie das wissen.«

Ich merke erleichtert, dass ihre Stimme schwächer wird, sie formt jedes Wort, als koste es sie große Mühe.

»Du bist völlig durch den Wind«, sage ich. »Erst mal müssen wir uns um dich kümmern. Weiß Mick, wo du bist? Oder die Jungs?« Meine Gedanken stürmen, die Eile treibt sie an. »Nach allem, was in letzter Zeit passiert ist, sind die Jungs bestimmt außer sich. Hast du ihnen gesagt, dass du weggehst?«

»Scheiße. Ich glaube, ich bin total voll. Ich muss mich hinlegen. Das Handy. Mein Gott. Als ich heute Nachmittag bei dir angerufen habe, habe ich mir eingebildet, ich hätte Jez gehört. Aber … nein, das ist verrückt. Oder?«

»Völlig verrückt.«

Sie starrt mich an, die Augen blutunterlaufen, das Gesicht vom Wein gerötet. Ich sehe ihr an, dass sie zweifelt. Langsam zählt sie eins und eins zusammen, trotz des Alkohols und jetzt auch trotz der Droge. Ich starre zurück. Warum hat sie mich in diese Lage gebracht? Sie schiebt sich vor der Bank weiter und will ins Wohnzimmer. Die Idee mit der Polizei lässt ihr keine Ruhe.

»Gib mir das Telefon«, sagt sie, bevor sie auf das Sofa plumpst. Sie hat Mühe, die Augen offen zu halten. »Die Polizei …«

»Mach dir keine Sorgen.«

»Es ist dringend«, sagt sie. »Das kann nicht warten.«

Ihr fallen die Augen zu. Wenig später ist sie eingeschlafen. Ich stehe vor ihr und sehe auf sie hinunter. Meine ganze Welt bricht zusammen. Wenn sie aufwacht, wird sie sofort die Polizei anrufen wollen wegen dieses verdammten Buttons und der Stimme, die sie angeblich am Telefon gehört hat. Helen hat mich in diese Situation gedrängt, mir bleibt keine Wahl. Ich nehme das Federkissen vom Sofa neben mir. Ich lege es sanft auf ihr Gesicht. Dann drücke ich zu. Sie fängt an, sich zu winden. Wenn sie anruft, werden sie sich noch mal das Musikzimmer ansehen wollen, und ich kann Jez nicht wieder wegbringen. Er ist zu krank.

Ich drücke ihr das Kissen fester auf Nase und Mund. Sie würden ihn oben finden.

Mein Blick fällt auf die Nähutensilien von meiner Mutter mit dem Stopfpilz obenauf. Mit einer Hand greife ich danach, mit der anderen halte ich das Kissen fest.

Sie würden ihn mir wegnehmen.

Mit dem Griff des Stopfpilzes presse ich das Kissen in Helens weit aufgerissenen Mund, mit der anderen Hand drücke ich ihr das Kissen auf die Nase.

Sie würden uns trennen, und dafür bin ich noch nicht bereit. Ich könnte es nicht ertragen.

Wenn man am Fluss lebt, weiß man, wie man auf die andere Seite gelangen kann. In diesem Abschnitt gibt es keine Brücke, also bleiben als Möglichkeiten auf oder unter dem Wasser.

Man kann nirgendwo umkehren. Man muss seinem Ziel folgen. Nicht einmal der Blackwall-Tunnel lässt einen wenden, sobald man in seinem verpesteten Inneren ist. Beim Durchfahren will ich manchmal nur noch zurück, weil mich die Angst packt, unter dem riesigen, dunklen Fluss zu sein. Aber die Autos vor und hinter mir treiben mich vorwärts. Man kann nicht anhalten. Man muss weiter durch den Schmutz fahren, bis man zwischen den hoch aufragenden Bauten am anderen Ufer herauskommt. Daran denke ich, als ich mich auf das Kissen stütze, und ich weiß, dass ich nicht zurückkann. Ich kann nicht umkehren. Ich muss mein Ziel weiterverfolgen.

Kapitel Dreiunddreissig

Dienstagmorgen

Sonia

Woher weiß man, wann es vorbei ist? Helens Hände öffnen und schließen sich und kratzen über meine Ärmel. Ihre Beine zucken. Mir wäre es lieber gewesen, es wäre nicht im Wohnzimmer passiert. Aber ich hatte keine andere Wahl. Ich packe das Kissen fester. Drehe den Stopfpilz tiefer. Das Feuer, das ich heute Nachmittag im Kamin angezündet habe, ist längst heruntergebrannt. Ein Windstoß fährt durch den Kamin, verteilt Asche auf dem Teppich und hebt einen Vorhang an. Die Kaminuhr surrt und schlägt halb eins. Helen bekommt Krämpfe. Sie würgt. Das will ich nicht hören. Ich will nicht hinsehen. Ich wende den Kopf ab und stemme mich mit dem ganzen Gewicht auf sie. Endlich sacken ihre Füße in den hübschen Wildlederstiefeln zur Seite. Ich hebe das Kissen hoch. Es ist getränkt von Erbrochenem. Ich taste nach einem Puls. Ich darf nicht nachdenken. Die Kälte im Zimmer. Der Geruch der Körperflüssigkeiten. Die Stimmen.

Ich lasse sie kurz allein und gehe zum Fenster auf der Flussseite. Vorsichtig hebe ich den Vorhang hoch und spähe in die Dunkelheit. Es ist schlecht zu erkennen, wie hoch der Fluss steht. Ich brauche die Flut. Es wäre aussichtslos, sie auf den Armen die rutschigen Stufen hinuntertragen zu wollen.

Ich husche über den Hof und durch die Tür auf den Fußweg. Wie ich vermutet habe. Das Wasser bedeckt das Ufer und schwappt gute zweieinhalb Meter unter mir gegen die Mauer. Ich muss mindestens zwei Stunden warten, vielleicht auch drei. Vielleicht hätte ich daran denken sollen, bevor ich das Kissen benutzt habe. Hätte warten sollen.

Der Geruch von Helens Erbrochenem hat alles durchdrungen. Ich habe das Gefühl, er hätte sich in meinen Haaren und meiner Kleidung festgesetzt. Ich hole ein Spültuch und Desinfektionsspray aus der Küche, wische die Lache auf ihrer Brust weg und gehe mit dem Kissen zurück, um es zu waschen. Andererseits sollte ich es vielleicht lieber verschwinden lassen. Aber wo? Ruhig. Atme. Mein Verstand rast. Ich muss an zu viel denken. Zum Beispiel an die Sachen, auf die Helen mich aufmerksam gemacht hat. Die Sachen, die den Forensikern auffallen könnten. Ich müsste viel mehr darauf achten, welche Beweise ich zurücklasse.

Am Ende stecke ich das Kissen in die Waschmaschine und stelle sie auf Kochwäsche. Dann hole ich Mutters Rollstuhl unter der Treppe hervor. Nach Jez ist Helen ein richtiges Leichtgewicht. Ich hebe sie hoch und setze sie in den Rollstuhl. Ein paar Stunden kann sie da sitzen bleiben.

Ich hebe den verräterischen Button auf und bringe ihn ins Musikzimmer. In dem schwachen Licht, das durch die Oberlichter sickert, finde ich den Kapuzenpulli am Fußende von Jez' Bett und befestige den Anstecker daran. Jez schläft immer noch, er ist fiebrig und verströmt einen schwachen, knabenhaften Duft, den ich in meine Lungen sauge, um Helens Geruch zu vertreiben. Ich hebe eine Strähne von seinem dunklen Haar hoch und reibe mit der Nase über den feinen Flaum hinter seinem Ohr, streiche mit einem Finger sanft über die blaue Ader an seinem Arm bis hinunter zur Handfläche, die nach oben gekehrt ist, als wollte er mir etwas Kostbares zeigen. Küsse die weiche Pfirsichhaut auf seinen Fingerkuppen. Ich lasse den Blick über seinen ganzen Körper gleiten. Schaudere vor Vorfreude auf den Genuss, wieder mit ihm allein zu sein.

Unten ziehe ich ein paar Gummihandschuhe aus dem Wust im Spülschrank und lege sie auf dem Tisch für die Flut bereit. Die rosafarbenen, aufgeblähten Finger wirken monströs im Vergleich zu Jez' schlanken, goldenen. Die nächste Stunde zieht sich unendlich. Ich versuche, die Küche aufzuräumen, aber sie ist so gut wie sauber. Ich stelle die leeren Weinflaschen in die Recyclingtonne und spüle Helens Glas unter dem Wasserhahn, dreimal schrubbe ich es mit der Bürste ab, bevor ich es in die Spülmaschine stelle. Immer wieder stecke ich den Kopf durch die Wohnzimmertür, um nachzusehen, ob sie nicht doch wieder atmet. Ich habe den Drang, ihr eine Decke überzulegen, dabei spürt sie die Kälte nicht mehr. Es gefällt mir nicht, dass sie so zusammengesunken in ihrem Minirock und Schal in Orange, der blickdichten, kirschroten Strumpfhose und dazu passendem Rundhalspulli in dem Durchzug sitzt, der durch den Kamin fegt. Alles ist so hübsch aufeinander abgestimmt. An einem Bein hat die Strumpfhose am Knie leichte Falten geworfen, wahrscheinlich durch unseren Kampf auf dem Sofa, und ich will sie hochziehen und glätten. Es gefällt mir wirklich gar nicht, sie so zu sehen, aber ich hatte keine andere Wahl. Was hätte ich denn sonst machen sollen?

Ich suche die Decke, in die ich Jez heute Nachmittag gewickelt habe, die grün-weiß karierte, und lege sie ihr über. Wieder schlägt die Uhr.

Ich kehre in die Küche zurück. Setze mich, stütze den Kopf in die Hände. Sehe wieder nach ihr. Merke, dass ich dieses Mal hoffe, sie würde wieder atmen. Ich halte eine Hand unter ihren Mund, unter die Nase, hebe das Handgelenk an und taste nach einem Puls.

Nichts.

Das Telefon klingelt. Es ist zwei Uhr morgens. Um zwei Uhr ruft doch niemand an. Erst will ich abnehmen, dann halte ich mich zurück. Der Anrufbeantworter springt an. Ich höre Micks Stimme.

»Sonia. Tut mir leid, dass ich um diese Zeit störe, aber Helen ist abgehauen. Ich dachte, sie wäre vielleicht bei dir. Ruf mich doch bitte morgen früh an ... ich mache mir Sorgen um sie.«

Warum glauben die Leute, alle wären bei mir? Wenn sie vermuten, dass sie bei mir ist, wann kommen sie her und schnüffeln herum? Ich muss Helen loswerden.

Ich gehe zur Tür in der Mauer und bleibe stehen. Auf dem Fußweg nähern sich Stimmen. Ausländische Akzente. Polnisch oder russisch. Studenten, die lange aus waren. Lachen, jemand kreischt. Wahrscheinlich beugt sich jemand über das Mäuerchen und tut so, als wolle er in den Fluss springen. Man gewöhnt sich an solche Streiche, die Studenten treiben noch die gleichen alten Spielchen, als wäre vor ihnen noch nie jemand daraufgekommen. Er ruft seine Kumpel, die nur ein paar Zentimeter von mir entfernt vor der Tür stehen.

Verschwindet, murmele ich, *geht weiter,* auch wenn das Wasser noch nicht hoch genug sein dürfte, um Helen hineinzuwerfen.

Endlich ziehen die Schritte weiter, die Stimmen verklingen. Ich drehe den Schlüssel herum und gehe zu dem Mäuerchen. Wie vermutet fließt das Wasser träge mindestens zwei Meter tiefer vorbei. Steigt es immer so zögerlich?

Ein Polizeiboot rast mit gleißenden Lichtern vorbei, und das Wasser spielt verrückt, es wogt und klatscht und spritzt gegen die Backsteine. Es wirbelt um die dicke Kette herum, die an der Mauer befestigt ist. Von dem Schiffsanleger ganz in der Nähe kommt ein klägliches Heulen, als er im Kielwasser schaukelt.

Mir bleibt noch etwa eine Stunde, bis das Wasser hoch genug sein müsste. Wie versenkt man eine Leiche? Ich brauche etwas zum Beschweren. Am einfachsten hätte ich etwas am Ufer gefunden, aber das bringt mich nicht weiter, nachdem das Wasser höher gekrochen ist und alles bedeckt. Ich grabe im Hof ein paar zerbrochene Ziegel aus, mit denen meine Mutter das Blumenbeet gebaut hat, und trage sie ins Wohnzimmer. Ich starre Helen im Rollstuhl an. Da ist nirgendwo Platz für die Steine! Dann fällt mir die Jacke ein, mit der sie gekommen ist. Ich finde sie in der Küche. Es ist die hübsche blaugrüne Wolljacke mit Kapuze, die sie neulich im Café getragen hat. Ich nehme die Decke herunter, streife Helen die Ärmel über und stecke mehrere Ziegelstücke in die tiefen Jackentaschen. Trotzdem bin ich nicht sicher, dass sie schwer genug ist, um zu sinken. Vorsichtshalber lege ich noch zwei halbe Ziegel in eine alte Einkaufstüte von Sainsbury's und binde sie an das kleine Kettchen, das Boden bei seinen Oberteilen in den Kragen näht, falls man seine Jacke ohne Kleiderbügel an einen Haken hängen muss. Die Ziegelsteine kommen in die Kapuze. Das erinnert mich daran, wie Seb Fischernetze mit Bierdosen gefüllt und sie mit Seilen zugebunden hat, um sie hinter sich herzuziehen, wenn er zu den Lastkähnen schwamm.

Ich fühle mich leicht, als hätte ich meinen Körper verlassen. Ich muss ruhig bleiben, ich darf keine Panik bekommen. Dann macht man Fehler. Ich muss logisch denken.

Am Ende sitze ich am Küchentisch und lausche auf das Ticken der Uhr. Meine Finger finden Jez' Ohrring, das kleine Horn, das die ganze Zeit in meiner Tasche gesteckt hat. Der Ohrring! Jetzt passt alles zusammen. Es war vorherbestimmt, wie ich es schon wusste, als Jez zu mir kam.

Ich krame unter Helens Mantel herum, finde eine Tasche in ihrem Rock und schiebe den Ohrring tief hinein. Ich nehme ihr Handy. Schreibe eine SMS. Suche Micks Nummer heraus und drücke auf Senden. Dann stehe ich auf und sehe draußen wieder nach der Flut. Ihr Handy folgt Jez' ins Wasser. Der Fluss ist jetzt auf meiner Seite.

Kapitel Vierunddreissig

Dienstag

Sonia

Ich löse die Rollstuhlbremse. Helens Kopf sackt nach vorne. Ich lege die karierte Decke über sie, schiebe den Rollstuhl über die Schwelle auf den Hof und zu der Tür in der Mauer. Drücke das Ohr dagegen. Endlich ist es still. Ich öffne die Tür. In den Wohnungen entlang des Fußwegs brennt kein Licht. Wir gehen direkt hinüber zu der Ufermauer, an die gleiche Stelle, an der ich die Handys ins Wasser geworfen habe.

Pass auf, sonst wird das noch zur Gewohnheit!, spottet eine schrille Stimme in meinem Kopf.

Jetzt herrscht richtig Flut, etwa einen Meter tiefer plätschert das Wasser gegen die Mauer. Über mir verweben sich die Äste der Bäume zu einem schwarzen Netz, und die Wand des Wohnhauses zu meiner Linken ist dicht mit Efeu überzogen. Zumindest von einer Seite bin ich abgeschirmt. Die andere Seite ist offen, aber verlassen, so weit ich den Weg einsehen kann, bis zum Kraftwerk und dem Kohlenanleger.

Es ist schwieriger, Helen aus dem Rollstuhl zu heben, als ich gedacht hätte. Sind meine Arme schwächer geworden, seit ich sie in den Stuhl gesetzt habe? Oder ist ihr Körper ohne die Seele schwerer geworden? Die Ziegelsteine! Ich muss sie ihr abnehmen. Meine Finger sind taub, sei es vor Kälte oder aus Nervosität. Sie gehorchen mir nicht. Ich kann die Plastiktüte nicht aufknoten. Um die Durchblutung anzuregen, reibe ich die Hände aneinander. Oben auf der Hauptstraße heult eine Polizeisirene auf. Ich spitze die Ohren, während ich mich an dem Knoten der Tüte zu schaffen mache. Höre ich da eine Stimme? Schritte? Einen Moment lang bewege ich mich nicht und halte den Atem an, damit ich besser hören kann.

Ich lasse die Ziegel Ziegel sein, hebe Helen mit ganzer Kraft hoch und wuchte sie auf die Mauer. Ich hebe ihre Beine hinüber, als würde ich ein Kind auf eine Schaukel setzen, und gebe ihr einen kräftigen Schubs. Sie fällt nach vorn, mit dem Gesicht auf das Wasser. Die karierte Decke halte ich noch in den Händen. Helens Arme sind ausgebreitet, als würde sie den Stern machen, den Kit im Schwimmunterricht der Grundschule gelernt hat. Ein paar Sekunden bleibt sie so. Sekunden, die sich zu Minuten dehnen.

»*Geh unter!*«, murmele ich. »*Geh unter!*«

Ihr Kopf taucht ein, der Hintern geht in die Höhe, als wollte sie unter die Wasseroberfläche sehen. Dann erfüllen die Ziegel ihre Aufgabe, und von irgendwo steigen Blasen auf, aus ihren Taschen? Ihrer Kapuze? Ihrer Lunge? Ihre wunderschöne blaue Jacke bauscht sich nach oben. Dann wird auch sie dunkel, als sie sich voll Wasser saugt, und bald sehe ich nur noch die orangefarbene Rückseite ihres Rocks und die Unterseite eines Fußes, die Kreppsohlen ihrer hübschen Stiefel. Nach den Erfahrungen, die ich im Laufe der Jahre beim Strandwandern gesammelt habe, werden sie als einziger Teil ihrer Kleidung den Hunger des Flusses überleben. Es tut mir richtig leid, dass ihre ganze wunderbare Garderobe vergeudet ist.

Warum geht sie nicht unter? Sind die Polizeiboote nicht genau deshalb so beschäftigt, weil Menschen ohne eine Spur auf den Grund des Flusses sinken?

Ich gehe zurück in den Hof und finde die Hacke mit dem langen Griff, die ich vor ein paar Tagen aus der Garage geholt habe. Ich muss mich über die Mauer beugen, um Helen damit zu erreichen, sie anzustoßen. Trotzdem kommt die Kreppsohle wieder nach oben. Als ich fester zustoße, treibt Helen von der Wand weg. Schließlich wird sie von der Strömung erfasst. Sie dreht sich, ihr Stiefel tanzt im Mondlicht ein seltsames Solo.

Irgendwann, ich weiß nicht, wie lange es dauert, dümpelt ihre Stiefelsohle davon, die Strömung hat offenbar gedreht und trägt sie flussabwärts Richtung Blackwall. Ich warte, um sicherzugehen, dass sie nicht noch einmal dreht. Dass der Fluss nichts Abartiges vorhat und sie zu mir zurückbringt. Ich warte fünf, zehn Minuten.

Der Mond scheint, er wirft einen silbrigen Glanz auf das Wasser. Er vermischt sich mit dem Licht der Laternen, das am Ufer entlang tief in den Fluss dringt. Mich erfüllt plötzlich Frieden.

Ich rühre mich nicht. Direkt über mir fliegt ein Flugzeug vorbei. Auf der anderen Seite des Flusses gehen flackernd Lichter an, das helle Leuchtsignal auf dem Canada Tower schaltet sich ein, aus, ein, aus. Eine Schar Schwäne paddelt näher. Sie starren in das tiefe Wasser. Dann schmiegen sie sich in der Nähe der Mauer aneinander, als hätten sie nach genau dieser Stelle, Helens letzter Ruhestätte, gesucht, um hier zu schlafen.

Irgendwann drehe ich mich um. Ich sehe nicht mal richtig den Fußweg entlang, bevor ich den Rollstuhl zurück durch die Tür in der Mauer, über den Hof und ins Haus schiebe. Ich falte die Decke zusammen und verstaue sie im Flurschrank. Den Rollstuhl stelle ich zusammengeklappt unter die Treppe.

Es ist geschafft. Ich fühle mich seltsam ernüchtert, als hätte ich Applaus verdient, aber nicht bekommen.

Jetzt kann ich noch nicht schlafen. Irgendwas zieht mich zu Helens Haus, ich will sehen, ob bei Mick nach seinem Anruf noch Licht brennt, ob er noch auf Helen wartet oder aufgegeben hat und schon schläft.

Wieder gehe ich hinaus und laufe über den Fußweg zu meinem Auto. Bis zu Helen ist es nicht weit. Meine Augen brennen vor Müdigkeit, als ich vorsichtig durch die verlassenen Straßen fahre. Ich parke gegenüber von Helens Haus, überquere die Straße und gehe rasch auf das Eingangstor zu. Nirgendwo brennt Licht. Mick hat aufgegeben und ist ins Bett gegangen. Ich betrachte die dunklen Fenster. Welches gehört zu ihrem Zimmer? Das rechte, glaube ich. Mick wird allein in ihrem Doppelbett liegen und glauben, Helen würde jeden Moment nach Hause kommen. Er ahnt nicht, dass ihr Platz zwischen den Laken immer leer bleiben wird, und bei diesem Gedanken steigt ein Schluchzen in meiner Kehle auf.

Ich will gehen, aber meine Füße sind wie angewurzelt. Mein Gott, mein Gott, was habe ich getan? Ich lehne mich an den Torpfosten, einen Pfeiler aus kaltem Beton, und lege den Kopf dagegen. Ein paarmal schlage ich mit der Stirn dagegen.

Endlich schaffe ich es zurück zum Auto und fahre schnell nach Hause. Ich zittere, als ich die Tür in der Mauer aufschließe. Ich gehe sofort nach oben ins Musikzimmer, weil ich ihn dringend sehen muss.

Jez schläft so ruhig, dass ich erst nicht glauben kann, dass er noch lebt. Weil er sich auf dem Eisenbett nach hinten gerollt hat, kann ich mich hinlegen, ohne ihn zu stören. Ich rutsche näher und hebe sanft sein Haar an. Ich drücke die Lippen in das Tal in seinem Nacken. Atme durch die Nase den stechenden Geruch seiner Haare ein. Lege eine Hand auf seine kantiger gewordene Hüfte. Ich habe ihn. Sie können ihn mir nicht wegnehmen. Ich habe für ihn getötet. Nachdem ich so weit gegangen bin, werde ich alles tun, was nötig ist, damit er bleibt, wie er ist, um ihn bei mir zu behalten, für immer.

Kapitel Fünfunddreissig

Dienstag

Sonia

Die Dämmerung kann nicht mehr weit sein, als ich in mein eigenes Zimmer zurückhusche. Dort überwältigt mich der Schlaf. Ich will gegen ihn ankämpfen, aber mein Körper gehorcht nicht. Am Ende bleibt mir nichts anderes übrig, als nachzugeben.

Als ich endlich aufwache, höre ich Wasser. Es strömt draußen vom Dach und durch die Rohre, gurgelt auf dem Fußweg in den Rinnen. Ich ziehe meinen Kimono über und gehe zum Fenster. Der Fluss ist von Regenschleiern verhangen. Es herrscht Ebbe. Ich starre auf das braune Wasser. Auf einem Lastkahn haben sich Seemöwen aufgereiht. Sie kommen her, wenn es auf dem Meer vor Sheppey und Canvey Island stürmt. Sie glauben, der Fluss wäre sicher.

Ich erschrecke, als ich im Wasser vor den vertäuten Lastkähnen einen Flecken Orange sehe. Es ist Helens Rock. Sie ist an die Oberfläche gestiegen, ist zurückgekommen, um mich anzuklagen: *Wie konntest du mir das antun? Ich war deine Freundin.* Ich schließe die Augen. Atme tief durch. Als ich die Augen wieder öffne, sehe ich, dass das orangefarbene Ding ein Ölfass aus Plastik ist, wie Seb und ich sie in unserem Floß verbaut haben. Mir wird gleichzeitig heiß und kalt. Ich habe mich bei Jez angesteckt. Bestimmt habe ich Fieber. Deshalb ist die Erinnerung, die jetzt aufkommt, so strahlend und klar. So nah.

An dem Abend, an dem ich Seb abholte, ruderte ich im Dämmerlicht durch den Regen, das Herz voller Vorfreude und Sehnsucht. Ich hatte Seb gehorcht und *Tamasa* genommen, das Floß, das wir zusammen gebaut hatten. Diese zusammengewürfelte Ansammlung von Gummireifen, Ölfässern aus Plastik, Treibholz und Seilen. Plastiktüten voller Styropor, das ich am Ufer zusammengesucht hatte. Unsere Schwimmkörper. Als Vorbereitung für den Tag, an dem ich ihn holen würde, hatte ich *Tamasa* ganz allein schwimmfertig gemacht. Jetzt hatte ich seinen Brief und wusste, dass es so weit war. Ich zog das Floß unter dem Kohlenanleger hervor. Seinen zweiten offiziellen Stapellauf würden wir nachholen, wenn Seb erst wieder auf dieser Flussseite war. Wir würden es mit einer Flasche Wein oder Cider taufen. Für Bier waren wir mittlerweile zu kultiviert.

Ich fuhr los, sobald er mit seiner Taschenlampe von der Isle of Dogs aus das Signal gab. Wir würden wieder zusammen sein, nachdem man uns monatelang getrennt hatte. Vollgepumpt mit Adrenalin stieß ich mich vom Ufer ab. Ich ruderte aus dem Schatten des Anlegers in den bräunlichen Strom. Als ich erst einmal auf dem Wasser war, spürte ich eine Energie wie nie zuvor. Ich konnte sogar den Fluss besiegen! Wir hatten Flut, ich konnte problemlos steuern, und es herrschte kein Wind, nur eine Ruhe, von der ich jetzt weiß, dass sie dem Sturm voranging. Mit dem Paddel brachte ich das Floß ans andere Ufer. Es glitt viel leichter durch das Wasser als bei unseren gemeinsamen Fahrten, und ich war stolz auf mich, ich platzte beinahe vor Stolz. Deswegen merkte ich auch nicht, wie das Wetter umschlug und das Wasser weiter anstieg, über die grüne Flutmarke an den Uferwänden hinaus, bis es schließlich auf den Fußweg schwappte.

Ich war wie berauscht von der Sehnsucht nach Seb. Ich konnte es nicht erwarten, auf dem Rückweg zwischen den Fischkisten und Schwimmhilfen seinen großen, gereiften Körper nah bei mir zu spüren. Wir würden uns aneinandergedrängt von den Wellen wiegen lassen. Die Kälte auf unseren Gesichtern und in unserer nassen Kleidung würden wir kaum spüren.

Es wurde dunkel. Über mir zogen Wolken auf, die sich hinter Häusern versteckt hatten, die letzten Strahlen der tief stehenden Sonne färbten den Himmel in einem unheilvollen, matten Ton und tauchten alles andere in Schatten. Rechts von mir stand der Anlegesteg, dessen Pfähle und die Lücken zwischen ihnen in der ansteigenden Flut beinahe verschwunden waren. Ich wusste, dass Seb wartete. Er beobachtete mich und wartete darauf, an Bord zu springen, während ich gekonnt mit dem Floß anlegte. Ich wünschte mir sehnlich, dass er mich lobte und stillschweigend bewunderte, wenn ich ihn nach Hause holte.

Später fragten sie, warum Seb nicht den gleichen Weg wie jeder andere genommen hatte. Mit dem Bus über die Tower Bridge oder zu Fuß durch den Tunnel von der Isle of Dogs. Wenn er schon den Fluss überqueren musste, warum hatte er sich kein Boot geliehen? Warum sollte ich ihn auf einem Floß abholen? Damals gab es noch nicht so viele Möglichkeiten, die Themse in dieser Flussschleife zu überqueren. Weder die Docklands Light Railway noch die U-Bahn nach North Greenwich. Seb hatte keine andere Wahl. Das sagte ich, obwohl ich wusste, dass er einen anderen Weg hätte nehmen können, wenn er gewollt hätte. Per Anhalter durch den Blackwall Tunnel oder mit dem Zug von der Londoner Innenstadt runter zum Bahnhof Westcombe Park oder der Haltestelle

Maze Hill. Ich wusste, dass für Seb alles außergewöhnlich sein musste. Er war immer auf der Suche nach neuen Erfahrungen. Wie ich Seb kannte, hätte er womöglich beschlossen, dass wir gar nicht nach Greenwich zurückfahren würden. Er hätte vielleicht hinauf zum Tower fahren wollen oder sich runter nach Dartmoor treiben lassen, wenn die Gezeiten gewechselt hätten. Der Unterschied zwischen einem Floß und der Fähre ist, dass man auf dem Floß dahin fahren kann, wohin man will, wenn man den Fluss richtig liest.

Es gab noch einen Grund, meinen Grund. Ich wollte Seb unbedingt beweisen, dass ich den Fluss besser als jeder andere verstand. Ich konnte im Regen bei Anbruch der Nacht ein Floß auf ihm steuern, kein Problem. Er hatte gesagt, ich sollte *Tamasa* mitbringen, und ich wollte nicht kneifen. Nicht einmal, als ich die aufziehenden Sturmwolken sah. Mein Stolz ist mir zum Verhängnis geworden, und auch Seb. Ich dachte, ich wäre dem Willen des Flusses gewachsen.

Ich wende mich vom Fenster ab. Mir ist schwindlig, ich fühle mich benommen. Muss mich an den Wänden abstützen, als ich nach unten in die Küche gehe. Ich brauche einen süßen Tee. Im Wohnzimmer klingelt das Telefon, es hört gar nicht auf. Ich will keine weiteren Eindringlinge. Außer mit Jez will ich mit niemandem zu tun haben. Ich will das Zimmer auch gar nicht betreten, aber ich befürchte, der Gestank von Helens Erbrochenem könnte sich gehalten haben. Ich öffne die Tür und schnuppere. Nur ein Hauch vom Feuer ist noch zu riechen. Ich sehe unter den Stühlen und den Kissen nach. Mit den Händen stütze ich mich auf dem Sofa ab. Wo ist ihre Leiche jetzt? Sie wird zurückkommen. Genau wie das Meer gibt der Fluss seine Toten wieder her. Vielleicht nicht heute. Und, wenn ich die Gezeiten richtig abgeschätzt habe, nicht hier. Vielleicht am Blackwall Reach oder weiter unten in Woolwich oder Tilbury. Meine Gedanken schwenken wie ein vertäutes Boot zu gestern Nacht, zu ihren Beinen, die zuckten, während ich mich auf das Kissen lehnte, dem klumpigen Erbrochenen, nachdem ich das Kissen aus ihrem Mund gezogen hatte. Zu ihrem orangefarbenen Minirock im dunklen Wasser.

Ich gehe nach draußen, weil ich über die Mauer sehen muss, weil ich sicher bin, dass der Fluss etwas zurückgelassen hat. Es regnet nicht mehr, und das Wasser steht noch niedrig. Ich suche das Ufer nach Helens kirschrotem Schal ab, einem Granatohrring. Einem Stiefel. Da liegen nur Steine und Tonpfeifen, eine weiße Plastikurne. So etwas sieht man oft dort unten. Die Urnen werden in den Fluss geworfen, nachdem die Asche verstreut ist. Asche von Menschen, die eines natürlichen Todes gestorben sind und einen anständigen Abschied bekommen haben. Ich schaudere. Helen hat so etwas nicht bekommen. Aber sie hat es provoziert. Sie hätte nicht zu mir kommen und sich Hilfe erhoffen dürfen. Ich habe schon genug Probleme.

Die Luft ist drückend. Vom Flussbett steigt Gestank auf. Vielleicht verbranntes Gummi. Ein Rettungsboot fährt vorbei, die Wellen laufen bis an den Strand. Irgendwann, ich weiß nicht, wie lange es dauert, drehe ich mich um. Es ist getan, ich kann nicht zurück. Gedanken stieben durch meinen Kopf. Das Kissen. Ich muss es trocknen. Aber der Geruch. Wenn er sich gehalten hat, wird es jemand herausfinden. In der Küche ziehe ich das Kissen aus der Waschmaschine, rieche daran und klammere es an die Leine, damit es trocknet.

Schließlich gehe ich zu Jez ins Musikzimmer. Dafür lohnt sich alles. Er ist wach. Ein einzelner Sonnenstrahl fällt durch die Oberlichter auf die Härchen an seinem braunen Arm, der über seinem Kopf auf dem weißen Kissen liegt.

Er lässt mich zu sich kommen. Ich nehme ihn in die Arme. Und als er den Kopf gegen meine Brust lehnt, stelle ich mir vor, er wüsste, dass Helen tot ist, ohne dass ich es ihm sagen muss.

Ich muss meine Mutter besuchen, und danach will ich den Tag mit Jez verbringen. Aber als ich eine Stunde später die Hoftür öffne, sehe ich Alicia auf der Mauer sitzen, an der gleichen Stelle, von der ich Helen gestoßen habe. Wenn ich Alicia jetzt schubsen würde, würde sie über die Mauer fallen, genau wie Helen, nur rückwärts statt mit dem Gesicht voran. Allerdings würde sie wahrscheinlich nicht sterben. Mittlerweile weiß ich, dass nicht alle Menschen so leicht sterben.

Alicia trägt fingerlose Handschuhe und einen Schal. Sie raucht. Ihre Augen sind dick mit schwarzem Eyeliner geschminkt. Sie steht auf und tritt den Zigarettenstummel aus.

»Helen ist verschwunden«, sagt sie.

Zuerst starre ich sie nur an, dann frage ich: »Was meinst du mit verschwunden?«

»Sie ist letzte Nacht nicht nach Hause gekommen. Und sie hat eine komische SMS geschickt.«

»Inwiefern komisch?«

»Sie haben sie mir nicht gezeigt.« Sie sieht mich unverwandt an, und ich erkenne die Angst in ihren Augen, die Tränen, die fließen wollen.

»Die Polizei glaubt, dass sie verschwunden ist, hätte was mit Jez zu tun.«

»Moment mal.« Ich staune selbst, wie vernünftig ich klingen kann, sogar jetzt noch. »Helen ist letzte Nacht nicht nach

Hause gekommen. Das kann man doch noch nicht als Verschwinden zählen.«

»Mick sagt, sie kommt immer nach Hause. Auch wenn sie betrunken ist. Er meint, sie sei vielleicht durchgedreht. Aber ich habe Angst, dass uns irgendwer was antun will, erst Jez, dann Helen. Wer ist der Nächste? Ich habe echt Schiss!« Ihre Stimme wird hysterisch.

»He, mal langsam«, sage ich. »Erklär mir das mal richtig. Wieso war die SMS komisch? Was glaubt Mick, wohin Helen gegangen ist? Warum meint er, sie wäre ›durchgedreht‹?«

»Er hat Angst, dass sie sich umgebracht hat.« Sie fängt an zu schluchzen. »Ich glaube nicht, dass sie das machen würde. Aber er sagt, sie wäre mit den Nerven runter gewesen, seit Jez vermisst wird. Und die Polizei hatte es auf sie abgesehen.«

»Was ist mit deiner Mutter? Solltest du nicht lieber mit ihr darüber reden?«

Sie schluckt schwer. »Meine Mum ist ausgezogen.«

»Und dein Vater?«

»Der arbeitet.« Sie blickt kurz zu mir auf und sofort wieder weg. »Ich dachte … Helen hat gesagt, Sie wären die Einzige, mit der sie reden konnte. Abgesehen von mir. Sie meinte, Sie würden richtig zuhören. Sie würden nicht tratschen oder Partei ergreifen.«

»Hat sie das?«

Sie holt tief Luft. Wischt sich mit dem Handrücken über die Augen.

»Ich glaube einfach, dass die Polizei nicht ordentlich nach Jez sucht. Ich habe doch diese Kippe gefunden …«

»Ja, weiß ich noch.«

»Aber sie haben nicht überall geguckt. An solchen Ecken

haben sie nicht gesucht.« Sie deutet auf das Kraftwerk und macht einen Schwenk Richtung Bekohlungsanlage.

»Das ist das perfekte Versteck. Wenn ich jemanden gefangen halten wollte, würde ich mir so einen Ort suchen. Da geht niemand hin. Es wird doch nicht mehr genutzt, oder?«

Alicia denkt so wie Seb früher. Ohne Logik. Aber mit dem Gefühl, das Unmögliche könnte wahr werden. Ihre Idee ist lächerlich, doch diese Denkweise hat durchaus ihren Reiz.

»Sie wissen bestimmt, wie man da reinkommt. Sie wohnen doch fast nebenan.«

Ich sehe zu dem dunklen Eisenarm hinauf, der früher Kohle von den Schiffen geladen hat. Wo er in die riesige, weiße Wand des Kraftwerks reicht, steht eine hohe Mauer, über die sich Stacheldraht und ein Metallzaun ziehen. Die Fenster sind verrammelt.

»Doch, da wird noch gearbeitet. Und es ist extrem gut bewacht. Da ist Jez mit Sicherheit nicht.«

»Und woher wissen Sie das?«

»Überwachungskameras. Auf dem ganzen Gelände wimmelt es davon.«

Sie sieht mich herausfordernd an.

Dann wird es mir klar. Sie spielt mir was vor! Alicia ist nicht dumm. Sie ist diese kleine Schnüfflerin, die ich gestern Abend im Pub durchschaut habe. Sie hat die Verbindung zwischen dem Tip, Jez' Plan, sich bei mir ein Album auszuleihen, und Helens Verschwinden gesehen und das Rätsel gelöst, an dem sich die Polizei so schwertut! Sie will in das Kraftwerk gehen, weil man aus den oberen Fenstern direkt in mein Haus sehen kann. Meine Handflächen werden feucht.

»Na gut, meinetwegen! Wenn du so sicher bist, dass er da drin ist, gehen wir doch einfach rein. Komm, wir sehen uns um.«

Es wird nicht lange dauern, und danach bin ich sie so oder so los.

Matt wird für mich eine Ausnahme machen, da bin ich mir sicher. Wir plaudern immer kurz, wenn ich vorbeikomme. Und weil ich meist allein bin, glaubt er, ich wäre zu haben. Er ist seit Jahren hinter mir her und lässt mich nie vorbeigehen, ohne sein Glück zu versuchen. Bestimmt erlaubt er mir einen kleinen Rundgang mit Alicia.

Und ich habe recht.

»Und was machen Sie für mich, wenn ich meinen Job aufs Spiel setze und Sie reinlasse?«, fragt Matt mit einem Funkeln in den Augen. »Gefallen gibt's nicht umsonst.«

»Wie wäre es mit einem Pint, wenn ich Sie das nächste Mal im Anchor sehe?«

»Wie, ist das alles? Sie sind aber eine harte Nuss, Sonia.«

»Kommen Sie schon, Matt. Sie ist doch nur ein Kind und macht eine Hausaufgabe über ungewöhnliche Gebäude. Sieht sie etwa wie eine Terroristin aus?«

»Man soll nie nach dem Äußeren gehen, das bringen sie uns im Sicherheitstraining bei«, sagt er, dabei hat er Alicia nicht einmal angesehen. Er blickt mir in die Augen. »Ich will wenigstens ein Lächeln von Ihnen. Gehen Sie zum Haupteingang, ich bringe Ihnen Schutzhelme. Aber Sie dürfen keinem was davon erzählen. Wenn das rauskommt, stecke ich richtig in der Scheiße.«

Ich betrete das Kraftwerk vor dem Mädchen, dessen mit Lipgloss verschmierter Mund an Jez' Hals gesaugt hat. Auf die Wirkung, die dieser Ort auf mich ausübt, bin ich nicht gefasst.

Kapitel Sechsunddreissig

Dienstag

Sonia

Die hohen Mauern des Kraftwerks und seine vier wuchtigen Ziegelschlote waren die marode Kulisse meines Lebens, seit ich denken kann. Aber betreten habe ich es seit Jahren nicht mehr. Ich folge Matt und Alicia durch das Foyer in das dunkle Herzstück des Kraftwerks und blicke zu den hohen Decken auf. Es ist erstaunlich, dass sich Menschen einen geschlossenen Raum von solchen Ausmaßen vorstellen und dann bauen konnten. Mit den weißen Kacheln vom Boden bis zur Decke formt dieser Teil des Gebäudes ein riesiges Keramikgewölbe. Dagegen wirkt die Tate Modern winzig. Wir gehen eine steile, vibrierende Treppe hinauf und über Metallbühnen, die unter unseren Füßen schwingen. Vorbei an hoch aufragenden, schwarzen Gehäusen, die riesige Turbinen beherbergen, wie Matt uns erklärt. Hoch über uns baumeln Krallen von Kränen herab.

»Na schön, ich gehe mal lieber runter«, sagt Matt. »Sie haben eine Viertelstunde, dann komme ich Sie abholen. Wenn jemand fragt, warum Sie hier sind, rufen Sie mich, dann übernehme ich das Reden. In Ordnung?«

Das Kraftwerk gleicht einer unerforschten Kammer meines Verstandes. In letzter Zeit bekomme ich Angst vor dem, was ich in Winkeln von mir entdecke, von denen ich nicht einmal etwas wusste. Etwa davor, welche Leidenschaft Jez in mir auslöst. Am anderen Ende des Spektrums habe ich neue Gipfel der Wut entdeckt. Und diese extremen Gefühle führen mich zu noch größeren, weitläufigeren Kammern. Zum ersten Mal lasse ich zu, dass ich mich daran berausche, für Jez getötet zu haben. Trunken vor Euphorie bleibe ich einen Moment stehen. Ich bin so fest entschlossen, ihn bei mir zu behalten, dass mich eine heftige, düstere Abscheu gegen Alicia erfüllt. Ich muss mich an einem Geländer festhalten und warten, bis dieses Schwindelgefühl nachlässt.

Nach unserem Rundgang setzt sich Alicia verzweifelt auf die oberste Stufe einer Treppe. Sie legt die Arme um die Knie und runzelt die Stirn.

»Können wir rausgehen? Auf den Teil, den man vom Weg aus sieht?«, fragt sie.

»Warum das denn?«

Sie zuckt mit den Schultern.

»Da hat man einen guten Ausblick.«

Den hat man da allerdings. Auf den Fluss, aber auch auf mein Haus. Sie weiß mehr, als sie zugibt. Sie will in das Musikzimmer sehen.

Alicia starrt auf den Betonboden in schwindelerregender Tiefe. Matt und die anderen Facharbeiter, die alle Maschinen am Laufen halten, sind nirgends zu sehen. Ein Mädchen könnte leicht sterben, wenn es herunterfällt. Ich würde Alarm schlagen, die Wachleute würden angelaufen kommen, und ich wäre entsetzt. Sie wäre vor meinen Augen gestürzt, vielleicht hätte sie sich den Kopf an dem eisernen Treppengelände angestoßen, als sie sich im Fallen überschlagen hat, und wäre beim Aufprall so gut wie tot gewesen.

Dann zeigt sich ein anderes Bild.

Ich habe sie von unten gesehen. An einem schwülen Septembertag. Die Flut spülte Abfall gegen die Mauern, Eisstiele, Kondome, Chipstüten, eine Babypuppe. Ich war gerade auf dem Heimweg von der Schule. Meine Tasche mit schweren Büchern schlug mir schmerzhaft gegen den Oberschenkel, der Tragegurt schnitt in meine Schulter. Irgendwer hatte mich wieder geärgert, hatte mich irre genannt, eine Missgeburt. Und ich wollte nicht nach Hause gehen, weil ich wusste, dass mein Vater dort war.

Die Schatten der Geländerstäbe zogen Streifen über den gepflasterten Weg. Ich lief vorsichtig zwischen ihnen her, denn wenn ich auf einen trat, würde ich Seb für immer verlieren. Erst kurz vor dem Kraftwerk und im größeren, kompakten Schatten des Kohlenanlegers blickte ich auf, und die ganze Welt wurde dunkel. Wie jedes Mal, wenn ich Seb und Jasmine zusammen sah. Mein Verstand schaltete sich aus. An diesem Tag, in diesem Augenblick fühlte ich mich so einsam wie noch nie.

Ich stand reglos da und starrte zu ihnen hinauf. Seb sah mich zuerst. Unsere Blicke trafen sich. Mein Gesichtsausdruck musste ihn überzeugt haben. Er ging zu Jasmine, die ihre Beine über die Mauer baumeln ließ, und schubste sie. Ihr Kleid bauschte sich wie ein gelber Fallschirm, als sie schreiend herunterfiel und mit einem Bauchklatscher in der warmen Flut landete. Seb sprang sofort hinterher, als wollte er sie retten. Stattdessen ließ er sie zwischen dem Abfall herumrudern und schwamm zu der Stelle, an der die hellbraune Brühe gegen die obersten Treppenstufen schwappte. Er wuchtete sich hoch.

»Sonia«, rief er, und ich ging zu ihm. Er griff nach meiner Hand und zog mich herunter. Das Wasser sickerte in meine Jeans, aber das war mir egal. Seb biss mir in den Hals, und ich schlang die Arme um ihn. Sein Mund wanderte nach oben und presste sich so wild auf meine Lippen, dass es schmerzte. Er drückte mich herunter, bis mein Hinterkopf auf einer steinernen Treppenstufe lag und mein Haar im Wasser trieb, dann legte er sich auf mich. Ich schloss die Augen und achtete weder auf die Kälte noch auf die harten Stufen, die sich mir in den Rücken drückten, als er sich so weiterschob, dass sich unsere Körper zwischen Stein und Wasser eng aneinanderschmiegten. Irgendwann hörten wir Jasmine auf dem Weg über uns entrüstet plärren.

»Wie konntest du es wagen? Wie konntest du nur?«

Sollte sie doch sagen, was sie wollte. Jetzt würde Seb mich nie mehr verlassen.

Wir müssen stundenlang dort gewesen sein, denn bis zur Dämmerung herrschte Ebbe. Ich lag im Schlamm, und Seb schaufelte den klebrigen, braunen Matsch händeweise auf mich, angefangen bei den Füßen. Der Schlamm wärmte wie eine Decke, er wurde erst kalt, als das Wasser zurückging und er in der Abendluft trocknete. Seb ging mit dem Schlamm weiter die Beine hinauf, auf die Oberschenkel, über den Bauch bis zum Hals. Ich wollte bei ihm das Gleiche machen, damit er auch dieses eigenartige Gefühl kennenlernt, wenn der kalte Schlamm auf der Haut trocknet und warm wird, aber ich bekam es nicht richtig hin, und am Ende lag ich einfach da und ließ ihn machen, was er wollte. Als er fertig war, stand er auf und lachte.

»Der Tollund-Mann«, sagte er.

»Wer ist das?«

»Ein Mann, den sie nach zweitausend Jahren im Moor gefunden haben. Er ist nicht verwest. Er ist nie alt geworden. Das bist du.«

Ich sehe Alicia auf der Eisentreppe an. Sie fängt an zu erzählen.

»Die Polizei glaubt, Helen hätte Jez an diesem Morgen irgendwie aus dem Weg geschafft und dann behauptet, sie hätte ihn nachmittags gesehen. Wie schrecklich. Das ist echt unheimlich! Helen hätte Jez nie was getan! Aber laut Maria glaubt die Polizei, sie hätte ein Motiv gehabt. Wegen ihrer Geschichte. Marias und Helens Geschichte, meine ich. Ich denke halt, wenn ich Jez finde, kann ich beweisen, dass sie sich irren. Ich weiß nicht, was ich sonst machen soll. Helen hätte Jez nie was angetan. Hätte sie nicht, oder? Ich weiß ja, dass sie viel trinkt. Und sie hat gelogen, als sie gesagt hat, sie hätte gearbeitet. Aber sie ist doch harmlos, oder?«

Einen Moment lang sehe ich sie nur an.

»Geh nach Hause, Alicia. Du bist für diese ganze Sache zu jung. Überlass die Arbeit der Polizei.«

Ihre großen, grünen Augen schimmern, als sie mich ansieht, und ich fürchte, sie weint gleich wieder.

»Da ist Matt. Unsere Zeit ist um.«

Draußen neben dem Fluss sage ich: »Jetzt geh, kümmere dich wieder um die Schule oder was du sonst machst. Versuch, es zu vergessen, lass die Erwachsenen alles regeln.«

Ich sehe ihr nach, wie sie verloren den Fußweg entlangläuft, an meinem Haus vorbei und weiter zur Universität. Dabei spüre ich einen Stich im Herzen, dass es wehtut.

Ich verrate Freundinnen nicht gerne. Aber Helen ist schon tot. Und die anderen haben ihre Schlüsse eigentlich schon gezogen. Ich gehe direkt zu meinem Auto und fahre zu ihr. Das Haus habe ich jahrelang nicht mehr betreten, zuletzt, als Kit fünfzehn oder sechzehn war. Ich folge dem Weg zur Tür, der immer noch nach gewöhnlichem Liguster riecht, und klopfe an. Einer von Helens Söhnen öffnet. Er lehnt sich in die Tür, als wäre er es nicht gewohnt, seinen massigen Körper aufrecht zu halten. Sein strohblondes Haar hängt ihm in das von Akne gezeichnete Gesicht. Wie kommt es, dass manche Jungen von der Kindheit direkt zum Erwachsensein wechseln? Helens Minderwertigkeitskomplex kann ich jedenfalls nachvollziehen. Ihr Sohn kann mit Jez nicht mithalten.

»Hallo, Barney. Oder bist du Theo?«

»Barney.«

»Ich möchte mit deinem Vater reden. Wenn er hier ist.«

»Ja.« Er wendet sich ab, lässt mich in der Tür stehen und brüllt: »Dad!«

Mick taucht aus der Küche auf, die Haare zerzaust, Ringe unter den Augen.

»Sonia. Komm rein.«

»Ich habe deine Nachricht abgehört. Letzte Nacht. Gibt es etwas Neues?«

Er geht vor in die große, helle Küche mit Blick auf den Garten hinter dem Haus. In der Luft hängt noch ein Hauch Vanille von Helens Parfum, ihr Lippenstift von Mac liegt auf der Anrichte vor einer Obstschale. Daneben eine riesige Vase mit Gerbera. Ich hatte vergessen, wie sehr Helen Schnittblumen mochte.

»Willst du einen Kaffee haben? Einen Tee?«

»Nein, nichts. Ich wollte nur hören, wie es steht. Ich kann nicht lange bleiben. Hat Helen sich gemeldet?«

Er holt sein Handy von der Anrichte.

»Lies das mal.«

Mit gesenktem Kopf starre ich demonstrativ auf die SMS, die ich geschrieben habe.

»Was hältst du davon? Ich habe den Jungs noch nichts gesagt.«

»Es klingt ziemlich … endgültig.«

»Es klingt wie ein Abschiedsbrief.«

»Das wollte ich so nicht sagen.«

»Tom versteht es so.«

»Tom?«

»Der Verbindungsbeamte. Er hat seine Kollegen verständigt. Sie wollen heute Nachmittag anfangen zu suchen.«

»Mein Gott, Mick. Es tut mir leid.«

»Und ich bin schuld an allem.«

»Nein, sag so was nicht.«

»Du weißt ja nicht, was los war, Sonia. Du hast keine Ahnung, was ich für ein Idiot war. Außer … hat Helen mit dir geredet?«

Ich sehe ihn mit geschürzten Lippen an, und er nickt.

»Es war völlig irre, seit Jez verschwunden ist. Ich bin am Arsch. Kann nicht klar denken. Das ist keine Entschuldigung, sich wie ein Volltrottel aufzuführen, ich weiß. Aber es hat alles nur noch viel schlimmer gemacht.«

Er trägt eine Jeans, die einen Gürtel bräuchte. Sein T-Shirt ist hochgerutscht, ein Röllchen blasser Haut mit weichen, roten Haaren lugt darunter hervor. Ich sehe, wie er die Muskeln anspannt und den Bauch einzieht.

»Was tut sich bei der Suche nach …«

»Nach Jez? Nicht viel. Sie haben nichts gefunden.«

Ich nicke. Mein Mund ist trocken. Mick sieht mich an, als würde er überlegen, ob er mir etwas erzählen soll. Er setzt sich mir gegenüber an den Tisch.

»Jez' Freundin Alicia hat am Fluss einen Tip gefunden und glaubt, er hätte Jez gehört. Aber er war zu zerfleddert, um es so oder so genau zu sagen. Jedenfalls haben sie schon die ganze Nachbarschaft befragt. Bei dir waren sie auch, oder?«

»Ja, waren sie.«

Er steht auf und füllt den Wasserkocher an der Spüle. »Helen glaubt, die Polizei würde sie verdächtigen. Sie haben sie immer wieder befragt. Hat sie dir was erzählt?«

»Bei unserem Treffen neulich hat sie es erwähnt.«

»Es stimmt, dass sie Jez als Letzte gesehen hat. Und da ist noch was. Nichts Wichtiges eigentlich. Helen steigert sich manchmal in etwas hinein. Du kennst sie ja. Und hält sich viel zu wenig zurück.«

Ich warte.

»Du darfst das nicht weitererzählen. Die Polizei hat mitbekommen, dass Helen sauer war, weil Jez sich für dasselbe College wie Barney beworben hat. Das reicht wohl kaum als Motiv, ich weiß, aber es gibt da noch ein ungelöstes Rätsel. An dem Vormittag, an dem er verschwunden ist, war sie nicht bei der Arbeit. Das hat sie der Polizei aber nicht erzählt. Jetzt sagt sie, sie wäre im Dampfbad gewesen, doch die Polizei hat nachgeforscht, und auch das scheint nicht zu stimmen.«

Er holt eine Dose aus dem Schrank und lässt einen Teebeutel über einer Tasse baumeln. Mir fällt auf, dass er unterschiedliche Socken trägt. Keine Schuhe.

»Sie hatte so eine fixe Idee wegen Jez. Sie war fast schon besessen davon. Sie dachte, Maria wäre eine bessere Mutter als sie. Wenn man es so sagt, klingt es verrückt. Aber ich fürchte, Sonia … sag mal, stört es dich, wenn ich dir das alles erzähle?«

»Nein, red weiter.«

»Seit Jez vermisst wird, versuche ich, Maria zu trösten. Ich glaube, Helen hat gedacht, es würde mehr dahinterstecken. Das hätte sie natürlich in ihrer Unsicherheit bestärkt. Und gestern Abend hat sie Maria und mich zusammen überrascht. Wir haben nichts gemacht, aber für sie hat es wohl so ausgesehen. Sie ist ausgerastet. Mit uns allen sind die Gefühle durchgegangen. Ich habe etwas gesagt, dass ich nicht hätte sagen sollen, und ich habe Angst. Ich habe wirklich Angst, dass sie es ernst genommen hat. Ich könnte es nicht ertragen, wenn ich alles kaputtgemacht hätte. Wenn Helen glauben würde, ich hätte sie aufgegeben. Oder wenn sie eine Dummheit begangen hätte, und es wäre alles meine Schuld…«

Ich sehe Mick weiter an und versuche, keine Miene zu verziehen.

»Nachdem Helen verschwunden ist, hält die Polizei Selbstmord oder einen vorgetäuschten Selbstmord für möglich. Beten wir, dass sie es nur vortäuscht. Das könnte ich ihr nicht mal verübeln.«

Ich muss etwas sagen, kann es aber nicht. Aus seinen Augen spricht Angst. Auch wenn Helen dachte, Mick würde etwas für ihre Schwester empfinden, ist ihm im Grunde immer noch Helen wichtig.

Panik steigt in mir auf. Was habe ich ihm angetan? Und Helen? Ihrer ganzen Familie? Ich kann nicht durchziehen, was ich vorhatte. Nach alldem kann ich Helen die Sache nicht anhängen. Das wäre zu grausam. Mein Herz rast. Ich muss hier raus.

»Wenn ich irgendwas tun kann… ruf mich an. Ich bin immer da…« Ich stehe auf und gehe zur Tür. »Helen war in letzter Zeit eine wirklich gute Freundin. Es war schön, sie neulich in der Oper zu treffen und den Nachmittag mit ihr zu verbringen, sie hat großartig ausgesehen. Sie zieht sich immer wunderbar an. Ich kenne niemanden, der so gut Farben kombinieren kann. Tut mir leid, Mick. Ich muss jetzt gehen.«

Als ich die Küchentür erreiche, kommt Helen herein.

Kapitel Siebenunddreissig

Dienstag

Sonia

»Maria, das ist Helens Freundin Sonia«, sagt Mick. Diese Frau hat dunkle statt mausbraune Haare und ist schlank statt rundlich. Sie hat Jez' Augen. Unverkennbar. Die langen Brauen, die dunkelbraune Iris und die halb geschlossenen Lider. Aber in allem anderen gleicht sie Helen.

Maria nickt, ohne zu lächeln. Ihr Gesicht ist blass und von Falten durchzogen. Sie ist so klein wie Helen, gerade mal eins sechzig, schwer vorstellbar, dass sie Jez zur Welt gebracht hat. Und natürlich hat sie diese bleiche Haut, die nicht braun wird. Offensichtlich hat er sein Aussehen größtenteils von seinem Vater geerbt. Ich kann Maria auf Anhieb nicht leiden, nachdem sie so in Helens Leben getrampelt ist und ihre Ehe kaputtgemacht hat. Ohne sie wäre Helen letzte Nacht nicht zu mir gekommen. Sie würde jetzt nicht auf dem Grund des Flusses liegen, zwischen Autoteilen und Ölfässern und Schuhsohlen.

»Ich habe mit Tom geredet«, sagt Maria und geht zum Wasserkocher. Im Gegensatz zu Helen mit ihrem extravaganten Stil ist sie klassisch gekleidet mit einem grauen Wollrock und einer teuer aussehenden Bluse. Agnès B, höre ich Helen sagen. Die ehrgeizige Mutter, deren Mann sie satthatte und deren Sohn lieber nicht bei ihr wohnen würde. Ich mag sie nicht und erwarte nicht, dass sie mich mag. Deshalb bin ich überrascht, als sie mir einen Kaffee anbietet.

»Nein, danke. Ich wollte gerade gehen«, sage ich und strecke wieder eine Hand nach der Tür aus.

»Wir machen hier die Hölle durch«, sagt sie, bevor ich es nach draußen schaffe. »Sie wissen über Jez Bescheid, oder?«

Ich nicke.

»Natürlich, das tun alle. Wir wissen nicht, wie lange wir das noch durchstehen können.«

Sie lässt die Kanne stehen, setzt sich und sieht mich an. Ihr Gesicht ist noch zerknitterter, als ich im ersten Moment dachte.

»Sonia wohnt im Flusshaus«, sagt Mick. »Ganz Greenwich beneidet sie.«

»Oh! Von dem Haus hat Jez ständig erzählt!« Als sie das sagt, hellt sich ihre Miene ein wenig auf. »Er war mal mit Helen bei Ihnen. Da will er wohnen, wenn er erwachsen ist, hat er immer gesagt.« Sie lächelt mit verkniffenen Lippen, als wollte sie sagen, wie absurd junge Leute doch sein können.

»Die Lage ist wirklich einmalig«, sagt Mick. »Mit Blick auf die Isle of Dogs und Canary Wharf.«

»Ja, ich weiß noch, dass er davon erzählt hat. Und Sie haben eine Art Plattensammlung in einem Musikzimmer?«

»Ach, das gehört alles Greg«, antworte ich.

»Greg! Genau. Ich habe ihn kennengelernt. Bei deiner Geburtstagsfeier, Mick.«

»Ihm gehört das Album von Tim Buckley, dass Jez sich an dem Tag ausleihen wollte, als er verschwunden ist«, sagt Mick.

»Buckley kennt er natürlich von mir«, erzählt Maria. »Auch wenn er sich einbildet, er hätte ihn selbst entdeckt. Der Hochmut der Jugend.«

Mit ihrem matten Lächeln versucht sie, eine Art Verbindung herzustellen. »Komisch, dass Teenager unsere Musik cool finden. Er spielt zu Hause sogar meine alten Platten! Ich konnte in dem Alter mit der Musik von meinen Eltern nichts anfangen. Wir waren als Generation wohl was Besonderes, wir hatten alles. Sex, Drogen, Rock'n'Roll. Sie sind neidisch. Deshalb machen sie uns nach. Aber sie verstehen es nicht richtig, nicht so wie wir.«

Tim Buckley. Was hat Jez noch mal über seine Musik gesagt? An dem Tag, an dem er ins Flusshaus gekommen ist? Er hat für mich Gitarre gespielt, während sich der Nachmittag verdunkelte, und den Rotwein getrunken, den ich für Kit aufheben sollte. Musik zu machen sei für ihn das Gleiche gewesen »wie zu reden«.

»Sie bringen den Leuten bei, wie sie sich mit ihrer Stimme ausdrücken können«, hatte er gesagt. »Aus dem gleichen Grund spiele ich Gitarre.« Das war Jez' Art, eine Verbindung zu mir aufzubauen, mir zu zeigen, wie überraschend gut wir uns verstanden. Maria schätzt ihn falsch ein. Mütter kennen ihre eigenen Kinder nie. Nur ich kenne den wahren Jez.

»Vielleicht sollte ich mal mit Maria vorbeikommen«, sagt Mick. »Du würdest das Haus von Sonia und Greg gerne mal sehen, oder, Maria?«

»Natürlich. Das wäre wunderbar«, sagt sie zu mir, als wäre es meine Idee gewesen. »Helen mag es auch sehr. Sie haben sich in letzter Zeit ja öfter gesehen. Aber gestern Abend nicht, oder?«

»Das habe ich sie schon gefragt«, sagt Mick.

»Ich fände es ja verdammt rücksichtslos, dass sie trotz der Sache mit Jez einfach so abhaut«, sagt Maria, »aber wir sind alle halb wahnsinnig vor Sorge. Es ist die Hölle, so gar nichts zu wissen, das können Sie mir glauben, Sonia. Es gibt auch einen Namen für diese … diese Trauer. ›Uneindeutiger Verlust.‹

Man kann ihn nicht verarbeiten. Man weiß nicht, wann es ein Ende hat. Man hofft immer weiter, jeden Morgen denkt man beim Aufwachen, vielleicht ist es vorbei. Vielleicht war es ein Traum. Er ist hier, in seinem Bett. Dann begreift man langsam, die Angst kehrt wieder, diese Furcht in der Magengrube, alles fängt von vorne an.«

Ich kann nur nicken.

»Helen hat Ihnen nichts von Jez erzählt, oder? Langsam machen wir uns nämlich wirklich Sorgen, dass sie vielleicht ...«

»Nein, machen wir nicht«, sagt Mick.

»Aber die SMS ... und wo war sie am letzten Freitag? Sie sagt es niemandem. Und seit diesem Tag wird er vermisst!«

Das ist meine Chance. Ich schlucke.

»Sie hat mir erzählt, dass ihr Selbstvertrauen in letzter Zeit gelitten hat«, sage ich. »Deshalb hätte sie so viel getrunken. Sie hat geglaubt, sie wäre nicht gut genug.«

»Genau deswegen ist die Polizei beunruhigt!«, sagt Maria. »Das stimmt, Mick! Sie hat sich wirklich komisch benommen. Sie glaubt, die Leute würden über sie reden, bei der Arbeit würde man an ihr rummäkeln.«

»Und wir beide waren uns einig, dass man in so einer Situation nach einem Sündenbock sucht«, meint Mick. »Wir wollen wissen, was mit Jez passiert ist. Wenn man sonst nichts hat, klammert man sich an einen Strohhalm. Nichts anderes macht die Polizei. Und du jetzt auch.«

»Oh!«, ruft Maria. Sie ist sichtlich sprunghaft, ihre Gefühlslage scheint von Minute zu Minute umzuschlagen. »Versuch doch bitte mal, es von meiner Warte aus zu sehen! Glaubst du etwa, ich *will* meine eigene Schwester verdächtigen? Mich trifft das mehr als jeden anderen. Aber unterm

Strich hat Helen immer mit mir konkurriert. Jez hat sich am selben College wie Barney beworben, und sie wusste, dass Jez den Platz bekommt. Sie ist so eifersüchtig und ehrgeizig. Und nicht immer vernünftig, wenn sie trinkt. Ich weiß, wie schwer das für dich ist. Aber du musst den Tatsachen ins Auge sehen, Mick.«

»Ich weiß und du weißt, dass sie mit Jez' Verschwinden nichts zu tun hat.«

»Zwischen uns gab es schon immer Geschwisterrivalitäten«, erklärt mir Maria, als hätte ich das nicht selbst mitbekommen. »Das reicht lange zurück. Dafür müssten Sie den Hintergrund kennen. Da kann man schon auf den Gedanken kommen, ob alles wieder hochgekocht ist, weil Jez hier war. Vielleicht hat die Polizei doch recht. So schrecklich die Vorstellung ist.«

»Wir haben uns auch nicht gerade einwandfrei benommen.« Mick funkelt sie böse an.

»Das kann man in einer so schwierigen Situation auch von niemandem verlangen«, verteidigt sich Maria.

Es ist schon viel Zeit vergangen, ich habe Jez länger allein im Musikzimmer gelassen, als ich wollte. Jetzt muss ich doch zu Ende bringen, weswegen ich hergekommen bin.

»Vielleicht ist es ja nicht wichtig, aber ich weiß nur, dass sie mich gebeten hat, für sie zu lügen und zu sagen, ich wäre am Freitag mit ihr im Dampfbad gewesen.«

»Sie sollten für sie lügen?«

»Ja.«

»Also war sie nicht im Dampfbad. Hat sie Ihnen gesagt, wo sie wirklich war?«

Ich zucke mit den Schultern. Helen wollte nicht, dass ich jemandem von dem Pub erzähle. Also tue ich es nicht.

»Mein Gott«, sagt Mick. »Das wird ja immer schlimmer.«

Er sieht mich so niedergeschlagen an, dass ich ihn gern trösten würde. Doch sie brauchen eine Erklärung für Jez' Verschwinden. Und Helen bietet sich perfekt als Verdächtige an. Nur ich kann ihnen die ersehnte Möglichkeit geben, mit der Sache abzuschließen.

»Sie hatte sich in den Gedanken verbissen, Jez hätte Barney gegenüber einen unfairen Vorteil bei der neuen Schule, weil er auf der Zwölfsaiter spielen kann.« Langsam erwärme ich mich für meine Aufgabe. »Sie hat immer wieder davon angefangen. Als käme sie nicht davon los. Sie hat gesagt, Jez hätte Barney die Zukunft versaut. Als wollte sie irgendwas rechtfertigen.«

Ich spüre, wie Maria mich ansieht.

»Das ist sehr seltsam«, sagt sie. »Helen wusste nichts von der Zwölfsaiter. Das war unser Ass im Ärmel. Für sein Bewerbungsgespräch. Jez musste mir versprechen, dass er davon niemandem etwas sagt.«

Meine Gedanken überschlagen sich. Ich habe zu viel geredet.

»Vielleicht hat Barney ihr davon erzählt«, überlegt Mick.

»Auf keinen Fall.« Maria steht auf, ohne mich aus den Augen zu lassen. »Er hätte niemandem gesagt, was er vorhat, besonders nicht Barney und Helen.«

»Na ja, ich fürchte aber, sie hat das gesagt.«

Sie starrt mich an. »Hat sie Ihnen erzählt, dass er es schon lernt? Wann hat Helen das erwähnt?«

»Da bin ich mir nicht sicher.«

»Nein, ernsthaft. Ich muss das wissen.«

Sprachlos sehe ich sie an, ich versuche, mir etwas einfallen zu lassen, irgendwas. Ich will eine Stimme herbeizaubern, um mich aus dieser Lage zu befreien. Aber ich bekomme kein Wort heraus.

Dann fährt Maria fort. »Jez wollte sich genau an dem Tag das Album von Tim Buckley von Ihnen leihen, richtig? Nehmen Sie mir die Frage nicht übel, Sonia, aber warum sind Sie heute hergekommen?«

»Sie macht sich Sorgen um Helen«, sagt Mick.

»Hören Sie.« Endlich finde ich meine Stimme wieder. »Es tut mir leid. Helen kommt bestimmt zurück. Ich muss jetzt gehen. Ich habe es Mick auch schon angeboten, aber wenn ich helfen kann, sagen Sie Bescheid.«

Zurück im Flusshaus gehe ich direkt nach oben zu Jez. Setze mich auf sein Bett. Stehe wieder auf und laufe auf und ab. Ich nehme die Zwölfsaiter in die Hand.

»Du spielst doch, oder?«

»Ich habe gerade erst angefangen.«

»Und das war ein Geheimnis? Helen wusste nichts davon?«

»Ähm, nein. Mum wollte das nicht. Ich habe ihr versprochen, dass ich nichts sage, Sonia. Was ist los? Lassen Sie mich jetzt raus? Ich fühle mich besser. Ich könnte gehen.«

Ich gehe zu der Bücherwand, klettere auf einen Schemel und sehe durch eines der Oberlichter. Unten ziehen Boote Furchen durch das Wasser. Ein Segelboot aus hellem Holz jagt mit knatterndem Großsegel über den Fluss, und ich sehe Seb, wie er mit einer Hand an der Pinne am Heck steht, perfekt ausbalanciert in dem schwankenden Boot, und sich vorbeugt, um das Vorschot zu richten. Sein rotes T-Shirt und die Rettungsweste in Orange verschmelzen mit dem Segel, das auf einen blutroten Streifen am Himmel über uns zeigt, und ich sehe ihm sprachlos zu. Drei Rotschattierungen vermischen und spiegeln sich im Wasser. Sebs geschickte Hände, der Fluss, der ihn mit aller Macht besiegen will. Aber das kann er nicht, dachte ich, das wird ihm nie gelingen.

»Sonia?«

»Du liebst diesen Ausblick doch auch, oder? Du wolltest hierbleiben, als du ihn zum ersten Mal gesehen hast. Sag mir, dass das stimmt.«

»Nicht weinen, Sonia. Wissen Sie, Sie können die Tür aufmachen und mich gehen lassen, und ich werde niemandem etwas verraten. Ich sage einfach, ich musste mal allein sein. Bitte nicht weinen. Es ist schon gut.«

Ich will sein Mitleid nicht. So war das nicht vorgesehen, und ich bin wütend auf mich.

Ich weine nicht um Helen oder aus irgendeinem edlen Grund. Ich weine, weil ich spüre, wie er mir entgleitet. Das Seil rutscht mir durch die Finger, meine Arme werden schwach. Ich halte fest, aber an den falschen Dingen.

Kapitel achtunddreissig

Mittwoch

Sonia

Es klingelt an der Tür. Ich überlege, es zu überhören, aber dann muss ich aus Angst, wer es sein könnte, doch nachsehen. Ich spähe durch das Wohnzimmerfenster. Da ist niemand. Ich wasche mir das Gesicht, überquere den Hof und öffne die Tür in der Mauer einen Spaltbreit.

»Wir haben versucht, Sie anzurufen, aber es hat sich niemand gemeldet. Wir dachten, Ihr Telefon funktioniert vielleicht nicht. Und wir haben keine Handynummer von Ihnen.« Es ist eine der Heimleiterinnen aus dem Seniorenwohnheim meiner Mutter. Sie hat losgelegt, bevor ich sagen konnte, dass ich keine Zeit habe. Es fuchst mich, wie sie schnaubend vor mir steht, die grimmigen, kleinen Augen in ihrem aufgedunsenen Gesicht vorwurfsvoll zusammengekniffen.

»Ihre Mutter hatte einen Schlaganfall. Sie lebt, es geht ihr gut. Sie müssen keine Angst haben. Aber sie wurde in das Queen Elizabeth Hospital in Woolwich eingeliefert, und wir glauben, Sie sollten sie lieber besuchen.«

Ich starre die Heimleiterin an. Sie hat einen kleinen, verkniffenen Mund. Gerade groß genug, um Wörter herauszupressen. »Lebt … gut … keine Angst.«

Helen lebt nicht. Nichts ist gut. Natürlich habe ich Angst.

Die Übelkeit, die mich überfallen hat, wird von einem seltsam tauben Gefühl verdrängt. Einen Moment lang befürchte ich, ich würde gestehen. Würde sagen, dass ich meine Mutter auf keinen Fall besuchen kann, weil ich gerade jemanden umgebracht habe.

»Es tut mir leid, dass ich Ihnen so eine Hiobsbotschaft überbringen muss.«

»Es geht ihr gut, haben Sie gesagt?«

»Sie kann sprechen. Es war ein leichter Schlaganfall. Trotzdem ...«

»Danke.«

Geh doch. Geh! Die Heimleiterin rührt sich nicht von der Stelle. Sie steht keuchend da, das Gesicht knallrot, als hätten die paar Schritte den Fußweg hinunter ihr beinahe den Rest gegeben.

»'tschuldigung, junge Frau.« Der Postbote. Er gibt mir ein Paket, lächelt und hält mir dieses Gerät mit dem besonderen Stift hin. Ich unterschreibe, und er zieht pfeifend weiter. Da draußen ist ein ganz normaler Tag. Die Heimleiterin steht immer noch reglos da.

»Danke, dass Sie mir Bescheid gesagt haben. Ich werde nachsehen, was mit meinem Telefon los ist.« Ich mache ihr die Tür vor der Nase zu.

»Gehen Sie lieber hin, sobald Sie können«, schnauft sie von der anderen Seite. »Sie würden es sich nie verzeihen, wenn Sie zu spät kommen. Bei Schlaganfällen weiß man nie.«

Ich bringe das Paket ins Haus, stelle es auf den Küchentisch und sehe durch das Fenster zu, wie sie den Fußweg hinunterhumpelt.

Ich werde so weitermachen, wie ich es vorher getan hätte. Ich werde meine Mutter im Krankenhaus besuchen. Unterwegs kaufe ich Blumen. Ich werde mich bei dem Pförtner bedanken, der mir die Eingangstür öffnet. Ich werde mit den Mitarbeitern am Schwesterntresen ein paar Höflichkeiten austauschen. Die anderen Frauen auf der Station anlächeln. Und sie werden zurücklächeln. Ich werde mich sogar mit der netten, jungen Ärztin über die Aussichten für meine Mutter unterhalten und ihr vielmals für ihre Zeit danken. Aber auch dann habe ich immer noch Helen getötet.

Die Station meiner Mutter wimmelt vor weißhaarigen, alten Menschen. Ein paarmal glaube ich, ich hätte sie gefunden, bevor ich merke, dass das Gesicht nicht stimmt. Als mein Blick tatsächlich auf sie fällt, werde ich von kindlicher Erleichterung überwältigt. Meine Mama. Für die Schwestern ist sie vielleicht nur ein weiterer alter Mensch. Noch eine leere Hülle einer Frau, deren Wesen sich längst verloren hat. Aber für mich ist sie viel mehr, als wäre all das, was sie vor diesem Zustand ausgemacht hat, noch als Schichten unter ihrer durchscheinenden Haut zu sehen. Da schiebt sie in ihrem kurzen Sechziger-Jahre-Kleid den Kinderwagen von Silver Cross über den Fußweg am Fluss. Beugt sich spätabends über mein Bett in einer Wolke aus Gin und Chanel. Dann steht sie mit einer Dauerwelle aus den Siebzigern in der Küche und kocht Marmelade ein, in der Luft der beißende Geruch von Pomeranzen. Spätere Versionen von ihr marschieren im Kostüm zu ihrer Arbeit an der Privatschule. Wann hat sie aufgehört, mich zu lieben?

Ich wünschte, sie würde mich in die Arme nehmen, mich wiegen, mir sagen, dass alles gut wird. Eine richtige Mutter sein. Nachdem ich sie beinahe für immer verloren hätte, will ich mehr von ihr, als sie mir je geben konnte.

Ich beuge mich über sie, erfüllt von Wut und Mitleid. Wie

kann das Alter es wagen, einem Menschen das anzutun? Sie öffnet ein Auge. Braucht einen Moment, um klar zu sehen. Dann spricht sie mit schiefem Mund. Ihre Aussprache ist undeutlich. Sie ist wie besessen davon, alte Schulzeugnisse zu bekommen, die irgendwo im Flusshaus verstaut sind.

»Ich habe den falschen Koffer mitgenommen. Den Revelation. Als ich aus dem Flusshaus ausgezogen bin. Ich habe einen Preis bekommen für … ach, du weißt schon. In der fünften Klasse. Ich muss das Zeugnis lesen. Da stehen so nette Sachen drin.«

»Mutter, ich weiß nicht, ob ich das jetzt finde. Du brauchst das doch nicht. Versuch, ruhiger zu werden.«

Hilflos sehe ich die Schwester an, die ihren Wasserkrug füllt.

»Sie können Ihrer Mutter ein Stück Sicherheit geben, wenn Sie ihr den Gefallen tun. Suchen Sie raus, was sie will, damit sie sich heimischer fühlt«, rät mir die Schwester.

Also ziehe ich wieder los. Sonia, die Erwachsene, die sich um ihre kranke Mutter kümmert. Die tut, was ihr die Heimleiterin und die Krankenschwester auftragen. Eine gute Tochter. Wenn ich das getan habe, sage ich mir, wenn ich meine Pflicht erfüllt habe, kann ich wieder zu Jez gehen.

Ich hole die Leiter vom Hof, bringe sie in mein Zimmer und lehne sie gegen die Falltür in der Decke.

Der Dachboden ist viel zu niedrig, um ihn zu betreten. Ich kann nur den Arm durch das Loch stecken und im Dunkeln herumtasten. Ich greife ins Nichts. Spinnweben streichen sanft über mein Handgelenk. Als ich mit den Knöcheln gegen das Dach stoße, rieselt Staub herunter. Irgendwann schließen sich meine Finger um einen klobigen Koffergriff. Ich ziehe den Koffer vor, balanciere ihn auf der Leiter und lasse ihn langsam herunter.

Beim Öffnen verströmt der Koffer den vertrauten Duft von Bienenwachs – so hat das Flusshaus damals bei meiner Mutter gerochen. Was sie alles aufbewahrt hat! Programmhefte aus dem Theater, Kochbücher, Kontoauszüge, Postkarten. Eine Geburtstagskarte von Kit, als sie klein war. Ich sehe sie mir genauer an. Sie steckt in einem Umschlag, der an meine Mutter im Flusshaus adressiert ist, zusammen mit einer Kette aus Plastikperlen zum Zusammenstecken in einem durchlaufenden Muster: rosa, orange, blau, rosa, orange, blau. Eine Kinderzeichnung von einem Mädchen mit einem dreieckigen Kleid, das eine ähnliche Kette trägt. Das versetzt mich zurück nach Norfolk, zu Kit, die mit einem neuen Kunstwerk in der Hand aus dem Kindergarten kommt. Daran, wie ich sie automatisch lobte. Wie ich mich mit ihr zu Hause hinsetzte und mit Bleistift auf ihren Bildern Wörter vorschrieb, die sie nachmalen konnte.

Liebe Oma, du fehlst mir. Ich habe dich lieb, Kit xx

Ich habe versucht, durch Kit die Liebe meiner Mutter zu gewinnen. Ich weiß nicht, ob die Zuneigung ihrer Enkelin sie gerührt hat. Falls ja, hat sie mir das nie gezeigt. Und trotzdem sehe ich jetzt, dass sie die Karten und Briefe aufgehoben hat. Sie wusste zu schätzen, was ihre Enkelin ihr entgegengebracht hat, auch wenn sie es bei mir zurückwies. Das zu wissen weckt einen Funken Wärme, vielleicht Hoffnung, tief in meinem Inneren.

Als ich auf der Suche nach dem Zeugnis für meine Mutter alles durchsehe, finde ich ein Bündel Briefe, adressiert an mich, an Sonia, in dieser kleinen, säuberlichen Handschrift, die mir so vertraut war. Ich bin plötzlich so aufgeregt wie damals, wenn ich in der Mauer am Fußweg einen Brief von Seb an mich fand.

Als ich begreife, was das bedeutet, dreht sich mir der Magen um. Jemand – meine Mutter? – muss unser Versteck gefunden und ein paar seiner Briefe weggenommen haben, bevor ich sie lesen konnte. Ich erstarre. Sie wurden mit einem Brieföffner aufgemacht, die Umschläge sind viel sauberer aufgeschlitzt, als ich es in meiner Ungeduld gemacht hätte. Die Briefe sind sortiert, der jüngste, datiert auf den fünften Februar, liegt als oberster auf dem Stapel. Mit zitternden Händen ziehe ich den Umschlag auseinander. Ein dünnes vergilbtes Blatt Papier gleitet heraus.

Ich lese, was darauf steht.

Nach einem zweiten Blick auf das Datum laufe ich über den Treppenabsatz in das Gästezimmer.

Ich ziehe den Schuhkarton mit Sebs Sachen aus dem Schrank und suche den Brief heraus, den ich gelesen habe, als ich für Jez die Mundharmonika holen wollte. Er trägt einen Poststempel vom ersten Februar. Ich dachte immer, das sei der letzte Brief, den Seb mir je geschrieben hat. Jetzt finde ich heraus, dass es noch einen gibt, den ich nie bekommen habe. Ich öffne den ersten Brief und lese ihn noch einmal.

Ich fahre zu der Isle of Dogs. Du musst auch da sein. Komm mit Tamasa!

Er hat geschrieben, ich solle mit *Tamasa* kommen, also habe ich gehorcht. Ich habe immer gemacht, was Seb wollte. Natürlich habe ich mich nach seiner Bewunderung gesehnt. Und ich wollte beweisen, dass der Fluss ein Teil von mir war. Aber wenn ich diesen Brief gefunden hätte, den tatsächlich letzten Brief vom fünften Februar, wäre alles anders gekommen. Ich war Seb hörig. Ich hätte alles für ihn gemacht. Doch diesen Brief habe ich nicht bekommen, und deshalb bin ich mit dem Floß losgefahren.

Ich lese beide Briefe noch einmal. Als ich fertig bin, fügen sich alle Bilder, die seit Jez' Ankunft wiederaufgetaucht sind, in der richtigen Reihenfolge aneinander, wie Kits sorgsam zusammengesteckte Perlenkette.

Der Abend, an dem ich Seb abholen wollte, bricht wie eine rauschende Flut über mich herein, auch die Teile, an die ich seit damals nicht denken konnte.

Als ich das andere Ufer erreichte, war das Wetter umgeschlagen. Der Wind hatte aufgefrischt, und die Wolken hatten sich zusammengezogen. Ich kam nicht nah genug an die Pfähle heran, um anzulegen. Die Wellen waren unerbittlich, sie hoben das Floß hoch und schleuderten es gegen die Mauern. Regen fegte über den Fluss in mein Gesicht und trommelte auf den Landungssteg. Endlich gelang es mir, eine Fangleine über einen Pfosten zu werfen und *Tamasa* einzuholen. Dann kletterte ich auf den Holzsteg. Durch die dichten Wolken war es ungewöhnlich schnell dunkel geworden. So laut hatte ich den Fluss noch nie erlebt, die Wellen krachten, die Ketten rasselten, und das ganze Holzgerüst, auf dem ich jetzt stand, quietschte. Seb schrie mir etwas zu, aber ich konnte es nicht verstehen. Ich erinnere mich dunkel, dass er wütend aussah, statt sich wie erwartet zu freuen, mich zu sehen. Wieder rief er etwas, und ich verstand: »Wir dürfen keine Zeit verlieren.« Ich hielt das nasse Seil fest, während Seb auf *Tamasa* hinuntersprang und erst einmal die Balance finden musste. In diesem Moment rollte die größte Welle heran, sie brüllte so ohrenbetäubend, dass wir uns nicht einmal mehr hören konnten. Kurz darauf folgte eine zweite, weitere strömten nach und prallten mit ihnen zusammen, hoben *Tamasa* an und ließen sie kentern wie ein Papierboot. Ich hielt das Seil mit ganzer Kraft gepackt, obwohl es nass und schleimig war und über meine Handflächen scheuerte. Das Floß tauchte wieder auf, aber Seb trieb schon im Fluss.

»Seb!«, schrie ich.

In dem Wind klatschten mir die Haare ins Gesicht, bis ich nichts mehr sah. Ich konnte das Seil nicht loslassen, um sie mir aus den Augen zu wischen. Als ich sie endlich zurückschleudern konnte, war Seb nur noch ein undeutlicher Schemen in der Dunkelheit, das blasse Oval seines Gesichts tauchte aus dem Wasser auf, ging wieder unter. Mit einem Arm klammerte er sich an *Tamasa*, an ihren jämmerlichen Schwimmkörper. Ich zerrte wieder an dem Seil und versuchte, das Floß ans Ufer zu holen, aber die Wellen arbeiteten gegen mich, und als die Kraft in meinen Armen nachließ, wusste ich, dass ich dieses schreckliche Tauziehen verlieren würde.

»Hilfe!« In dem Getöse von Wasser und Wind und Regen konnte ich seine Worte gerade noch hören. »Lass nicht los, Sonia. Halt fest! Halt um Himmels willen fest.«

Und als er von mir weg auf ein Geflecht aus Ketten und Seilen unter der nächsten Pfahlreihe zutrieb, packte ich das Seil fester und zog mit ganzer Kraft.

Kapitel Neununddreissig

Mittwoch

Sonia

»Ich habe dir deine Sachen gebracht.«

»Gib mal …« Meine Mutter deutet mit einem schlaffen, zittrigen Finger auf einen Handspiegel auf ihrem Nachttisch.

Für ihre Eitelkeit wird meine Mutter nie zu alt oder zu krank sein. Darum werde ich mich kümmern müssen, weil kein anderer da ist. Die Schwestern haben heutzutage keine Zeit für praktische Handreichungen. Es wird an mir hängen bleiben, ihr die Haare zu waschen, die Nägel zu schneiden und die Zähne zu putzen. Eine sonderbare Vertrautheit, nachdem wir uns unser Leben lang kaum berührt haben. Sie zupft kläglich an einem langen, weißen Haar an ihrem Kinn und runzelt die Stirn. Als ich nach ihrer Pinzette greife, überlege ich, ob ich sie lieber nicht mit dem Brief belästigen sollte. Ob ich die Vergangenheit in dem alten, grauen Ablagekasten ruhen lassen sollte, wie wir auch alles andere immer taktvoll begraben haben, was Seb betraf.

Ich pudere ihr die Nase und trage das Rouge auf, das sie seit fünfundzwanzig Jahren benutzt. Sie nickt, wenn ich den Spiegel hochhalte. Ich schenke ihr ein Glas Wasser ein.

Den Stapel Schulzeugnisse lege ich auf ihr Krankenhausbett neben die anderen Sachen, die ich geholt habe: ihre saubere Unterwäsche, ein Nachthemd zum Wechseln, die Nachtcreme, die sie am liebsten benutzt. Sie blickt mit einem blauen Auge zu mir auf, ihr Blick ist leer. Bilde ich mir das nur ein, oder hat sie nach meinem letzten Besuch noch weiter abgebaut?

Vielleicht bleibt ihr nicht mehr viel Zeit. Ich treffe eine Entscheidung.

»Mutter, schau mal.«

Ich lasse ihr ein paar Minuten, um sich den Brief anzusehen.

»Siehst du, von wem er ist?«

»Das ist … nicht, Sonia«, sagt sie.

»Was meinst du mit ›nicht‹? Er ist von Seb, Mum. Von deinem Sohn.«

Sie sagt nichts. Ich frage: »Und an wen ist er adressiert?«

»Das kann ich nicht sehen. Ich kann den Namen nicht lesen.«

Sie will ihn nicht lesen.

»Er ist an mich adressiert. Siehst du. *Sonia*. Ein Brief von deinem Sohn an deine Tochter.«

Sie sieht mich an, das gute Auge vor Schreck weit aufgerissen. Als würde ihr das zum ersten Mal klar.

»Von meinem Bruder an seine Schwester. Ich habe den Brief nie bekommen.«

Ich stocke und mustere sie, um zu sehen, ob sie überhaupt versteht, was ich sage. Sie versucht, den Kopf abzuwenden. »Ich lese ihn dir vor.«

5. Februar

Sonia,

ich wusste nicht, dass es am 12. eine Springflut gibt. Die Vorhersage klingt scheußlich. Es wäre viel zu gefährlich, mit Tamasa zu kommen. Melde dich bei Mark, und nimm mit ihm die Jolle, nicht das Floß. Ich habe mit ihm geredet, und er findet auch, dass wir kein unnötiges Risiko eingehen sollten. Ich werde hier drüben noch erwachsen!

Jedenfalls kommen wir noch oft genug dazu, auf Tamasa zu fahren, wenn ich erst aus diesem Laden raus bin. Der ganze Sommer liegt vor uns! Schon der Gedanke daran. Aber bitte komm in dem Boot.

Seb x

Meine Mutter nimmt den Brief in die Hand, die ihr noch gehorcht. Minutenlang starrt sie stumm mit ihrem guten Auge Sebs Handschrift an. Schließlich legt sie die Hand auf das Krankenhauslaken und lässt das dünne Papier auf die Decke flattern. Sie hebt den Arm, tätschelt sich das Haar und legt sich die Hand auf die Brust.

»Wir haben Seb weggeschickt, damit ihr aufhört. Bruder und Schwester, die so unvorstellbare Dinge tun.« Ich schäme mich plötzlich so, dass es mich heiß überläuft. »Aber dann musstet ihr euch ja unbedingt schreiben.«

»Seb konnte diese Schule nicht ausstehen. Er hat mir geschrieben und mich gebeten, ihn abzuholen. Den Brief, dass ich *Tamasa* nehmen soll, habe ich bekommen. Ich habe gemacht, was er wollte. Dieser Brief hier hätte ihm das Leben gerettet, aber ich habe ihn nie gesehen, weil ihn jemand, wahrscheinlich du oder Dad, vor mir versteckt hat!«

»Das ist zu viel für mich. Ich bin krank, Sonia. Du bringst mich um, wenn du so weitermachst.«

Wir schweigen lange. Aus dem Auge meiner Mutter stiehlt sich eine Träne und rinnt ihre Wange hinunter. Das Rouge verläuft. Einen schrecklichen Moment lang glaube ich, sie würde Blut weinen.

»Ich wäre mit Mark in der Jolle rübergefahren«, flüstere

ich eindringlicher. Mich durchströmt plötzlich wie ein Rausch das Gefühl, man hätte mir Unrecht getan. Ich wäre nicht allein an Sebs schrecklichem Tod schuld gewesen, wie ich immer geglaubt habe. »Seb würde noch leben.«

Schlagartig werden mir die Konsequenzen klar, bis weit in die Zukunft hinein.

Meine Mutter scheint vor meinen Augen zu schrumpfen, sie sinkt unter der Krankenhausdecke in sich zusammen, als bestünde ihr Körper aus Papier. Jetzt erkenne ich, dass sie mit mir nie über irgendetwas richtig geredet hat. Sie drückt sich und weicht aus und zitiert Gedichte, aber sie sagt nie, was sie meint.

»Du hast ihn weggeschickt. Dann hast du seine Briefe gestohlen. Dabei hättest du mit mir reden können. Mit uns beiden.«

Meine Mutter sieht mich unverwandt an, sie ist entschlossen, einen Teil ihrer Autorität zurückzuerlangen, und greift auf ihre Rolle als spröde Lehrerin zurück.

»Wie hätte ich über so etwas reden sollen? Es war eine Schande, wie bei den Tieren!«

»Wir waren *Kinder*, Mutter.«

»Ich habe es versucht, Sonia. Ich habe versucht, euch davon abzuhalten. Als ich es gemerkt habe, habe ich Jasmine mit nach Hause gebracht. Hast du das vergessen?«

Das überhöre ich. Sie weiß, was passiert ist. Als sie Jasmine ins Spiel gebracht hat, war es schon zu spät.

Plötzlich setzt sie sich auf, macht ein verkniffenes Gesicht und redet überstürzt.

»Wir haben die Briefe nur an uns genommen. Wir haben sie nicht gelesen. Wir wollten sie gar nicht lesen. Wenn wir diesen Brief gekannt hätten, hätten wir dich doch gar nicht auf das Floß gelassen. Wir hätten verhindert, dass er überhaupt wegläuft!«

Sie wendet das Gesicht ab. Ich warte.

Als sie mich schließlich wieder ansieht, wirkt sie überrascht, als hätte sie nicht erwartet, dass ich noch hier bin.

»Jemand hat die Briefe aber geöffnet. Sieh her. Mit einem Messer. Wer war das?«

»Als du an die Uni gegangen bist, wollte dein Vater sie wegwerfen und einen neuen Anfang machen. Da hat er sie gelesen und erkannt, was für einen schrecklichen Fehler er gemacht hat. Ich glaube, deshalb hat er sich das Leben genommen.«

»Und das hast du mir nie erzählt!«

»Was hätte das bringen sollen? Es war zu spät. Seb war so oder so tot. Wir konnten ihn nicht zurückbringen. Es hätte nicht passieren müssen, aber das zu wissen, hätte es für dich nur noch schlimmer gemacht. So habe ich das gesehen.«

Der Himmel vor den Fenstern des Krankenhauses wirkt bedrohlich. Drinnen scheinen die Leuchtstoffröhren zu grell. Sie sieht mich flehentlich an, wie ein kleines Kind seine Eltern ansieht, wenn es weiß, dass es etwas falsch gemacht hat. Sicher will sie mir jetzt geben, worum ich sie gebeten habe. Ein Eingeständnis. Die Möglichkeit, einen Teil der Schuld abzuladen, bevor sie stirbt. Dann kann ich ihr auch vergeben.

Sie sagt: »Dein Vater hat dir das Flusshaus hinterlassen. Reicht das nicht?«

»Ob das reicht?«

Ich erhoffe mir mehr, ein Anzeichen von Liebe oder Vergebung oder Trost. In mir regt sich leise Mitleid mit ihr, weil ihr das so schwerfällt.

Ich würde gerne etwas sagen, etwas, das uns endlich zusammenbringt. Ich möchte, dass wir die Trauer teilen, die wir so viele Jahre mit uns herumgetragen haben. Aber auch mir fehlen die Worte. Also sage ich nur: »Mutter, rede mit mir.«

Sie sieht mich bloß an durch das eine Auge, das sie öffnen kann, und die Worte, die ich mir ersehne, bleiben aus. Ich stehe auf und gehe einen Schritt auf die Tür zu.

»Sonia.«

Als ich mich umdrehe, streckt sie mir eine gebrechliche, alte Hand entgegen.

Ich gehe zurück. Unsere Finger berühren sich kurz. Ich beuge mich vor und drücke ihr einen Kuss auf das Haar. Und dann gehe ich.

Ich muss jetzt zu Jez gehen und die Tür aufschließen, weil ich ihn nie zwingen wollte zu bleiben. Er dürfte jetzt wieder bei Kräften sein. Aber er wird nicht gehen wollen. Wir werden zusammen zum Fluss hinunterschlendern, bis über die Knöchel ins Wasser waten, ohne unsere Jeans hochzukrempeln. Vielleicht geht er etwas weiter, ganz hinein, schwimmt zu den Lastkähnen und klettert an Bord. Ruft mich zu sich. Blickt auf das Flusshaus und sagt mir wieder, dass er gerne dort wohnen würde. Das Wasser wird den Kahn plötzlich anheben, dass er ins Wanken gerät, und er wird lachen und so tun, als würde er hinfallen.

»Wir bauen ein Floß, Sonia«, wird er rufen. »Und hauen von ihnen ab.«

Und wir werden uns auf den Bauch legen, über das spiegelglatte Wasser paddeln und uns eine versteckte Bucht zwischen den dunklen Werften suchen. Den Abend verbringen wir an einem versteckten Strand, während sich der Fluss im Sonnenuntergang feuerrot färbt. Suchen Tonpfeifen am

Strand. Graben im Matsch nach einem Schatz. Folgen Schwänen und den Küken, die sich unter ihre Flügel kuscheln. Sie werden uns nicht finden. Dann gibt es nur uns, die Schwäne und den Fluss, für immer.

Kapitel Vierzig

Mittwoch

Sonia

Auf dem Heimweg vom Krankenhaus fällt mir im Bus das Paket ein, das heute angekommen ist. Ich werde direkt zu Jez hinaufgehen. Ich kann ihn nicht behalten. Dass sie ihn mir wegnehmen, kann ich nur verhindern, wenn ich alles beende. Ich muss es tun. Ich muss Jez für immer in diesem Zustand festhalten, in dem Seb bei seinem Tod war. Danach können sie mit mir machen, was sie wollen.

Sobald ich zu Hause ankomme, öffne ich das Paket und nehme die Modroc-Binden heraus. Ich gehe mit einer Schüssel ins Musikzimmer. Jez beobachtet mich.

Ich lasse im Badezimmer warmes Wasser in die Schüssel laufen und stelle sie zu seinen Füßen ab, damit ich die Binden nach und nach einweichen kann.

Im Abendlicht haben sich die Fenster orangerot gefärbt. Wie Bonbons. Das passiert manchmal über dem Fluss, die Schadstoffe in der Luft lassen den Sonnenuntergang verschwimmen, und der Himmel sieht aus wie verbrannt. Dann wird dieser künstliche Schimmer vom Wasser zurückgeworfen, färbt die Ufer und taucht das Zimmer in das gleiche strahlende, bernsteinfarbene Licht.

»Was machen Sie da?«, fragt Jez. Er raucht einen Joint. Weil er bei dem, was ich vorhabe, mitarbeiten muss, ist sein Tee mit Schlaftabletten versetzt. Er wehrt sich nicht mehr, seit er am Montag ins Musikzimmer zurückgekehrt ist. Ich glaube, solange es ihm nicht gut geht, genießt er es auf gewisse Weise sogar, hier zu sein, für nichts Verantwortung tragen zu müssen.

Als ich Seb zum letzten Mal sah, lag er einbalsamiert in seinem Sarg auf dem Tisch im Wohnzimmer, seine Jugend für immer festgehalten. Ich glaube, Seb hat nie in den Spiegel gesehen oder auch nur geahnt, wie vollkommen er war. Aber selbst im Tod war er schön. Die Hände, die auf der Brust gefaltet waren, die leicht nach unten gezogenen Mundwinkel, als wollte er sagen: Ich wusste, dass ihr mich am Ende enttäuscht. Ich wusste, dass ihr es nicht versteht.

Ich sage Jez, ich müsste eine Statue von ihm machen. Er starrt mich lange an. Zieht noch mal an seinem Joint.

»Sie wollen eine Skulptur von mir?« Er klingt etwas erschrocken. Selbst nach dem Gras. Ich möchte, dass er ruhig bleibt.

»Ja. Das ist alles, Jez. Mehr will ich nicht. Dich so einfangen, wie du jetzt bist.«

Er hat natürlich gesehen, wie fasziniert ich von ihm bin. Von seinen Armen, von seinem Adamsapfel, der in seiner honigglatten Kehle auf und ab gleitet. Ich habe versucht, meine Bewunderung zu verbergen. Aber ein- oder zweimal hat er in den letzten Tagen geblinzelt und aufgeblickt oder den Kopf gedreht, wenn ich dachte, er sei abgelenkt. Er hat meinen Blick bemerkt, und auch wenn ich mich schnell abgewendet habe, hat er gesehen, wie hingerissen ich bin. Ich glaube, zum Teil genießt er das mittlerweile. Wahrscheinlich weiß er, welche Macht er über mich hat. Diese neu entdeckte Eitelkeit ist für mein Vorhaben nützlich. Sie bedeutet, dass er mitspielt. Doch sie verdirbt auch genau das, was ich von ihm festhalten will. Dass er sich seiner eigenen Schönheit und Jugend nicht bewusst ist. Es ist so frustrierend, dass ich fast verzweifle. Indem ich bekomme, was ich will, zerstöre ich es.

»Es tut nicht weh«, beruhige ich ihn. »Das ist ganz sanft. Mit diesem Zeug machen schwangere Frauen Abdrücke von ihren Bäuchen.«

»Warum machen die so was?«

»Sie wollen sich daran erinnern, wie sie einmal waren.«

Er starrt mich mit aufgerissenen Augen an. Meine Worte bewirken genau das Gegenteil von dem, was ich beabsichtigt hatte. Er bekommt wieder Angst.

»Tot können Sie mit mir nichts anfangen. Das wissen Sie doch, oder?«

»Jez! Bitte! Versuch doch, mir zu vertrauen. Das ist das Letzte, worum ich dich bitte.«

»Das Letzte? Was soll das heißen?«

»Das Letzte, bevor du dich veränderst.«

In mir klafft ein weiter Abgrund aus Traurigkeit auf.

Er ist immer noch so schwach. Seine Krankheit hat ihn erschöpft und ausgelaugt. Er kann sich kaum wehren, als ich ihm die Jeans und das T-Shirt abstreife. Alles.

»Mir ist kalt.«

»Ich habe den Holzofen angemacht. Und wenn ich erst mal anfange, wird dir warm.«

Minutenlang kann ich mich nicht rühren, der Anblick seines Körpers auf dem weißen Laken fesselt mich.

Dann trage ich die Vaseline auf, zuerst auf und zwischen den Zehen. Sie krümmen sich dabei, ein zarter Fußknochen unter der karamellbraunen Haut zuckt. Ich hebe jeden Fuß einzeln hoch und halte ihn dicht an meinem Körper, während ich ihn eincreme, und als mein warmer Atem seine Fußsohle streift, spannen sich seine Wadenmuskeln, und ein Lächeln huscht über seine Lippen. Er ist wie Lackmuspapier, er reagiert sofort. Ich umwickle seine Füße einzeln mit Bandagen und arbeite mich nacheinander die Beine hinauf. Ich tauche die Hände in das warme Wasser, um sie anzufeuchten, bevor ich die Binden glattstreiche und andrücke, dann umfasse ich seine Füße, bis sie ganz umhüllt sind. Der warme Gips muss vorsichtig durch das Gewebe gedrückt und geglättet werden, bis es ihn wie eine dünne, aber undurchsichtige zweite Hautschicht umgibt.

Mir fallen die Spinnenhüllen ein, die in der Garage in den Netzen hingen. Alle Einzelheiten ihrer Körper bleiben als perfekte Nachbildung erhalten, nachdem die Spinnen davonspaziert sind, wie eine Momentaufnahme. Ich erreiche die Stelle, wo sich sein Becken nach innen wölbt und die Muskeln ansetzen, und als ich die Binden auflege, überläuft ihn ein Schauer. Ohne auf seine Reaktion zu achten, gehe ich höher, reibe Vaseline auf seine Brustmuskeln, spüre die spitzen Brustwarzen, und gehe weiter zum Hals, wo ich den Gips gemächlich in die Vertiefungen über seinen Schlüsselbeinen drücke. Meine Finger liebkosen seine Schultern, die zarten Knorpel an seinem Hals, seine Ohren. Über sein markantes Kinn wandern sie bis zu seinem Gesicht. Bald ist sein Körper eine weiße Silhouette, nur seine Umrisse sind noch zu erkennen. In genau diesem Alter habe ich Seb zum letzten Mal gesehen.

»Das ist komisch. Es wird ganz schwer«, sagt Jez. Durch die Drogen wird seine Stimme matt, seine Zunge muss sich wie Leder anfühlen. Er reißt die Augen auf. Er sieht aus, als würde es ihm reichen.

»Das kommt davon, dass der Gips trocknet«, erkläre ich ihm.

»Ich fühle mich wie eingesperrt. Ich glaube, das gefällt mir nicht. Es ist heiß.«

»Das ist nur die chemische Reaktion zwischen dem nassen Gips und der Luft. Es ist bald vorbei.«

»Was ist mit meinem Gesicht?«, fragt er.

»Nicht reden. Du darfst dich nicht bewegen, sonst funktioniert es nicht.«

»Aber – Sie können doch mein Gesicht nicht zuschmieren. Dann bekomme ich keine Luft mehr!«

»Hier ist ein Strohhalm. Nimm ihn in den Mund.«

Ich lege ihm Binden über das Gesicht und drücke sie mit den Fingerspitzen in das Tal zwischen Kinn und Lippen. Kurze Stücke kommen über seine Nase und Wangen. Ich streiche sie über seine Augenhöhlen und tupfe den Gips mit einem Finger auf seine Lider. Über jede Wölbung, in jede Senke. Schließlich ist er fertig. Er liegt als weiße Gestalt im verblassenden orangefarbenen Licht und kann sich nicht rühren. Es ist mir gelungen. Ich habe ihn.

Sie kommen früh am nächsten Morgen ins Flusshaus. Durch die Fenster meines Zimmers zuckt blaues Licht. Wie in Trance stehe ich auf und gehe nach unten. Die Tür in der Hofmauer haben sie schon aufgebrochen, jetzt machen sie sich mit Brecheisen an der Haustür zu schaffen, während andere gegen die vergitterten Fenster hämmern und über uns Hubschrauber kreisen. Sie laufen die Treppe hinauf, schwere Stiefel, Schutzwesten, Elektroschocker in Holstern, Lederhandschuhe. Ich sehe sie vorbeilaufen. Einer von ihnen dreht mir einen Arm auf den Rücken, während die anderen die Treppe zum Musikzimmer hinauflaufen. Ich höre, wie sie gegen die Tür hämmern und daran rütteln. Sie eintreten. Ich lächle, weil ich weiß, was sie finden werden. Der Jez im Musikzimmer ist starr und leblos, jede Pore seiner Haut ist perfekt nachgebildet. Die Hülle einer Spinne in einem seidenen Netz, damit sie nie alt wird. Ohne den lebenden Körper. Von dem echten Jez ist keine Spur mehr zu finden, als wäre er nie hier gewesen. Ich gehe ruhig mit ihnen, weil nichts mehr zu tun bleibt.

Kapitel Einundvierzig

Ein Jahr später

Sonia

Hier drin weiß man nicht, welche Jahreszeit ist oder auch nur, wie das Wetter aussieht. Das Licht draußen hat schon den ganzen Tag fahl gewirkt, aber jetzt verblasst es ganz. Die Äste an dem gedrungenen Baum sind wieder kahl. Viel mehr ist auch schon nicht zu sehen. Ein hoher Zaun, über den sich Stacheldraht zieht, die Betonwand eines mehrstöckigen Parkhauses. Kein Fluss. Sie haben mich vom Fluss weggeholt.

Er kommt zu mir, nachdem die Teebecher auf Tabletts abgeräumt wurden. An seinem Schal und der Wolljacke erkenne ich, dass draußen tatsächlich Winter ist. Er setzt sich auf den grünen Plastikstuhl und sieht mich mit diesem vertrauten Blick an, die Augen halb geschlossen, als würde er versuchen zu verstehen. Ich sage nichts, ich erwidere seinen Blick nur. Ich erinnere mich daran, wie seine Wimpern über meine Fingerspitzen gestrichen sind. An seine heiße Haut unter meinen Lippen. Den warmen Duft hinter seinem Ohr. Aber das ist nicht mehr der Junge, der halb bewusstlos zwischen den Pfählen lag, wo ich ihn habe gehen lassen. Er ist größer, kräftiger. Ich erinnere mich an die kaum vorhandenen Bartstoppeln und sehe, dass sie jetzt dunkler und dicker sind. Seine Jugend ist vorüber, wie der Clipper, der über den Fluss rast, bis er nicht mehr zu sehen und zu hören ist, und mit seinem

Fahrwasser alles ins Wanken bringt, während er hinter der nächsten Biegung Richtung Themse Barrier verschwindet.

Er bleibt eine Weile. Erzählt mir, dass es ihn zum Flusshaus zurückzieht. Oft setzt er sich auf die Mauer gegenüber. Er hat das Gefühl, es wäre ein Teil von ihm. Die Menschen, die jetzt dort wohnen, kennt er nicht. Greg und Kit sind natürlich nach Genf gezogen. Von ihnen höre ich nur hin und wieder etwas.

Ich setze an, um ihm zu erklären, dass es nicht funktioniert hätte, auch wenn die Polizei nicht am Ende durch Maria und Mick und Alicia gefolgert hätte, dass Jez im Flusshaus sein musste. Was ich wollte, löste sich unter meinen Händen auf. Aber ich bringe die Worte nicht heraus.

Also fragt er mich, was in der Nacht passiert ist, in der ich ihn habe gehen lassen. Und ich versuche, es ihm zu erzählen.

Es war beinahe dunkel, als ich zurück ins Musikzimmer ging. Ich hatte die Jolle an die Kette neben der Steintreppe gebunden. Die Flut hatte eingesetzt. Jez kauerte reisefertig im Rollstuhl. Als ich ihn nach draußen und auf den Fußweg schob, sackte er vornüber, aber ich hatte die Ruder über die Armlehnen des Rollstuhls gelegt. Ich fuhr mit ihm über den Weg, in den dunklen Schatten des Kohlenanlegers bis zu der Treppe, an der mein Boot wartete. Ich fühlte mich leicht und furchtlos. Anders als in der Nacht, in der ich Helens Leiche in den hungrigen Fluss geworfen hatte, entsetzt von dem, was ich da tat. Das rötliche Leuchten war längst verflogen. Es war dunkel. Von den Häusern am anderen Ufer drangen orangefarbene Lichter ins Wasser. Die Jolle war am oberen Ende der Treppe angebunden und wippte sanft auf der Springflut, als wartete sie ungeduldig auf uns.

Er glitt problemlos ins Boot. Den Rollstuhl ließ ich an der

Treppe stehen, er wurde nicht mehr gebraucht. Irgendwer würde ihn mitnehmen, auf dem Fußweg blieb nichts zurück. Er würde auf dem Markt in Deptford landen, oder irgendeine verlorene Seele würde ihn zum Einkaufen oder als Kinderwagen benutzen.

Ich kletterte hinter ihm in das Boot und legte die Ruder in die Dollen. Dann brauchte ich eine Weile, um ihn in die richtige Position zu bringen. Den Gips hatte ich ihm abgenommen. Seine Haut war noch warm von dieser Hülle und glatt von der Vaseline. Ich legte ihn symmetrisch hin, den Kopf in den Bug, die Füße beinahe bis zum Heck. Es war ein kleines Boot.

Mit dem Ruder stieß ich uns ab. Wir fuhren leicht auf dem dunklen Wasser flussaufwärts, wie ich es wegen der Flut vorhergesehen hatte. Die Nacht war mild. Eine dieser Wetterkapriolen im Februar, wenn man glaubt, es würde schon Frühling. Die Pubs waren voll, auf den Holzterrassen standen Leute. Im Vorbeifahren hörte ich Gelächter und Gesprächsfetzen. Ich kannte alle Pubs von den Jahren, die ich auf dem Fluss verbracht hatte, das Trafalgar, das Prospect of Whitby im Norden, das Mayflower im Süden. Bei jedem, an dem wir vorbeifuhren, spiegelten sich Erinnerungen an Seb und mich wie Lichter im Wasser. Während ich flussaufwärts ruderte, ließen die funkelnden Lichter von beiden Ufern das Wasser glitzern, das von den Rudern tropfte. Ich verspürte einen tiefen Frieden. Jez lag ausgestreckt zu meinen Füßen. Ich wünschte mir, diese Reise würde ewig dauern. Sanfte Wellen trieben über den Fluss. Es war vollkommen, zusammen mit Jez im Boot zu sein. Als die Gezeiten wechselten, trieben wir zurück nach Osten.

Wir erreichten das nördliche Ufer, wo die Straße über das

Wasser ragte, und ich brachte uns durch die Pfähle in ihren Schatten. Heutzutage würden scheußliche, welke Blumenkränze die Stelle kennzeichnen. Aber wir haben sie nicht kenntlich gemacht, nachdem sie Seb von dem Seil um seinen Hals befreit hatten. Dem Seil, das ihn erdrosselte, während er rief, ich solle nicht loslassen. Als das Floß in der Flut unterging. Ich zerrte in der Dunkelheit an dem Seil. Das Kielwasser des vorbeifahrenden Wasserbusses spülte über ihn hinweg, und ich zog fester, damit er nicht weiter von mir weggerissen wurde. Ich hatte ja keine Ahnung, dass das Seil, an dem ich zog, ihn erwürgte.

»Zieh, Sonia«, rief er. »Zieh. Halt fest. Hilf mir.« Und das tat ich. Ich zog, um ihm das Leben zu retten.

Ich halte inne. Blicke auf. Jez ist stumm gegangen, ohne sich zu verabschieden.

Es ist komisch, manchmal glaube ich, ich könnte den Fluss hier hören, obwohl sie sagen, das sei nur meine Einbildung, zwischen hier und dort würden einige Kilometer Schnellstraße liegen. Dann die Gewerbegebiete und weitere Vororte, bevor man zu dem Park kommt, von dessen höchster Stelle man an einem schönen Tag mitten im Grünen ganz London überblicken kann. Erst dann erahnt man den Fluss zwischen dem Queen's House und den grässlichen Bauten aus den Achtzigern am anderen Ufer, hinter denen Canary Wharf aufragt. Es ist immer noch ein gutes Stück zu laufen, zwischen den ausladenden Zedern im Park hinunter, vorbei an dem Backsteinhaus über den Schächten und durch die großen schmiedeeisernen Tore am Fuß des Hügels. Man muss den Greenwich Market überqueren und die Cutty Sark passieren, die während der Renovierungsarbeiten in weißes Plastik gehüllt ist, und erst dann erreicht man den Fußweg am Fluss, wo die Gitterstäbe vor dem Old Royal Naval College lange, schwarze Schatten wie Gitter auf die Steinplatten werfen. Er ist sehr, sehr weit weg.

Meistens glaube ich nachts oder kurz nach dem Wecken am Morgen, bevor sie ihre Runde mit dem Medikamentenwagen drehen, ich würde Nebelhörner hören, langgezogen, tief und traurig. Ein paar Sekunden lang kann ich den kühlen Flussnebel richtig auf meiner Haut spüren, rieche die Chemikalien, die vom Wasser aufsteigen, und sehe Licht aufblitzen, wie es von der Oberfläche widerspiegelte und alles in silbernes Licht tauchte, wenn der Mond besonders hell schien. Dann spüre ich, wie die Gezeiten den Fluss zurückweichen lassen, und alles, was ich glaubte, je verloren zu haben, ist da, festgehalten im Schlamm, als wäre es nie verschwunden.

Danksagungen

Ich beschütze dich wäre nie zustande gekommen ohne meine Dozenten und Kommilitonen im Masterstudiengang Kreatives Schreiben an der Anglia Ruskin University in Cambridge, die mich ermutigten und begleiteten. Besonders danke ich Martyn Waites, Anna D'Andrea und John Davy für ihre Anregungen, ihren unschätzbaren Zuspruch und dafür, dass sie die ersten Fassungen gelesen haben.

Meiner Freundin Suzanne Dominian bin ich ewig dankbar dafür, dass sie mich in anregenden Gesprächen überhaupt auf die zündende Idee für dieses Buch gebracht hat und immer für mich da war.

Mein Dank gilt auch:

Allen bei Gregory & Company, vor allem Jane Gregory, die mich unter Vertrag genommen hat, und Stephanie Glencross für ihre Einfälle und das begleitende Lektorat.

Dem Team von Simon & Schuster, besonders Francesca Main für ihre harte Arbeit und ihr Verständnis.

Jethro Pemberton für seine Nachforschungen über die Buckleys und seine Musikkenntnisse. Victoria Rance für ihre Hilfe bei meinen Recherchen und den Stützpunkt in Greenwich, von dem aus ich arbeiten konnte.

Pip Tabor und Matthew Hancock für ihre Erinnerungen an die Themse in den Siebzigern und Achtzigern.

Polly, Emma und Jem Hancock-Taylor, die mich auf Flussfahrten begleiteten und sich zu helfen wussten, wenn ich zu abgelenkt war, um sie zu versorgen. Andy Taylor für seine unerschütterliche Geduld und das Wäscheaufhängen.

Ich danke Eliot und Mohammed vom Kraftwerk in Greenwich.

Die Informationen zur Geschichte der Themse verdanke ich Peter Ackroyds *London – Die Biographie*.

Die Geschichte über den jungen Strandläufer in Kapitel Zwölf basiert auf dem Film *Der Dreckspatz und die Königin* (1950; Regie: Jean Negulesco), nach dem 1949 erschienenen Roman *Der Dreckspatz* von Theodore Bonnet (1908-1983).